Terry Pratchett

Lords und Ladies

Ein Scheibenwelt-Roman

Aus dem Englischen neu übersetzt
von Gerald Jung

GOLDMANN

Die Originalausgabe erschien unter dem Titel »Lords and Ladies«
bei Victor Gollancz Ltd., London.

Die vorliegende Ausgabe ist eine Neuübersetzung des erstmals 1995
im Wilhelm Goldmann Verlag auf Deutsch erschienenen Romans.

Dieses Buch ist auch als E-Book erhältlich.

FSC
www.fsc.org
MIX
Papier aus verantwortungsvollen Quellen
FSC® C014496

Verlagsgruppe Random House FSC® N001967

1. Auflage
Taschenbuchausgabe März 2017

Umschlaggestaltung und Gestaltung der Umschlaginnenseiten:
UNO Werbeagentur, München,
nach einem Entwurf von buxdesign, München
unter Verwendung von Illustrationen von Tom Steyer/die KLEINERT.de
Redaktion: Uta Rupprecht
mb · Herstellung: Str.
Satz: Uhl + Massopust, Aalen
Druck und Bindung: GGP Media GmbH, Pößneck
Printed in Germany
ISBN: 978-3-442-48536-9
www.goldmann-verlag.de

Besuchen Sie den Goldmann Verlag im Netz

Vorbemerkung des Autors

Im Großen und Ganzen können die meisten Scheibenwelt-Romane als in sich abgeschlossene Bücher auf ihren eigenen Beinen stehen. Es *schadet nicht*, wenn man sie halbwegs der Reihe nach gelesen hat, aber es geht auch ohne.

Bei diesem Roman ist das anders. Ich kann die Vorgeschichte nicht außen vor lassen. Oma Wetterwachs trat zum ersten Mal in *Das Erbe des Zauberers* auf. In *MacBest* wurde sie zum inoffiziellen Oberhaupt eines kleinen Hexenzirkels, zu dem neben ihr noch die vielfach verheiratete Frohnatur Nanny Ogg gehört – und Magrat, die Junghexe mit der Schniefnase, dem Strubbelkopf und der sentimentalen Ader, wenn es um Regentropfen, Rosen oder niedliche kleine Schmusekätzchen geht.

Von der Handlung her lehnt sich *MacBest* nicht gerade wenig an ein berühmtes Theaterstück über einen schottischen König an, und es endet damit, dass Verenz II. zum König des bergigen, dicht bewaldeten, kleinen Königreichs Lancre ausgerufen wird.

Da Verenz genau genommen nicht der rechtmäßige Thronerbe war, hätte *MacBest* so eigentlich gar nicht enden dürfen, aber den Hexen erschien er als der am besten geeignete Mann für den Posten, und wie heißt es doch so schön? Ende gut, alles gut. Besagtes Ende beinhaltete außerdem das Aufkeimen zärtlicher Gefühle zwischen Magrat und Verenz – ein extrem zaghaftes Aufkeimen allerdings, da beide so schüchtern waren, dass sie, sobald sie einander gegenüberstanden, sofort vergaßen, was sie sagen wollten, und wenn einer von ihnen doch einmal etwas herausbrachte, bekam es der andere prompt in den falschen Hals und war eingeschnappt. Ansonsten waren sie die meiste Zeit damit beschäftigt zu erraten, was der jeweils andere gerade dachte. Man könnte es wohl Liebe nennen, oder so ähnlich.

In *Total verhext* mussten die drei Hexen über den halben Kontinent reisen, um die Gute Fee auszuschalten (die dem Schicksal ein Angebot gemacht hatte, das es nicht ausschlagen konnte).

Diese Geschichte handelt davon, was nach ihrer Rückkehr geschah.

LESEN SIE WEITER …

Lesen Sie weiter …

Wann fängt es an?

Es gibt nur sehr wenige Anfänge, wenn auch natürlich manches wie ein Anfang aussieht. Der Vorhang hebt sich, der erste Bauer wandert über das Schachbrett, der erste Schuss fällt* – aber in Wahrheit sind das alles keine Anfänge. Das Stück, die Partie, der Krieg sind lediglich kleine Fenster in einem Strang von Ereignissen, der Jahrtausende weit in die Vergangenheit zurückreichen kann. Will sagen: Es hat immer schon ein Vorher gegeben. Es geht immer nur um das Weiterlesen.

Der Mensch hat einiges an Forscherdrang investiert, um dem ultimativen Vorher auf die Spur zu kommen.

Der aktuelle Wissensstand lässt sich folgendermaßen zusammenfassen:

Im Anfang gab es das Nichts, welches explodierte.

Andere Theorien über den Anfang aller Anfänge drehen sich um Götter, die das Universum aus Rippen, Eingeweiden oder den Hoden des eigenen Vaters erschufen.** Davon gibt es jede Menge. Sie sind nicht deshalb so interessant, weil sie Einblicke in die Kosmologie vermitteln, sondern weil sie viel über den Menschen verraten. He, Kinder, was meint ihr, woraus ist *eure* Stadt entstanden?

Aber *diese* Geschichte beginnt auf der Scheibenwelt, die auf den Rücken von vier riesigen Elefanten ruht und von einer gewaltigen Schildkröte auf ihrem Panzer durchs Weltall getragen

---

* vermutlich auf den ersten Bauern.

** Götter haben genauso viel Sinn für Humor wie jeder andere auch.

wird – und *nicht* aus irgendwelchen Körperteilen zusammengebastelt wurde.

Aber *wann* fängt sie an?

Vor Jahrtausenden? Als eine Kaskade aus glühenden Steinen vom Himmel stürzte, ein Loch in den Kupferkopfberg schlug und im Umkreis von zehn Meilen jeden Baum umlegte?

Die Zwerge gruben die Steine aus, weil sie aus einer Art Eisen bestanden. Entgegen landläufiger Meinung lieben Zwerge nämlich Eisen noch mehr als Gold; es lässt sich bloß weniger leicht in Liedern besingen, weil es eben nicht so selten ist wie Gold.

Zwerge *lieben* Eisen.

Und genau das enthielten die Steine: Eisenliebe. Eine Liebe, die so stark war, dass sie alles Eiserne anzog. Die drei Zwerge, die die ersten Steine fanden, konnten sich erst wieder befreien, nachdem sie sich ihrer Kettenhosen entledigt hatten.

Viele Welten bestehen in ihrem innersten Kern aus Eisen. Aber die Scheibenwelt besitzt keinen Kern, genauso wenig wie ein Pfannkuchen.

Wenn man auf der Scheibenwelt eine Nadel verzaubert, zeigt sie zur Nabe, wo das magische Feld am stärksten ist.

Simpel.

Auf anderen, weniger fantasievoll konstruierten Welten dreht sich die Nadel aus Liebe zum Eisen.

Zu jener Zeit hatten Zwerge und Menschen diese Liebe bitter nötig.

Und jetzt spulen wir einige Jahrtausende vor, bis mindestens fünfzig Jahre vor dem stets veränderlichen *Jetzt*, bis auf eine Hügelflanke und auf ein junges Mädchen. Sie rennt – aber eigentlich weder vor etwas davon noch irgendwohin, sie rennt nur gerade schnell genug, um sich von dem jungen Mann, der hinter ihr her ist, nicht einholen zu lassen, aber wiederum auch nicht so schnell, dass er womöglich entmutigt aufgibt. Sie kommt aus dem Wald und läuft hinunter in das schilfige Tal, in dem sich auf einer kleinen Anhöhe die Steine erheben.

Sie sind ungefähr mannshoch und kaum stattlicher als ein dicker Mann.

Besonders beeindruckend sind sie jedenfalls nicht. Einen verbotenen Steinkreis malt die Fantasie sich anders aus. Er sollte aus großen, düsteren Trilithen bestehen und aus uralten steinernen Altären, von denen noch die Schreie der Blutopfer widerhallen – und nicht aus langweiligen, knubbeligen Stummeln wie diesen.

Diesmal wird sich das junge Mädchen verrechnen und doch ein kleines bisschen zu schnell laufen, sodass der junge Mann, der ihr lachend nachsetzt, sie aus den Augen verliert und irgendwann frustriert allein in die Stadt zurückgeht. Aber das alles weiß sie jetzt noch nicht, während sie vor dem Kreis steht und sich versonnen die Blumen in ihrem Haar zurechtzupft. Und dass sie sie zurechtzupfen muss, verrät uns auch schon, was für einen Nachmittag sie hinter sich hat.

Sie kennt die Steine, auch wenn sie noch nie vor ihnen gewarnt wurde. Genauso wenig, wie sie jemals gesagt bekommen hat, dass es verboten ist, sich ihnen zu nähern. Denn diejenigen, die sich so beflissen darüber ausschweigen, wissen ganz genau, was für einen starken Reiz das Verbotene entwickelt. Man bleibt dem Steinkreis fern, weil es sich einfach nicht gehört, sich dort aufzuhalten. Vor allem, wenn man ein braves Mädchen ist.

Allerdings ist die junge Frau, mit der wir es hier zu tun haben, kein »braves Mädchen« im landläufigen Sinne, wozu nicht zuletzt ihr herbes Aussehen beiträgt. Mit dem kantigen Kinn und der krummen Nase würde man sie höchstens bei Rückenwind und günstigen Lichtverhältnissen als hübsch bezeichnen – und dann auch nur, wenn man ein gutmütiger Lügner wäre. Außerdem hat sie das gewisse Funkeln derer in den Augen, die erkannt haben, dass sie klüger sind als die meisten ihrer Mitmenschen, aber noch nicht wissen, dass es am allerklügsten wäre, diese Erkenntnis möglichst für sich zu behalten. Zusammen mit der Nase sorgt dieses Funkeln für eine Miene, die zum Fürchten ist. Vor einem solchen Gesicht ist jeder auf der Hut. Wer sich traut, den Mund aufzumachen, wird sofort von einem Blick durchbohrt, der verkündet: Wehe, du hast nichts Interessantes von dir zu geben.

Solch einen Blick müssen jetzt die acht kleinen Steine auf ihrer Anhöhe über sich ergehen lassen.

Hm.

Vorsichtig geht sie näher heran. Nicht mit der Vorsicht eines fluchtbereiten Kaninchens. Sondern eher mit der eines Jägers.

Sie stemmt die Hände in die nicht sonderlich ausgeprägten Hüften.

Am heißen Sommerhimmel trällert eine Lerche, sonst ist alles still. Unten in dem kleinen Tal und oben in den Hügeln zirpen die Grashüpfer und summen die Bienen, das Gras schwingt und schwirrt vor unhörbaren Geräuschen. Aber rings um die Steine herrscht immer Stille.

»Ich bin hier«, sagt das Mädchen. »Zeig's mir.«

Im Inneren des Kreises erscheint die Gestalt einer rot gewandeten, dunkelhaarigen Frau. Obwohl der Kreis nur einen Steinwurf im Durchmesser misst, erweckt die Frau den Anschein, als käme sie aus weiter Ferne.

Jeder andere wäre jetzt geflohen, aber das junge Mädchen rührt sich nicht vom Fleck, wodurch sie sogleich das Interesse der Frau auf sich zieht.

»Dann gibt es dich also wirklich.«

»Natürlich. Wie heißt du, Kind?«

»Esmeralda.«

»Und was willst du?«

»Gar nichts.«

»Jeder will irgendetwas. Warum wärst du sonst hier?«

»Ich wollte nur sehen, ob es dich wirklich gibt.«

»Für dich auf jeden Fall... du hast ein gutes Auge.«

Das Mädchen nickt so stolz, dass Steine von ihr abprallen würden.

»Jetzt weißt du es also«, sagt die Frau im Kreis. »Und was willst du wirklich?«

»Nichts.«

»Ach nein? Letzte Woche bist du in die Berge gegangen, du warst oberhalb von Kupferkopf, um mit den Trollen zu reden. Was wolltest du von ihnen?«

Das Mädchen legt den Kopf auf die Seite.

»Woher weißt du das?«

»Weil es dir zuoberst auf der Seele liegt, Kind. Das kann jeder sehen. Jeder, der ... ein gutes Auge hat.«

»Eines Tages kann ich das auch«, sagt das Mädchen selbstgefällig.

»Wer weiß? Schon möglich. Was wolltest du von den Trollen?«

»Ich wollte ... mit ihnen reden. Wusstest du, dass sie glauben, die Zeit läuft rückwärts? Weil man die Vergangenheit sehen kann und ...«

Die Frau im Kreis lacht.

»Aber Trolle sind doch genau wie die dummen Zwerge! Interessieren sich für nichts außer Steine. Dabei haben Steine überhaupt nichts Interessantes an sich.«

Das Mädchen zuckt mit einer Achsel, als wolle sie andeuten, dass an Steinen möglicherweise doch etwas nicht ganz so Uninteressantes dran sein könnte.

»Warum kannst du nicht aus dem Kreis herauskommen?«

Das war ganz offensichtlich die falsche Frage. Die Frau überhört sie geflissentlich.

»Ich kann dir helfen, mehr als Steine zu finden«, sagt sie.

»Du kannst nicht raus aus dem Kreis, stimmt's?«

»Ich werde dir geben, was du dir wünschst.«

»Ich kann überallhin, aber du steckst in dem Kreis fest«, sagt das Mädchen.

»Ach ja? Überallhin?«

»Ja. Sobald ich Hexe bin.«

»Aber du wirst nie eine Hexe sein.«

»Wie bitte?«

»Man sagt, du kannst nicht zuhören, dich nicht beherrschen. Man sagt, du hättest keine Disziplin.«

Das Mädchen schüttelt seine Mähne. »Ach, das weißt du auch? Tja, lass die Leute nur reden. Ich werde Hexe, da können sie sagen, was sie wollen. Das kann man sich nämlich auch selber beibringen. Dazu braucht man nicht einem Haufen verrückter alter Weiber zuzuhören, die gar nicht wissen, was leben heißt. Und noch etwas, Frau im Kreis: Ich werde die beste Hexe aller Zeiten sein.«

»Mit meiner Hilfe könnte dir das gelingen«, sagt die Fremde. »Ich glaube, dein Verehrer sucht nach dir«, fügt sie mit sanfter Stimme hinzu.

Noch ein einseitiges Schulterzucken. Diesmal soll es ausdrücken, dass er ihretwegen ruhig den ganzen Tag weitersuchen kann.

»Dann kann ich es also schaffen?«

»Eine große Hexe zu werden? Ja. Du könntest alles sein. Was du auch sein willst. Komm zu mir herein. Ich zeige es dir.«

Das Mädchen geht ein paar Schritte auf den Kreis zu, doch dann zögert sie. Irgendetwas am Tonfall der Frau ist ihr nicht geheuer. Ihr Lächeln ist angenehm und freundlich, aber die Stimme – zu verzweifelt, zu drängend, zu gierig.

»Aber ich lerne viel …«

»Tritt in den Kreis, sofort!«

Noch immer zögert das Mädchen.

»Woher weiß ich …«

»Die Kreiszeit ist fast vorbei! Denk doch nur mal daran, was du alles lernen kannst. Sofort!«

»Aber …«

»Komm hier rein!«

Doch das geschah vor langer, langer Zeit, in der Vergangenheit*. Außerdem ist die Hexe jetzt …

… älter.

* Die ein anderes Land ist.

Ein Land aus Eis …

Nicht im Winter, weil Winter einen Herbst voraussetzt und vielleicht eines Tages auch einen Frühling. Dies ist ein Land aus Eis, nicht nur eine Zeit des Eises.

Drei Gestalten zu Pferde blickten den schneebedeckten Hang hinunter, auf einen Kreis aus acht Steinen. Von dieser Seite sahen sie viel größer aus.

Man hätte eine ganze Weile hinschauen müssen, um zu erkennen, was an den Gestalten so sonderbar war – noch sonderbarer sogar als ihre Kleidung. Der heiße Atem ihrer Pferde hing in der frostkalten Luft. Der Atem der Reiter nicht.

»Und diesmal«, sagte die Gestalt in der Mitte, eine Frau in Rot, »werden wir nicht verlieren. Diesmal heißt das Land uns willkommen. Wahrscheinlich hat es die Menschen längst satt.«

»Aber es gab da Hexen«, sagte einer der beiden anderen Reiter. »Ich erinnere mich an die Hexen.«

»Früher, ja«, sagte die Frau. »Aber heute … die Armen, die *Ärmsten.* Haben kaum noch Macht. Und beeinflussbar sind sie. Man kann ihren Verstand ganz leicht formen. Ich bin des Nachts auf leisen Sohlen umhergeschlichen und habe mich umgesehen, Schätzchen. Ich kenne die Hexen von heute. Die könnt ihr getrost mir überlassen.«

»Ich erinnere mich an die Hexen«, wiederholte der Reiter stur. »Einen Verstand wie … Metall.«

»Das war einmal. Wirklich, ich werde mit ihnen fertig.«

Die Königin sah mit einem wohlgefälligen Lächeln auf den Steinkreis hinunter.

»Danach könnt ihr euch mit ihnen vergnügen«, sagte sie. »Mir steht der Sinn mehr danach, mich mit einem Sterblichen zu verehelichen. Mit einem ganz besonderen Sterblichen. Ich werde unsere Welten vereinen. Um den Menschen zu zeigen, dass wir diesmal entschlossen sind zu bleiben.«

»Das wird dem König aber gar nicht gefallen.«

»Wann habe ich mich davon schon mal beeindrucken lassen?«

»Noch nie, Herrin.«

»Die Zeit ist reif, Lankin. Die Kreise öffnen sich. Bald können wir zurückkehren.«

Der zweite Reiter stützte sich auf seinen Sattelknauf.

»Und ich kann endlich wieder jagen«, sagte er. »Wann ist es so weit? Wann?«

»Bald«, antwortete die Königin. »Bald.«

Die Nacht war dunkel. Es herrschte die Art von Dunkelheit, die sich nicht allein durch das Fehlen von Mond oder Sternen erklären lässt, sondern von irgendwo herbeizuströmen scheint – so dicht und greifbar, als könne man die Nacht aus einer Handvoll Luft herausquetschen.

Es war ein Dunkel, in dem Schafe über Zäune springen und Hunde sich im Zwinger verkriechen.

Aber der Wind war warm und weniger stark als laut – er heulte durch die Wälder und jaulte in den Schornsteinen.

In solchen Nächten ziehen normale Menschen sich die Bettdecke über den Kopf, weil sie spüren, dass es Zeiten gibt, in denen die Welt im Besitz einer anderen Macht ist. Am nächsten Morgen gehört sie dann wieder den Menschen. Allen abgefallenen Ästen und vom Dach gewehten Ziegeln zum Trotz bewegt sie sich wieder im *menschlichen* Rahmen. Bis dahin aber heißt es: Decke über den Kopf.

Doch ein Mann war wach in dieser Nacht.

Um sich zu beschäftigen, fachte Jason Ogg, seines Zeichens Kunst- und Hufschmied, das Feuer in der Esse ein paar Mal mit dem Blasebalg an und setzte sich dann wieder auf seinen Amboss. Wie immer war es warm in der Schmiede, auch wenn der Wind um die Dachtraufen pfiff.

Jason Ogg konnte jedes Tier beschlagen. Einmal wollten ihm ein paar Jungs einen Streich spielen und brachten ihm eine Ameise. Er hatte sich aus einem Stecknadelkopf einen Amboss gebastelt und ihr tatsächlich mit Hilfe einer Lupe Hufeisen angelegt. Die Ameise lebte immer noch – manchmal konnte er sie über den Boden trappeln hören.

Aber heute Nacht... nun ja, heute war die Nacht, in der er gewissermaßen seine Miete bezahlte. Natürlich gehörte die Schmiede ihm. Sie war seit Generationen in Familienbesitz. Doch seine Schmiede bestand aus mehr als nur aus Backsteinen, Mörtel und Eisen. Was genau dieses gewisse Mehr war, hätte Jason selbst nicht in Worte fassen können. Er wusste nur, es war da. Es machte den Unterschied aus zwischen einem Meister der Schmiedekunst und einem x-beliebigen Eisenverbieger. Und es hatte irgendetwas mit Eisen zu tun. Und auch damit, dass er es in seinem Beruf sehr weit hatte bringen dürfen. Und dafür war er eben eine Art Miete schuldig.

Eines Tages hatte sein Vater ihn beiseitegenommen und ihm unter dem Siegel der Verschwiegenheit erklärt, was in Nächten wie dieser von ihm erwartet wurde.

Manchmal, so sagte er, in ganz bestimmten Nächten – du erkennst sie sofort – wird dir jemand sein Pferd zum Beschlagen bringen. Heiße ihn willkommen. Beschlage das Pferd. Konzentriere dich auf deine Arbeit. Und versuche, an nichts anderes zu denken als an Hufeisen.

Inzwischen hatte Jason sich einigermaßen daran gewöhnt.

Der Wind frischte auf, irgendwo stürzte ächzend ein Baum um.

Der Riegel rappelte.

Dann klopfte es. Einmal. Und noch einmal.

Jason Ogg verband sich die Augen. Die Binde sei wichtig, hatte sein Vater gesagt. Damit man sich nicht ablenken ließ.

Er öffnete das Tor.

»'n Abend, mein Herr«, sagte er.

EINE STÜRMISCHE NACHT.

Jason roch das nasse Pferd, als es mit klappernden Hufen in die Schmiede geführt wurde.

»In der Esse steht frischer Tee, und unsere Trine hat uns Plätzchen gebacken. Die sind da in der Dose, wo ›Geschenk aus Ankh-Morpork‹ draufsteht.«

DANKE. ICH HOFFE, ES GEHT DIR GUT?

»Ja, mein Herr. Die Eisen sind schon fertig. Ich halte Sie nicht lange auf. Sie sind ja schließlich ein vielbeschäftigter … Mann.«

Die Schritte klackerten hinüber zu dem alten Küchenstuhl, der Jasons Kunden vorbehalten war – beziehungsweise ihren Besitzern.

Der Schmied hatte sich Werkzeug, Hufeisen und Nägel auf der Werkbank neben dem Amboss zurechtgelegt. Er wischte sich die Hände an seinem Schurz ab, griff zur Feile und fing an. Obwohl er nicht viel vom kalten Anpassen der Eisen hielt, beherrschte er es auch blind. Schließlich beschlug er Pferde seit seinem zehnten Geburtstag. Er wechselte zur Raspel und machte damit weiter.

Eins stand fest: Er hatte noch nie ein gehorsameres Pferd kennengelernt. Leider hatte er es auch noch nie gesehen. Schade. Es musste wirklich ein ganz besonderes Tier sein, dieses Pferd …

Aber wie lautete der Rat seines Vaters? Hüte dich davor, einen Blick darauf zu riskieren.

Die Teekanne gluckerte, dann klimperte der Löffel in der Tasse, bis er mit einem Klirren auf dem Unterteller zu liegen kam.

Niemals ein Geräusch, hatte sein Vater gesagt. Nur wenn er geht und spricht, ansonsten hörst du nichts von ihm. Kein Schmatzen mit den Lippen oder so, gar nichts.

Keine Atemzüge.

Ach ja, und noch etwas. Wenn du die alten Eisen abnimmst, wirfst du sie nicht auf den Haufen mit dem Altmetall, das zum Einschmelzen bestimmt ist. Du legst sie gesondert weg. Du schmilzt sie gesondert ein. In einem eigens dafür vorgesehenen Kessel. Daraus schmiedest du dann die neuen Hufeisen. Was auch immer du tust: Beschlag niemals ein anderes Lebewesen damit.

Aber Jason hatte sich einen Satz der alten Eisen beiseitegelegt, und wenn er damit in den Nachbardörfern am Hufeisenzielwurf teilnahm, hatte er noch nie verloren. Er gewann so oft, dass es ihn nervös machte, und jetzt hingen sie die meiste Zeit an einem Nagel hinter der Tür.

Manchmal rüttelte der Wind am Fensterrahmen oder fuhr in die Glut, dass die Kohlen knisterten. Ein dumpfes Poltern und erschrecktes Gekreische ließen darauf schließen, dass der Hühnerstall am Ende des Gartens die Bodenhaftung verloren hatte.

Der Besitzer des Kunden schenkte sich Tee nach.

Jason beendete den dritten Huf und ließ ihn los. Dann streckte er die Hand aus. Das Pferd verlagerte sein Gewicht und hob den vierten Huf.

So ein Pferd gab es nur einmal unter einer Million. Höchstens.

Dann war er fertig. Komische Sache. Es schien nie sehr lange zu dauern. Jason kam ohne Uhr aus, aber er hatte den Verdacht, dass eine Arbeit, die den Gutteil einer Stunde in Anspruch nahm, *gleichzeitig* in Minutenschnelle erledigt war.

»Bitte sehr«, sagte er. »Erledigt.«

DANKE. ICH MUSS SCHON SAGEN, DAS SIND SEHR LECKERE PLÄTZCHEN. WIE KRIEGT MAN DIE SCHOKOLADENSTÜCKCHEN DA REIN?

»Keine Ahnung, mein Herr«, antwortete Jason, unverwandt auf die Innenseite der Augenbinde starrend.

EIGENTLICH MÜSSTE DIE SCHOKOLADE BEIM BACKEN DOCH SCHMELZEN. WAS MEINST DU, GIBT ES DA EINEN TRICK?

»Ist wahrscheinlich ein Berufsgeheimnis«, sagte Jason. »Solche Fragen stelle ich nie.«

GUT SO. KLUGER MANN. ICH MUSS ...

Jason konnte nicht anders, wenn auch nur, um sich immer daran erinnern zu können, dass er es tatsächlich gewagt hatte, die Frage zu stellen.

»Herr?«

JA, JASON OGG?

»Eine Frage hätte ich aber doch ...«

JA, JASON OGG?

Jason befeuchtete sich die Lippen.

»Wenn ich... wenn ich die Augenbinde abnähme, was würde ich dann sehen?«

So. Jetzt war die Frage draußen.

Es klackerte auf den Steinplatten, und die Luft bewegte sich anders. Jason nahm an, dass sein nächtlicher Gast nun genau vor ihm stand.

BIST DU EIN MANN DES GLAUBENS, JASON OGG?

Jason überlegte blitzschnell. In Lancre übertrieb man es nicht mit der Religion. Es gab die Neunten-Tags-Grübler, die Strengen Offlianer und auf irgendwelchen abgelegenen Lichtungen noch ein paar Altäre für alle möglichen kleineren Götter. Jason war eigentlich immer ganz gut ohne Religion ausgekommen. Da hielt er es mit den Zwergen. Eisen war Eisen, und Feuer war Feuer – wenn man anfing, metaphysisch zu werden, machte der Daumen bald nähere Bekanntschaft mit dem Hammer.

WORAN GLAUBST DU? JETZT, IN DIESEM AUGENBLICK?

Er steht direkt vor mir, dachte Jason. Ich bräuchte bloß die Hand auszustrecken...

Es roch. Nicht unangenehm und auch nur ganz schwach. Es war der Geruch nach abgestandener Luft in alten, vergessenen Räumen. Wenn Jahrhunderte nach etwas riechen könnten, würden die vergangenen genau so riechen.

JASON OGG?

Jason schluckte.

»Nun ja, Herr«, krächzte er. »Im Moment... glaube ich an nichts so sehr wie an meine Augenbinde.«

GUTER MANN. GUTER MANN. UND JETZT... MUSS ICH GEHEN.

Der Riegel wurde angehoben. Das Tor, vom Wind aufgestoßen, schleifte über den Boden und schlug gegen die Wand. Hufgetrappel auf den Pflastersteinen.

HERVORRAGENDE ARBEIT, WIE IMMER.

»Danke, mein Herr.«

UNTER UNS HANDWERKERN GESAGT.

»Danke, mein Herr.«

WIR WERDEN UNS WIEDERSEHEN.

»Ja, mein Herr.«

WENN MEIN PFERD NEUE EISEN BRAUCHT.

»Ja, mein Herr.«

Jason schloss das Tor und legte den Riegel vor, obwohl das, wenn er es sich recht überlegte, wahrscheinlich sinnlos war.

Aber so lautete nun mal die Abmachung – er beschlug, was man ihm brachte, ganz egal, was es war, und als Lohn bekam er die Fähigkeit, alles, aber auch wirklich *alles* beschlagen zu können, was man ihm brachte. Es hatte immer einen Schmied in Lancre gegeben, und jeder wusste, dass dieser Schmied über ganz besondere Kräfte verfügte.

Es war eine Abmachung aus uralter Zeit, und sie beruhte auf Eisen.

Der Wind flaute ab. Als die Sonne aufging, war er nur noch ein Raunen am Horizont.

Dies war das oktarine Grasland. Fruchtbares Ackerland, auf dem vor allem Korn gut gedieh.

Und da lag ein Kornfeld, sanft wogend und von Hecken eingefasst. Es war nicht groß und eigentlich auch sonst nicht außergewöhnlich. Es war lediglich ein Feld, auf dem Korn wuchs – nur nicht im Winter, das versteht sich von selbst. Dann trieben sich dort nur Tauben und Krähen herum.

Der Wind erstarb.

Das Korn wogte weiter. Nicht hin und her, wie es, wenn der Wind noch geweht hätte, normal gewesen wäre. Die Wellen breiteten sich vielmehr von der Mitte des Feldes aus, wie Kreise im Wasser, wenn man einen Stein hineingeworfen hat.

Die Luft knisterte und war erfüllt von einem zornigen Summen.

Und in der Mitte des Feldes legten sich raschelnd die jungen Halme nieder.

In einem Kreis.

Und am Himmel schwärmten zornig summend die Bienen.

Bis zur Sommersonnenwende sind es nur noch wenige Wochen. Das Königreich Lancre döst in der Hitze, die flirrend über Wald und Feld liegt.

Drei Punkte tauchen am Himmel auf.

Nach einer Weile entpuppen sie sich als drei weibliche Wesen auf Besen. Ihre Flugformation erinnert stark an die der drei berühmten Fliegenden Gipsenten.

Sehen wir sie uns etwas genauer an.

Die Erste – nennen wir sie die Anführerin – sitzt, dem Luftwiderstand zum Trotz und allem Anschein nach über ihn triumphierend, kerzengerade auf ihrem Besen. Sie hat markante, ja, fast attraktive Züge, die man allerdings nicht als schön bezeichnen sollte, es sei denn, man wäre darauf aus, seine Nase um zwei Ellen wachsen zu sehen.

Die Zweite ist mollig und krummbeinig. Sie hat ein Gesicht wie ein Apfel, der schon zu lange im Keller liegt, und eine geradezu chronisch gutmütige Miene. Sie spielt auf einem Banjo und… singt (behelfen wir uns mit diesem Wort, bis ein besseres dafür erfunden wird). Es ist ein Lied über einen Igel.

Anders als der Besen der ersten Frau, an dem nur ein, zwei Beutel hängen, ist der Besen der zweiten schwer beladen mit Sachen wie lila Plüscheseln, Korkenziehern in Form urinierender Buben, strohumflochtenen Weinflaschen und anderen internationalen Kulturgütern. Obendrauf thront der stinkendste und bösartigste Kater der Welt. Er schläft.

Die dritte und unzweifelhaft letzte Besenreiterin ist zugleich auch die jüngste. Anders als die beiden anderen, die wie Raben gekleidet sind, trägt sie bunte, fröhliche Farben, die ihr nicht stehen und ihr vor zehn Jahren wahrscheinlich auch schon nicht gestanden haben. Sie ist von der diffusen Aura eines angeborenen Optimismus umgeben. Die Blumen, die sie im Haar trägt, sind nicht mehr ganz taufrisch, genau wie sie selbst.

Die drei Hexen überfliegen die Landesgrenze des Königreichs Lancre und kurz darauf die gleichnamige Hauptstadt. Über dem dahinter liegenden Heidemoor gehen sie in den Landeanflug über und setzen neben einem stehenden Stein auf, der die Grenzen ihrer Reviere markiert.

Sie sind wieder da.

Und alles ist wieder in Ordnung.

Ungefähr fünf Minuten lang.

Im Plumpsklo war ein Dachs.

Oma Wetterwachs stocherte mit ihrem Besen nach ihm, bis ihm ein Licht aufging und er sich trollte. Dann nahm sie den Schlüssel, der neben dem letztjährigen *Almanach und Bauernkalender* an einem Haken hing, und ging den Gartenweg hinauf zu ihrem Häuschen.

Ein ganzer Winter in der Fremde! Da wartete bestimmt viel Arbeit auf sie. Die Ziegen von Herrn Skindel abholen, die Spinnen aus dem Schornstein fegen, die Frösche aus dem Brunnen fischen – und sich nach und nach wieder in anderer Leute Angelegenheiten mischen, weil sie damit ohne die Hilfe einer Hexe heillos überfordert waren.

Aber als Erstes wollte sie sich ein Stündchen Ruhe gönnen. So viel Zeit musste sein.

Im Wasserkessel nisteten Rotkehlchen, die durch eine zerbrochene Fensterscheibe ins Haus gelangt waren. Vorsichtig brachte Oma den Kessel nach draußen und klemmte ihn über der Haustür fest, damit die Wiesel nicht herankamen. Das Teewasser kochte sie im Topf.

Als Nächstes zog sie die Uhr auf. Hexen hatten eigentlich kaum Verwendung für Uhren, aber Oma gefiel das Ticken. Außerdem wirkte das Haus nicht so leer, wenn es tickte. Die Uhr war ein Erbstück von ihrer Mutter, die sie jeden Tag aufgezogen hatte.

Der Tod der Mutter war für Esme Wetterwachs nicht unerwartet gekommen. Zum einen konnte sie als Hexe in die Zukunft sehen, und zum anderen war sie zu jener Zeit bereits eine erfahrene Heilerin gewesen, die die Zeichen deuten und sich auf das Erwartete einstellen konnte. Geweint hatte sie erst einen Tag später, während des Leichenschmauses, als plötzlich die Uhr stehen blieb. Ihr fiel das Tablett mit den Schinkenbrötchen aus der Hand, und sie musste sich eine Weile auf dem Plumpsklo einschließen, damit niemand ihre Tränen sah.

Jetzt hatte sie Zeit, an solche Dinge zu denken, Zeit, die Vergangenheit Revue passieren zu lassen...

Die Uhr tickte. Das Wasser kochte. Oma Wetterwachs fischte ein Tütchen Tee aus ihrem spärlichen Besengepäck und spülte die Kanne heiß aus.

Das Feuer im Kamin brannte ruhig vor sich hin und vertrieb die Feuchtigkeit aus dem seit Monaten nicht mehr benutzten Zimmer. Die Schatten wurden länger.

Zeit, an die Vergangenheit zu denken. Hexen können in die Zukunft sehen: Die Angelegenheiten, um die sie sich schon allzu bald würde kümmern müssen, waren ihre eigenen.

Dann warf sie einen Blick aus dem Fenster.

Nanny Ogg balancierte kippelnd auf einem Hocker und fuhr mit dem Zeigefinger über den Küchenschrank. Als sie ihn anschließend prüfend in Augenschein nahm, war er blitzsauber.

»Hm«, sagte sie. »Scheint ja halbwegs picobello zu sein.«

Die Schwiegertöchter überlief ein Schauder der Erleichterung.

»Auf den ersten Blick jedenfalls«, fügte Nanny hinzu.

Stumm vor Entsetzen drängten sich die drei jungen Frauen dicht aneinander.

Das Verhältnis zu ihren Schwiegertöchtern war der einzige Fleck auf Nanny Oggs ansonsten blütenweißer Charakterweste.

Bei den Schwiegersöhnen war es etwas anderes, da schlug ihre übliche Liebenswürdigkeit durch – sie kannte ihre Namen und wusste sogar, wann sie Geburtstag hatten. Die jungen Männer fügten sich in die Familie ein wie zu groß geratene Küken, die unter die Flügel einer brütenden Bantamhenne schlüpfen. Und Nannys Enkelkinder wurden von ihr vergöttert, jedes einzelne von ihnen. Aber eine Frau, die so leichtsinnig war, einen Ogg-Sohn zu heiraten, ergab sich am besten gleich in die seelischen Foltern und unsäglichen häuslichen Frondienste, die ihr Leben von nun an bestimmen würden.

Nanny Ogg selbst rührte im Haushalt keinen Finger, es sei denn, um den Schwiegertöchtern damit zu drohen und ihnen Beine zu machen.

Sie kletterte vom Hocker und strahlte die drei Frauen an.

»Ihr habt wirklich nicht schlecht geputzt«, sagte sie. »Könnte schlimmer aussehen.«

Ihre Miene verdüsterte sich.

»Allerdings hab ich noch gar nicht unter dem Bett im Gästezimmer nachgesehen«, sagte sie.

Inquisitoren hätten Nanny Ogg wegen exzessiver Boshaftigkeit aus ihren Reihen ausgeschlossen.

Als hinter ihr weitere Familienmitglieder ins Zimmer kamen, drehte sie sich um. Sofort verzog sich ihr Gesicht zu dem rührseligen Lächeln, das ausschließlich ihren Enkeln vorbehalten war.

Jason Ogg schob seinen Jüngsten nach vorn. Der vierjährige Dickie Ogg hatte etwas in der Hand.

»Was hast du denn da Schönes?«, fragte Nanny. »Zeig es deiner Omi.«

Dickie hielt es hoch.

»Mich laust der Affe, bist du aber fleißig gewesen …«

Da geschah es. Genau in diesem Moment. Genau unter ihrer Nase.

Und zuletzt gab es da auch noch Magrat.

Sie war acht Monate weg gewesen.

Jetzt meldete sich langsam die Panik. Genau genommen war sie mit König Verenz II. verlobt. Obwohl… verlobt war vielleicht doch etwas zu viel gesagt. Immerhin war Magrat sich relativ sicher, dass sie irgendwie stillschweigend übereingekommen waren, eine Verlobung definitiv in Betracht zu ziehen. Zugegeben, sie hatte ihm oft genug erklärt, dass sie ein freier Mensch war, der sich keinerlei Fesseln anlegen lassen würde, was auch – zumindest mehr oder weniger – der Wahrheit entsprach, aber andererseits…

Andererseits… waren acht Monate nun mal acht Monate. In acht Monaten konnte wer weiß was geschehen sein. Sie hätte sofort von Gennua aus zurückfliegen sollen, aber die beiden anderen wollten sich ja unbedingt noch ein bisschen amüsieren.

Sie wischte den Staub vom Spiegel und betrachtete sich kritisch. Der Anblick war nicht sehr ermutigend. Mit ihren Haaren konnte sie anstellen, was sie wollte, nach spätestens drei Minuten hatten sie sich wieder verheddert. Wie ein Gartenschlauch im Geräteschuppen.* Sie hatte sich ein neues grünes Kleid gekauft. Aber was an der Gipspuppe so aufregend und schick ausgesehen hatte, sah an Magrat aus wie ein zusammengerollter Regenschirm.

Und Verenz regierte nun schon seit acht Monaten. Natürlich war Lancre so klein, dass man sich nicht einmal richtig ausstrecken konnte, ohne einen Reisepass zu benötigen, doch er war trotzdem ein echter König, und echte Könige hatten nun einmal eine anziehende Wirkung auf junge Frauen, die auf der Karriereleiter als nächste Stufe das Königinnenamt anpeilten.

Halbherzig rupfte und zupfte Magrat noch ein bisschen an dem Kleid herum und bürstete energisch ihre Haare nieder.

---

* Der sich, so sorgfältig man ihn auch aufwickelt, über Nacht von selbst wieder entrollt und den Rasenmäher an die Fahrräder fesselt.

Dann ging sie hinauf zum Schloss.

Für den Wachdienst im Schloss waren in Lancre immer diejenigen zuständig, die sonst nichts Besseres zu tun hatten. Heute musste Jorick Ogg, Nannys Jüngster, Posten schieben. Als Magrat an ihm vorbeitappte, stand er mehr oder weniger stramm, ließ dann seine Pike fallen und eilte in seiner schlackernden Kettenrüstung hinter ihr her.

»Könnten Sie bitte ein bisschen langsamer gehen, Fräulein?«

Er überholte sie, flitzte die Treppe hoch, riss eine Trompete, die neben dem Tor an einer Schnur baumelte, vom Haken und schmetterte eine verunglückte Fanfare. Er machte ein Gesicht, als wäre er mit den Nerven fast am Ende.

»Schön da stehen bleiben, Fräulein. Zählen Sie bis fünf, dann dürfen Sie klopfen.« Damit sprang er auch schon durch das Tor und knallte es hinter sich zu.

Magrat wartete, dann betätigte sie den Klopfer.

Wenige Sekunden später machte Jorick ihr auf. Er hatte einen knallroten Kopf und trug eine gepuderte Perücke – falsch herum.

Er warf sich in Butlerpose. »Jo bütte?«, näselte er fürnehm.

»Unter der Perücke hast du noch deinen Helm auf«, sagte Magrat.

Jorick ließ die Schultern hängen. Sein Blick wanderte scheitelwärts.

»Sind alle anderen bei der Heuernte?«, fragte Magrat.

Jorick lüpfte die Perücke, nahm den Helm ab und setzte die Perücke wieder auf. Abwesend pflanzte er zuletzt den Helm obendrauf.

»Ja, und Herr Zweigelt, der Butler, liegt mal wieder mit seinem alten Leiden darnieder«, antwortete Jorick. »Ich bin seine Vertretung. Und weil Frau Spirin unpässlich ist, muss ich auch noch das Essen kochen, bevor ich Feierabend machen kann.«

»Du brauchst nicht mitzukommen«, sagte Magrat. »Ich kenne den Weg.«

»Nein«, entgegnete Jorick. »Es muss alles seine Ordnung

haben. Wenn Sie immer schön langsam gehen, schaffe ich das schon.«

Er lief voraus und stieß eine Flügeltür auf – »Frrroillllein Maaagrrrat Knoooblauch!«

... und hastete weiter zur nächsten Tür.

»Frrroillllein ... Maaagrrrat ... Knoooblauch ... Seine Majestäääät, der Kööön– Oh, Mist, wo ist er denn hin?«

Der Thronsaal war leer.

Schließlich fanden sie Verenz II., König von Lancre, vor den Stallungen.

Einige Menschen werden als Könige geboren. Einige erwerben die Königswürde oder doch zumindest die des Erz-Generalissimo-Landesvaters. Aber Verenz war die Königswürde zugeworfen worden. Er hatte den Beruf nicht erlernt, sondern war lediglich durch einen jener in Königshäusern nicht gerade unüblichen Stammbaumkuddelmuddel auf den Thron gelangt.

Sein erlernter Beruf war der des Hofnarren, dessen Aufgabe darin bestand, lustige Sprünge zu vollführen, Possen zu reißen und sich Vanillesoße in die Hose kippen zu lassen. Infolgedessen hatte er sich eine von tiefem Ernst getragene Weltsicht angeeignet und den festen Entschluss gefasst, nie wieder über irgendetwas zu lachen – schon gar nicht, wenn Vanillesoße dabei im Spiel war.

Verenz war also mit dem Vorteil vollkommener Ahnungslosigkeit in die Herrscherrolle hineingerutscht. Weil ihm nie jemand erklärt hatte, wie man sich als König verhielt, musste er es sich wohl oder übel selbst beibringen. Er hatte sich Fachlektüre zu dem Thema kommen lassen, denn er hielt große Stücke auf Weiterbildung durch Buchwissen.

So war er zu dem ungewöhnlichen Schluss gekommen, dass es die Aufgabe eines Königs ist, für bessere Lebensbedingungen all seiner Untertanen zu sorgen.

Bei den Stallungen war Verenz gerade in die Untersuchung eines komplizierten Geräts vertieft. Vorne hatte es Deichseln für ein Zugpferd, hinten sah es aus wie ein Karren, der mit Windmühlen beladen war.

Mit einem versonnenen Lächeln sah er hoch.

»Hallo«, sagte er. »Na, wieder im Lande?«

»Äh…«, begann Magrat.

»Das ist ein patentierter Fruchtwechsler.« Verenz tippte auf die Maschine. »Ist gerade aus Ankh-Morpork eingetroffen. Glaub mir, das ist die Zukunft. Es ist wirklich spannend, sich mit der Modernisierung der Landwirtschaft und der Verbesserung der Bodenfruchtbarkeit zu beschäftigen. Wir müssen zusehen, dass wir endlich diese moderne Dreifelderwirtschaft einführen.«

Magrat konnte ihm nicht recht folgen.

»Aber wir haben doch sowieso nur drei Felder«, wandte sie ein. »Und die Böden machen auch nicht viel her…«

»Es kommt auf das richtige Verhältnis zwischen Getreide, Hülsenfrüchten und Wurzelgemüse an.« Verenz erhob die Stimme. »Außerdem denke ich ernsthaft über den Anbau von Klee nach. Ich wüsste gern, was du davon hältst!«

»Äh…«

»Und ich finde, wir müssen unbedingt etwas wegen der Schweine unternehmen!«, brüllte Verenz. »Unser Lancre'sches Streifenschwein ist sehr robust! Aber wir könnten den Fleischertrag noch erheblich steigern! Durch geschicktes Einkreuzen! Mit dem Sattelrückenschwein aus Sto zum Beispiel! Ich habe schon einen Eber bestellt – Jorick, hör endlich auf mit dem *Getröte*!«

Jorick ließ die Trompete sinken.

»Das war eine Fanfare, Eure Majestät.«

»Sicher, sicher, aber irgendwann muss auch wieder Schluss sein! Ein kurzes Geschmetter reicht allemal.« Verenz schnupperte. »Da brennt was.«

»Oh, Mist… das sind die Möhren…« Jorick machte sich eilig davon.

»Schon besser«, sagte Verenz. »Wo waren wir stehen geblieben?«

»Bei den Schweinen, glaube ich«, antwortete Magrat. »Aber eigentlich bin ich hier, weil …«

»Alles hängt von den Böden ab. Wenn man anständige Böden hat, ergibt sich der Rest von selbst. Übrigens habe ich den Termin für die Hochzeit auf den Sonnwendtag gelegt. Ich dachte mir, das würde dir gefallen.«

Magrats Lippen formten ein O.

»Wir können ihn natürlich noch verschieben, aber nicht sehr weit nach hinten, wegen der Ernte«, sagte Verenz.

»Die ersten Einladungen sind schon rausgegangen an die Gäste, die wir auf jeden Fall einladen müssen«, sagte Verenz.

»Und dann hab ich mir noch überlegt, dass es schön wäre, vorher eine Art Jahrmarkt oder Volksfest zu veranstalten«, sagte Verenz.

»Von Macci aus Ankh-Morpork habe ich den besten Damenschneider mit einer Stoffauswahl kommen lassen. Eine der Zofen hat in etwa deine Größe. Ich denke, du wirst mit dem Ergebnis hochzufrieden sein«, sagte Verenz.

»Und der Zwerg Herr Eisengießersohn hat sich extra vom Berg herunterbemüht, um die Krone zu schmieden«, sagte Verenz.

»Mein Bruder und die Truppe von Herrn Vitoller können leider nicht kommen, weil sie in Klatsch auf Tournee sind, aber dafür hat der große Barde Hwel für die Hochzeitsfeierlichkeiten ein ganz besonderes Stück geschrieben. Ein Stück, das nicht einmal Landeier versauen können, wie er meint«, sagte Verenz.

»Dann wäre also alles geregelt?«, sagte Verenz.

Endlich kehrte Magrats Stimme – wenn auch etwas heiser – aus größter Erdferne zurück.

»Müsstest du mich nicht erst … *fragen*?«, krächzte sie.

»Wie bitte? Äh. Nein, muss ich nicht«, sagte Verenz. »Nein. Könige fragen nicht. Ich habe es extra nachgeschlagen. Und ich bin ja der König, während du – nichts für ungut – eine Untertanin bist. Ich muss nicht fragen.«

Magrats Mund öffnete sich schon zu einem Schrei der Empörung, aber dann setzte sich in letzter Sekunde doch noch ihr Verstand in Gang.

Ja, sagte der, *natürlich* kannst du ihn anbrüllen und wütend davonrauschen. Und er wird dir wahrscheinlich nachlaufen.

Höchstwahrscheinlich.

Hm.

Oder doch nicht *ganz* so wahrscheinlich? Gewiss, er ist ein netter kleiner Mann mit sanften Spanielaugen, aber er ist außerdem König. Ein König, der Sachen nachschlägt. Trotzdem: höchstwahrscheinlich ziemlich wahrscheinlich.

Aber...

Möchtest du den Rest deines Lebens darauf verwetten? Hast du dir das alles nicht sowieso gewünscht? Bist du nicht genau deswegen hier? Eigentlich?

Verenz musterte sie mit sorgenvollem Blick.

»Ist es wegen der Hexerei?«, fragte er. »Selbstverständlich brauchst du deinen Beruf nicht ganz aufzugeben. Ich habe höchsten Respekt vor Hexen. Du kannst eine hexende Königin sein, auch wenn das wohl bedeutet, dass du dich recht freizügig kleiden, Katzen halten und vergiftete Äpfel unters Volk bringen musst. Das habe ich irgendwo gelesen. Die Hexerei ist das Problem, nicht wahr?«

»Nein«, murmelte Magrat. »Das ist es nicht... äh... Hast du gerade etwas von einer Krone gesagt?«

»Du musst eine Krone tragen«, antwortete Verenz. »Das gehört sich so für eine Königin. Das steht in meinen Büchern.«

Und wieder meldete sich ihr Verstand zu Wort. Königin Magrat, wisperte er. Er hielt ihr den Spiegel der Fantasie vor...

»Du bist mir doch nicht böse?«, fragte Verenz.

»Was? Oh. Nein. Ich? Nein.«

»Gut. Dann hätten wir also alles unter Dach und Fach. Oder meinst du, wir haben etwas vergessen?«

»Hm...«

Verenz rieb sich die Hände.

»Wir erzielen schon die tollsten Ergebnisse mit den Hülsenfrüchten«, sagte er, als hätte er nicht soeben Magrats ganzes Leben auf den Kopf gestellt – ohne sie zu fragen. »Bohnen, Erbsen... du weißt schon. Stickstofffixierende Bakterien. Und natürlich Mergel und Kalk. Wissenschaftlicher Ackerbau. Komm mit, ich will dir was zeigen.«

Und damit sprang er auch schon aufgeregt davon.

»Weißt du was?«, sagte er. »Ich glaube wirklich, aus diesem Königreich lässt sich was machen.«

Magrat trottete hinter ihm drein.

Dann war also alles unter Dach und Fach. Kein Heiratsantrag, dafür eine Verlautbarung. Nicht einmal in den dunkelsten Nachtstunden hatte Magrat sich genau ausmalen können, wie der große Augenblick wohl ablaufen würde, doch es hätte sie keineswegs überrascht, wenn dabei auch Rosen, Sonnenuntergänge und tirilierende Vögel ins Spiel gekommen wären. Von Klee hatte sie jedenfalls nicht geträumt. Von Bohnen und anderen Stickstoffanreichern eher noch weniger.

Andererseits war Magrat praktischer veranlagt, als es die meisten Menschen vermuteten, die ihr nicht ins Herz blicken konnten, sondern lediglich ihr vages Lächeln sahen – und ihren Esoterikschmuck. Eine Sammlung, die aus mehr als dreihundert Stücken bestand, von denen kein einziges irgendeine magische Wirkung besaß.

So vermählte man sich also mit einem König. Alles wurde arrangiert. Es gab keine stolzen Schimmel. Die Vergangenheit schlug ohne Umwege in die Zukunft um und nahm einen einfach mit.

Vielleicht war das normal. Könige waren schließlich vielbeschäftigte Leute, und Magrat hatte mit königlichen Eheschließungen ja auch nicht gerade viel Erfahrung.

»Wohin gehen wir?«, fragte sie.

»In den alten Rosengarten.«

Ah ... ja, das klang doch schon viel besser.

Bloß gab es in dem von einer Mauer umfriedeten Garten keine Rosen mehr. Genauso wenig wie Wege oder lauschige Lauben. Nur noch kniehohe grüne Stängel, zwischen deren weißen Blüten sich die Bienen abarbeiteten.

»Bohnen?«, sagte Magrat.

»*Ja!* Ein Versuchsfeld. Zur Anschauung für die Bauern«, antwortete Verenz und seufzte. »Sie nicken und murmeln und lächeln, aber ich fürchte, wenn sie wieder zu Hause sind, machen sie genauso weiter wie bisher.«

»Das kenne ich«, sagte Magrat. »Das ging mir auch so, als ich die Kurse für natürliche Geburt gehalten habe.«

Verenz lupfte eine Augenbraue. Die Vorstellung, dass Magrat den kerngesunden, gebärfreudigen Frauen seines Königreichs Geburtsvorbereitungskurse gab, mutete selbst ihn ein wenig befremdlich an.

»Was du nicht sagst. Und wie haben sie ihre Kinder vorher zur Welt gebracht?«

»Na, so irgendwie aus dem Bauch raus.«

Sie betrachteten das kleine summende Bohnenfeld.

»Wenn du erst Königin bist, brauchst du dich natürlich nicht mehr ...«, begann Verenz.

Es geschah unmerklich, wie der Hauch eines Kusses, wie das Streicheln eines Sonnenstrahls.

Mitten in die Windstille hinein senkte sich eine beklemmende Stille, so plötzlich, dass es in den Ohren knackte.

Die Stängel knickten ab und legten sich im Kreise nieder.

Unter lautem Gebrumm suchten die Bienen ihr Heil in der Flucht.

Die drei Hexen trafen gleichzeitig bei dem stehenden Stein ein.

Sie hielten sich nicht lange mit Erklärungen auf. Manche Sachen *weiß* man einfach.

»Mitten in meinen Kräutern!«, sagte Oma Wetterwachs.

»Im Schlossgarten!«, sagte Magrat.

»Das arme Kerlchen! Und er hat es noch hochgehalten, um es mir zu zeigen!«, sagte Nanny Ogg.

Oma Wetterwachs stutzte. »Was redest du da, Gytha Ogg?«

»Unser Dickie hatte für seine Omi auf einem Waschlappen Kressekörner gesät«, antwortete Nanny Ogg geduldig. »Wie er ihn mir gerade zeigt und ich mich bücke, um mir seine Überraschung anzusehen – patsch! Ein Kornkreis!«

»Die Lage ist ernst«, sagte Oma Wetterwachs. »So ernst wie seit Jahren nicht mehr. Und wir wissen alle, was das zu bedeuten hat. Was wir jetzt...«

»Äh«, sagte Magrat.

»... machen müssen...«

»Entschuldigung«, sagte Magrat. Manchmal kommt man eben doch nicht ohne eine Erklärung aus.

»Ja?«

»*Ich* weiß nicht, was das zu bedeuten hat«, sagte Magrat. »Sicher, die alte Gütchen Wemper...«

»... möge-sie-in-Frieden-ruhen...«, warfen Oma und Nanny wie aus einem Munde ein.

»... hat mir zwar erzählt, dass die Kreise gefährlich sind, aber nicht, warum.«

Die beiden Althexen wechselten einen Blick.

»Sie hat kein Wort über die Tänzer verloren?«, fragte Oma Wetterwachs.

»Kein Wort über den Langen Mann?«, fragte Nanny Ogg.

»Was für Tänzer? Doch nicht etwa die alten Steine da oben im Moor?«

»Wir müssen SIE aufhalten, mehr brauchst du momentan nicht zu wissen«, sagte Oma Wetterwachs. »Und zwar schnell.«

»Aufhalten? *Wen SIE*?«

Oma setzte eine Unschuldsmiene auf. »Die Kreise natürlich.«

»Ooh nein«, sagte Magrat. »Ich hab's ganz genau gehört. So

wie du SIE gesagt hast, klang es wie ein Fluch oder so. Das war nicht bloß *irgendein* sie, das war ein SIE, in Großbuchstaben.«

Die alten Hexen blickten verlegen drein.

»Und wer ist dieser Lange Mann?«, fragte Magrat.

»Kein Wort über den Langen Mann«, sagte Oma. »Niemals.«

»Aber über die Tänzer könnten wir ihr schon etwas erzählen«, murmelte Nanny. »Das schadet nicht.«

»Ja, aber ... du weißt doch ... ich meine ... sie ist Magrat!«

»Und was soll das nun bitte schön wieder heißen?«, fuhr Magrat sie an.

»Nur, dass du bestimmt eine ganz andere Einstellung zu denen hast«, sagte Oma.

»Es geht hier um die ...«, begann Nanny Ogg.

»Nicht aussprechen!«

»Ja, hast Recht. Entschuldige.«

»Es kann natürlich sein, dass kein Kreis die Tänzer findet«, sagte Oma. »Noch gibt es Hoffnung. Vielleicht ist alles bloß Zufall.«

»Aber wenn sich einer der Kreise doch ...?«

Magrat hatte die Nase voll.

»Das macht ihr immer, dass ihr in Rätseln redet! Nur, damit ich nichts mitbekomme. Das macht ihr absichtlich! Aber ihr werdet euch noch umsehen, wenn ich erst Königin bin!«

So, jetzt hatte sie es ihnen aber gezeigt!

Nanny legte den Kopf auf die Seite.

»Aha«, sagte sie. »Dann hat dir jung Verenz also einen Antrag gemacht?«

»Jawohl!«

»Und wann soll das freudige Ereignis stattfinden?«, fragte Oma Wetterwachs eisig.

»In zwei Wochen«, antwortete Magrat. »Am Sonnwendtag.«

»Schlechter Termin, ganz schlechter Termin«, sagte Nanny Ogg. »Die kürzeste Nacht des Jahres ...«

»Gytha Ogg!«

»Dann seid *ihr* meine Untertaninnen«, fuhr Magrat fort, ohne sich aus dem Konzept bringen zu lassen. »Dann müsst ihr vor mir knicksen und was weiß ich nicht alles!«

Sie wusste selbst, wie kindisch das klang, aber sie konnte ihrer Wut nichts entgegensetzen.

Oma Wetterwachs kniff die Augen zusammen.

»Hm«, sagte sie. »Knicksen, ja? Wir, ja? Müssen, ja?«

»Jawohl, und wenn ihr euch weigert, könnt ihr dafür ins Verlies geworfen werden.«

»Ach Gottchen«, sagte Oma. »Du liebes Lottchen. Das würde mir aber gar nicht gefallen. Ganz und gar nicht.«

Das Schlossverlies – schon zu seinen besten Zeiten eher spärlich belegt – wurde seit längerem überhaupt nicht mehr genutzt. Verenz II. war der gutmütigste Monarch in der Geschichte von Lancre. Deshalb hatten seine Untertanen für ihn nur die mitleidige Verachtung übrig, die das Schicksal jenen zugedacht hat, die sich, ohne viel Aufhebens davon zu machen, gewissenhaft für das Allgemeinwohl einsetzen. Außerdem hätte Verenz sich lieber ein Bein abgeschnitten, als eine Hexe einzusperren. Das ersparte einem auf die Dauer jede Menge Ärger und tat auch nicht so weh.

»Königin Magrat, hm?«, sagte Nanny Ogg, um die Stimmung etwas aufzulockern. »Mannomann. Na, dann kommt vielleicht wenigstens mal wieder ein bisschen Schwung in das alte Gemäuer.«

»Fragt sich bloß, ob Auf- oder Abschwung«, knurrte Oma.

»Jedenfalls brauche ich mich nicht mehr mit solchen Lappalien abzugeben«, sagte Magrat. »Worum auch immer es dabei gehen mag. Das ist eure Angelegenheit. Für so etwas habe ich bald sowieso keine Zeit mehr.«

»Tu, was du nicht lassen kannst, du Möchtegernkönigin«, grummelte Oma Wetterwachs.

»Ha!«, sagte Magrat. »Und genau das tue ich auch. Ich tue, verflixt... *verdammt* noch mal, was mir gefällt! Ihr könnt euch für Lancre eine andere Hexe suchen. Verstanden? Ihr findet bestimmt eine andere Doofe, die für euch die Drecksarbeit erledigt, während ihr sie nie ins Vertrauen zieht, weil ihr sie nicht für voll nehmt. Ich kann mir was Besseres vorstellen!«

»Etwas Besseres, als Hexe zu sein?«, fragte Oma.

Magrat lief ihr voll ins offene Messer.

»O ja!«

»O nein!«, stöhnte Nanny.

»Tja, wenn das so ist, halten wir dich nicht länger auf«, sagte Oma mit messerscharfer Stimme. »Willst sicher zurück in deinen Palast.«

»Jawohl!«

Magrat hob ihren Besen auf.

Blitzschnell schloss sich Omas Hand um den Stiel.

»Nein«, sagte sie. »So haben wir nicht gewettet. Königinnen lassen sich in goldenen Kutschen herumfahren und so. Jedem nach seinem Geschmack. Besen sind für Hexen da.«

»Also bitte, ihr zwei, nun habt euch mal nicht so«, sagte Nanny Ogg, der die Natur das Talent zum Friedenstiften in die Wiege gelegt hatte. »Man kann doch auch Königin und Hexe gleichzeitig sein.«

»Wen juckt's?« Magrat ließ den Besen los. »Da steh ich drüber.«

Sie drehte sich um, raffte ihre Röcke und lief los. Bald war sie nur noch eine schwarze Silhouette, die sich vor der untergehenden Sonne abhob.

»Du bist und bleibst ein dummer alter Handfeger, Esme«, sagte Nanny Ogg. »Und alles bloß, weil sie heiraten will.«

»Du weißt doch genau, wie sie reagieren würde, wenn wir sie einweihen. Über die feinen Herrschaften und die Kreise«, antwortete Oma Wetterwachs. »Sie würde es nicht nur falsch verstehen, sondern auch noch *nett* finden. Besser, wir halten sie da raus.«

»Sie haben hier schon seit einer Ewigkeit nicht mehr ihr Unwesen getrieben«, sagte Nanny. »Wir werden Hilfe brauchen.

Ich meine ... wann warst *du* das letzte Mal oben bei den Tänzern?«

»Du weißt doch, wie das ist«, sagte Oma. »Solange Ruhe herrscht ... denkt man nicht an sie.«

»Wir hätten da längst mal wieder mähen müssen.«

»Stimmt.«

»Gleich morgen früh fliegen wir hin«, sagte Nanny Ogg.

»Ja.«

»Und bring eine Sichel mit.«

Im Königreich Lancre gibt es nicht viele Stellen, wo man einen Fußball fallen lassen könnte, ohne dass er wegrollt. Es besteht zum größten Teil aus Moor und steilen bewaldeten Hängen, hinter denen sich scharfkantige, zerklüftete Berge erheben, in die sich nicht einmal die Trolle trauen. Die dazwischen liegenden Täler sind so tief, dass man das Sonnenlicht hineinpumpen muss.

Obwohl zwischen der Stadt und dem Hochmoor mit den Tänzern nur wenige Meilen lagen, wurde der Trampelpfad, der zu ihnen hinaufführte, so selten begangen, dass er fast ganz zugewuchert war. Manchmal pirschten Jäger durchs Gestrüpp, allerdings nur, wenn sie sich verirrt hatten. Nicht, dass es dort kein Wild gegeben hätte, aber, nun ja ...

... es gab dort eben auch die Steine.

Steinkreise fand man in den Bergen eigentlich überall. Die Druiden bauten sie als Wettercomputer, und weil es von jeher billiger war, einen neuen 33-Megalith-Kreis zu bauen, als einen alten aufzurüsten, standen an jeder Ecke die veralteten Modelle herum.

In die Nähe der Tänzer wagte sich nie ein Druide.

Die Steine waren weder behauen noch irgendwie durchdacht angeordnet. Es war keineswegs Sinn und Zweck der Sache, dass die Sonne am richtigen Tag im richtigen Winkel auf den richtigen Stein auftreffen sollte. Irgendjemand hatte einfach acht rote Felsen hergeschleift und halbwegs kreisförmig aufgestellt.

Aber das Wetter war hier anders. Man erzählte sich, dass es im

Kreis immer einige Sekunden später zu regnen anfing als außerhalb, als hätten die Tropfen einen weiteren Weg zurückzulegen. Wenn sich Wolken vor die Sonne schoben, dauerte es ein, zwei Augenblicke, bevor es auch im Kreis dunkler wurde.

Willibald Krebs wird in wenigen Minuten sterben. Hätte er mal lieber nicht während der Schonzeit Jagd auf Rotwild gemacht. Schon gar nicht auf den prächtigen Hirsch, dem er nachstellte, und noch weniger auf einen Zwölfender der Spezies Spitzhorn-Schnellhuf, einer bedrohten Tierart – wenn auch nicht so bedroht wie Willibald Krebs in diesem Moment.

Mit einem Geraschel und Geprassel, dass ihm selbst ein Blinder hätte folgen können, brach der Hirsch durch den dichten Adlerfarn.

Krebs stapfte hinterdrein.

Zwischen den Steinen hing noch der Morgennebel, nicht als Decke, sondern in dünnen, zerlumpten Streifen.

Als der Hirsch den Kreis erreichte, verharrte er. Er trabte ein paar Mal hin und her, hob den Kopf und sah Krebs in die Augen.

Der legte die Armbrust an.

Der Hirsch drehte sich um und sprang mit einem Satz mitten zwischen die Steine.

Danach nahm Krebs nur noch verschwommene Eindrücke wahr. Zuerst ein Gefühl von …

… *Ferne*. Der Kreis maß nur wenige Schritte im Durchmesser und hätte niemals so viel *Ferne* enthalten dürfen.

Dann folgte ein Gefühl von …

… *Geschwindigkeit*. Etwas kam aus dem Kreis heraus, ein weißer Punkt, der schnell größer wurde.

Krebs wusste, dass er das Ziel anvisiert hatte. Aber die Armbrust wurde ihm aus den Händen geschleudert, als das Ding zuschlug, und schließlich war da nur noch ein Gefühl von …

… *Frieden*.

Und eine kurze Erinnerung an Schmerzen.

Willibald Krebs starb.

Er sah durch seine Hände hindurch auf das zerdrückte Farnkraut. Das deshalb zerdrückt war, weil sein eigener Leichnam darauf lag.

Seine unlängst gebrochenen Augen wanderten über die Landschaft.

Tote können sich nichts vormachen. Sterben ist wie Aufwachen nach einer richtig heißen Party: Man darf sich ein, zwei Sekunden in ahnungsloser Unschuld sonnen, bevor einem wieder einfällt, was man sich in der vergangenen Nacht alles geleistet hat – urkomische Sachen, die einem wahnsinnig logisch vorkamen, wie zum Beispiel das tolle Kunststück mit dem Lampenschirm und den zwei Luftballons, das so ein grandioser Heiterkeitserfolg war. Aber dann dämmert es einem, dass man heute – nüchtern – einer ganzen Menge – nüchterner – Leute in die Augen sehen muss und dass man leider nicht der Einzige ist, der sich *an alles erinnert.*

»Oh«, sagte er.

Die Landschaft floss um die Steine herum. Natürlich, jetzt war alles sonnenklar. So von außen betrachtet …

Sonnenklar. Keine Wände, nur Türen. Keine Kanten, nur Ecken …

WILLIBALD KREBS.

»Ja?«

HIER ENTLANG, BITTE.

»Sind Sie ein Jäger?«

ICH SEHE MICH EHER ALS EINEN AUFSCHNAPPER VON UNBEDEUTENDEN KLEINIGKEITEN.

Tod grinste verschmitzt. Krebs legte seine postmortale Stirn in Falten.

»Hä? Soll das heißen, Sie sammeln Nippes und solches Zeug?«

Tod seufzte. Bei den Menschen waren Metaphern für die Katz. Manchmal hatte er das Gefühl, dass ihn keiner richtig ernst nahm.

ICH NEHME DEN LEUTEN DAS LEBEN, antwortete er gereizt.

»Und wohin bringen Sie es?«

ABWARTEN UND TEE TRINKEN.

Willibald Krebs löste sich bereits im Nebel auf.

»Das Ding, das mich erledigt hat…«

JA?

»Ich dachte, die wären ausgestorben!«

NEIN. SIE WAREN BLOSS FORT.

»Und wo waren sie?«

Tod streckte den knochigen Zeigefinger aus.

DORT.

Eigentlich hatte Magrat nicht vorgehabt, vor der Hochzeit in den Palast umzuziehen. Obwohl in den unzähligen Zimmern noch mindestens eine gute Handvoll anderer Leute wohnte, hätte sie auf jeden Fall mit Verenz *unter einem Dach gelebt*. Und das genügte, um ins Gerede zu kommen. Das reichte sogar dicke.

Aber jetzt hatte der Wind sich gedreht. Jetzt kochte ihr Blut. Sollten die Leute sich doch ruhig das Maul zerreißen. Magrat konnte sich schon denken, wer das sein würde. Was für Leute. Beziehungsweise Personen. Oder eben Hexen. Ha! Ihretwegen konnten sie reden, bis sie schwarz wurden.

Sie stand früh auf und packte ihre spärlichen Habseligkeiten. Das Häuschen gehörte ihr nicht, genauso wenig wie die meisten Möbel. Hexen kamen und gingen, aber das Hexenhaus blieb. Normalerweise mit demselben Reetdach, mit dem es mal angefangen hatte.

Zu Magrats beweglicher Habe gehörten ein Satz magischer Messer, mystische bunte Schnüre, ein Sortiment Grale und Tiegel sowie eine Kiste voller Ringe, Halsketten und Armreifen, die mit hermetischen Symbolen aus etlichen Religionen verziert waren. Sie kippte alles in einen Sack.

Und dann das Regal mit den Büchern… Gütchen Wemper war unter den Hexen fast so etwas wie eine Leseratte gewesen und hatte ihrer Nachfolgerin beinahe ein ganzes Dutzend hinterlassen. Magrat wusste nicht recht, ob sie sie mitnehmen sollte, und entschied sich schließlich dafür, sie stehen zu lassen.

Zuletzt noch der obligatorische spitze Hut. Sie hatte das Ding noch nie gemocht und es so selten wie nur irgend möglich getragen. Also ebenfalls ab in den Sack damit.

Aber etwas fehlte noch. Sie sah sich suchend um, bis ihr Blick auf den kleinen Kessel in der Kaminecke fiel. Für ihre Zwecke müsste er reichen. Hinein in den Sack und zugeschnürt.

Um zum Schloss zu gelangen, musste sie die Brücke über der Lancre-Schlucht überqueren. Sie hievte den Sack über die Brüstung und warf ihn in den Fluss.

Er tanzte noch einen Augenblick in der starken Strömung, dann ging er unter.

Insgeheim hatte Magrat auf ein Gesprudel bunter Luftblasen gehofft oder sogar auf ein Zischen. Aber er versank nur. Wie jeder mit einem Kessel beschwerte Sack.

Eine andere Welt, ein anderes Schloss …

Der Elf galoppierte über den zugefrorenen Wassergraben. Sein Rappe dampfte, genau wie das Ding, das vor dem Sattel auf seinem Hals lag.

Er ritt die Treppe hinauf und weiter bis in den Thronsaal, wo die Königin saß, inmitten ihrer Träume …

»Lord Lankin?«

»Ein Hirsch!«

Er lebte noch. Elfen waren sehr geschickt darin, Dinge am Leben zu halten, manchmal sogar über Wochen.

»Aus dem Kreis?«

»*Ja*, Hoheit!«

»Er wird schwächer. Habe ich es nicht gesagt?«

»Wie lange noch? Wie lange?«

»Bald. Bald ist es so weit. Was ist für den Hirsch auf die andere Seite hinübergewechselt?«

Der Elf schlug den Blick nieder.

»Euer ... Haustier, Hoheit.«

»Es läuft bestimmt nicht weit.« Die Königin lachte. »Und es wird sich bestimmt amüsieren.«

Im Morgengrauen ging ein kurzer Schauer nieder.

Durch nichts stapft es sich beschwerlicher als durch schulterhohes, nasses Farnkraut. Na ja, eigentlich doch. Es gibt unzählige Dinge, durch die es sich noch beschwerlicher stapft, vor allem, wenn sie schulterhoch sind. Aber momentan wollten Nanny Ogg beim besten Willen höchstens ein oder zwei einfallen.

Natürlich waren sie nicht zwischen den Tänzern gelandet. Sogar Vögel flogen lieber einen Umweg, als in deren Luftraum zu geraten. Spinnen, die sich eine halbe Meile über dem Erdboden an seidenen Fäden durch die Luft tragen ließen, schwebten im großen Bogen um sie herum. Wolken teilten sich und zogen rechts und links an ihnen vorbei.

Nanny hackte lustlos mit der Sichel auf das widerspenstige Grünzeug ein.

»Bist du noch da, Esme?«

Einige Schritte entfernt hob sich Oma Wetterwachs' Kopf aus dem Farndickicht.

»Hier ist etwas passiert«, sagte sie mit kalter, fester Stimme.

»Was denn?«

»Rings um die Steine ist alles zertrampelt. Ich würde sagen, hier ist getanzt worden.«

Nanny Ogg wurde stutzig – genauso stutzig wie ein Atomphysiker, der gerade erfahren hat, dass jemand zwei subkritische Uranmassen aneinanderschlägt, um sich zu wärmen.

»Unmöglich«, sagte sie.

»Aber wahr. Und das ist noch lange nicht das Schlimmste ...«

Kaum auszudenken, was es noch Schlimmeres geben konnte, aber Nanny Ogg sagte es trotzdem: »Nicht?«

»Nein. Hier ist jemand getötet worden.«

»O nein«, stöhnte Nanny Ogg. »Doch nicht mitten im Kreis?!«

»Ach was. Sei nicht albern. Außerhalb. Ein großer Mann. Ein Bein länger als das andere. Vollbart. Wahrscheinlich ein Jäger.«

»Woher weißt du das alles?«

»Ich bin gerade auf ihn draufgetreten.«

Die Sonne stieg aus dem Nebel.

Fünfhundert Meilen entfernt streichelten ihre ersten Strahlen bereits das uralte Mauerwerk der Unsichtbaren Universität, der bedeutendsten Lehranstalt für Magie.

Wovon nicht viele Zauberer etwas mitbekamen.

Für die meisten von ihnen war das Mittagessen die erste Mahlzeit des Tages. Im Großen und Ganzen hielten sie nicht viel vom *Früh*stücken. Der Erzkanzler und der Bibliothekar der Unsichtbaren Bibliothek waren die Einzigen, die wussten, wie die Morgendämmerung von vorn aussah, und meistens hatten sie den Campus mehrere Stunden lang für sich allein.

Der Bibliothekar stand immer früh auf, weil er ein Orang-Utan war und Orang-Utans Frühaufsteher sind. Allerdings musste er morgens nicht erst unter heiserem Gebrüll rivalisierende Männchen aus seinem Revier vertreiben. Er brauchte nur die Bibliothek aufzuschließen und die Bücher zu füttern.

Mustrum Ridcully, der derzeitige Erzkanzler, streifte einfach gern durch das noch schlafende Gebäude. Er nickte den Dienstboten zu und legte seinen Untergebenen kleine Zettel hin, die normalerweise nur dem einen Zweck dienten, ihnen unmissverständlich zu verstehen zu geben, dass er bereits auf den Beinen war und sich um das Tagesgeschäft kümmerte, während sie noch in den Federn lagen.*

* So etwas kommt im Multiversum immer und überall vor, auch auf kalten Planeten, die mit flüssigem Methan bedeckt sind. Niemand weiß, warum, aber es ist so: In jeder Gruppe festangestellter Individuen ist es *immer* der Frühaufsteher, der auf dem Posten des Abteilungsleiters sitzt und seinen Untergebenen vorwurfsvolle Zettel (oder, je nachdem, auch gravierte Heliumkristalle) auf den Schreibtisch legt. Die einzige Welt, auf der das eher selten geschieht, ist Zyrix, aber auch nur deswegen, weil Zyrix achtzehn Sonnen besitzt und man sich dort lediglich alle 1789,6 Jahre einmal als Frühaufsteher in Szene setzen kann. Doch wie auf ein seltsames universelles Signal hin glitschen auch auf Zyrix alle 1789,6 Jahre kleingeistige Vorgesetzte frühmorgens hinunter ins Büro, vorwurfsvolle, geätzte *Frimpt*-Muschelschalen in den Tentakeln.

Heute jedoch hatte der Erzkanzler etwas anderes im Sinn. Beziehungsweise auf dem Kopf. Oder eben auch nicht.

Das Nichts war kreisrund. Ridcully hätte schwören können, dass es gestern noch nicht da gewesen war, und rings herum wuchs und spross es auch noch aufs Schönste.

Er drehte den Kopf hin und her und betrachtete sich angestrengt im gespiegelten Spiegelbild des zweiten Spiegels, den er sich über den Kopf hielt.

Nach Ridcully und dem Bibliothekar wachte als Nächstes der Quästor auf, aber nicht etwa aus einer ebenfalls frühaufsteherischen Veranlagung heraus, sondern weil dem Erzkanzler spätestens um zehn Uhr der relativ kurze Geduldsfaden riss, er sich am Fuß der Treppe aufbaute und brüllte:

»Quäääästor!«

... bis der Gerufene sich blicken ließ.

Dies geschah so häufig, dass der Quästor, ein Neurovore*, manchmal bereits Minuten *vor* dem Gebrüll im Tiefschlaf aus dem Bett und in seine Kleider sprang. So auch an diesem Morgen. Er war schon in der Senkrechten, vollständig angezogen und auf dem Weg zur Tür, bevor er die Augen aufmachte.

Ridcully hielt sich nie lange mit Smalltalk auf. Seine Devise lautete: Frisch von der Leber weg oder Klappe halten.

»Ja, Erzkanzler?«, sagte der Quästor verdrießlich.

Der Erzkanzler nahm seinen Hut ab.

»Was sagen Sie dazu, hä?«, fuhr er den Quästor an.

»Äh, äh, äh ... *wozu*, Erzkanzler?«

»Dazu, Mann! Dazu!«

Der Panik nahe, starrte der Quästor verzweifelt auf Ridcullys Kopf.

»Wozu? Ach so. Zu der kahlen Stelle?«

»Ich *habe* keine kahle Stelle!«

»Äh, dann ...«

---

* Er zehrte von seinen Nerven.

»Jedenfalls hatte ich gestern noch keine!«

»Aha. Tja. Äh.« Irgendwann kam immer der Punkt, wo es beim Quästor *knacks!* machte und er sich nicht mehr bremsen konnte. »So was soll's geben. Mein Großvater hatte ein Patentrezept dafür: eine Paste aus Honig und Pferdeäpfeln, mit der er sich jeden Tag eingerieben hat...«

»Ich bekomme keine *Glatze*!«

Ein nervöses Zucken überlief das Gesicht des Quästors. Sein Mundwerk setzte sich von selbst wieder in Bewegung, ohne dass er ernstlich das Gehirn eingeschaltet hätte.

»... und dann hat er sich ein Gerät angeschafft, mit einem Glasstab, und... und wenn man den Stab mit einem Seidentuch gerieben hat...«

»Das ist einfach lächerlich! In meiner Familie hat es noch nie eine Glatze gegeben, höchstens mal bei einer meiner Tanten!«

»...und... und... und dann hat er zu Berge Frühtau gesammelt und sich damit den Kopf gewaschen, und... und... und...«

Ridcully hielt sich zurück. Er wollte den Quästor nicht leiden lassen.

»Was nehmen Sie zurzeit dagegen ein?«, murmelte er.

»Trock-, Trock-, Trock-, Trock-«, stammelte der Quästor.

»Sie meinen die Trockenfroschpillen?«

»J-j-j-j.«

»Linke Tasche?«

»N-n-n-n.«

»Gut, gut... also rechts... und runter damit...«

Sie starrten sich an.

Der Quästor atmete tief durch.

»Sch-sch-schon viel besser, Erzkanzler, danke.«

»Irgendetwas ist faul, Quästor. Das habe ich im Urin.«

»Na, wenn das so ist, Erzkanzler.«

»Quästor?«

»Ja, Erzkanzler?«

»Sie sind nicht zufälligerweise Mitglied irgendeiner Geheimgesellschaft oder so?«

»Ich? *Nein*, Erzkanzler.«

»Dann wäre es eine verdammt gute Idee, wenn Sie sich die Unterhose vom Kopf ziehen würden.«

»Kennst du ihn?«, fragte Oma Wetterwachs.

Nanny Ogg kannte in Lancre jeden, so auch das Geschöpf, das da einsam und verlassen im Farnkraut lag.

»Das ist Willibald Krebs aus Schnitte«, antwortete sie. »Einer von drei Brüdern. Er hat doch die kleine Handauf geheiratet, weißt du nicht mehr? Die mit den luftgekühlten Zähnen.«

»Hoffentlich hat die arme Frau was Schwarzes zum Anziehen, in dem sie sich sehen lassen kann«, sagte Oma Wetterwachs.

»Hat ganz den Anschein, als wäre er erstochen worden«, stellte Nanny fest. Vorsichtig, aber nicht gerade zimperlich drehte sie den Toten um. Da Hexen sich nicht nur als Hebammen, sondern auch als Leichenbesorgerinnen betätigen, machte ihr der Umgang mit Verstorbenen nichts aus. Es gab viele Leute in Lancre, die als Erstes und als Letztes im Leben das Gesicht von Nanny Ogg erblickt hatten, wodurch ihnen die langen Jahre dazwischen wohl vergleichsweise unspektakulär vorgekommen sein mussten.

»Mittendurch«, sagte sie. »Vorne rein, hinten wieder raus. Mein lieber Schwan. Wer macht denn so was?«

Die beiden Hexen drehten sich zu den Steinen um.

»*Was* ihn so zugerichtet hat, weiß ich auch nicht«, entgegnete Oma. »Aber ich weiß, wo es hergekommen ist.«

Nun fiel auch Nanny Ogg das plattgetrampelte Farnkraut rings um den Kreis auf, das sich stellenweise bereits braun färbte.

»Der Sache gehe ich auf den Grund«, sagte Oma.

»Aber du willst doch hoffentlich nicht in den …«

»Ich kann schon auf mich aufpassen. Danke sehr.«

Drei der acht Tänzer hatten Namen. Oma ging um den Kreis herum und blieb vor dem sogenannten Pfeifer stehen.

Sie rupfte eine der zahlreichen Nadeln heraus, mit denen ihr spitzer Hut an den Haaren festgenietet war, hielt sie mit einer guten Handbreit Abstand vor den Stein, ließ sie fallen und wartete ab, was passierte.

Sie kehrte zu Nanny zurück.

»Da steckt noch Kraft drin«, sagte sie. »Nicht viel, aber der Ring hält.«

»Wer kommt denn bloß auf die Schnapsidee, um die Steine herumzutanzen?«, fragte Nanny und fügte bezeichnenderweise hinzu: »Magrat war schließlich die ganze Zeit mit uns auf Reisen.«

»Das müssen wir rauskriegen.« Oma setzte ein grimmiges Lächeln auf. »Jetzt hilf mir mal mit dem armen Mann.«

Nanny Ogg bückte sich.

»Mensch, ist der schwer. Dafür hätten wir Magrat dann doch gut gebrauchen können.«

»Nein. Sie ist zu flatterhaft«, sagte Oma. »Zu leichtgläubig.«

»Trotzdem, ein nettes Ding.«

»Aber sentimental. Glaubt doch tatsächlich, dass das Leben wie ein Märchen funktioniert und dass Volkslieder tiefere Wahrheiten enthalten. Was nicht heißen soll, dass ich ihr nicht viel Glück wünsche.«

»Hoffentlich schlägt sie sich wacker als Königin«, sagte Nanny.

»Wir haben ihr alles beigebracht, was sie weiß.«

»Sicher«, sagte Nanny Ogg, als sich die Farnwedel hinter ihnen schlossen. »Aber meinst du nicht …«

»Was?«

»Meinst du nicht, wir hätten ihr vielleicht besser alles beibringen sollen, was *wir* wissen?«

»Dann wären wir heute noch nicht fertig.«

»Da hast du auch wieder Recht.«

Bis ein Brief in die Hände des Erzkanzlers gelangte, konnte es dauern. Normalerweise wurde die Post, nachdem sie von irgendjemandem, der zufällig am Universitätstor vorbeikam, abgeholt worden war, in ein Fach gelegt und erst mal vergessen, beziehungsweise zum Pfeifenanzünder oder Lesezeichen umfunktioniert. Der Bibliothekar benutzte sie gern als Einstreu für sein Nachtlager.

Dieser Brief fand bereits nach zwei Tagen ans Ziel, und das sogar – wenn man von ein paar Kaffeeringen und einem bananigen Fingerabdruck absieht – ziemlich unversehrt. Zusammen mit dem Rest der Post landete er auf dem Frühstückstisch der Fakultät. Der Dekan stocherte ihn mit einem Löffel auf.

»Weiß vielleicht jemand, wo Lancre liegt?«, fragte er.

»Wieso?« Ridcully riss den Kopf hoch.

»Weil da ein König heiratet und uns zu seiner Hochzeit einlädt.«

»Ach nein«, sagte der Dozent für neue Runen. »Irgend so ein Westentaschenkönig erwartet, dass *wir* zu seiner Hochzeit kommen?«

»Lancre liegt in den Bergen«, sagte der Erzkanzler leise. »Ausgezeichnete Fischgründe für Forellen, wenn ich mich recht entsinne. Donnerwetter! Lancre. Ist ja ein Ding! An das Land hab ich schon seit Jahren nicht mehr gedacht. In den Gletscherseen gibt es Fische, die noch nie eine Angelrute zu Gesicht bekommen haben. Lancre. Ach ja.«

»Außerdem ist es viel zu weit entfernt«, sagte der Dozent für neue Runen.

Ridcully schwelgte weiter. »Und Hirsche. In Massen. Und Elche. Man kann sich kaum retten vor lauter Wölfen. Und Berglöwen. Angeblich sollen da sogar wieder Eisadler gesichtet worden sein.«

Seine Augen blitzten.

»Die sind nämlich bis auf ein halbes Dutzend ausgestorben«, fügte er hinzu.

Mustrum Ridcully setzte sich sehr für seltene Arten ein. So sorgte er zum Beispiel dafür, dass sie selten blieben.

»Aber das ist doch am Ende der Welt«, sagte der Dekan. »Schon fast hinterm Mond.«

»Da hab ich immer bei meinem Onkel die Schulferien verbracht.« Ridcullys Miene verklärte sich. »Schöne Zeiten waren das. Schöne Zeiten. Die Sommer da oben … und der Himmel so blau wie sonst nirgends … und das Gras … und …«

Abrupt kehrte er von der Landkarte der Erinnerung wieder zurück.

»Wir sind dabei!«, sagte er. »Die Pflicht ruft. Staatsoberhaupt heiratet. Wichtiges Ereignis. Ohne Zauberer undenkbar. Was muss, das muss. Nobless oblisch.«

»Also, ich komme nicht mit«, sagte der Dekan. »Ging mir schon immer gegen die Natur, zu viel Natur. Wälder voller Bäume. Das ist doch widernatürlich.«

»Dem Quästor würde ein Ausflug guttun«, sagte Ridcully. »Keine Ahnung, wieso, aber er macht mir in letzter Zeit einen ziemlich schreckhaften Eindruck.« Er beugte sich vor und blickte die lange Tafel entlang. »Quäääästor!«

Dem Quästor plumpste der Löffel in den Haferbrei.

»Sehen Sie?«, sagte Ridcully. »Das reinste Nervenbündel. ICH FINDE, EIN AUSFLUG WÜRDE IHNEN GUTTUN, QUÄSTOR.« Er versetzte dem Dekan einen kräftigen Rippenstoß. »Hoffentlich dreht er uns nicht durch, der arme Kerl«, raunte er lautstark. »Kommt nicht genug an die frische Luft, wenn Sie verstehen, was ich meine.«

Der Dekan, der sich ungefähr einmal im Monat an die frische Luft wagte, zuckte mit den Schultern.

»WIE WÄR'S MIT EINEM KLEINEN TAPETENWECHSEL?«, fragte der Erzkanzler, begleitet von heftigem Kopfnicken und übertriebenem Grimassieren. »Ruhe und Frieden? Gesunde Landluft, hm?«

»Das, das, das, das wäre wunderbar, Erzkanzler«, antwortete der Quästor. In seinem Gesicht keimte Hoffnung auf, wie Pilze im Herbst.

»So ist's richtig. So ist's recht. Sie begleiten mich.« Ridcully strahlte.

Die Miene des Quästors erstarrte.

»Ich kann ja schlecht allein fahren«, sagte Ridcully. »Sonst noch wer? Freiwillige vor.«

Die Zauberer, Städter bis auf den letzten Mann, beugten sich eifrig über ihr Essen – noch eifriger sogar als sonst, um dem Erzkanzler nur ja nicht ins Visier zu geraten.

Beherzt warf der Dozent für neue Runen den Wölfen ein willkürliches Opfer zum Fraß vor: »Wie wäre es mit dem Bibliothekar?«

In der Runde machte sich erleichtertes Gemurmel breit.

»Eine gute Wahl«, sagte der Dekan. »Das ist für ihn doch genau das Richtige. Natur. Bäume. Und … und … Bäume.«

»Bergluft«, ergänzte der Dozent für neue Runen.

»Genau, er sieht in letzter Zeit nämlich etwas angeschlagen aus«, bemerkte der Leser unsichtbarer Schriften.

»Das wäre mal eine schöne Abwechslung für ihn«, sagte der Dozent für neue Runen.

»Er müsste sich dort wie zu Hause fühlen«, meinte der Dekan. »Bei den vielen Bäumen.«

Aller Augen richteten sich gespannt auf den Erzkanzler.

»Er trägt keine Kleidung«, wandte Ridcully ein. »Und er macht immer nur ›uuk‹.«

»Ab und zu zieht er doch diesen alten grünen Fummel an«, sagte der Dekan.

»Nur, wenn er gebadet hat.«

Ridcully rieb sich den Bart. Eigentlich konnte er den Bibliothekar gut leiden. Er gab keine Widerworte und hielt sich in Form, auch wenn diese Form – einem Orang-Utan entsprechend – etwas birnenförmig geraten war.

Dass der Bibliothekar ein Orang-Utan war, fiel an der Universität niemandem mehr auf, es sei denn, ein Gast von außerhalb kam darauf zu sprechen. Die übliche verwunderte Antwort lautete dann: »Stimmt, ja. Hatte er nicht einen magischen Unfall oder so? Etwas in der Art muss es wohl gewesen sein, da bin ich mir ziemlich sicher. Vom Menschen zum Menschenaffen in einer Sekunde. Komische Sache, eigentlich ... ich kann mich nicht erinnern, wie er vorher ausgesehen hat. Schließlich *muss* er doch vorher ein Mensch gewesen sein. Aber ich habe ihn immer eher als Affen gesehen. Das passt ja auch viel besser zu ihm.«

Und tatsächlich war sein Genotyp bei einem Unfall mit den mächtigen Zauberbüchern der Universitätsbibliothek vom Baum der Evolution geschüttelt und auf einen anderen Ast wieder hinaufbefördert worden, mit dem entscheidenden Unterschied, dass er an jenem nun kopfüber baumeln konnte.

»Also gut«, sagte der Erzkanzler. »Aber er muss während der Trauung etwas anziehen, und sei es auch nur der armen Braut zuliebe.«

Dem Quästor entfuhr ein Wimmern.

Alle Zauberer drehten sich zu ihm um.

Sein Löffel landete mit einem dumpfen Klappern auf dem Fußboden. Er war aus Holz. Seit dem »Bedauerlichen Zwischenfall beim Essen«, der als solcher bereits in die Universitätsgeschichte eingegangen war, hielten seine Kollegen ihn mit sanfter Gewalt davon ab, Besteck aus Metall zu benutzen.

»A-a-a-a«, gurgelte der Quästor, während er verzweifelt versuchte, sich vom Tisch abzustoßen.

»Trockenfroschpillen«, sagte der Erzkanzler. »In seiner Tasche. Schnell.«

Sie ließen es langsam angehen. In der Tasche eines Zauberers konnte man auf alles Mögliche stoßen – Erbsen, absonderliche Dinge mit Beinen dran, kleine Universen im Experimentierstadium, einfach alles ...

Der Leser unsichtbarer Schriften verrenkte sich den Hals, um erkennen zu können, was seinen Kollegen so aus der Fassung gebracht hatte.

»He, schaut euch mal seinen Haferbrei an«, sagte er.

Mitten in der Schüssel zeichnete sich eine kreisrunde Mulde ab.

»Schon wieder ein Getreidekreis«, sagte der Dekan.

Die Zauberer entspannten sich.

»Die verdammten Dinger tauchen dieses Jahr überall auf«, sagte der Erzkanzler, der seinen Hut zum Essen nicht abgenommen hatte. Darunter trug er nämlich einen Wickel aus Honig und Pferdeäpfeln sowie einen mäusebetriebenen kleinen Statikgenerator, den er sich von den cleveren Jungs aus dem Forschungstrakt für hochenergetische Magie hatte bauen lassen. Echt kluge Kerlchen, wenn man sie so fachsimpeln hörte. Vielleicht würde er sogar eines Tages die Hälfte von dem verstehen, was sie daherfaselten.

Vorläufig blieb der Hut jedenfalls drauf.

»Und auch noch extrem stark«, sagte der Dekan. »Der Gärtner hat mir gestern erzählt, dass sie seinen Kohlköpfen ganz übel mitgespielt haben.«

»Ich dachte immer, so was findet man nur auf Feldern und Äckern und Fluren«, sagte Ridcully. »Und dass es ein vollkommen normales Naturphänomen ist.«

»Bei einem ausreichend hohen Flusspegel kann der Interkontinuumsdruck einen wirklich großen Realitätsquotienten wahrscheinlich überwinden«, warf der Leser unsichtbarer Schriften ein.

Die Unterhaltung kam zum Erliegen. Aller Augen richteten sich auf den jämmerlichsten und jüngsten Teil des Lehrkörpers.

Der Erzkanzler machte ein finsteres Gesicht.

»Wehe, wenn Sie versuchen, das zu erklären«, drohte er. »Und als Nächstes wollen Sie uns sicher wieder damit kommen, dass das Universum ein Gummilaken mit Gewichten drauf ist, oder?«

»Nicht direkt ein …«

»Und das Wörtchen ›Quantum‹ liegt Ihnen bestimmt auch schon halb auf den Lippen«, sagte Ridcully.

»Nun ja …«

»*Und* Kontinuinuinuum«, sagte Ridcully.

Der Leser unsichtbarer Schriften, ein junger Zauberer namens Ponder Stibbons, stieß einen tiefen Seufzer aus.

»Nein, Erzkanzler, ich wollte lediglich darauf hinweisen…«

»Es hat doch hoffentlich nichts mit Ihren Wurmlöchern zu tun?«

Stibbons gab sich geschlagen. Bei einem fantasielosen Klotz wie Ridcully eine Metapher anzubringen war genauso gefährlich, als hielte man einem Stier ein ro…, als reizte man mutwillig einen Mann, der leicht in Rage gerät.

Es war sehr schwer, Leser unsichtbarer Schriften zu sein.*

»Sie kommen mal besser auch mit«, sagte Ridcully.

»Ich, Erzkanzler?«

»Meinen Sie etwa, ich lasse Sie mit Ihrem ganzen Kontinuinuinuum-Quark hier? Damit Sie Millionen anderer Universen erfinden, die so klein sind, dass man sie nicht sehen kann? Kommt nicht in Frage. Außerdem können Sie meine Angelruten und Armbrü… meine Ausrüstung tragen«, verbesserte er sich schnell.

Stibbons starrte auf seinen Teller. Widerspruch war zwecklos. Eigentlich sah seine Lebensplanung vor, die nächsten hundert Jahre an der Universität zu verbringen, mit reichhaltiger Verpflegung und nicht allzu viel Bewegung zwischen den Mahlzeiten. Er war ein rundlicher junger Mann mit einer Gesichtsfarbe, als käme er nur gelegentlich unter einem feuchten Stein hervorgekrochen. Ständig redete man auf ihn ein, etwas aus seinem Leben zu machen, und genau das hatte er vor: Er wollte sich auf Rosen betten.

---

* Das Studium unsichtbarer Schriften war eine neue wissenschaftliche Disziplin, die durch die Entdeckung des bidirektionalen Bibliotheksraums möglich geworden war. Die thaumische Mathematik ist sehr komplex, läuft aber letzten Endes darauf hinaus, dass jedes Buch im Multiversum jedes andere Buch im Multiversum beeinflusst. Es liegt ja auch auf der Hand: Bücher inspirieren Bücher in der Zukunft und beziehen sich zurück auf Bücher aus der Vergangenheit. Aber die Allgemeine Theorie** des B-Raums besagt, dass in diesem Fall der Inhalt *noch ungeschriebener* Bücher aus dem Inhalt bereits existierender Bücher abgeleitet werden kann.

** Es gibt auch eine Spezielle Theorie, aber mit der gibt sich kaum jemand ab, weil es sich dabei augenscheinlich um einen Haufen gequirlte Exkremente handelt.

»Aber es ist verdammt weit bis nach Lancre, Erzkanzler«, sagte der Dozent für neue Runen.

»Unsinn«, antwortete Ridcully. »Die neue Schnellstraße geht jetzt schon bis nach Sto Helit. Jeden Mittwoch Kutschbetrieb. Quääästor! Kann ihm denn nicht endlich jemand eine Trockenfroschpille geben? Herr Stibbons, falls Sie zufälligerweise mal fünf Minuten in unserem eigenen Universum weilen sollten, besorgen Sie die Fahrkarten. Na also. Damit wäre dann doch alles unter Dach und Fach.«

Magrat wachte auf.

Und wusste, dass sie keine Hexe mehr war. Dieses Wissen stellte sich schleichend ein, während ihr Körper noch mit der üblichen Inventur beschäftigt war, die allmorgendlich dem Auftauchen aus den Tiefen eines Traums folgte: Arme: 2, Beine: 2, Existenzangst: 58 %, allgemeine Schuldgefühle: 94 %, Hexereipegel: 0,00.

Dabei konnte sie sich nicht erinnern, jemals etwas anderes gewesen zu sein. Immer nur Hexe. Magrat Knoblauch, dritte Hexe, das war sie. Die mit dem weichen Herzen.

Ihr war klar, dass sie in dem Beruf nie viel getaugt hatte. Sicher, sie beherrschte einige Zaubersprüche – und gar nicht mal schlecht –, und sie kannte sich mit Kräutern aus, aber sie war nicht *durch und durch* Hexe wie die beiden Alten. Was die ihr nur allzu gern unter die Nase rieben.

Tja, dann musste sie eben auf Königin umschulen. Wenigstens hätte sie in Lancre auf diesem Posten keine Konkurrenz zu fürchten. Es würde ihr nicht ständig jemand über die Schulter gucken und sie zurechtweisen: »Das Zepter hält man aber anders!«

Also raus aus den Federn …

Jemand hatte ihr über Nacht die Kleidung gestohlen.

Als sie im Nachthemd über den kalten Steinfußboden zur Tür tappte, öffnete die sich schon wie von selbst.

Magrat kannte das dunkelhaarige Mädchen, das hereinkam,

obwohl es hinter einem hohen Wäschestapel kaum zu sehen war. In Lancre kannte fast jeder fast jeden.

»Millie Chillum?«

Die Wäsche knickste.

»Ja, gnä' Frau?«

Magrat hob die obersten Wäschestücke an.

»Ich bin es, Magrat«, sagte sie. »Hallo.«

»Ja, gnä' Frau.« Knicks.

»Was ist los mit dir, Millie?«

»Ja, gnä' Frau.« Knicks, knicks.

»Hast du nicht gehört? Ich bin's. Du brauchst mich nicht so anzusehen.«

»Ja, gnä' Frau.«

Die nervöse Knickserei wirkte ansteckend. Magrat konnte nicht anders, ihre Knie machten mit, aber in einem leicht zeitversetzten Rhythmus, sodass Magrats Auf mit Millies Ab einherging.

»Wenn du noch einmal ›Ja, gnä' Frau‹ sagst, muss ich andere Saiten aufziehen«, knurrte sie im Vorbeiknicksen.

»J- in Ordnung, Eure Majestät, gnä' Frau.«

Magrat ging leise ein Licht auf.

»Ich bin noch nicht Königin, Millie. Und du kennst mich seit zwanzig Jahren«, japste sie im Hochkommen.

»Ja, gnä' Frau, die bald Königin ist... Meine Mutter hat gesagt, ich soll respektvoll sein.«

»Also gut. Na schön. Wo sind meine Sachen?«

»Ich hab sie hier, Eure Noch-nicht-ganz-Majestät.«

»Das sind nicht meine. Und hör bitte auf mit diesem Rauf- und Runtergehampel. Ich werde schon seekrank.«

»Der König hat die Sachen extra aus Sto Helit kommen lassen.«

»Ach ja? Und wann war das?«

»Keine Ahnung, gnä' Frau.«

Er *wusste*, dass ich nach Hause komme, dachte Magrat. Aber woher? Das geht doch nicht mit rechten Dingen zu.

Die Unmengen von Spitze waren gewissermaßen nur die Spitze des Eisbergs. Magrat war überwältigt – und ratlos. Normalerweise trug sie lediglich ein schlichtes Kleid, mit nicht viel mehr als Magrat darunter. Für feine Damen kam das natürlich nicht in Frage. Die technische Zeichnung, die Millie mitgebracht hatte, war ihnen leider auch keine große Hilfe.

Nachdem sie sich eine Zeitlang grübelnd darüber gebeugt hatten, fragte Magrat: »Ist das die Berufskleidung einer Königin?«

»Tja, wenn ich's wüsste, gnä' Frau. Ich glaube, Seine Majestät hat einfach einen Haufen Geld hingeschickt und alles kommen lassen, was der Laden hergibt.«

Sie breiteten die einzelnen Teile auf dem Fußboden aus.

»Ist das vielleicht eine Chemisette?«

Draußen auf den Zinnen zog die Wache von hinnen. Genauer gesagt zog Jorick sich seinen Gärtnerkittel über und zog los, das Bohnenfeld zu hacken. Währenddessen ging drinnen das große Rätseln über Bekleidungsfragen weiter.

»Ich glaube, so ist es falsch rum, gnä' Frau.«

»Und was soll denn wohl eine Krinoline sein?«

»Hier steht, man muss Schlaufe A durch Schlitz B ziehen. Kann Schlitz B aber nicht finden.«

»Darin komme ich mir ja vor, als hätte ich *Satteltaschen* auf den Hüften. Das zieh ich nicht an. Und was ist das nun schon wieder?«

»Eine Halskrause, gnä' Frau. Hm. Die sind in Sto Helit der letzte Schrei, sagt mein Bruder.«

»Soll wohl heißen, die Frauen schreien vor Wut. Und was ist das?«

»Brokat, glaube ich.«

»Das fühlt sich ja an wie Pappe. Muss ich mich jetzt jeden Tag in solche Klamotten werfen?«

»Da bin ich überfragt, gnä' Frau.«

»Aber Verenz läuft doch auch nur in Ledergamaschen und einer alten Jacke herum!«

»Ja, aber für eine Königin gehört sich das nicht. Das weiß jeder, gnä' Frau. Könige können es sich leisten, dass ihnen der Arsch aus der Hose …«

Sie schlug sich die Hand vor den Mund.

»Ist nicht schlimm«, sagte Magrat. »Ich bin mir sicher, auch Könige haben einen … Allerwertesten. Bitte weiter, wo warst du stehen geblieben?«

Millie hatte einen knallroten Kopf bekommen.

»Ich meine, ich meine, ich meine, Königinnen müssen damenhaft aussehen«, brachte sie heraus. »Der König hat Bücher da drüber. Über Etiketten und so Sachen.«

Magrat betrachtete sich kritisch im Spiegel.

»Sieht echt toll aus, Eure baldige Majestät«, sagte Millie.

Magrat drehte sich hin und her.

»Meine Haare sind zum Fürchten«, bemerkte sie nach einer Weile.

»Bitte, gnä' Frau, der König sagt, er lässt einen Frisör kommen. Aus Ankh-Morpork, gnä' Frau! Für die Hochzeit.«

Magrat klemmte sich eine Strähne hinters Ohr. Allmählich dämmerte ihr, dass sie als Königin ein ganz neues Leben erwartete.

»Du liebe Güte«, sagte sie. »Und wie geht's jetzt weiter?«

»Keine Ahnung, gnä' Frau.«

»Was macht denn der König?«

»Ach, der ist schon in aller Herrgottsfrühe aus dem Haus. Wollte rüber nach Schnitte, um dem alten Muckel zu zeigen, wie man nach dem Lehrbuch Schweine züchtet.«

»Und was mache ich? Was habe ich für eine Aufgabe?«

Millie zog ein ratloses Gesicht, was ihr nicht eben schwerfiel.

»Weiß ich auch nicht, gnä' Frau. Regieren, würde ich meinen. Im Garten lustwandeln. Hof halten. Wandteppiche sticken. Ist ein beliebtes Hobby bei Königinnen, das Sticken. Und dann … äh … später … wäre natürlich auch noch die Thronfolge zu sichern …«

»Ich werde es erst mal mit einem Wandteppich versuchen«, sagte Magrat bestimmt.

Der Bibliothekar machte Zicken.

»Zufälligerweise bin ich Ihr Erzkanzler!«, tönte Ridcully.

»Uuuk.«

»Was meinen Sie, wie es Ihnen gefällt in den Bergen! Frische Luft! Haufenweise Bäume! Mehr Wälder, als auf eine Kuhhaut passen!«

»Uuuk!«

»Kommen Sie sofort da runter!«

»Uuuk!«

»Den Büchern wird nichts passieren. Es sind schließlich Ferien. Herrschaftszeiten, man kriegt die Studenten schon während des Semesters kaum freiwillig hier rein.«

»Uuuk!«

Ridcully warf dem Bibliothekar, der kopfüber am obersten Brett des Regals Parazoologie *Ba* bis *Mn* hing, einen bösen Blick zu.

»Tja, da kann man wohl nichts machen«, säuselte er listig. »Schade eigentlich. Im Schloss von Lancre soll es eine ziemlich gute Bibliothek geben. Zumindest nennen sie es Bibliothek – dabei ist es bloß ein Berg alter Bücher, die anscheinend noch nie einen Katalog aus der Nähe gesehen haben.«

»Uuuk?«

»Tausende von Büchern. Uralte Folitanten. Wirklich ein Jammer, dass Sie sie nicht sehen wollen.«

Ridcullys Stimme war so ölig, dass man damit eine Achse hätte schmieren können.

»Uuuk?«

»Aber wie mir scheint, ist an Ihrem Entschluss ja nicht mehr zu rütteln. Dann fahren wir eben ohne Sie. Leben Sie wohl.«

Vor der Bibliothek blieb der Erzkanzler stehen und fing im Kopf an zu zählen. Bei »drei« kam ihm der Bibliothekar hinterhergeschossen. Den uralten Folitanten konnte er einfach nicht widerstehen.

»Dann brauchen wir also vier Fahrkarten«, sagte Ridcully.

Um herauszufinden, was sich bei den Steinen zugetragen hatte, bediente Oma Wetterwachs sich ihrer ganz eigenen Methode.

Die Menschen unterschätzen die Bienen.

Doch das galt nicht für Oma Wetterwachs. Sie besaß ein halbes Dutzend Bienenstöcke und wusste zum Beispiel, dass es so etwas wie *die* Biene als Einzelwesen gar nicht gibt. Stattdessen gibt es den Schwarm, ein Wesen, dessen einzelne Zellen lediglich ein wenig mobiler sind als etwa die der gemeinen Wellhornschnecke. Schwärme sehen alles und spüren noch viel mehr. Sie können Erinnerungen über Jahre bewahren, auch wenn ihr Gedächtnis außen liegt und aus Wachs besteht. Die Wabe ist das Gedächtnis eines Bienenvolks. Nicht allein die Anordnung der Zellen – für die Brutpflege, die Lagerung der Pollen und des Honigs sowie die Aufzucht der Königinnen –, sondern sogar die unterschiedliche Beschaffenheit des Honigs stellen Teile eines seriellen Erinnerungsspeichers dar.

Und was ist mit den dicken, fetten Drohnen? Die Menschen glauben, dass sie nur faul im Stock herumlungern, bis die Königin ihnen einmal im Jahr ein paar Minuten Beachtung schenkt. Aber das erklärt noch lange nicht, warum sie besser mit Sinnesorganen bestückt sind als die CIA-Zentrale mit Überwachungssensoren.

Oma Wetterwachs betrieb keine Imkerei im eigentlichen Sinn. Sie entnahm den Stöcken höchstens mal ein paar Wachsreste für Kerzen und gönnte sich hin und wieder ein Pfund Honig, wenn das Volk ihn entbehren konnte, aber hauptsächlich hielt sie Bienen, um jemanden zu haben, mit dem sie reden konnte.

Als sie jetzt zum ersten Mal seit ihrer Rückkehr bei den Stöcken nach dem Rechten sah, riss sie erstaunt die Augen auf.

Aus allen Fluglöchern quollen Bienen. Die normalerweise so

stille Wiese hinter den Himbeeren war von tosendem Flügelschlag erfüllt. Kleine braune Leiber schossen wie horizontaler Hagel durch die Luft.

Oma hätte zu gern gewusst, was das zu bedeuten hatte…

Aber an den Bienen biss sie sich die Zähne aus. In Lancre gab es kein Gehirn, das sie nicht borgen konnte. Sie hatte die Welt sogar schon mit den Augen eines Regenwurms betrachtet.* Aber bei einem Schwarm, einem Verstand, der sich aus Tausenden beweglicher Teile zusammensetzte, war sie machtlos. Sie hatte immer wieder versucht, mit einem Schwarm mitzufliegen und aus zwanzigtausend Facettenaugen gleichzeitig hinauszusehen, aber außer einer Migräne und einer fast zärtlichen Liebe zu Blumen war nichts dabei herausgekommen.

Doch auch durch genaue Beobachtung konnte man einiges erfahren. Dabei war alles wichtig und aufschlussreich: die Aktivität im Bienenstock, die Flugrichtungen der Arbeiterinnen, das Verhalten der Wächterinnen…

Und diese zeigten sich heute *äußerst beunruhigt.*

Oma Wetterwachs blieb nichts anderes übrig: Sie musste schnurstracks ins Bett.

Nanny Ogg probierte ihr Glück mit einer anderen Methode, die nicht viel mit Hexerei zu tun hatte, dafür aber umso mehr mit ihren besonderen Qualitäten als Nanny Ogg.

Sie saß eine Weile in ihrer blitzblanken Küche, schlürfte ein Gläschen Rum oder zwei, qualmte ihre stinkende Pfeife und starrte versonnen auf die Gemälde, die an der Wand hingen. Sie waren von ihren jüngsten Enkeln in den unterschiedlichsten Schlammfarben gemalt worden und zeigten fast alle ein knubbeliges Strichmännchen, unter das in schlammfarben knubbeligen Buchstaben das Wort OMI hingeknubbelt war.

Vor ihr lag der Kater Greebo. Froh, wieder zu Hause zu sein,

* Ein fast undurchdringliches Dunkel.

fläzte er sich auf dem Rücken, reckte alle vier Pfoten in die Luft und spielte seine berühmteste Rolle: das Ding aus der Gosse.

Schließlich stand Nanny auf und schlenderte nachdenklich zu Jason Oggs Schmiede hinüber.

In jedem Dorf kommt der Schmiede eine besondere Bedeutung zu; sie dient als Rathaus, Versammlungsraum und allgemeine Klatsch- und Tratschbörse. Auch heute lungerten dort einige Tagediebe herum und schlugen die Zeit zwischen den beiden Beschäftigungen tot, denen der männliche Teil der Bevölkerung von Lancre ansonsten nachging: Wilderei und den Frauen bei der Arbeit zusehen.

»Jason Ogg, ich muss mit dir reden.«

Die Schmiede leerte sich wie von Zauberhand. Wahrscheinlich lag es an Nanny Oggs Ton. Einen der Männer, der sich stolpernd an ihr vorbeidrücken wollte, hielt sie blitzschnell am Arm fest.

»Ich bin ja so *froh*, dass ich Sie treffe, Herr Quarney«, sagte sie. »Laufen Sie nicht weg. Und? Wie gehen die Geschäfte?«

Der einzige Lebensmittelhändler in Lancre sah sie an wie eine dreibeinige Maus, vor der sich eine durchtrainierte Katze aufgebaut hat. Trotzdem gab er sein Bestes.

»Mau gehen sie, Frau Ogg, schrecklich mau.«

»Wie immer also, hm?«

Herr Quarney setzte eine flehende Miene auf. Ihm war klar, dass er nicht ungeschoren davonkommen würde, er hätte das Geschorenwerden nur gern möglichst schnell hinter sich gebracht.

»Tja, nun«, fuhr Nanny Ogg fort. »Sie kennen doch sicher die Witwe Krebs, die drüben in Schnitte wohnt, oder?«

Quarney öffnete den Mund.

»Sie ist keine Witwe«, widersprach er. »Sie …«

»Wollen wir wetten? Um einen halben Dollar?«, fragte Nanny.

Quarney sperrte den Mund noch weiter auf, während sich auf seinen übrigen Gesichtszügen ein Ausdruck faszinierten Grauens ausbreitete.

»Die Witwe Krebs darf vorläufig bei Ihnen anschreiben lassen, bis sie mit dem Hof allein klarkommt«, sagte Nanny in die Stille hinein. Quarney nickte stumm.

Nanny erhob die Stimme. »Und das gilt für euch andere genauso, die ihr da draußen an der Tür lauscht. Der Witwe einmal die Woche einen Braten vor die Tür zu legen, wäre nicht das Verkehrteste. Und bei der Ernte kann sie sicher auch Hilfe gebrauchen. Ich verlasse mich auf euch. Und jetzt trollt euch …«

Die Männer gaben Fersengeld. Triumphierend blickte Nanny Ogg ihnen nach.

Jason Ogg musterte sie, ein vierjähriges Bürschlein im Körper eines Zweizentnermannes.

»Jason?«

»Ich muss hier dringend was hartlöten …«

Nanny stellte die Ohren auf Durchzug. »Also«, sagte sie. »Was war hier los, während wir weg waren, mein Junge?«

Jason stocherte versonnen mit einer Eisenstange in der Glut.

»Hm, tja. An Swinvater hat ein Wirbelsturm getobt. Eine Henne von Mütterchen Erbsmehl hat dreimal dasselbe Ei gelegt, und die Kuh vom alten Kükenarm hat eine siebenköpfige Schlange zur Welt gebracht. Drüben in Schnitte hat es Frösche geregnet …«

»Also alles wie gehabt.« Wie nebenbei, aber durchaus bedeutungsschwanger stopfte Nanny Ogg ihre Pfeife.

»Ja, war eigentlich nicht viel los«, bestätigte Jason. Er zog die Stange aus der Glut, legte sie auf den Amboss und holte mit dem Hammer aus.

»Früher oder später erfahre ich es ja doch«, sagte Nanny Ogg.

Jason blickte sich nicht um, aber sein Hammer verharrte auf halber Höhe.

»Du konntest mir doch noch nie was vormachen.«

Das weißglühende Eisen kühlte zum leuchtenden Rot ab.

»Und wenn du es erst deiner alten Mutter erzählt hast, wird es dir gleich leichter ums Herz«, sagte Nanny Ogg.

Das rotglühende Eisen kühlte zum satten Schwarz ab. Jason dagegen schien kalte Füße zu kriegen, obwohl er doch daran gewöhnt war, den ganzen Tag in der aufgeheizten Schmiede zu stehen.

»Ich würde das Eisen schmieden, solange es noch heiß ist«, sagte Nanny Ogg.

»Es war nicht meine Schuld, Mama! Ich konnte sie nicht aufhalten.«

Mit einem zufriedenen Lächeln lehnte Nanny sich auf ihrem Stuhl zurück.

»Und wer waren diese ›sie‹, mein Sohn?«

»Die junge Diamanda und Perdita und die Rothaarige aus dem Blöden Kaff und die anderen. Ich sag noch zum alten Erbsmehl, meine Mama steigt ihnen bestimmt aufs Dach. Und den frechen Mädels hab ich's auch gesagt. Dass ihnen nämlich Frau Wetterwachs mit dem nackten Hintern ins Gesicht… äh… dass sie ziemlich ungemütlich werden kann, wenn sie ihnen auf die Schliche kommt. Aber die haben mich bloß ausgelacht. Schließlich würden sie sich nur selber das Hexen beibringen, da könne ja wohl keiner was dagegen haben.«

Nanny nickte. Die Mädchen hatten gar nicht mal so Unrecht. Man konnte sich das Hexen tatsächlich selbst beibringen. Aber nur, wenn sowohl Lehrerin als auch Schülerin aus dem richtigen Holz geschnitzt waren.

»Diamanda?«, sagte sie. »Den Namen habe ich ja noch nie gehört.«

»Eigentlich heißt sie Lucy Tockley«, erklärte Jason. »Aber sie findet, Diamanda klingt… mehr nach Hexe.«

»Lucy Tockley? Ist das nicht die mit dem großen schlappen Filzhut?«

»Ja, Mama.«

»Die sich die Fingernägel schwarz anmalt?«

»Ja, Mama.«

»Hat ihr Vater sie nicht ins Internat gesteckt?«

»Doch, Mama. Sie ist wieder nach Hause gekommen, als ihr weg wart.«

»Aha.«

Nanny Ogg zündete sich die Pfeife mit etwas Glut aus der Esse an. Schlapphut, schwarze Fingernägel, höhere Schule. Das konnte ja heiter werden.

»Wie viele Mädchen sind es denn?«, fragte sie.

»Ungefähr ein halbes Dutzend. Aber sie haben echt was drauf, Mama.«

»Ach ja?«

»Und sie machen doch auch nichts Böses oder so.«

Nanny Ogg starrte nachdenklich ins Feuer.

Ihr Schweigen hatte oft etwas Abgründiges. Und gelegentlich auch etwas Zielgerichtetes. Jason war felsenfest überzeugt, dass sie diesmal *ihn* damit aufs Korn nahm.

Als er das Schweigen nicht länger ertragen konnte, wurde er schwach. Wie immer.

»Diamanda ist immerhin auf eine richtige Schule gegangen«, plapperte er los. »Sie kennt echt tolle Wörter.«

Schweigen.

»Du sagst doch selber immer, dass es heutzutage viel zu wenig junge Mädchen gibt, die das Hexenhandwerk erlernen wollen«, fuhr Jason fort. Um sich nichts zu vergeben, hämmerte er ein paar Mal auf die Eisenstange.

Das Schweigen kam weiter auf ihn zugeflutet.

»Jeden Vollmond gehen sie rauf in die Berge und tanzen.«

Nanny Ogg nahm die Pfeife aus dem Mund und inspizierte umständlich deren Kopf.

Jason senkte die Stimme. »Man erzählt sich, sie tanzen mit ohne.«

»Mit ohne was?«, fragte Nanny Ogg.

»Na, du weißt schon, Mama. Mit ohne was an.«

»Du liebe Güte. Das ist ja ein Ding. Weiß vielleicht irgendwer, wo genau sie zum Tanzen hingehen?«

»Nein. Weber, der Schuster, sagt, dass sie ihn vorher immer abschütteln.«

»Jason?«

»Ja, Mama?«

»Sie tanzen bei den Steinen.«

Jason schlug sich auf den Daumen.

In den Bergen und Wäldern von Lancre tummelte sich eine Vielzahl von Göttern, darunter auch Hern, der Gehetzte. Er war ein Gott der Hatz und der Jagd. Mehr oder weniger.

Die meisten Götter entstehen aus dem Glauben und der Hoffnung heraus. In Tierfellen tanzende Jäger erschaffen die Götter der Hatz, meist wilde, ungestüme Gesellen mit dem Feingefühl eines Tsunamis. Doch sie sind nicht die einzigen Jagdgötter. Auch die Beute besitzt ein okkultes Mitspracherecht, wenn das Herz klopft und die Jagdhunde bellen. Hern war der Gott der Gehetzten und Gejagten und all der kleinen Tiere, denen das Schicksal früher oder später ein von erschrockenem Quieken begleitetes unappetitliches Ende zugedacht hat.

Er maß ungefähr drei Fuß, hatte Kaninchenohren und winzige Hörner. Dass er zudem ein ganz ausgezeichneter Sprinter war, zeigte sich auch jetzt, als er mit affenartiger Geschwindigkeit durch den Wald raste und rief:

»Sie kommen! Sie kommen! *Sie kommen alle wieder!*«

»Wer kommt wieder?«, fragte Jason Ogg. Er hielt seinen Daumen in den Wassertrog.

Nanny Ogg seufzte.

»Sie«, sagte sie. »Du weißt schon. *Die*. Wir wissen es noch nicht genau, aber …«

»Und wer sind die?«

Nanny zögerte. Gewöhnliche Menschen mussten nicht alles erfahren. Andererseits war Jason Schmied alles andere als gewöhnlich. Schmiede mussten Geheimnisse wahren können. Und er gehörte zur Familie. Obwohl Nanny Ogg eine recht bewegte Jugend gehabt hatte und auch nicht besonders gut kopfrechnen konnte, war sie sich ziemlich sicher, dass er ihr Sohn war.

»Also.« Sie machte eine vage Handbewegung. »Die Steine, ja? … Die Tänzer, ja? … Also, früher, ja? … Es war einmal ein …«

Sie brach ab und unternahm einen zweiten Anlauf, um Jason zu erklären, dass die Wirklichkeit im Grunde fraktaler Natur ist.

»Mal sehen … manche Stellen sind *dünner* als andere, wo früher die alten Tore waren, also, eigentlich keine Tore, aber das habe ich selber nie ganz verstanden, also keine *richtigen* Tore, eher so was wie Stellen, wo die Welt dünner ist … Die Sache ist jedenfalls die: Die Tänzer … sind so was wie ein Zaun … wir, also, wenn ich wir sage, meine ich uns vor Tausenden von Jahren … Gut, aber sie sind nicht bloß irgendwelche Steine, sie bestehen aus so was wie Donnerkeileisen, aber … und dann gibt es noch so was wie die Gezeiten, bloß nicht aus Wasser, immer dann, wenn die Welten sich so nahe kommen, dass man fast rüberwechseln kann … oder so. Wenn Leute sich bei den Steinen aufhalten und dummes Zeug anstellen … dann kommen *sie* wieder zurück, wenn wir nicht aufpassen.«

»Und wer sind *die*?«

»Das ist ja gerade das Problem«, antwortete Nanny verzagt. »Wenn ich es dir sage, verstehst du es falsch. Sie leben auf der anderen Seite der Tänzer.«

Ihr Sohn starrte sie an. Dann huschte der leise Schatten des Verstehens über sein Gesicht.

»Ach so«, sagte er. »Schon kapiert. Das hab ich mal gehört, dass die Zauberer unten in Ankh immer Löcher in ihren Teppich der Realität reißen, und dann kommen die grauslichsten Gestalten aus den Kerkerdimensionen. Riesige Ungetüme mit Dutzenden von Augäpfeln und mehr Beinen als eine ganze Moriskentanzgruppe.« Er packte seinen Hammer Nr. 5. »Keine Bange, Mama. Wenn die sich hier blicken lassen, zeig ich's ihnen.«

»Nein, es ist ganz anders«, sagte Nanny. »Die da leben *draußen*. Aber die hier leben … *drüben*.«

Jetzt verstand Jason gar nichts mehr.

Nanny zuckte mit den Schultern. Früher oder später musste sie es sowieso jemandem sagen.

»Die Herrschaften«, erklärte sie.

»Und wer sind die?«

Nanny blickte sich um. Immerhin befanden sie sich in einer Schmiede. Hier hatte es schon eine Schmiede gegeben, als an das Schloss noch lange nicht zu denken war. Als es noch nicht mal ein Königreich gab. An allen Wänden hingen Hufeisen. Das Eisen war bis in die Mauern gedrungen. Die Schmiede war ein Ort, wo Eisen verglühte und in neuer Gestalt wiedererstand. Wenn sie das Wort hier nicht aussprechen konnte, wo dann?

Sie wagte es trotzdem nicht.

»Du weißt schon«, sagte sie. »Die Schönen. Die hohen Damen und Herren. Die Leuchtenden. Das Sternenvolk. Du weißt schon.«

»Hä?«

Nanny legte vorsichtshalber die Hand auf den Amboss, erst dann sprach sie es aus.

Jasons gerunzelte Stirn glättete sich, ungefähr mit derselben Geschwindigkeit, mit der die Sonne aufgeht.

»Die?«, sagte er. »Aber sind die denn nicht nett und …?«

»Siehst du?«, gab Nanny zurück. »Ich hab's ja gleich gewusst, dass du es falsch verstehen würdest.«

»*Wie* viel?«, fragte Ridcully.

Der Kutscher zuckte mit den Schultern. »Billiger wird's nicht.«

»Es tut mir leid, Erzkanzler«, sagte Ponder Stibbons. »Aber das ist die einzige verfügbare Kutsche.«

»Fünfzig Dollar pro Person? Das ist ja der reinste Straßenraub, und das auch noch am helllichten Tag!«

»Nein«, erklärte der Kutscher geduldig. »Unter Straßenräuberei am helllichten Tag«, fuhr er, aus dem Schatz langjähriger Erfahrung schöpfend, fort, »verstehen wir, wenn jemand vor uns aus dem Gebüsch springt, uns mit Pfeil und Bogen in Schach hält, bis seine Kumpane sich aus den Bäumen und von den Felsen heruntergeschwungen haben, und uns um die gesamte Barschaft sowie alle sonstigen Habseligkeiten erleichtert. Es gibt natürlich auch noch den nächtlichen Straßenraub. Er läuft genauso ab wie der am helllichten Tag, mit dem einzigen Unterschied, dass die Räuber die Kutsche in Brand stecken, damit sie bei der Arbeit besser sehen können. Der Straßenraub in der Dämmerung dagegen, ja, der …«

»Soll das etwa heißen, dass das Ausgeraubtwerden im Preis *inbegriffen* ist?«, fragte Ridcully.

»Einheitspreis der Räubergilde«, antwortete der Kutscher. »Vierzig Dollar. Prokopfpauschale.«

»Und wenn man nicht zahlt?«, fragte Ridcully.

»Ohnekopfpauschale.«

Die Zauberer berieten sich.

»Wir haben hundertfünfzig Dollar«, knurrte Ridcully. »Aus dem Tresor kriegen wir nichts mehr raus, weil der Quästor gestern den Schlüssel gegessen hat.«

»Ich hätte da eine Idee, Erzkanzler«, sagte Ponder.

»Nur zu.«

Der Leser unsichtbarer Schriften lächelte den Kutscher freundlich an. »Haustiere werden doch sicher umsonst befördert, nicht wahr?«

»Uuuk?«

Nanny Oggs Besen zischte im Tiefflug über die Waldwege. Er schoss so rasant um die Kurven, dass ihre Stiefel über den Boden schrammten. Als sie vor Oma Wetterwachs' Haus einfach absprang und vor lauter Eile vergaß, ihn auszuschalten, hatte er noch so viel Tempo drauf, dass er weiterraste und sich in die Wand des Plumpsklos bohrte.

Die Tür stand offen.

»Huhu?«

Nanny warf einen Blick in die Spülküche, dann polterte sie die enge kleine Treppe hinauf.

Oma Wetterwachs lag stocksteif im Bett. Ihr Gesicht war grau, ihre Haut kalt.

Nachdem man sie schon des Öfteren so aufgefunden hatte, war sie, um etwaigen Besuchern eine peinliche Überraschung zu ersparen, mittlerweile tollkühn dazu übergegangen, immer ein selbstgemaltes Schild in den starren Händen zu halten, auf dem stand:

BIN NICH TODT.

Das Fenster war mit einem Stück Holz festgekeilt, damit es nicht zufallen konnte.

»Aha«, sagte Nanny, mehr zu sich selbst als zu sonst wem, »du bist unterwegs. Dann, dann, dann setze ich, während ich auf dich warte, schon mal das Teewasser auf, ja?«

Esmes Geschicklichkeit in der Kunst des Borgens machte sie nervös. Sicher war es eine feine Sache, in den Verstand von Tieren und dergleichen eindringen zu können, aber viel zu viele Hexen fanden danach nie wieder zurück. Nanny hatte jahrelang für eine Blaumeise Schmalz und Speckschwarten auf die Fensterbank gelegt, weil sie davon überzeugt war, dass es sich bei dem Vogel um Oma Postulat handelte, die eines Tages beim Borgen spurlos verloren gegangen war. Nanny fand das gruselig. Und als Hexe konnte einen sonst nichts so leicht gruseln.

Sie ging runter in die Spülküche, holte mit dem Eimer Wasser aus dem Brunnen und dachte diesmal sogar daran, die Kaulquappen herauszufischen, bevor sie den Kessel aufs Feuer stellte.

Dann spähte sie in den Garten hinaus.

Nach einer Weile flatterte etwas über die Beete hinweg und steuerte das offene Fenster im ersten Stock an.

Nanny goss schon mal den Tee ein. Vorsichtig entnahm sie dem Zuckertopf ein Löffelchen Zucker, kippte den Rest in ihre Tasse, gab das Löffelchen zurück in den Topf, stellte die beiden Tassen auf ein Tablett und trug es nach oben.

Oma Wetterwachs saß kerzengerade im Bett.

Nanny blickte sich um.

An einem Deckenbalken hing eine große Fledermaus.

Oma Wetterwachs rubbelte sich die Ohren.

»Schiebst du mal den Topf drunter, Gytha?«, murmelte sie. »Die Viecher lassen gerne mal alles unter sich und machen Flecken auf den Teppich.«

Nanny beförderte das unaussprechliche Nachtgeschirr unter dem Bett hervor und schob es mit dem Fuß auf den Läufer.

»Ich bring dir ein Tässchen Tee«, sagte sie.

»Kann ich gut gebrauchen. Ich hab nämlich einen üblen Nachtfaltergeschmack im Mund«, antwortete Oma.

»Ich dachte immer, nachts nimmst du Eulen.«

»Schon, aber hinterher will man immer tagelang seinen Kopf nach hinten schrauben. Fledermäuse gucken wenigstens immer in dieselbe Richtung. Am Anfang hab ich es mit Kaninchen probiert, aber du weißt ja, wie vergesslich die sind. Außerdem denken sie immer nur an das Eine. Dafür sind sie berühmt.«

»An Gras.«

»Eben.«

»Hast du was rausgekriegt?«, fragte Nanny.

»Ein halbes Dutzend Leute trifft sich bei den Steinen. Jeden Vollmond!«, antwortete Oma. »Von den Figuren her müssten es junge Mädchen sein. In einer Fledermaus kann man ja nur Umrisse erkennen.«

»Gut gemacht«, sagte Nanny behutsam. »Ob die Mädchen hier aus der Gegend sind, was meinst du?«

»Bestimmt. Sie benutzen jedenfalls keine Besen.«

Nanny Ogg seufzte.

»Okay, die eine ist Agnes Nitt. Die Tochter vom alten Dreipfennig ist auch dabei«, sagte sie. »Genau wie die kleine Tockley. Und noch ein paar andere.«

Oma starrte sie mit offenem Mund an.

»Ich hab unseren Jason gefragt«, sagte Nanny. »Entschuldige.«

Die Fledermaus rülpste. Oma nahm damenhaft die Hand vor den Mund.

»Was bin ich doch für eine törichte alte Närrin«, sagte sie nach einer Weile.

»Ach was«, entgegnete Nanny. »Das Borgen ist eine echte Begabung. Darin macht dir keiner was vor.«

»Hochmut kommt vor dem Fall. Früher hätte ich selber daran gedacht, erst mit den Leuten zu reden, statt mich in einer Fledermaus einzunisten.«

»Unser Jason hätte es dir bestimmt nicht gesagt. Mir hat er es auch nur verraten, weil ich ihm das Leben zur Hölle gemacht hätte, wenn er nicht damit rausgerückt wäre«, sagte Nanny Ogg. »Dafür sind Mütter schließlich da.«

»Mit mir geht's bergab. Ich werde langsam alt, Gytha.«

»Man ist so alt, wie man sich fühlt, das ist meine Devise.«

»Das ist ja genau meine Rede.«

Nanny Ogg machte ein besorgtes Gesicht.

»Stell dir doch mal vor, Magrat wäre hier und hätte mit angesehen, wie ich mich blamiere.«

»Vor der sind wir sicher. Die sitzt im Schloss und lernt Königin.«

»Einen Vorteil hat es ja, wenn man Königin ist«, sagte Oma. »Es fällt niemandem auf, wenn einem mal ein Fehler passiert, weil man in den Augen der anderen als Königin gar nichts falsch machen *kann.*«

»Komische Sache, das mit dem Königtum«, sinnierte Nanny. »Die reinste Magie. Ein Mädchen mit einem Hintern wie zwei halbe Brötchen und nichts im Kopf außer Holzwolle heiratet einen König oder einen Prinzen oder so, und plötzlich verwandelt sie sich in eine strahlende königliche Hoheit. Die Welt ist schon komisch.«

»Trotzdem werde ich nicht vor ihr katzbuckeln. Kommt überhaupt nicht in Frage«, sagte Oma.

»Du hast doch noch nie vor irgendwem gekatzbuckelt«, antwortete Nanny geduldig. »Vor dem alten König hast du dich noch nicht mal verbeugt. Und jung Verenz kriegt, wenn's hoch kommt, ein Kopfnicken von dir. Du und katzbuckeln? Dass ich nicht lache.«

»Recht hast du!«, sagte Oma. »So was macht man nicht als Hexe.«

Nanny entspannte sich ein wenig. Es behagte ihr gar nicht, dass ihre Freundin sich plötzlich wie eine alte Frau aufführte. In ihrer normalen Gemütsverfassung – kurz vor dem Aus-der-Haut-Fahren – gefiel sie ihr wesentlich besser. Da wusste man wenigstens, woran man war.

Oma stand auf.

»Die Tochter vom alten Tockley, hm?«

»Genau.«

»War ihre Mutter nicht eine Kiebel? Eine patente Person, wenn ich mich recht erinnere.«

»Ja, aber nach ihrem Tod hat der Vater die Kleine nach Sto Lat auf die Schule geschickt.«

»Von Schulen halte ich gar nichts«, sagte Oma Wetterwachs. »Die schaden nur der Bildung. Allein die vielen Bücher. Bücher! Wozu sollen die denn gut sein? Heutzutage wird viel zu viel gelesen. Als wir noch jung waren, hatten wir für so was jedenfalls keine Zeit.«

»Wir waren voll damit ausgelastet, uns selbst zu bespaßen.«

»Stimmt genau. Los, komm – wir müssen uns sputen.«

»Wieso?«

»Das Problem sind nicht nur die Mädchen. Da draußen ist noch etwas. Ein Verstand, der umherstreift.«

Oma Wetterwachs überlief ein Frösteln. Sie hatte ihn gespürt, wie ein erfahrener Jäger auf der Pirsch einen anderen Jäger spürt – durch Stille, wo Geräusche hätten sein müssen, durch einen knackenden Zweig, durch den Zorn der Bienen.

Nanny Ogg hatte sich nie mit dem Borgen anfreunden können, und Magrat wollte es gar nicht erst versuchen. Die alten

Hexen jenseits des Berges hatten schon genug innerkörperliche Maleschen, um sich auch noch mit außerkörperlichen herumzuschlagen. Deshalb war Oma in der mentalen Dimension meistens allein unterwegs.

Ein anderer Verstand durchstreifte das Königreich, und sie konnte sich keinen Reim darauf machen.

Oma borgte. Und beim Borgen musste man vorsichtig sein. Es war wie eine Droge. Man konnte in den Gedanken von Tieren und Vögeln mitreisen – wenn auch nicht in denen der Bienen. Man konnte sie behutsam lenken und mit ihren Augen sehen. Und Oma Wetterwachs beherrschte die Technik, zwischen unterschiedlichen Bewusstseinskanälen in ihrer Umgebung hin und her zu schalten. Auch darin lag für sie das Wesen der Hexenkunst. Mit anderen Augen zu sehen…

…mit den Augen einer Mücke das langsame Vergehen der Zeit im schnellen Vorbeihuschen eines Tages zu verfolgen, mit zuckenden Gedanken, schnell wie der Blitz…

…mit dem Körper eines Käfers zu hören und die Welt als dreidimensionales Vibrationsmuster zu fühlen…

…mit der Nase eines Hundes zu sehen, jeder Geruch eine andere Farbe…

Doch das Borgen hatte seinen Preis. Dass einem diesen Preis niemand ausdrücklich abverlangte, machte die Zahlung nur umso mehr zur moralischen Pflicht.

Man schlug nach Möglichkeit keine Mücken tot. Man grub den Boden nicht zu tief um. Man fütterte den Hund. Man *zahlte*, indem man sich kümmerte. Nicht aus Nettigkeit oder Herzensgüte, sondern weil es sich so gehörte. Man ließ nichts zurück außer Erinnerungen, man nahm nichts mit außer Erfahrung.

Aber diese fremde umherstreifende Intelligenz… Sie fuhr in den Verstand eines anderen hinein wie eine Kettensäge, sie nahm und nahm und nahm. Oma Wetterwachs erahnte ihre Gestalt. Es war die eines Raubtiers, durch und durch grausam, kalt und lieblos; ein scharfer, berechnender Verstand, der andere Lebewesen benutzte und quälte, weil es ihm Spaß machte.

Sie wusste, auf welchen Namen diese Intelligenz hörte:

Elf.

Es rauschte in den Baumwipfeln.

Oma und Nanny marschierten durch den Wald. Das heißt, Oma Wetterwachs marschierte. Nanny Ogg trippelte.

»Die Herrschaften versuchen, einen Durchgang zu finden«, sagte Oma. »Aber das ist noch nicht alles. Etwas ist schon zu uns herübergewechselt. Irgendein Tier von der anderen Seite. Willibald Krebs hat einen Hirsch in den Kreis gehetzt. Da muss das Ding schon gewartet haben. Man sagt, es kann nur etwas durchkommen, wenn gleichzeitig etwas von hier auf die andere Seite hinübergeht...«

»Was denn für ein Ding?«

»Du kennst doch die Augen einer Fledermaus. Sie hat bloß einen großen Umriss gesehen, mehr nicht. Etwas hat den alten Krebs getötet. Und es ist immer noch hier. Kein... kein... keiner von den Herrschaften«, sagte Oma, »aber etwas aus dem El... na, eben von drüben.«

Nanny spähte ins Dunkel. Und im Wald kann es nachts ganz schön dunkel sein.

»Hast du keine Angst?«, fragte sie.

Oma knackte mit den Fingerknöcheln.

»Ich nicht. Aber hoffentlich das Ding.«

»Ha, dann stimmt es also, was man dir nachsagt. Du bist eine hochmütige Person, Esmeralda Wetterwachs.«

»Wer behauptet das?«

»Na, du selber. Vorhin.«

»Da ging es mir nicht so gut.«

Jemand anderes hätte wahrscheinlich gesagt: Ich war nicht ich selbst. Aber Oma Wetterwachs konnte niemand anderer als sie selbst sein.

Die beiden Hexen hasteten weiter durch den Sturm.

Aus der Deckung eines Dornendickichts heraus sah ihnen das Einhorn nach.

Diamanda Tockley trug tatsächlich einen schwarzen Schlapphut. Und noch dazu mit Schleier.

Perdita Depp, die, bevor das Hexereivirus sie befallen hatte, eine schlichte Agnes Depp gewesen war, trug ebenfalls einen schwarzen Schlapphut mit Schleier – wegen Diamanda. Beide Mädchen waren siebzehn Jahre alt. Perdita wäre zu gern von Natur aus genauso hager gewesen wie Diamanda, aber wenn man schon nicht hager aussehen kann, dann wenigstens krank. Um ihren gesunden, rosigen Teint zu überdecken, hatte sie eine derart dicke Schicht weiße Schminke aufgetragen, dass ihr Gesicht bei einer plötzlichen Drehung vermutlich am Hinterkopf kleben geblieben wäre.

Bisher hatten sie den Kegel der Macht errichtet, Kerzenmagie und etwas Kristallomantie betrieben. Jetzt wollte Diamanda ihnen das Kartenlegen beibringen.

Sie erklärte ihnen, dass die Karten die destillierte Weisheit der Alten enthielten. Perdita schoss die verräterische Frage durch den Kopf, um wen es sich bei diesen Alten wohl handeln mochte. Normale alte Leute waren es jedenfalls nicht, denn die waren dumm, wie Diamanda sagte. Aber wieso ausgerechnet diese Alten weiser sein sollten als zum Beispiel die Menschen von heute, darüber ließ sie sich nicht näher aus.

Perdita verstand auch nicht, was es mit dem weiblichen Prinzip auf sich hatte.

Und bei der Sache mit dem inneren Ich blickte sie ebenfalls nicht so richtig durch. Ihr war sogar schon der Verdacht gekommen, dass sie gar keins besaß.

Wenn sie sich doch nur die Augen so toll schminken könnte wie Diamanda …

… und solche Absätze tragen wie Diamanda …

Amanita B. Sessen hatte ihr erzählt, dass Diamanda in einem echten Sarg schlief.

Wenn sie wenigstens so viel Traute hätte wie Amanita, sich eine Tätowierung mit einem Totenschädel und gekreuzten Dolchen machen zu lassen – auch wenn sie nur mit Tinte aufgemalt war und Amanita das Bild jeden Abend abwaschen musste, damit ihre Mutter es nicht sah.

Ein hässliches Stimmchen aus Perditas innerem Ich stichelte, dass Amanita kein guter Name war.

Genauso wenig wie Perdita.

Und dass Perdita sich vielleicht lieber nicht mit Dingen abgeben sollte, von denen sie nichts verstand.

Leider – Perdita machte sich da nichts vor – traf diese Warnung bei ihr auf so ziemlich alle Lebensbereiche zu.

Wenn ihr schwarze Spitze doch nur auch so gut stehen würde wie Diamanda.

Diamanda konnte Erfolge vorweisen.

Perdita hätte es selbst nicht für möglich gehalten. Natürlich wusste sie schon immer, dass es Hexen gab: alte Frauen, die wie zerlumpte Krähen herumliefen. Mit Ausnahme von Magrat Knoblauch, aber die war nicht ganz richtig im Kopf und machte ständig ein Gesicht, als ob sie jeden Augenblick in Tränen ausbrechen wollte. Einmal hatte Magrat zu einer Swinvaterparty ihre Gitarre mitgebracht und schmalzige Volkslieder gesungen, mit geschlossenen Augen und so inbrünstig, als glaubte sie tatsächlich, was sie da trällerte. Dass sie falsch spielte, machte den Kohl aber auch nicht mehr fett, weil sie ja genauso falsch sang. Die Leute applaudierten. Was blieb ihnen auch anderes übrig?

Aber Diamanda hatte Bücher gelesen. Sie kannte sich aus. Magische Kräfte am Steinkreis heraufbeschwören zum Beispiel. Es funktionierte tatsächlich.

Und jetzt zeigte sie ihnen das Kartenlegen.

Heute Nacht ging ein kräftiger Wind, dass die Fensterläden klapperten und der Ruß aus dem Kamin rieselte. Perdita kam es vor, als hätte der Sturm alle Schatten in die Zimmerecken geweht.

»Passt du auch gut auf, Schwester?«, fragte Diamanda frostig.

Das war noch so eine Sache. Im Geiste der Geschwisterlichkeit mussten sie einander mit »Schwester« anreden.

»Ja, Diamanda«, antwortete sie zerknirscht.

»*Das* ist der Mond«, wiederholte Diamanda, »für diejenigen unter uns, die nicht aufgepasst haben.« Sie hielt eine Karte hoch. »Und was sehen wir hier – ja, du, Muscara?«

»Äh … dass da ein Bild vom Mond drauf ist?«, tippte Muscara (geborene Susanne) mit einem hoffnungsfrohen Unterton in der Stimme.

»Das ist natürlich *nicht* der Mond. Es ist eine aus jedem konventionellen Referenzsystem herausgelöste nichtmimetische Konvention«, stellte Diamanda fest.

»Ach so.«

Ein Windstoß ließ das Häuschen erbeben. Die Tür sprang auf und schlug krachend gegen die Wand. Zwischen den Wolkenfetzen am Himmel stand sichelförmig eine nichtmimetische Konvention.

Diamanda machte eine lässige Handbewegung. Ein oktariner Lichtblitz zuckte auf, und die Tür fiel wieder ins Schloss. Diamandas Lippen verzogen sich zu dem kühlen, wissenden Lächeln, um das Perdita sie so sehr beneidete.

Sie legte die Karte auf das vor ihr ausgebreitete schwarze Samttuch.

Perdita warf einen trübsinnigen Blick darauf. Hübsch anzusehen waren die Karten ja. Sie leuchteten bunt wie kleine Edelsteine aus Pappe, und interessante Namen hatten sie auch. Aber das Verräterinnenstimmchen in ihr raunte: Und woher wollen die wissen, was die Zukunft bringt? Pappe ist nicht besonders klug.

Andererseits half der Hexenzirkel den Leuten tatsächlich … mehr oder weniger. Indem er magische Kräfte beschwor und so. Hoffentlich fragt sie *mich* nicht, bitte nicht!

Perdita wurde es mulmig zumute. Irgendetwas stimmte nicht. Und zwar von jetzt auf gleich. Sie hätte zwar nicht sagen können, *was* es war, aber *dass* es so war, spürte sie ganz genau.

»Ein Segen liege über diesem Haus«, sagte Oma Wetterwachs.

In ziemlich dem gleichen Ton, in dem jemand anderer gesagt hätte: »Friss Blei, Kincaid«, oder »Tand, Tand ist das Gebilde von Menschenhand.«

Diamanda fiel die Kinnlade herunter.

Nanny Ogg lugte ihr über die Schulter. »Was machst du denn da mit den Karten? Aus so einem Blatt kannst du doch was rausholen. Du hast schließlich eine Doppelzwiebel auf der Hand!«

»Wer sind Sie?«

Perdita kam es so vor, als wären die Frauen aus dem Boden gewachsen. Wo eben nur Schatten gewesen waren, standen nun die beiden Althexen, stabil wie nur sonst was.

»Wozu habt ihr denn den Boden mit Kreide vollgemalt?«, fragte Nanny Ogg. »Was für eine Schmiererei. Und auch noch heidnische Schriftzeichen. Was natürlich nicht heißen soll, dass ich was gegen Heiden hätte.« Sie überlegte kurz. »Im Gegenteil, ich bin ja praktisch selbst eine Heidin, aber deswegen schreibe ich noch lange nicht auf den Fußboden. Wer kommt denn bloß auf so eine Schnapsidee?« Sie verpasste Perdita einen Rippenstoß. »Die Kreide kriegt ihr nie wieder raus. Die saugt sich tief ins Holz.«

»Äh, das ist ein magischer Kreis«, antwortete Perdita. »Äh, ’n Abend, Frau Ogg. Äh. Damit kann man böse Einflüsse abwehren …«

Oma Wetterwachs beugte sich vor.

»Eine Frage, Kindchen«, sagte sie zu Diamanda. »Funktioniert das?«

Sie beugte sich weiter vor.

Diamanda lehnte sich zurück.

Und dann langsam wieder vor.

Zum Schluss waren sie fast Nase an Nase.

»Wer ist das?«, fragte Diamanda aus dem Mundwinkel.

»Äh, das ist Oma Wetterwachs«, sagte Perdita. »Äh. Sie ist eine Hexe, äh …«

»Welche Stufe?«, fragte Diamanda.

Nanny Ogg blickte sich vorsichtshalber schon mal nach einem Versteck um. Oma Wetterwachs' Augenbrauen zuckten.

»Welche Stufe?«, wiederholte Oma. »Nun, ich würde mal sagen, Stufe eins.«

»Also eine Anfängerin?«, sagte Diamanda.

»Ach, Gottchen. Weißt du was?«, raunte Nanny Ogg Perdita zu. »Wenn wir den Tisch auf die Seite legen, können wir dahinter in Deckung gehen. Das dürfte reichen.«

Aber sie dachte: Das lässt Esme sich nie und nimmer bieten. Keine Hexe kann einer Herausforderung widerstehen. Ohne Selbstbewusstsein kommt man in unserem Beruf nicht weit. Aber wir werden alle nicht jünger. Einer Spitzenhexe ergeht es da genauso wie einem gedungenen Schwertkämpfer. Auf dem Höhepunkt seines Schaffens weiß man, dass irgendwo schon der Nachwuchs auf seine Chance lauert, der Tag für Tag übt und sein Können vervollkommnet. Bis man irgendwann die Straße runtergeht und plötzlich von hinten eine Stimme sagt: »Zieh! Es kann nur einen geben.«

Das galt sogar für Esme. Früher oder später würde sie sich mit jemandem messen müssen, der schneller zog als sie.

»Ja, genau«, antwortete Oma leise. »Anfängerin. Jeden Tag aufs Neue.«

Nanny Ogg ergänzte im Stillen: aber nicht heute.

»Sie dummes altes Weib«, sagte Diamanda. »Sie machen mir keine Angst. O nein. Ich weiß genau, wie Sie und Ihresgleichen den abergläubischen Bauerntölpeln etwas vormachen. Mit Gemurmel und Gestarre. Das ist eine reine Kopfsache. Simpelste Psychologie, mehr nicht. *Echte* Hexerei ist was anderes.«

»Ich glaube, ich geh mal schnell auf einen Sprung in die Küche und besorg uns ein paar Eimer Wasser. Kann ja nicht schaden, oder?«, ließ Nanny sich vernehmen.

»Aber du weißt wahrscheinlich alles über Hexerei, hm?«, sagte Oma Wetterwachs.

»Ich habe schon viel gelernt, jawohl«, gab Diamanda zurück.

Ohne es zu merken, hatte Nanny Ogg ihren Hut abgenommen und kaute nervös auf der Krempe herum.

»Und du bist bestimmt schon *richtig* gut darin, ja?«, sagte Oma Wetterwachs.

»Ziemlich gut, allerdings«, bestätigte Diamanda.

»Zeig's mir.«

Die Kleine hat echt was auf dem Kasten, dachte Nanny Ogg. Esme länger als eine Minute in die Pupillen zu schauen, dazu gehörte schon was. Das schafften nicht mal die meisten *Schlangen.*

Wäre eine Fliege zwischen den beiden ineinander verkeilten Augenpaaren hindurchgeflogen, wäre sie in Flammen aufgegangen.

»Ich habe das Handwerk bei Mütterchen Oweh gelernt«, sagte Oma Wetterwachs, »die von Gütchen Heggety ausgebildet wurde, die bei Nanna Klump in die Lehre gegangen ist, deren Lehrmeisterin die schwarze Aliss war, die ...«

»Verstehe ich Sie richtig?« Diamanda lud die Wörter in den Satz wie Patronen in eine Revolvertrommel. »Es hat noch *nie* jemand irgendetwas *Neues* gelernt?«

In die tödliche Stille hinein sagte Nanny Ogg: »Mist aber auch. Jetzt habe ich doch tatsächlich die Krempe durchgebissen. Mittendurch.«

»Verstehe«, knarrte Oma Wetterwachs.

»Guck dir das mal an.« Nanny Ogg stieß der schlotternden Perdita ein zweites Mal in die Rippen. »Mitten durch das Futter. Für den Hut musste ich zwei Dollar hinblättern und das Schwein des Hutmachers kurieren. Zwei Dollar und eine Schweineheilung für die Katz.«

»Also verziehen Sie sich, altes Weib«, sagte Diamanda.

»Wir sehen uns wieder«, sagte Oma Wetterwachs.

Die alte und die junge Hexe maßen einander mit Blicken.

»Um Mitternacht?«, schlug Diamanda vor.

»Mitternacht? Mitternacht ist langweilig. Um Mitternacht kann praktisch jeder eine Hexe sein«, antwortete Oma Wetterwachs. »Wie wär's mit zwölf Uhr mittags?«

»Abgemacht. Und worum kämpfen wir?«, fragte Diamanda.

»Kämpfen? Aber wir *kämpfen* doch nicht. Wir zeigen uns nur, was wir können. Ganz schiedlich-friedlich.«

Oma Wetterwachs stand auf.

»Ich geh dann jetzt«, sagte sie. »Wir alten Leutchen brauchen unseren Schlaf, aber das muss ich dir ja sicher nicht sagen.«

»Und was kriegt die Siegerin?«, fragte Diamanda. In ihrer Stimme schwang nun doch ein Hauch von Verunsicherung mit. Die Vibration war allerdings sehr schwach. Auf der Richterskala des Zweifelns verursachte sie vermutlich keinen größeren Ausschlag als eine Teetasse aus Plastik, die in fünf Meilen Entfernung aus einem niedrigen Regal auf einen Teppich fällt. Aber die Verunsicherung war trotzdem unüberhörbar.

»Na, die Siegerin kriegt den Sieg«, antwortete Oma Wetterwachs. »Darum geht es doch schließlich. Du brauchst uns nicht zur Tür zu bringen. Wir finden genauso wieder raus, wie wir reingefunden haben.«

Krachend flog die Tür auf.

»Simpelste Psychokinese«, sagte Diamanda.

»Tja, dann wissen wir ja, woran wir sind«, sagte Oma Wetterwachs und trat in die Nacht hinaus. »Das erklärt natürlich alles.«

Früher hatte man es mit den Richtungen noch leicht, damals, bevor die Paralleluniversen erfunden wurden: oben und unten, links und rechts, vor und zurück, Vergangenheit und Zukunft...

Aber weil das Multiversum viel zu viele Dimensionen besitzt, als dass sich noch irgendjemand darin auskennen könnte, funktionieren die normalen Richtungen nicht mehr. Also müssen neue erfunden werden, damit man sich nicht verirrt.

Wie zum Bespiel: östlich der Sonne, westlich des Mondes.

Oder: hinter dem Nordwind.

Oder: jwd.

Oder: hin und wieder zurück.

Oder: jenseits des Diesseits.

Manchmal gibt es auch eine Abkürzung. Eine Tür oder ein Tor. Stehende Steine, ein vom Blitz gespaltener Baum, ein Aktenschrank.

Oder auch einfach nur irgendeine Stelle im Moor …

Ein Ort, wo *drüben* beinahe *hüben* ist.

Aber eben nur *beinahe*. Es dringt genug hindurch, dass Pendel ausschlagen und Hellseher rasende Kopfschmerzen bekommen, dass man einem Haus nachsagt, es spuke dort, dass hin und wieder polternd ein Topf durchs Zimmer fliegt. Es dringt genug hindurch, dass die Drohnen Patrouille fliegen.

Ach ja, die Drohnen.

An schönen Sommertagen treffen sie sich an sogenannten Drohnensammelplätzen. Aus allen Bienenvölkern der Region kommen sie angeflogen, kreisen in der Luft und summen wie kleine Frühwarnsysteme – was sie ja auch sind.

Bienen sind vernünftige Tiere. Auch wenn »Vernunft« ein menschlicher Begriff ist. Sie lieben die Ordnung, und bei ihnen ist eine natürliche Abneigung gegen das Chaos ins Erbgut einprogrammiert.

Wenn die Menschen früher solche Sammelplätze kannten und Erfahrung damit hatten, was passiert, wenn sich Hüben und Drüben verheddern, dann, ja dann, hätten sie die Stelle doch möglicherweise mit besonderen Steinen markiert.

In der Hoffnung, dass genug Dummköpfe die Warnung verstehen und sich davon fernhalten.

»Und, was meinst du?«, fragte Oma, während die Hexen nach Hause eilten.

»Die kleine, dicke Stille hat ein bisschen Talent«, antwortete

Nanny. »Das konnte ich spüren. Die anderen machen wohl nur mit, weil sie es spannend finden, Hexe zu spielen. Kreidekreise, Karten und schwarze Spitzenhandschuhe mit ohne Finger dran. Was man halt so braucht, um irgendwelche okkulten Praktiken zu veranstalten.«

»Von solchen Praktiken halte ich gar nichts«, sagte Oma Wetterwachs bestimmt. »Hat man sich erst mit dem Okkulten eingelassen, glaubt man im nächsten Augenblick an Geister, und wer an Geister glaubt, glaubt auch an Dämonen, und ehe man sich's versieht, glaubt man womöglich noch an Götter. Und dann ist es wirklich zappenduster.«

»Aber die gibt es doch auch alle«, wandte Nanny ein.

»Deshalb braucht man ja noch lange nicht an sie zu glauben. Damit animiert man sie bloß.«

Oma Wetterwachs verlangsamte den Schritt.

»Und was ist mit *ihr*?«, fragte sie.

»Worauf willst du hinaus?«

»Hast du die magischen Kräfte nicht gespürt?«

»Doch, und wie. Mir standen die Haare zu Berge.«

»Jemand hat sie ihr verliehen, und ich weiß auch, wer. Sie ist nur eine dumme Göre, die sich aus Büchern irgendwelchen Käse zusammengelesen hat, und plötzlich verfügt sie über Kräfte und weiß nicht, wie sie damit umgehen soll. Karten! Kerzen! Das ist keine Hexerei, das sind Partyspiele. Okkultes Gepfusche. Hast du ihre schwarzen Fingernägel gesehen?«

»Na ja, meine sind auch nicht gerade die saubersten …«

»Ich meine, schwarz *angemalte*.«

»Als ich noch jung war, hab ich mir die Zehennägel rot lackiert«, sagte Nanny wehmütig.

»Zehennägel sind was anderes. Rot auch. Außerdem hast du das nur gemacht, weil du den Jungs den Kopf verdrehen wolltest.«

»Und es hat funktioniert.«

»Ha!«

Sie schwiegen eine Zeitlang.

»Die Kräfte waren stark«, sagte Nanny Ogg schließlich.

»Ja. Ich weiß.«

»*Sehr* stark.«

»Ja.«

»Womit ich keineswegs behaupten will, dass du sie nicht besiegen könntest«, fügte Nanny Ogg hastig hinzu. »Im Gegenteil. Aber ich glaube, ich könnte es nicht. Und es wollte mir so scheinen, als ob sogar du ein kleines bisschen ins Schwitzen gekommen bist. Wenn du sie schlagen willst, darfst du sie nicht schonen.«

»Ich hätte mich nicht reizen lassen dürfen, was, Gytha?«

»Ach, das würde ich …«

»Ich konnte nicht anders. Sie hat sich über mich *lustig* gemacht, Gytha. Und jetzt muss ich mich mit einem siebzehnjährigen Grünschnabel duellieren. Wenn ich gewinne, bin ich die böse, grausame alte Hexe. Und wenn ich verliere …«

Mit einem wütenden Fußtritt wirbelte sie das Laub hoch.

»Ich kann mich nicht beherrschen, das ist das Problem.«

Nanny Ogg schwieg.

»Bei der kleinsten Kleinigkeit verliere ich die …«

»Ja, aber …«

»Ich war noch nicht fertig!«

»'tschuldige, Esme.«

Eine Fledermaus flatterte vorbei. Oma nickte ihr zu.

»Hast du mal was von Magrat gehört?«, fragte sie übertrieben beiläufig.

»Unser Jorick sagt, sie hat sich ganz gut eingelebt.«

»Dann ist es ja gut.«

An einer Wegkreuzung blieben sie stehen. Matt leuchtete der weiße Staub im Mondschein. Ein Weg führte nach Lancre, wo Nanny Ogg wohnte. Der andere verlor sich irgendwann im Wald, wurde zu einem kleinen Trampelpfad und endete schließlich an Oma Wetterwachs' Häuschen.

»Wann kommen wir ... *zwei* ... uns wieder entgegen?«, fragte Nanny Ogg.

»Hör zu«, sagte Oma Wetterwachs. »Es ist besser für Magrat, dass sie die Hexerei an den Nagel gehängt hat. Als Königin wird sie bestimmt viel glücklicher!«

»Ich habe ja gar nichts gesagt«, sagte Nanny Ogg sanft.

»Das weiß ich. Ich habe doch gehört, wie du gar nichts gesagt hast! Nur die Toten schweigen lauter als du.«

»Dann sehen wir uns so um elf?«

»Bis um elf!«

Der Wind frischte wieder auf, als Oma auf ihr Häuschen zuging.

Sie wusste, dass sie überreizt war. Es gab einfach viel zu viel zu tun. Sicher, sie hatte Magrat vom Hals, und Nanny konnte auf sich selbst aufpassen, aber die Herrschaften ... mit denen hatte sie nicht gerechnet.

Die Sache war nämlich die ...

Die Sache war die, dass Oma Wetterwachs glaubte, bald sterben zu müssen. Und das ging ihr allmählich auf die Nerven.

Den Zeitpunkt des eigenen Todes zu kennen ist einer der seltsamen Vorteile, die derjenige genießt, der über echte magische Kräfte verfügt. Und im Großen und Ganzen ist es auch tatsächlich ein Vorteil.

Es hat schon so mancher Zauberer das Zeitliche gesegnet, während er – auf einem hohen Schuldenberg sitzend – zufrieden die letzte Flasche aus seinem Weinkeller leerte.

Oma Wetterwachs hatte sich immer gefragt, was für ein Gefühl es wohl sein mochte, den Tod kommen zu sehen. Nun wusste sie es: Es war eine große Leere.

Die Menschen sehen ihr Leben als einen Weg, auf dem sie wie ein beweglicher Punkt von der Vergangenheit in die Zukunft reisen, eine Schleppe aus Erinnerungen wie einen seelischen Kometenschweif hinter sich herziehend. Dabei breitet sich die Erinnerung nicht nur nach hinten aus, sondern auch nach vorn. Aber weil die meisten Menschen damit überfordert sind, tritt sie in Form von Ahnungen, Vorgefühlen und Eingebungen in Erscheinung. Hexen hingegen können sehr gut damit umgehen, und wenn eine Hexe eine Leere sieht, wo sich eigentlich die Zukunft entlangranken müsste, reagiert sie ungefähr genauso wie ein Pilot, der aus einer Wolkenbank herausfliegt und plötzlich feststellen muss, dass eine Gruppe Sherpas auf ihn herunterblickt.

Oma Wetterwachs blieben nur noch wenige Tage, dann war Schluss. Sie war immer davon ausgegangen, dass ihr noch etwas Zeit für sich bleiben würde, um den Garten in Ordnung zu bringen und einen gründlichen Hausputz zu veranstalten, damit ihre Nachfolgerin sie nicht für eine Schlampe hielt. Und sie hätte sich gern in aller Ruhe eine anständige Grabstätte ausgesucht. Wenn dann alles erledigt war, hätte sie gern noch ein Weilchen vor dem Haus im Schaukelstuhl gesessen, in die Bäume gesehen und an die Vergangenheit gedacht. Und jetzt? Pustekuchen!

Außerdem bedrückte sie noch etwas anderes: Ihr Gedächtnis schien sie im Stich zu lassen. Vielleicht gehörte das dazu. Vielleicht schwand man einfach dahin, wie Mütterchen Oweh, die zum Schluss die Katze aufs Feuer gestellt und den Kessel nachts vor die Tür gesetzt hatte.

Oma zog die Tür hinter sich zu und zündete eine Kerze an.

Sie holte ein Kästchen aus der Kommodenschublade, stellte es auf den Küchentisch und klappte den Deckel auf. Es enthielt ein sorgsam gefaltetes Blatt Papier, Feder und Tinte.

Nach einigem Überlegen schrieb sie dort weiter, wo sie aufgehört hatte:

... und meyner Freundin Gytha Ogg vermache ich meyn Bett und den Flickenteppich, den der Schmied aus dem Blöden Kaff für mich gemachet hat. Dazu die Waschschüssel, den Krug und das Nachtgeschirr, wo sie schon immer eyn Auge drauf geworfen hat, und meynen Besen, dem wo nichts fehlet, was man mit eyn paar kleynen Handgriffen nicht wieder hinkriegen kann.

Magrat Knoblauch hinterlasse ich alles, was sonst noch in dieser Schathulle ist, und das silberne Teeservice mit dem Milchkrug in Form eyner lustigen Kuh, was eyn altes Familienerbstück ist, außerdem die Uhr, die wo meyner Mutter gehöret hat, aber nur unter der Bedingung, dass sie die jeden Tag aufziehet, weyl, wenn die Uhr stehen bleibet…

Draußen rumpelte es.

Wäre jemand bei ihr gewesen, hätte Oma Wetterwachs beherzt die Tür aufgerissen, aber sie war allein. Leise bewaffnete sie sich mit dem Schürhaken, schlich trotz ihrer schweren Stiefel erstaunlich lautlos zur Tür und lauschte angestrengt in die Nacht hinaus.

Da war etwas im Garten.

Außer dem Kräuterbeet, den Beerensträuchern, einem Fleckchen Rasen und natürlich den Bienenstöcken hatte der Garten nicht viel zu bieten. Nicht einmal einen Zaun. Die Tiere des Waldes waren viel zu klug, um sich in den Garten einer Hexe zu wagen.

Vorsichtig öffnete Oma die Tür.

Der Mond war schon fast untergegangen. Alles war in blasssilbriges Licht getaucht.

Auf dem Rasen stand ein Einhorn. Es stank wie die Pest.

Oma schritt auf das Einhorn zu. Es wich vor dem erhobenen Schürhaken zurück und scharrte mit dem Huf.

Oma Wetterwachs sah die Zukunft deutlich vor sich. Das Wann kannte sie bereits. Und jetzt dämmerte ihr auch das Wie.

»So«, knurrte sie. »Ich weiß, wo du herkommst. Und genau dahin kannst du auch gleich wieder verschwinden.«

Als das Ding auf sie losgehen wollte, schwang sie den Schürhaken.

»Kannst Eisen nicht vertragen, hm? Tja, dann trab mal schön zu deiner Herrin zurück und richte ihr aus, dass wir in Lancre uns mit Eisen bestens auskennen. Und ich mich mit ihr. Sie soll sich hier verdammt noch mal nicht blicken lassen, verstanden? Hier habe nämlich *ich* das Sagen!«

Die Mondnacht endete. Dann war es Tag.

Auf dem, was in Lancre als Marktplatz durchging, hatte sich eine große Menschenmenge versammelt. Da in der Stadt – genau wie im Rest des Königreichs – normalerweise nicht viel passierte, wollte niemand sich das Hexenduell entgehen lassen.

Oma Wetterwachs erschien um Viertel vor zwölf. Nanny Ogg wartete bereits auf einer Bank vor der Schenke. Sie hatte sich ein Handtuch um den Hals gehängt, und neben ihr stand ein Eimer Wasser, in dem ein Schwamm schwamm.

»Wofür soll das denn gut sein?«, fragte Oma.

»Für die Halbzeit. Ich hab dir auch eine kleine Erfrischung mitgebracht.«

Sie hielt einen Teller mit Apfelsinenspalten hoch. Oma schnaubte.

»Du siehst mir sowieso so aus, als ob du was zu essen vertragen könntest«, sagte Nanny. »Hast heute Morgen bestimmt noch nichts Vernünftiges zwischen die Zähne gekriegt, was?«

Sie warf einen Blick auf Omas Stiefel und den verdreckten Saum ihres langen schwarzen Kleides, an dem Reste von Farn und Heidekraut hingen.

»Du verrücktes Huhn!«, sagte sie. »Was hast du gemacht?«

»Ich musste …«

»Sag bloß, du warst oben bei den Steinen! Du hast versucht, die Herrschaften aufzuhalten!«

»Was sonst?« Sie klang weder matt, noch schwankte sie vor Erschöpfung, aber Nanny Ogg wusste genau, dass man ihr nur deshalb kein Zeichen von Schwäche anmerkte, weil Oma Wetterwachs' Körper gegen Oma Wetterwachs' Geist nichts ausrichten konnte.

»Irgendeiner muss es schließlich machen«, fügte Oma hinzu.

»Warum hast du mich nicht gefragt, ob ich mitkomme?«

»Du hättest es mir nur ausgeredet.«

Nanny Ogg beugte sich vor.

»Alles in Ordnung, Esme?«

»Alles bestens! Bestens! Mir fehlt nichts, verstanden?«

»Hast du letzte Nacht überhaupt ein Auge zugetan?«, fragte Nanny.

»Ach…«

»Dachte ich's mir doch! Und dann bildest du dir ein, du könntest mal eben hier anspaziert kommen und diesem Mädchen eins auf den Deckel geben?«

»Ich weiß es nicht«, sagte Oma Wetterwachs.

Nanny Ogg musterte sie scharf.

»Ich glaube, du weißt es wirklich nicht«, sagte sie etwas sanfter. »Jetzt setz dich schön hin, bevor du mir noch umkippst. Lutsch ein Stück Apfelsine. Die Mädels müssten in ein paar Minuten hier sein.«

»Bestimmt nicht«, entgegnete Oma. »Diamanda und ihr Gefolge kommen später.«

»Wie willst du das wissen?«

»Wozu einen großen Auftritt hinlegen, wenn das Publikum noch nicht vollzählig ist? Das ist reine Kopfologie.«

Und tatsächlich, der Zirkel der Junghexen traf erst um zwanzig nach zwölf ein und postierte sich auf einer Treppe am gegenüberliegenden Ende des Platzes.

»Schau sie dir an«, raunzte Oma Wetterwachs. »Schon wieder ganz in Schwarz.«

»Na ja, aber wir doch auch«, sagte Nanny Ogg, die Vernunft in Person.

»Nur, weil es eine praktische Farbe für anständige Frauen ist«, gab Oma mürrisch zurück. »Und nicht, weil wir Schwarz für romantisch halten. Ha! Da hätten die Herrschaften auch gleich persönlich erscheinen können.«

Nach einigen kurzen Blickkontakten mit der anderen Seite wanderte Nanny Ogg über den Platz. Auf halber Strecke kam ihr Perdita entgegen. Die junge Möchtegernhexe wirkte besorgt unter ihrer Schminke. Nervös wrang sie ein schwarzes Spitzentaschentuch.

»Morgen, Frau Ogg«, sagte sie.

»Nachmittag, Agnes.«

»Äh. Und wie geht es jetzt weiter?«

Nanny kramte ihre Pfeife heraus und kratzte sich damit am Ohr.

»Keine Ahnung. Ich vermute mal, das liegt an euch.«

»Diamanda will wissen, warum das Duell unbedingt hier und jetzt stattfinden muss.«

»Damit alle zuschauen können«, sagte Nanny Ogg. »Das ist doch gerade der Sinn der Sache. Es soll nicht hinter den Kulissen ablaufen, sondern vor aller Augen. Damit jeder sehen kann, wer die beste Hexe ist. Die ganze Stadt ist Zeuge, wenn die Siegerin siegt und die Verliererin verliert. Dann gibt es hinterher keinen Streit.«

Perdita warf einen verstohlenen Blick hinüber zur Schenke. Oma Wetterwachs war eingedöst.

»In der Ruhe liegt die Kraft«, erklärte Nanny Ogg und kreuzte hinter dem Rücken die Finger.

»Äh, und was passiert mit der Verliererin?«, fragte Perdita.

»Nicht viel«, antwortete Nanny Ogg. »Normalerweise verlässt sie die Stadt. Wo man vor Zeugen besiegt wurde, kriegt man als Hexe kein Bein mehr auf die Erde.«

»Diamanda will der alten Frau nicht allzu wehtun«, sagte Perdita. »Sie möchte ihr nur eine Lektion erteilen.«

»Nett von ihr. Esme hat eine rasche Auffassungsgabe.«

»Äh. Es tut mir leid, dass es so weit kommen musste, Frau Ogg.«

»Nett von dir.«

»Diamanda war sehr beeindruckt von Frau Wetterwachs' Blick.«

»Nett, sehr nett.«

»Deshalb ... soll das Duell ein Wettstarren sein, Frau Ogg.«

Nanny steckte die Pfeife in den Mund.

»Das alte Kinderspiel? Wer zuerst blinzelt oder wegguckt, hat verloren?«

»Äh, ja.«

»Verstehe.« Nanny überlegte kurz, dann zuckte sie mit den Schultern. »Einverstanden. Aber erst brauchen wir einen magischen Kreis. Wir wollen schließlich nicht, dass jemand verletzt wird.«

»Mit skorhianischen Runen oder einfach nur das Dreifache Beschwörungsoktogramm?«, fragte Perdita.

Nanny Ogg legte den Kopf auf die Seite.

»Hab ich noch nie was von gehört, Kindchen«, sagte sie. »Ich mache einen magischen Kreis immer so…«

Rückwärtsgehend und mit nachgezogener Stiefelspitze entfernte sie sich langsam von dem dicken Mädchen. Nachdem sie einen ungefähren Kreis von fünfzehn Schritt Durchmesser in den Staub gekratzt hatte, stieß sie von hinten mit Perdita zusammen.

»'tschuldigung. So, das hätten wir.«

»*Das* soll ein magischer Kreis sein?«

»Aber sicher doch. Zum Schutz, damit keinem was passiert. Weil einem doch bei einem Hexenduell die Magie nur so um die Ohren fliegt.«

»Aber Sie haben ja noch nicht mal eine Zauberformel gesprochen!«

»Hab ich nicht?«

»Man braucht doch eine Zauberformel.«

»Keine Ahnung. Bis jetzt bin ich immer ganz gut ohne ausgekommen.«

»Ach.«

»Ich könnte dir ein lustiges Liedchen trällern, wenn das hilft«, schlug Nanny vor.

»Äh, nein. Äh.« Perdita hatte Nanny zwar noch nie singen hören, aber dass es ein ganz besonderes Naturereignis war, hatte sich auch schon bis zu ihr herumgesprochen.

»Praktisch, dein schwarzes Spitzentaschentuch«, fuhr Nanny unerschütterlich fort. »Da sieht man die Popel nicht so.«

Perdita starrte wie hypnotisiert auf den Kreis. »Äh. Sollen wir dann anfangen?«

»Gerne.«

Nanny Ogg lief zurück zur Bank und stieß Oma in die Rippen.

»Aufwachen!«

Oma blinzelte.

»Ich hab nicht geschlafen. Nur ein bisschen Augenpflege betrieben.«

»Es ist bloß ein Um-die-Wette-Starren!«

»Dann weiß sie also immerhin um die Bedeutung des starren Blicks. Ha! Was bildet sich dieses Gör eigentlich ein? Ich starre schon mein Leben lang Leute in Grund und Boden!«

»Eben. Findest du das nicht auch ein bisschen verdäch... *Aaahh, da ist ja mein süßer Fratz!*«

Der Rest der Ogg'schen Sippe war eingetroffen.

Oma Wetterwachs konnte Dickie nicht leiden. Sie konnte kleine Kinder generell nicht leiden, weshalb sie besonders gut mit ihnen auskam. In ihren Augen gehörte es verboten, lediglich mit einem Hemdchen bekleidet in der Gegend herumzuhüpfen, und zwar ausnahmslos für alle, auch für Vierjährige wie Dickie. Außerdem hatte er ständig eine Rotzlaterne. Er hätte dringend ein Taschentuch gebraucht. Oder zwei Korken.

Nanny Ogg schmolz beim Anblick ihrer Enkelkinder regelrecht dahin, selbst wenn es sich um ein so klebriges Exemplar wie Dickie handelte.

»Bonbon haben«, knurrte Dickie mit der seltsam tiefen Stimme, die manche kleinen Kinder haben.

»Gleich, gleich, mein Spatz, ich unterhalte mich gerade mit dieser netten Tante«, flötete Nanny Ogg.

»*Jetzt* Bonbon haben.«

»Verkrümel dich, Schätzchen. Deine Omi hat zu tun.«

Dickie zerrte an Nanny Oggs Röcken.

»*Jetzt* Bonbon *jetzt*!«

Oma Wetterwachs beugte sich hinunter, bis ihre überaus markante Nase auf einer Höhe mit Dickies Triefkolben war.

»Wenn du dich jetzt nicht trollst«, raunte sie heiser, »reiße ich dir persönlich den Kopf ab und stopfe Schlangen rein.«

»Na, siehst du!«, rief Nanny Ogg aus. »Was meinst du, wie sich die armen Kinder in Klatsch über so einen Fluch freuen würden?«

Nach einem Augenblick der Verstörung machte sich auf Dickies Gesicht ein Kürbisgrinsen breit.

»Komische Tante«, sagte er.

»Weißt du was?« Nanny tätschelte ihrem Enkel den Kopf und wischte sich anschließend gedankenverloren die Hand an ihrem Kleid ab. »Siehst du die jungen Mädchen da drüben? Die haben jede Menge Bonbons.«

Dickie watschelte davon.

»Das ist bakterielle Kriegsführung«, stellte Oma Wetterwachs fest.

»Dann komm«, sagte Nanny. »Unser Jason hat ein paar Stühle in den Kreis gestellt. Meinst du wirklich, du schaffst das?«

»Es wird schon gehen.«

Perdita Depp kam über den Platz.

»Äh … Frau Ogg?«

»Ja, Kindchen?«

»Äh. Diamanda sagt, Sie haben da was missverstanden. Es geht nicht nur darum, wer zuerst blinzelt oder wegguckt …«

Magrat langweilte sich. Das war ein ganz neues Gefühl für sie. Als Hexe war sie zwar ständig verwirrt und überarbeitet gewesen, aber Langeweile hatte sie keine gekannt.

Wahrscheinlich würde es besser werden, wenn sie erst tatsächlich Königin war. Allerdings konnte sie sich nicht vorstellen, wie genau diese Wende zum Besseren aussehen sollte. Vorläufig vertrieb sie sich die Zeit damit, ziellos durch die Zimmerfluchten des Schlosses zu streifen. Das Rascheln ihres Kleides war kaum zu vernehmen über dem Hintergrunddröhnen der Turbinen der Langeweile:

-dumpfstumpfdumpfstumpfdumpfstumpf-

Da – laut Millie – das Sticken nun mal erste Königinnenpflicht war, hatte sie es den ganzen Vormittag geübt. Inzwischen aber lag das Mustertuch mit dem Spruch »Götter segnet dieses Hasu« unbeachtet auf ihrem Stuhl.

In der Langen Galerie hingen riesige Wandteppiche, auf denen historische Schlachten abgebildet waren, angefertigt von Magrats ebenfalls gelangweilten königlichen Vorgängerinnen. Erstaunlich, dass die Kämpfer im Getümmel lange genug still gestanden hatten, um sich porträtieren zu lassen. Außerdem bewunderte Magrat die vielen, vielen Gemälde der Königinnen – samt und sonders hübsch, samt und sonders nach der Mode ihrer Zeit elegant gekleidet, samt und sonders zu Tode gelangweilt.

Schließlich begab sie sich zurück in die Kemenate, ihr einsames kleines Handarbeitsreich. Wenigstens war es nicht kalt dort oben, im höchsten Raum des Hauptturms. Theoretisch sollte sich darin nämlich möglichst viel Sonnenwärme sammeln. Was sie auch tat. Praktisch sammelten sich dort aber auch Wind und Regen. Die Kemenate war so etwas wie ein Treibnetz für alles Gute – und auch nicht so Gute –, was von oben kam.

Magrat riss an der Klingelkordel, mit der man theoretisch einen Dienstboten herbeirief. Nichts. Nachdem sie es noch ein paar Mal vergeblich versucht hatte, machte sie sich auf den Weg in die Küche. Insgeheim war sie sogar froh, sich ein bisschen Bewegung verschaffen zu können. Außerdem war sie gern in der Küche und hätte sich am liebsten öfter dort aufgehalten. Es war immer schön warm, und meistens fand sich auch jemand, mit dem man reden konnte. Aber *nobless oblisch* – Königinnen verweilten nicht im Souterrain.

Unten traf sie nur Jorick Ogg an, der den Backofen des gewaltigen Eisenherds putzte und dabei laut vor sich hin lamentierte, dass diese Arbeit eines Soldaten unwürdig war.

»Wo sind denn alle hin?«

Jorick sprang auf und stieß sich an der Ofentür den Kopf an.

»Aua! 'tschuldigung, Fräulein! Äh. Die sind alle ... die sind alle unten auf dem Marktplatz, Fräulein. Ich bin nur hiergeblieben, weil Frau Spirin gesagt hat, sie gerbt mir das Fell, wenn ich nicht den ganzen Dreck raushole.«

»Was ist denn auf dem Marktplatz los?«

»Angeblich wollen sich da zwei Hexen an die Gurgel gehen.«

»Wie bitte? Aber doch hoffentlich nicht deine Mutter und Oma Wetterwachs?«

»Nein, nein, Fräulein. Eine von denen ist eine neue Hexe.«

»In Lancre? Eine *neue* Hexe?«

»Ja, wenn ich Mama richtig verstanden habe.«

»Das muss ich sehen!«

»Also, ich glaube, das wäre keine gute Idee, Fräulein«, sagte Jorick.

Magrat warf sich in eine hoheitsvolle Pose.

»Zufälligerweise sind Wir die Königin«, sagte sie. »Jedenfalls fast. Wenn du Uns vorschreiben willst, was Wir zu tun und zu lassen haben, sorgen Wir dafür, dass du in Zukunft die Toiletten putzt!«

»Aber die muss ich doch sowieso schon putzen«, antwortete Jorick, ohne sich aus der Ruhe bringen zu lassen. »Und den Abtritterker auch.«

»Der schleunigst aus Unserem Gemach verschwinden muss.« Magrat schüttelte sich. »Wir haben ihn gesehen.«

»Soll mir recht sein, Fräulein. Dann hab ich mittwochnachmittags frei«, sagte Jorick. »Ich meinte doch bloß, Sie müssen warten, bis ich meine Trompete aus der Waffenkammer geholt habe. Wegen der Fanfare.«

»Auf eine Fanfare können Wir verzichten, herzlichen Dank.«

»Aber das gehört sich doch so, dass ich Ihr Kommen ankündige, Fräulein.«

»Wir können Uns schon selber bemerkbar machen, herzlichen Dank.«

»Sehr wohl, Fräulein.«

»Fräulein, und wie weiter?«

»Fräulein Königin.«

»Dass du Uns das ja nicht vergisst!«

So schnell sie konnte, eilte Magrat hinunter in die Stadt – was nicht besonders schnell war, weil das Kleid einer Königin nicht dazu gemacht ist, die Beine in die Hand zu nehmen. Wenn der Rocksaum auf Rollen hätte mitlaufen können, wäre es praktischer gewesen.

Rings um den Platz drängten sich mehrere Hundert Leute. Am äußersten Rand der Menschenmenge stand Nanny Ogg, die ein sehr nachdenkliches Gesicht machte.

»Was geht hier vor, Nanny?«

Nanny drehte sich um.

»Huch, Entschuldigung. Jetzt hab ich doch glatt die Fanfare überhört«, sagte sie. »Ich würde auch gern einen Hofknicks machen, aber ich hab's in den Beinen.«

Magrat blickte an ihr vorbei auf die beiden Gestalten, die mitten in einem Kreidekreis saßen.

»Was machen die da?«

»Um die Wette starren.«

»Aber sie sehen doch zum Himmel.«

»Diese vermaledeite Diamanda!«, schimpfte Nanny. »Sie hat Esme doch tatsächlich dazu gebracht, sich auf ein Wettstarren in die Sonne einzulassen. Wer zuerst wegschaut oder blinzelt, hat verloren.«

»Und wie lange machen sie das schon?«

»Ungefähr eine Stunde«, antwortete Nanny düster.

»Das ist ja fürchterlich!«

»Das ist hirnverbrannt und sonst gar nichts. Wenn ich nur wüsste, was in sie gefahren ist. Als ob Macht das Einzige wäre, worauf es bei der Hexerei ankommt! Das weiß Esme doch selber am besten. Beim Hexen geht es nicht darum, möglichst viel Macht zu beweisen, sondern darum, sie sich nutzbar zu machen.«

Über dem Kreis hing ein blassgoldener Dunst: magischer Fallout.

»Wenn die Sonne untergeht, *müssen* sie aufhören«, sagte Magrat.

»So lange hält Esme im Leben nicht durch«, antwortete Nanny. »Sieh sie dir doch an. Wie zusammengesunken sie da auf ihrem Stuhl hängt.«

»Und wenn du ihr mit etwas Magie unter die Arme greifen ...«, begann Magrat.

»Red kein Blech«, sagte Nanny. »Wenn Esme das rauskriegt, befördert sie mich mit Fußtritten über die Landesgrenze. Außerdem würde es auffallen.«

»Können wir nicht wenigstens eine kleine Wolke aufziehen lassen?«

»Nein! Das wäre gemogelt!«

»Aber du mogelst doch immer.«

»Nur, wenn es um mich selber geht. Für andere kann man nicht mogeln.«

Oma Wetterwachs sackte noch tiefer in sich zusammen.

»Ich könnte es verbieten lassen«, sagte Magrat.

»Und dir eine Feindin fürs Leben machen.«

»Ich dachte, das wäre Oma sowieso schon.«

»Wenn du das glaubst, bist du dümmer, als es die Stadtwache von Ankh-Morpork erlaubt«, sagte Nanny. »Eines Tages wirst du merken, dass Esme Wetterwachs die beste Freundin ist, die du je hattest.«

»Aber wir müssen etwas unternehmen! Fällt dir denn gar nichts ein?«

Nanny Ogg betrachtete grübelnd den Kreidekreis. Hin und wieder stieg ein kleiner Rauchkringel aus ihrer Pfeife auf.

In Vogelpfeifes Buch *Legenden und Bräuche der Spitzhornberge* wurde das magische Duell später folgendermaßen geschildert:

»Und wie der Zwiekampff schon eyne ganze und eyne halbe

Stunde währete, lief unvermittelt eyn Knäbeleyn in den magischen Kreys, wo es mit eynem schrecklichen Schrey der Länge nach hinschlagen that; auch blitzete es. Die alte Hexe blickete sich um, standt von ihrem Stuhle auf, hobs Bübleyn auf, trugs zu seynem Großmütterlein und kehrete zurück auf ihren Stuhl, derweylen die junge Hexe unverwandt in die Sonn starrete. Jedoch die anderen jungen Hexen beendeten das Duell, indem sie rufen thaten: Sehet, Diamanda hat gewonnen, denn Oma Wetterwachs hat weggeschauet. Worauf die Großmutter des Knaben mit lauter Stimme zu sprechen anhub: Thatsache? Ich lach mich todt. Bey diesem Wettkampfe gehet es nicht um Macht, ihr dummen Gänse, sondern um die Hexenkunst. Wisset ihr denn nicht, was es heißet, eine Hexe zu seyn?

Ist eyne Hexe jemand, der sich umdrehet, wenn er eyn Kindeleyn weynen höret?

Und das Stadtvolk antwortete: Ja!«

»Das war *wunderbar*«, sagte Frau Quarney, die Frau des Krämers. »Die ganze Stadt hat gejubelt. Das hatte wirklich was Mühstisches.«

Sie befanden sich im Hinterzimmer der Schenke. Oma Wetterwachs lag auf einer Bank, ein nasses Handtuch über dem Gesicht.

»Das kann man laut sagen«, pflichtete Magrat ihr bei.

»Für Diamanda ist der Ofen aus, da sind sich alle einig.«

»Ja!«, sagte Magrat.

»Sie ist abgezogen wie ein begossener Pudel.«

»Ja!«, sagte Magrat.

»Und dem kleinen Jungen ist auch wirklich nichts passiert?«

Aller Augen richteten sich auf Dickie, der in einer verdächtigen Pfütze in der Ecke hockte, in der Hand eine Tüte Bonbons, um den Mund einen zuckrigen Rand.

»Der ist gesund und munter«, sagte Nanny Ogg. »Hat sich bloß einen leichten Sonnenbrand eingefangen. Was für ein Wonneproppen, fängt schon bei der kleinsten Kleinigkeit an zu brüllen.« Sie klang so stolz, als besäße ihr Enkel eine seltene Gabe.

»Gytha?«, ächzte Oma unter dem Handtuch hervor.

»Ja?«

»Du weißt ja, dass ich normalerweise keinen Schnaps anrühre, aber hattest du nicht mal was von Brandy zu medizinischen Zwecken gesagt?«

»Ist schon unterwegs.«

Oma lüpfte das Handtuch und richtete ein Auge auf Magrat.

»Guten Tag, Euer So-gut-wie-Majestät«, sagte sie. »Hast du dich herbemüht, um mir ein bisschen deine Huld zu erweisen?«

»Gute Arbeit«, entgegnete Magrat eisig. »Könnten wir vielleicht kurz unter vier Augen miteinander reden, Nann... Frau Ogg? Vor der Tür?«

»Aber gerne doch, Euer Königin«, sagte Nanny.

In der Gasse neben der Schenke fuhr Magrat empört zu ihrer Exkollegin herum.

»Du ...«

Nanny hob abwehrend die Hand. »Ich weiß, was du sagen willst. Aber mein kleiner Racker war nicht einen Augenblick in Gefahr.«

»Du, du, du ...«

»Ich?«, sagte Nanny. »Was hab ich denn schon groß gemacht? Schließlich wusste keine von beiden, dass Dickie in den Kreis gelaufen kommt. Sie haben genau so reagiert, wie es in ihrer Natur liegt. Gleiche Bedingungen für alle.«

»Irgendwie schon, aber ...«

»Keine Mogelei«, sagte Nanny.

Stumm ließ Magrat den Kopf hängen. Nanny tätschelte ihr die Schulter.

»Dann verrätst du also niemandem, dass ich ihm mit der Bonbontüte gewinkt habe?«, fragte sie.

»Nein, Nanny.«

»Brave baldige Königin.«

»Nanny?«

»Ja, mein Kind?«

Magrat holte tief Luft.

»Woher wusste Verenz, wann wir von der Reise zurückkommen?«

Sie hatte das dumpfe Gefühl, dass Nanny für ihre Antwort ein paar Sekunden zu lange brauchte.

»Weiß ich auch nicht«, sagte die schließlich. »Aber Könige sind ja auch ein bisschen magisch veranlagt. Sie können Haarschuppen heilen und so. Wahrscheinlich ist er eines Morgens aufgewacht und hatte es in seinem königlichen Urin.«

Das Problem war nur, dass Nanny Ogg *immer* so aussah, als ob sie log. Sie hatte ein überaus pragmatisches Verhältnis zur Wahrheit. Sie bediente sich ihrer, wenn sie ihr gelegen kam und sie keine Lust hatte, sich etwas Interessanteres aus den Fingern zu saugen.

»Hast da oben im Schloss sicher alle Hände voll zu tun, was?«, fragte sie.

»Es geht Uns ganz vorzüglich, danke der Nachfrage«, sagte Magrat so majestätisch wie möglich.

»Wem?«, fragte Nanny.

»Wie, wem?«

»Wem, uns?«

»Mir!«

»Warum sagst du das nicht gleich.« Nanny verzog keine Miene. »Na, solange du dich nicht langweilst, ist ja alles in schönster Ordnung.«

»Er wusste, dass wir wiederkommen«, sagte Magrat bestimmt. »Er hatte sogar schon die Einladungen fertig. Es ist übrigens auch eine für dich dabei.«

»Ich weiß. Sie lag heute Morgen im Briefkasten. Die Ränder sehen aus wie angenagt, mit Gold und allen Schikanen. Wer ist Uuaawehgeh?«

Magrat kannte Nanny Ogg zu gut und schon viel zu lange, um

auch nur eine Sekunde mit ihrer Antwort zu zögern. »Um Antwort wird gebeten«, sagte sie. »Du sollst sagen, ob du kommst.«

»Ach, Wir kommen auf jeden Fall«, sagte Nanny. »Das Spektakel lassen Wir Uns auf keinen Fall entgehen. Hat Unser Jason Euch auch schon eine Einladung geschickt? Nein? Dachten Wir's Uns doch. Ist nicht gerade ein Mann der Feder, Unser Jason.«

»Eine Einladung wozu?«, fragte Magrat. Allmählich reichte es ihr mit dem Pluralis majestatis.

»Hat Verenz Euch nichts davon erzählt? Zu einem Theaterstück, das extra für Euch geschrieben wurde.«

»Ach so«, sagte Magrat. »Ja. Das Lustspiel.«

»Genau. Aus Anlass Eurer Hochzeit. Das wird der reinste Sommernachtstraum.«

»Für den Sonnwendvorabend *muss* es etwas Besonderes sein«, sagte Jason Ogg.

Das Tor der Schmiede war verriegelt. Dahinter saß die achtköpfige Moriskentanzgruppe des Königreichs Lancre, sechsmalige Gewinnerin der offenen Moriskentanzmeisterschaft der Fünfzehn Berge*, und machte sich mit einer für sie ganz neuen Kunstform vertraut.

»Ich komme mir wie der letzte Depp vor«, stöhnte Sodomie Fuhrmann, der einzige Bäcker in Lancre. »Ich – im Kleid! Da kann ich bloß hoffen, dass meine Frau mich nicht sieht!«

»Hier steht«, sagte Jason Ogg, während sein breiter Zeigefinger langsam über die Seite irrte, »dass es eine wunderschöne Geschichte ist. Sie handelt von der Liebe der Feenkönigin – das bist du, Sodomie …«

»Besten Dank auch.«

»… zu einem Sterblichen. Dazu dann noch ein hu-mo-risch-tisches In-ter-mez-zoo mit fi-delen Handwerkern …«

---

* Dreimal während der regulären Tanzzeit, einmal nach elfstündiger Verlängerung und zweimal nach der Flucht ihrer Finalgegner.

»Hä? Ein *Zoo*? Mit *fiedelnden* Handwerkern? Wieso das denn?«, fragte Weber, der Köhler.

»Keine Ahnung.« Jason kratzte sich ratlos am Kopf. »Bestimmt wegen des Löwen. Um ihn zu besänftigen.«

»Wieso können wir nicht einfach einen Moriskentanz vorführen, so wie sonst auch immer?«, fragte Obidiah Zimmermann, der Schneider*.

»Der Moriskentanz ist für den Alltag«, sagte Jason. »Wir müssen was Kulturelles vorführen. Das Stück kommt aus Ankh-Morpork.«

»Dann eben den Stock-und-Eimer-Tanz«, meinte Bäcker, der Weber.

»Mit dem hat's sich ein für alle Mal ausgetanzt«, sagte Jason. »Der alte Herr Klimper humpelt immer noch, obwohl es schon drei Monate her ist. Kommt nicht in Frage.«

Weber, der Köhler, spähte mit zusammengekniffenen Augen in sein Manuskript.

»Ich hab einen richtig großen Auftritt«, sagte er.

»Ich hab nur einen ganz kleinen«, grummelte Zimmermann.

»Da tut mir deine arme Frau aber leid«, rutschte es Weber heraus.

»Wieso?«, fragte Jason.**

»Und wieso muss da überhaupt ein Löwe drin vorkommen?«, quengelte Bäcker, der Weber.

»Weil es ein Theaterstück ist!«, antwortete Jason. »Das würde sich doch kein Mensch anschauen, wenn da ein … *Esel* mitspielen würde! Ich seh's regelrecht vor mir, wie die Leute in Scharen zusammenlaufen, um einen *Esel* zu sehen! Das Stück wurde von einem echten Stückeschmied geschrieben! Das glaubst du doch selber nicht, dass ein echter Stückeschmied einen *Esel* in

* Der nebenberuflich auch noch Wilderei, Senkgrubenreinigung und so etwas Ähnliches wie Zimmerei betrieb.

** Das ist das Schöne am Eisen: Wer damit arbeitet, braucht normalerweise nicht besonders schnell denken zu können.

sein Stück schreibt! Übrigens ist er schon sehr gespannt, wie es ankommt! Und jetzt haltet endlich die Klappe!«

»Ich fühle mich aber nicht wie die Feenkönigin«, jammerte Sodomie Fuhrmann.*

»Da wächst du schon noch rein«, tröstete ihn Weber.

»Hoffentlich nicht.«

»Und ihr müsst proben«, sagte Jason.

»Wir haben nicht genug Platz«, sagte Schuster, der Fuhrmann.

»Also, ich probe auf keinen Fall, wo mich irgendwer sehen kann«, sagte Sodomie. »Auch wenn wir es irgendwo im Wald machen, gibt es bestimmt ungebetene Zuschauer. Ich – im Kleid!«

»Wenn du geschminkt bist, erkennt dich doch keiner«, sagte Weber.

»Geschminkt?«

»Ja. Und eine Perücke kriegst du auch«, sagte Schneider, der andere Weber.

»Trotzdem, da ist was dran«, sagte Weber. »Wenn wir uns schon zum Narren machen, sollte uns keiner sehen, bevor wir den Dreh nicht richtig raushaben.«

»Weitab vom Schuss«, sagte Köhler, der Fuhrmann.

»Wo sich Fuchs und Hase gute Nacht sagen«, ergänzte Kesselflicker, der Kesselflicker.

»Wo nie ein Mensch hingeht«, sagte Fuhrmann.

Jason kratzte sich sein Käsereibenkinn. Ihm würde schon etwas einfallen.

»Wer spielt eigentlich Alles-ab?«, fragte Weber. »Auch wenn der ja nun nicht gerade viel Text hat.«

---

* Also, es ist folgendermaßen ... Die Eltern Fuhrmann, ein unauffälliges, achtbares Ehepaar aus Lancre, geriet bei der Namensgebung seiner Kinder ein wenig auf Abwege. Erst bekamen sie vier Töchter, die sie Hoffnung, Keuschheit, Klugheit und Barmherzigkeit nannten, getreu der alten und wenig aufregenden Tradition, Mädchen nach Tugenden zu benennen. Dann wurde ihr erster Sohn geboren, und aus einer Fehleinschätzung in Sachen Jungennamen heraus nannten sie ihn Zorn. Auf Zorn folgten Neid, Sodomie und Habgier Fuhrmann. Aber weil das Leben nun mal so ist, wie es ist, wurde Hoffnung depressiv, genoss Keuschheit das Leben als Gunstgewerblerin in Ankh-Morpork, bekam Klugheit dreizehn Kinder und erwartete Barmherzigkeit einen Dollar Wechselgeld, wenn sie fünfundsiebzig Pence ausgab. Wohingegen die Jungen zu ausgeglichenen netten Männern heranwuchsen. Sodomie Fuhrmann beispielsweise war ein großer Tierfreund.

Die Kutsche klapperte über die eintönige Ebene. Die Region zwischen Ankh-Morpork und den Spitzhornbergen war fruchtbar, ertragreich und öde, öde, öde. Reisen bildet den Verstand. Diese Landschaft bildete ihn nicht, sondern ließ ihn wie Haferbrei zu den Ohren herausquellen. Wenn in der Ferne jemand auftauchte, der Kohlköpfe schnitt, behielt man ihn so lange im Auge, bis er dem Blick wieder entschwunden war. Es gab für das Auge sonst einfach nichts zu tun.

»Ich sehe was«, sagte der Quästor, »was ihr nicht seht, und das beginnt mit … H.«

»Uuuk.«

»Nein.«

»Horizont«, sagte Ponder.

»Sie haben geraten!«

»Natürlich hab ich geraten! Das ist schließlich der Sinn des Spiels. Wir hatten W für Wolken, K für Kohl, U für … Uuuk. Ende der Fahnenstange.«

»Wenn Sie raten, spiele ich nicht mehr mit.« Der Quästor zog sich den Hut über die Ohren und rollte sich mehr schlecht als recht auf der harten Sitzbank zusammen.

»In Lancre gibt es jede Menge zu sehen«, sagte der Erzkanzler. »Das einzige Fleckchen Flachland, das die da oben haben, liegt im Museum.«

Ponder schwieg.

»Ich habe so manchen Sommer da oben verbracht«, sagte Ridcully. Er seufzte. »Ach ja … es hätte alles ganz anders kommen können.«

Der Erzkanzler blickte in die Runde. Wenn man schon öffentlich in höchst privaten Erinnerungen schwelgen will, überzeugt man sich besser vorher, ob man auch Zuhörer hat.

Der Bibliothekar blickte auf die vorbeiruckelnde Landschaft hinaus. Er schmollte. Was nicht unwesentlich auf sein neues blaues Halsband zurückzuführen war, auf dem der Name PONGO prangte. Irgendjemand würde dafür büßen müssen.

Der Quästor versuchte, sich in seinem Hut zu verkriechen, wie eine Napfschnecke in ihrer Schale.

»Ich kannte da dieses Mädchen…«

Ponder Stibbons, den ein grausames Schicksal zum einzigen Zuhörer auserkoren hatte, machte ein überraschtes Gesicht. Ihm war natürlich klar, dass auch der Erzkanzler irgendwann einmal jung gewesen sein musste. Schließlich war alles nur eine Frage der Zeit. Der gesunde Menschenverstand verriet einem ja, dass Zauberer nicht als siebzigjährige Viereinhalbzentnermänner auf die Welt kamen. Aber auch dem gesunden Menschenverstand musste man hin und wieder auf die Sprünge helfen.

Er hatte das Gefühl, etwas sagen zu müssen. »Sie war bestimmt hübsch, nicht wahr?«

»Hübsch? Nein, nicht… direkt. Eine auffällige Erscheinung. Auffällig, ja, genau das richtige Wort. Hochgewachsen. Die Haare so blond, dass sie fast weiß waren. Und diese Augen – wie Gimlets.«

Ponder versuchte, sich einen Reim darauf zu machen.

»Wie ein *Cocktail*?«, fragte er.

»Nein, ein Gimlet ist eine spezielle Art Bohrer. Man hatte immer das Gefühl, als könne sie direkt durch einen hindurchsehen«, gab Ridcully etwas schärfer als beabsichtigt zurück. »Und wie schnell sie laufen konnte…«

Er verstummte erneut und ließ die Erinnerungen wie eine Wochenschau vor sich ablaufen.

»Ich hätte sie geheiratet«, sagte er schließlich.

Ponder schwieg. Wenn man im Bewusstseinsstrom eines anderen nichts weiter als ein dümpelnder Korken ist, tut man gut daran, sich einfach treiben zu lassen.

»Was für ein Sommer«, murmelte Ridcully. »Fast so wie dieser. Kornkreise schossen wie Pilze aus dem Boden. Und… ich hatte angefangen, an meiner Bestimmung zu zweifeln. Ja. Die Magie schien mir nicht mehr zu genügen. Ich war ein wenig… vom Kurs abgekommen. Für sie hätte ich alles aufgegeben. Jedes verdammte Oktogramm, jeden Zauberspruch. Vom Fleck weg. Haben Sie schon mal den Satz gehört ›Ihr Lachen klang so hell wie ein Bergbach?‹«

»Also, persönlich kann ich nichts damit anfangen«, antwortete Ponder, »aber ich kenne Gedichte, die ...«

»Gedichte? Alles Quark«, schnaubte Ridcully. »Ich weiß, wie sich Bergbäche anhören. Sie machen bloß plätscher, plätscher, gurgel. Und was da nicht alles drin rumschwimmt, Insekten mit so kleinen ... Egal. Worauf ich hinauswill: Bergbäche klingen überhaupt nicht wie ein Lachen. Da sind die Dichter schiefgewickelt. Genau wie mit ›Ihre Lippen waren wie Kirschen‹. Klein, rund und mit einem Kern in der Mitte? Ha!«

Er schloss die Augen. Nach einer Weile fragte Ponder: »Und wie ging es weiter?«

»Was?«

»Die Geschichte mit dem Mädchen.«

»Was für ein Mädchen?«

»Na, das Mädchen.«

»Ach, *das* Mädchen. Sie hat mir einen Korb gegeben. Sie hatte andere Pläne, und sie meinte, uns bliebe noch genug Zeit.«

Wieder eine Pause.

»Und was geschah dann?«, hakte Ponder nach.

»Dann? Was glauben Sie denn? Ich ging zur Universität. Das Semester fing an. Habe ihr jede Menge Briefe geschrieben, aber nie eine Antwort gekriegt. Wahrscheinlich sind sie gar nicht bei ihr angekommen. Vielleicht werden Briefe da oben gegessen. Im Jahr darauf musste ich den ganzen Sommer über lernen und hatte keine Zeit, nach Lancre zu fahren. Ich bin nie wieder dort gewesen. Die vielen Prüfungen und so. Sicher ist sie inzwischen tot oder eine dicke alte Oma mit Dutzenden von Kindern und Enkelkindern. Ich hätte sie vom Fleck weg geheiratet. Vom Fleck weg!« Ridcully kratzte sich am Kopf. »Ha ... wenn ich bloß noch wüsste, wie sie hieß.«

Er streckte die Beine aus und legte die Füße auf den Quästor.

»Komische Sache«, murmelte er. »Ich weiß nicht mal mehr ihren Namen. Ha! Aber wie sie laufen konnte! Schneller als ein Pferd …«

»Auf die Knie! Geld oder Leben!«

Ratternd kam die Kutsche zum Stehen.

Ridcully klappte ein Auge auf. »Was war das?«, fragte er.

Ponder kam ruckartig aus einem Tagtraum über Lippen wie Bergbäche wieder zu sich und sah aus dem Fenster.

»Ich glaube«, sagte er, »es ist ein Postkutschenräuber im Westentaschenformat.«

Der Kutscher spähte auf die Gestalt hinunter, die sich ihnen in den Weg gestellt hatte. Aus seiner Perspektive war nicht viel zu erkennen, weil der Räuber so klein und sein Hut so groß geraten war. Von oben sah er aus wie ein adrett gekleideter Pilz, in dem eine Feder steckte.

»Sie müssen entschuldigen«, sagte das Räuberkerlchen. »Aber mir ist leider das Kleingeld ausgegangen.«

Seufzend ließ der Kutscher die Zügel sinken. Professionell organisierte Überfälle durch die Räubergilde waren eine Sache, aber deshalb musste er sich noch lange nicht von einem abgebrochenen Wegelagerer überfallen lassen, der ihm nur bis zur Hüfte reichte und noch nicht mal mit einer Armbrust bewaffnet war.

»Du kleiner Mistkäfer«, sagte er und stieg vom Kutschbock. »Ich hau dir gleich die Rübe weg.«

Er musterte ihn genauer.

»Was hast du denn da auf dem Rücken? Einen Buckel?«

»Ah, Sie haben die Trittleiter bemerkt«, sagte der dreikäsehohe Strauchdieb. »Darf ich sie Ihnen vorführen?«

»Was geht da vor?«, rief Ridcully aus der Kutsche.

»Äh, ein Zwerg ist gerade auf eine Trittleiter gestiegen und hat dem Kutscher voll in die Glocken getreten«, berichtete Ponder.

»Das sieht man ja nun auch nicht alle Tage«, sagte Ridcully zufrieden. Bis jetzt war ihm die Reise ein wenig zu ereignislos verlaufen.

»Er kommt zu uns rüber.«

»Ah, gut.«

Der Räuber trat über den stöhnenden Kutscher hinweg und marschierte, die Trittleiter hinter sich herziehend, auf die Kutsche zu.

Er öffnete den Wagenschlag.

»Geld oder – so leid's mir tut – Leben.«

Ein oktariner Feuerstoß fegte ihm den Hut vom Kopf.

Der Zwerg zuckte nicht mit der Wimper.

»Dürfte ich meine Forderung vielleicht etwas umformulieren?«

Ridcully musterte den elegant gekleideten Fremden von oben bis unten, beziehungsweise von ziemlich weit unten bis ganz nach unten.

»Sie sehen gar nicht wie ein Zwerg aus«, sagte er. »Mal abgesehen von der Größe natürlich.«

»Abgesehen von der Größe sehe ich nicht wie ein Zwerg aus?«

»Dazu fehlen Ihnen der Helm und die eisenbeschlagenen Stiefel«, sagte Ridcully.

Mit einer höflichen Verbeugung zauberte der Zwerg ein Kärtchen aus seinem schmuddeligen, aber spitzenbesetzten Ärmel.

»Meine Karte«, sagte er.

Darauf stand:

Giamo Casanunter

Zweitgrößter Liebhaber der Welt
»Wir schlafen nie«
Exzellenter Degenfechter
Glücksritter
Dreister Lügner
Reparateur von Trittleitern

Ponder las über Ridcullys Schulter hinweg mit.

»Sind Sie wirklich ein dreister Lügner?«

»Nein.«

»Warum rauben Sie dann Kutschen aus?«

»Ich wurde leider von Banditen überfallen.«

»Aber hier steht«, sagte Ridcully, »dass Sie ein exzellenter Degenfechter sind.«

»Sie waren mir zahlenmäßig überlegen.«

»Wie viele waren es denn?«

»Drei Millionen.«

»Steigen Sie ein«, sagte Ridcully.

Casanunter hievte seine Trittleiter durch den Wagenschlag und spähte im Schummerlicht der Kutsche um sich.

»Schläft da drüben ein Affe?«

»Ja.«

Der Bibliothekar blinzelte.

»Aber der Geruch!«

»Ihn stört der bestimmt nicht.«

»Sollten Sie sich nicht lieber beim Kutscher entschuldigen?«, fragte Ponder.

»Nein, aber wenn er möchte, kann ich ihm einen noch kräftigeren Tritt verpassen.«

»Und das ist der Quästor.« Ridcully zeigte auf Exponat B. Der Quästor schlief den Schlaf dessen, der eine Quasiüberdosis Trockenfroschpillen eingeworfen hat. »He, Quästor? Quääääästor! Nein, der ist weg vom Fenster. Schieben Sie ihn einfach unter den Sitz. Spielen Sie Leg-Herrn-Zwiebel-rein?«

»Nicht besonders gut.«

»Famos!«

Eine halbe Stunde später schuldete Ridcully dem Zwerg 8000 Dollar.

»Es steht doch auf meiner Visitenkarte«, sagte Casanunter. »Dreister Lügner. Da, unten links.«

»Ja, aber ich dachte, das ist gelogen!«

Ridcully seufzte. Zu Ponders Erstaunen zog er einen Beutel Münzen aus den unendlichen Weiten seines Gewands. Es waren große Münzen, die verdächtig golden und echt aussahen.

Casanunter mochte von Beruf ein liebestoller Glücksritter

sein, aber genetisch war er ein Zwerg, und bei manchen Dingen lässt sich *kein* Zwerg ein X für ein U vormachen.

»Hm«, brummte er. »Auf Ihrer Visitenkarte steht nicht zufälligerweise auch dreister Lügner, oder?«

»Nein!«, sagte Ridcully aufgeregt.

»Weil ich nämlich Schokoladentaler erkenne, wenn ich sie sehe.«

»Wissen Sie was?«, sagte Ponder, während die Kutsche durch eine enge Schlucht ruckelte. »Das erinnert mich an das berühmte logische Rätsel.«

»Was für ein logisches Rätsel«, fragte der Erzkanzler.

»Nun...« Ponder genoss es, zur Abwechslung auch einmal im Mittelpunkt des Interesses zu stehen. »Anscheinend gab es mal einen Mann, der sich zwischen zwei Türen entscheiden musste. Der eine Türwächter sagte stets die Wahrheit und der andere stets die Unwahrheit. Ja, und die Sache war die: Hinter der einen Tür wartete der sichere Tod, und hinter der anderen lag die Freiheit. Der Mann wusste nicht, welcher Wächter welcher war, und er durfte ihnen nur eine einzige Frage stellen. Was hat er also gefragt?«

Die Kutsche sprang über ein Schlagloch. Der Bibliothekar drehte sich im Schlaf auf die andere Seite.

»Das klingt mir ganz nach dem irrsinnigen Lord Hargon aus Quirm«, sagte Ridcully nach einer Weile.

»Stimmt genau«, pflichtete Casanunter ihm bei. »Der war ganz verrückt auf solche Fragen. Wie viele Studenten passen in eine Eiserne Jungfrau, so in dem Stil.«

»Dann ist das also in seinem Schloss passiert?«, fragte Ridcully.

»Was? Keine Ahnung«, sagte Ponder.

»Wieso nicht? Sie scheinen doch sonst alles darüber zu wissen.«

»Ich glaube kaum, dass es tatsächlich irgendwo passiert ist. Es ist ein Rätsel.«

»Augenblick«, sagte Casanunter. »Ich glaube, ich hab's. Eine Frage nur, ja?«

»Ja«, sagte Ponder erleichtert.

»Und er kann jeden der beiden Männer fragen?«

»Ja!«

»Na, wenn das so ist, sucht er sich den schmächtigeren Wächter aus und sagt zu ihm: ›Wenn du nicht wissen möchtest, was für eine Farbe deine Nieren haben, zeigst du mir jetzt sofort, welche Tür in die Freiheit führt. Und denk dran, ich bin direkt hinter dir. Solltest du also auf die Idee kommen, dich um den Tricksiebzehn-Preis zu bewerben, vergiss nicht, wer als *Erster* durch die Tür geht.‹«

»Nein, nein, nein!«

»Klingt logisch«, sagte Ridcully. »Sehr plausibel.«

»Aber man hat keine Waffe!«

»Ich schon. Ich habe sie dem Wächter aus der Hand gewunden, während er über die Frage nachgedacht hat«, antwortete Casanunter.

»Clever«, sagte Ridcully. »Das nenne ich mal einen logischen Gedanken, Kollege Stibbons. Von diesem Menschen können Sie sich eine Scheibe abschneiden.«

»Zwerg!«

»Entschuldigung. Von diesem *Zwerg*. Und er liegt einem auch nicht dauernd mit irgendwelchen Parasitenuniversen in den Ohren.«

»*Parallel*universen!«, raunzte Ponder, den der Verdacht nicht losließ, dass Ridcully ihn absichtlich missverstand.

»Und was hat es mit den parasitären auf sich?«

»Es gibt keine! Ich meine, es gibt keine, Erzkanzler.* Ich habe *Parallel*universen gesagt. Universen, in denen bestimmte Dinge …« Er überlegte kurz. »Nehmen wir zum Beispiel das Mädchen.«

»Was für ein Mädchen?«

»Das Mädchen, das Sie heiraten wollten.«

»Woher wissen Sie das?«

---

* Damit lag Ponder falsch, und zwar zu einhundert Prozent.

»Sie haben mir nach dem Mittagessen von ihr erzählt.«

»Tatsächlich? Ich Idiot. Und was ist nun mit ihr?«

»Nun ... in gewisser Weise *haben* Sie sie geheiratet.«

Ridcully schüttelte den Kopf. »Nichts da. Das glaube ich kaum. An so was erinnert man sich doch.«

»Sie haben sie ja nicht in *diesem* Universum geehelicht.«

Der Bibliothekar blinzelte.

»Soll das heißen, ich hätte in ein anderes Universum rübergemacht, um sie zu heiraten?«, fragte Ridcully.

»Nein! Sie haben in *jenem* Universum geheiratet, aber nicht in *diesem*«, sagte Ponder.

»Ist ja ein Ding! Mit einer richtigen Trauung und allem Drum und Dran?«

»Ja!«

»Hm.« Ridcully kraulte sich den Bart. »Sind Sie sicher?«

»Völlig sicher, Erzkanzler.«

»Donnerlittchen. Das hab ich ja gar nicht gewusst!«

Ponder hatte das Gefühl, allmählich zu ihm durchzudringen.

»Also ...«

»Ja?«

»Und wieso kann ich mich dann nicht daran erinnern?«

Auf diese Frage hatte Ponder nur gewartet.

»Weil Sie in dem anderen Universum ein anderer sind als hier«, sagte er. »Ein anderer Ridcully hat geheiratet. Wahrscheinlich hat Ihr anderes Ich eine Familie gegründet und ist inzwischen schon Urgroßvater.«

»Jedenfalls hat er sich noch nie bei mir gemeldet«, sagte Ridcully. »Und zur Hochzeit hat mich dieser Mistkerl auch nicht eingeladen.«

»Wer?«

»Er.«

»Aber er sind doch Sie!«

»Er ist ich? Hach! Man sollte doch meinen, dass ich mich auf jeden Fall einladen würde. Was für ein Mistkerl!«

Ridcully war nicht dumm, im Gegenteil. Wirklich dumme Zauberer haben die gleiche Lebenserwartung wie ein gläserner Hammer. Er besaß einen ausgesprochen robusten Verstand, so robust wie eine Lokomotive. Deshalb lief er auch auf Gleisen und ließ sich nur sehr schwer lenken.

So etwas wie Paralleluniversen gibt es tatsächlich, auch wenn parallel kaum das richtige Wort dafür ist. Universen trudeln und wirbeln nämlich durcheinander wie eine wild gewordene Webmaschine – oder ein Yossarian-Geschwader mit Mittelohrentzündung.

Und sie verzweigen sich. Aber – und jetzt bitte aufpassen – nicht *ständig*. Dem Universum ist es herzlich schnuppe, ob man auf einen Schmetterling tritt. Schmetterlinge gibt es schließlich wie Sand am Meer. Die Götter bemerken vielleicht, wenn ein Spatz vom Himmel fällt, aber sie machen sich nicht die Mühe, ihn aufzufangen.

Den Diktator erschießen, um einen Krieg zu verhindern? Aber der Diktator ist nur die Spitze der schwärenden gesellschaftlichen Eiterbeule, die Diktatoren gebiert. Erschießt man den einen, steht im nächsten Augenblick ein anderer da. Soll man den Neuen dann auch erschießen? Wieso nicht gleich alle umbringen und in Polen einmarschieren? Nach fünfzig, dreißig oder zehn Jahren ist die Welt ja doch wieder auf ihren alten Kurs eingeschwenkt. Die Geschichte hat ein großes Trägheitsmoment.

Fast immer …

Während der Kreiszeit, wenn die Wände zwischen hüben und drüben dünner sind und alle möglichen seltsamen Dinge hindurchsickern … dann, ja, dann werden Entscheidungen getroffen. Dann kann man das Universum mit Karacho in ein anderes Bein der altbekannten Zeithose sausen lassen.

Doch es gibt auch stehende Tümpel – Universen, die von der Vergangenheit und der Zukunft abgeschnitten sind. Sie müssen sich ihre Vergangenheiten und Zukünfte von anderen Universen zusammenstehlen. Ihre einzige Hoffnung ist es, in dieser kritischen Zeit an ein vorbeitreibendes dynamisches Universum anzudocken, so wie sich ein Lausfisch an einem des Weges schwimmenden Hai festsaugt: Das sind die Parasitenuniversen. Und wenn die Kornkreise wie Pilze aus dem Boden schießen, ist ihre Chance gekommen …

Das Schloss in Lancre war viel größer als eigentlich nötig. Aber das Königreich selbst hätte nicht um einen Deut größer sein können. Es war auf drei Seiten von Bergen umschlossen, und wo die vierte Seite hätte sein sollen, klaffte ein Abgrund. Soweit bekannt, gehörten die Berge niemandem. Sie waren einfach nur Berge.

Das Schloss war so weitläufig wie ein Kaninchenbau. Kein Mensch wusste zum Beispiel, wohin die Keller führten. Nur die Türme und Säle in der Nähe des Tores wurden noch genutzt.

»Sieh dir doch bloß mal diese Zinnen an«, sagte Magrat.

»Hä, gnä' Frau?«

»Die Zacken da oben. An diesen Mauern könnten wir ganze Heere zerschellen lassen.«

»Dafür sind sie ja auch da, oder, gnä' Frau?«

Magrat seufzte. »Können wir das mit dem Gnä'-Frau-Getue nicht lassen, bitte?«

»Ja, gnä' Frau.«

»Ich meine doch bloß, gegen wen sollen wir hier oben eigentlich kämpfen? Nicht einmal die Trolle können die Berge überwinden, und wenn sich der Feind die Straße raufwagt, werfen wir ihm einfach einen Stein auf den Kopf. Außerdem bräuchten wir nur die Lancre-Brücke niederzureißen, schon käme keiner mehr durch.«

»Ich weiß auch nicht, gnä' Frau. Aber anscheinend gehört es sich eben so, dass ein König ein Schloss hat.«

»Hast du eigentlich nie einen eigenen Gedanken im Kopf, du dummes Ding?«

»Wozu soll das gut sein, gnä' Frau?«

Ich habe sie dummes Ding genannt, dachte Magrat. Das Königinnentum färbt schon ab.

»Ach, egal«, sagte sie. »Wo waren wir stehen geblieben?«

»Wir brauchen zweitausend Ellen von dem blauen Chintz mit den weißen Blümchen«, antwortete Millie.

»Und dabei haben wir noch nicht einmal die Hälfte der Fenster ausgemessen.« Magrat rollte das Maßband auf.

Sie blickte die Lange Galerie entlang, die vor allem – und das sprang auch jedermann sofort ins Auge – eins war, nämlich lang. Und sie besaß mit dem Großen Saal und dem Tiefen Verlies zwei Gemeinsamkeiten: Sie hatte einen Namen, der wie die Faust aufs Auge passte, und keinen Teppichboden.

»Wieso? Wieso haben wir ein Schloss in Lancre?«, fragte sie weniger Millie als sich selbst. Wer mit Millie redete, konnte genauso gut gleich Selbstgespräche führen. »Bei uns hat doch noch nie ein Kampf stattgefunden. Höchstens mal samstagabends vor der Schenke.«

»Weiß ich auch nicht, gnä' Frau«, sagte Millie.

Magrat seufzte.

»Was macht der König heute?«

»Er eröffnet das Parlament, gnä' Frau.«

»Ha! Das Parlament!«

Noch so eine von Verenz' grandiosen Ideen. Er hatte versucht, in Lancre die Ephebische Demokratie einzuführen, indem er seinen Untertanen das Wahlrecht verlieh, gesetzt den Fall, der Untertan »sey guthen Leumundes, männlichen Geschlechtes, zähle mindestens vierzig Lenze und nenne eyn Hasu* seyn Eygen, das per annum mehr als dreyeynhalb Ziegen werth sey.« Schließlich brachte es nichts, Leute wählen zu lassen, die arm oder kriminell, wahnsinnig oder weiblich waren und mit ihrem Recht nur Schindluder treiben würden. Das System funktionierte, so halbwegs jedenfalls, obwohl die Abgeordneten sich nur im Parlament

---

* Verenz und Magrat waren sich eben doch sehr ähnlich.

blicken ließen, wenn sie Lust dazu hatten, sich nie etwas aufschrieben und Verenz niemals widersprachen – weil er der König war. Wozu hatten sie denn einen König, wenn sie sich selbst regieren mussten? Er sollte seine Arbeit machen, Rechtschreibschwäche hin oder her. Von ihm verlangte ja auch keiner, dass er ein Dach deckte oder die Kühe molk.

»Mir ist langweilig, Millie. So schrecklich langweilig. Ich gehe mal eine Runde lustwandeln.«

»Soll ich Jorick mit der Trompete holen?«

»Nicht, wenn dir dein Leben lieb ist.«

Einige Grünflächen waren von der landwirtschaftlichen Experimentierwut des Königs verschont geblieben. So zum Beispiel der Kräutergarten, der aber ohnehin nicht viel hermachte, wie Magrat mit dem Auge der Fachfrau rasch feststellte. Er enthielt lediglich Pflanzen, mit denen man Speisen würzen konnte. Und auch dazu war Frau Spirin nicht mehr eingefallen als Minze und Salbei. Kein einziger Stängel Eisenkraut, Schafgarbe oder Greisenhöschen, so weit das Auge reichte.

Und dann der (in Zukunft wahrscheinlich sehr) berühmte Irrgarten. Verenz hatte ihn angelegt, nachdem ihm zu Ohren gekommen war, dass ein königliches Schloss nicht ohne den obligatorischen Irrgarten auskam. Und alle Welt gab ihm Recht: Sobald die Büsche ein bisschen über ihre derzeitige Höhe von einer halben Elle hinausgewachsen waren, würde man sich mühelos darin verirren können, ohne die Augen schließen und sich bücken zu müssen.

Magrat glitt niedergeschlagen den Kiesweg entlang und zog mit ihrem voluminösen Kleid eine glatte Schleifspur hinter sich her.

Auf der anderen Seite der Hecke gellte ein Schrei, aber Magrat zuckte nicht mit der Wimper. Sie kannte die Stimme und war inzwischen über die meisten Sitten und Gebräuche im Schloss bestens im Bilde.

»Guten Morgen, Rüdigaua«, sagte sie.

Als der königliche Falkner um die Ecke kam, wischte er sich mit dem Taschentuch den Schweiß von der Stirn. Auf seinem anderen Arm saß, mit Krallen wie Folterinstrumente, ein Vogel, der Magrat über seinen rasiermesserscharfen Schnabel hinweg aus tückischen roten Augen anstarrte.

»Ich habe einen neuen Habicht«, verkündete Rüdigaua stolz. »Ein heimischer Krähenhabicht. Es ist noch nie jemandem gelungen, einen abzurichten. Ich bin der Erste. Er hat sogar schon gelernt, mir nicht mehr in dieauaaa…«

Er klatschte den Habicht ein paar Mal gegen die Wand, bis der Vogel seine Nase losließ.

Genau genommen hieß Rüdigaua gar nicht so. Wenn man aber davon ausgeht, dass der Name, mit dem ein Mensch sich vorstellt, sein richtiger Name ist, hieß er definitiv Rüdigaua.

Und zwar deshalb, weil die schlosseigenen Habichte und Falken allesamt aus Lancre stammten und deshalb von Natur aus mit der dort typischen Mir-kann-keiner-was-Mentalität ausgestattet waren. Durch langjährige Zuchtbemühungen und ausdauerndes Training war es Rüdigaua bereits gelungen, sie dazu zu bringen, sich nicht mehr in irgendwelchen Handgelenken zu verbeißen. Inzwischen arbeitete er daran, ihnen ihre brutalen Angriffe auf den Menschen abzugewöhnen, von dessen Arm sie sich in die Lüfte geschwungen hatten – und bei dem es sich im Zweifelsfall ausnahmslos um ihn selbst handelte. Trotzdem war Rüdigaua ein erstaunlich optimistischer und gutmütiger Mann, dessen ganzes Sinnen und Trachten auf den Tag ausgerichtet war, an dem seine Greifvögel die Besten der Welt sein würden. Der Tag, dem die Vögel entgegenfieberten, war der, an dem sie ihm auch noch das *zweite* Ohr abreißen würden.

»Es geht voran, wie ich sehe«, sagte Magrat. »Aber meinen Sie nicht, dass Sie mit Strenge vielleicht noch mehr erreichen könnten?«

»Oh nein, Fräulein«, widersprach Rüdigaua. »Das geht nur mit Güte. Man muss einen guten Draht zu ihnen finden. Wenn sie einem nicht vertrauen, dannauaaa…«

»Also, ich will dann mal nicht weiter stören«, sagte Magrat in das plötzlich einsetzende Federngestöber hinein.

Dass bei der Falknerei sehr penible Geschlechts- und Klassenunterschiede zu beachten waren, hatte Magrat nicht weiter überrascht. Als König stand Verenz ein Gerfalke zu – was für ein Vogel das auch immer sein mochte. Grafen jagten mit Wanderfalken, Priester mit Sperbern. Der normale Untertan durfte höchstens einen Stock werfen.* Magrat fragte sich, was für einen Vogel man wohl Nanny Ogg gestattet hätte – eine kleine Kampfhenne vielleicht?

Für die Königin sahen die Falknereiregeln in Lancre einen Glucken- oder auch Heile-Gänschen-Habicht vor. Er war klein, kurzsichtig und ging am liebsten zu Fuß. Wenn er Blut sah, fiel er in Ohnmacht. Um eine Taube zu töten, benötigte man zwanzig Gluckenhabichte – wenn die Taube schwerkrank war. Einmal hatte Magrat einen von ihnen eine ganze Stunde lang gehalten. Er saß nur schnaufend da und war schließlich, kopfüber von ihrer Faust baumelnd, eingedöst.

Rüdigaua hatte wenigstens eine Aufgabe. Überall im Schloss gingen die Menschen einer geregelten Arbeit nach. Alle machten sich irgendwie nützlich, nur Magrat nicht. Sie hatte nichts zu tun, außer da zu sein. Natürlich redete man mit ihr – vorausgesetzt, sie ergriff als Erste das Wort. Aber immer störte sie bei irgendetwas Wichtigem. Sie hatte gestickt, sie war gelustwandelt. Jetzt stand nur noch die Sicherung der Thronfolge aus. Zu diesem Thema hatte Verenz bereits ein Buch bestellt.

»Bleib, wo du bist, Kind. Komm lieber nicht näher.«

Magrat traute ihren Ohren nicht.

»Kind?! Wir sind schon fast angeheirateten königlichen Geblütes!«

»Kann schon sein, aber das wissen ja die Bienen nicht.«

Magrat blieb stehen.

---

* Wenn der Stock nicht zu groß war.

Aus dem, was die königliche Familie unter einem Garten verstand – die Anlagen mit ihren Hecken, Ziersträuchern und Kräuterbeeten –, hatte sie sich in die Welt morscher Schuppen, Blumentopfberge und Komposthaufen verirrt, die das gemeine Volk als Garten kannte. Bienenstöcke wie die, denen sie soeben anscheinend zu nahe geraten war, gehörten natürlich auch dazu.

»Ach«, sagte sie. »Sie sind das, Herr Bach.«

Offiziell bekleidete Herr Bach den Posten des Königlichen Imkers, eine Bezeichnung, die seiner Stellung allerdings nicht einmal annähernd gerecht wurde. So wie die meisten Dienstboten wurde zwar auch er beim Nachnamen gerufen, genoss aber, wie sonst nur die Köchin und der Butler, das Privileg einer Anrede. Und das lag daran, dass Herr Bach über geheime Kräfte verfügte. Er kannte sich mit Honigtrachten und dem Paarungsverhalten von Königinnen aus, wusste alles über Schwärme und verstand sich wie kein anderer darauf, Wespennester zu zerstören. Man zollte ihm den gleichen Respekt, mit dem man Hexen und Schmieden gegenübertrat – Menschen, deren Aufgaben sie aus dem Getöse des Alltags herausheben, die Einblick haben in Dinge, von denen andere nicht einmal den Schimmer einer Ahnung haben. Wenn Herr Bach nicht mit irgendwelchen heiklen Arbeiten rings um die Stöcke beschäftigt war, streifte er durch das Königreich, um Bienenschwärme zu bergen, oder er saß in seinem geheimen Schuppen, wo es nach altem Honig und Wespengift roch, und schmauchte ein Pfeifchen. Man war gut beraten, ihn nicht zu vergrätzen, es sei denn, man legte besonderen Wert darauf, auf dem Plumpsklo einem Schwarm zu begegnen, während Herr Bach sich in seinem Schuppen eins ins Fäustchen lachte.

Vorsichtig setzte er den Deckel wieder auf den Kasten. Einzelne Bienen entflohen durch die klaffenden Löcher im Schleier seines Imkerhuts.

»Mahlzeit, Euer Ladyschaft«, knurrte er.

»Hallo, Herr Bach. Na, was macht die Kunst?«

Herr Bach öffnete die Tür seines geheimen Schuppens und stöberte darin herum.

»Sind spät dran mit dem Schwärmen«, sagte der Imker. »Ich hab bloß mal nach ihnen geschaut. Eine Tasse Tee gefällig, Kind?«

Förmlichkeiten waren Herrn Bachs Sache nicht. Er behandelte alle so, als stünden sie mit ihm auf einer Stufe oder sogar noch eine darunter. Das kam vermutlich daher, dass er tagtäglich über Tausende herrschte. Und mit ihm konnte Magrat wenigstens reden. Sie kannte keinen Mann, der mehr von einer Hexe an sich hatte als Herr Bach.

In dem Schuppen waren Teile von Bienenstöcken, seltsame Folterinstrumente für die Honigernte, alte Schraubgläser und ein kleiner Ofen, auf dem neben einem großen Topf eine verrußte Teekanne vor sich hin dampfte.

Herr Bach fasste Magrats Schweigen als Zustimmung auf und goss ihnen zwei große Henkelbecher ein.

»Ist das Kräutertee?«, fragte sie bang.

»Fragen Sie mich was Leichteres. Das sind braune Blätter aus einer Blechdose.«

Magrat blickte zweifelnd in ihren tanninschwarzen Becher. Aber sie nahm sich zusammen. Da eine Königin dafür zu sorgen hatte, dass ein Normalsterblicher in ihrer Gegenwart nicht vor Ehrfurcht erstarrte, überlegte sie sich eine möglichst entkrampfende Bemerkung.

»Wir stellen es Uns sehr interessant vor, Imker zu sein«, sagte sie.

»Ja. Doch.«

»Was Wir Uns schon lange fragen …«

»Ja?«

»Wie werden die Bienen eigentlich gemolken?«

Das Einhorn streifte durch den Wald. Es kam sich blind vor, gefangen am falschen Ort. Das hier war kein richtiges Land. Statt in den Flammenfarben des Polarlichts zu leuchten, war der Himmel blau. Und die Zeit verging. Für ein Geschöpf, das den Regeln der Zeit nicht unterworfen ist, war es fast so ein Gefühl wie zu fallen.

Und es konnte seine Herrin fühlen in seinem Kopf. Das war noch schlimmer als das Vergehen der Zeit.

Kurzum: Das Einhorn war wahnsinnig.

Magrat starrte den Imker fassungslos an.

»Ich dachte immer, Königinnen werden *geboren*«, sagte sie.

»Nein, nein«, entgegnete Herr Bach. »So was wie ein spezielles Königinnenei gibt es nicht. Die Arbeiterinnen beschließen einfach, eine von sich mit Gelee royal zur Königin rauszufüttern.«

»Und wenn sie nicht gepäppelt wird?«

»Wird nur eine ganz gewöhnliche Arbeiterin aus ihr, Eure Ladyschaft«, sagte Herr Bach mit einem verdächtig republikanischen Schmunzeln.

Dann hat sie Glück gehabt, dachte Magrat.

»Was wird aus der alten Königin, wenn die Bienen eine neue bekommen?«

»Normalerweise schwärmt das alte Mädchen dann aus«, sagte Herr Bach. »Sie verduftet und nimmt einen Teil des Volkes mit. Ich hab sicher schon tausend Schwärme gesehen, aber noch nie einen königlichen.«

»Ein königlicher Schwarm? Was ist das?«

»Kann ich auch nicht genau sagen. Hab bloß in den alten Imkereibüchern was darüber gelesen. Der Schwarm der Schwärme. Den muss man gesehen haben, heißt es.« Ein wehmütiger Schatten huschte über sein Gesicht.

»So richtig lustig wird's natürlich erst, wenn das Wetter schlecht ist und die alte Königin nicht wegkann«, fuhr er fort, als er sich wieder gefangen hatte, und beschrieb mit der Hand einen geheimnisvollen Kreis. »Das läuft dann folgendermaßen ab. Die beiden Königinnen – also die alte, ja? und die neue –, die fangen an, sich zwischen den Waben gegenseitig zu belauern, während der Regen aufs Dach trommelt und um sie herum das Leben im Stock weitergeht.« Herr Bach unterstrich seine Ausführungen mit einer beredten Geste. »Und bei all dem geschäftigen Treiben und dem Brummen der Drohnen können sie einander spüren. Sie wissen Bescheid. Und wenn dann die eine die andere entdeckt, dann …«

»Ja? Ja?« Magrat beugte sich gespannt vor.

»Ritsch! Ratsch! Mord und Totschlag!«

Magrat fuhr zurück und prallte mit dem Kopf an die Wand.

»Ein Bienenvolk kann nur eine Königin haben«, erklärte Herr Bach gelassen.

Magrat blickte zur Tür hinaus. Auf einmal sah sie die Stöcke mit ganz anderen Augen.

»Bei schlechtem Wetter hab ich schon oft eine tote Königin vor dem Stock gefunden«, führte Herr Bach genüsslich aus. »Bei denen gilt die Devise: Es kann nur eine geben. Da tobt ein Kampf auf Leben und Tod. Die alte Königin ist listiger. Aber für die neue Königin geht es um alles oder nichts.«

»Wieso?«

»Na, weil sie sich paaren will.«

»Ach so.«

»Wirklich spannend wird es erst im Herbst«, sagte Herr Bach. »Das Volk kann im Winter nämlich keine unnützen Esser gebrauchen, und genau das sind die Drohnen ja. Hocken bloß rum und rühren keinen Finger. Deshalb schleppen die Arbeiterinnen sie zum Ausgang, und dann beißen sie ihnen …«

»Aufhören! Das ist ja grauenhaft!«, rief Magrat. »Ich dachte immer, die Imkerei wäre was *Schönes.*«

»Das ist natürlich sowieso die Jahreszeit, wo die Bienen sterben wie die Fliegen«, fuhr Herr Bach fort. »Es ist nämlich so: Die normale Biene ackert und rackert, bis sie umfällt, und im Herbst kann man dann viele alte Arbeiterinnen vor dem Stock rumkrabbeln sehen, weil …«

»Aufhören! Das geht ja auf keine Kuhhaut. Und ich bin die Königin. Jedenfalls fast.«

»Nix für ungut, Frollein«, sagte Herr Bach. »Ich dachte, Sie interessieren sich für die Imkerei.«

»Ja, aber doch nicht für solche Gruselgeschichten.«

Magrat rauschte hinaus.

»Ach, ich weiß nicht«, sagte Herr Bach. »Ich glaube, es hat noch keinem geschadet, ein bisschen am Busen von Mutter Natur zu schnuppern.«

Er schüttelte vergnügt den Kopf, als sie zwischen den Hecken verschwand.

»Es kann nur eine geben«, gackerte er. »Ritsch! Ratsch! Hihi!«

In der Ferne verhallte ein Schrei von Rüdigaua, dem die Natur mal wieder zu dicht auf die Pelle gerückt war.

Überall taten sich Kornkreise auf.

Die Universen formierten sich. Sie beendeten ihren Spaghettistrudeltanz und lieferten sich, um diese Schikane der Geschichte zu passieren, ein Kopf-an-Kopf-Rennen über das Gummilaken der inkontinenten Zeit.

Zu solchen Zeiten – Ponder Stibbons ahnte es dumpf – beeinflussten sie sich gegenseitig. Realitätsstrahlen zuckten wie Blitze zwischen den Universen hin und her, während sie erbittert um die Führung kämpften.

Wer seinen Verstand dann so trainiert hat, dass er einem hochempfindlichen Empfänger gleicht, und den Verstärker aufdreht, bis der Regler abbricht, bekommt unter Umständen einige außerordentlich seltsame Signale herein …

Die Uhr tickte.

Oma Wetterwachs saß vor der offenen Schatulle und las. Hin und wieder hielt sie inne, um kurz die Augen zu schließen und sich in die Nase zu kneifen.

Die Zukunft nicht zu kennen war schlimm genug, aber wenigstens verstand sie jetzt den Grund dafür. Seit einer Woche hatte sie nämlich schon Déjà-vu-Erlebnisse. Aber es waren nicht ihre eigenen. So etwas hatte sie noch nie erlebt, dass in ihr Erinnerungen an Dinge aufblitzten, die nie passiert sein konnten. *Unmöglich*. Sie war Esme Wetterwachs, bei kerngesundem Menschenverstand wie eh und je, sie war noch *nie* im Leben …

Es klopfte an der Tür.

Sie blinzelte, froh, diese Gedanken fürs Erste los zu sein. Es dauerte ein, zwei Sekunden, bis sie ins Hier und Jetzt zurückgefunden hatte. Dann faltete sie das Blatt Papier zusammen, steckte es in den Umschlag, schob den Umschlag in ein Briefbündel, legte das Bündel in die Schatulle, schloss die Schatulle mit einem Schlüsselchen ab, das sie über den Kamin hängte, und ging zur Tür. Rasch musterte sie sich noch einmal prüfend von oben bis unten, um sich zu vergewissern, dass sie sich nicht vor lauter Geistesabwesenheit womöglich splitternackt ausgezogen hatte, und machte schließlich auf.

»'n Abend«, sagte Nanny Ogg und hielt ihr eine mit einem Tuch abgedeckte Schüssel hin. »Ich hab dir was mitge…«

Oma Wetterwachs sah an ihr vorbei.

»Was sind das für Leute?«, fragte sie.

Die drei Mädchen machten ein verlegenes Gesicht.

»Also, sie sind zu mir gekommen und haben gesagt …«, begann Nanny Ogg.

»Lass mich raten«, unterbrach Oma. Sie baute sich vor dem Trio auf und inspizierte es mit kritischem Blick.

»So, so«, sagte sie. »So, so. Donnerlittchen. Drei Mädchen, die Hexen werden wollen, stimmt's?« Sie verfiel ins Falsett. »›Bitte, bitte, Frau Ogg, wir haben unseren Fehler eingesehen und wollen jetzt *richtig* hexen lernen.‹ Stimmt's?«

»Ja, so in etwa«, antwortete Nanny. »Aber …«

»Die Hexerei ist eine Kunst«, sagte Oma. »Und kein … Kaffeekränzchen. Du liebes Lottchen.«

Sie schritt die sehr kurze Reihe schlotternder Gestalten ab.

»Wie heißt du, Kind?«

»Magenta Frottisch, Frau Wetterwachs.«

»Jede Wette, deine Mutter nennt dich anders.«

Magenta sah auf ihre Füße. »Sie ruft mich Violetta.«

»Immerhin eine bessere Farbe als Magenta«, sagte Oma. »Willst die Geheimnisvolle spielen, wie? Willst den Leuten weismachen, du stündest mit dem Okkulten auf Du und Du, ja? Kannst du hexen? Hat dir deine Freundin irgendetwas beigebracht? Hau mir den Hut vom Kopf!«

»Wie bitte?«

Oma Wetterwachs trat einen Schritt zurück und drehte sich um.

»Hau ihn mir vom Kopf. Ich halte dich nicht auf. Nun mach schon.«

Magenta-mit-einem-Stich-ins-Violette wurde rot.

»Äh … dieses Psychodingens war noch nie meine starke Seite.«

»Oje. Wollen wir mal sehen, was ihr anderen auf dem Kasten habt. Wer bist du, Kind?«

»Amanita, Frau Wetterwachs.«

»Ein *aller*liebster Name. Dann zeig mal, was du kannst.«

Amanita blickte ängstlich um sich.

»Äh, ich glaube, ich kann das nicht, wenn Sie mir dabei zugucken …«, begann sie.

»Was für ein Jammer. Und du da, am Ende?«

»Agnes Depp«, sagte Agnes, die eine wesentlich schnellere Auffassungsgabe besaß als die beiden anderen und begriff, dass sie mit Perdita nicht weit kommen würde.

»Probier's mal. Los, versuch's.«

Agnes konzentrierte sich.

»Ach, du liebes Lottchen«, sagte Oma. »Und ich habe den Hut immer noch auf. Zeig ihnen, wie es geht, Gytha.«

Seufzend hob Nanny Ogg einen Ast auf und warf damit nach Omas Hut. Oma fing ihn auf, bevor er sie treffen konnte.

»Aber, aber … Sie haben doch gesagt, wir sollen Magie benutzen«, stammelte Amanita.

»Hab ich nicht«, entgegnete Oma.

»*Das* kann doch *jeder*«, sagte Magenta.

»Ja, aber darum geht es nicht«, antwortete Oma. »Es geht darum, dass *ihr* es nicht konntet.« Sie lächelte – ein seltenes Ereignis. »Hört mal, ich will nicht gemein zu euch sein. Ihr seid noch jung. Die ganze Welt steht euch offen. Ihr wollt keine Hexe werden. Nicht, wenn ihr wüsstet, was das bedeutet. Und jetzt trollt euch. Geht nach Hause. Und lasst mir schön die Finger vom Paranormalen, bis ihr das Normale im Griff habt. Hopp, hopp. Ab mit euch.«

»Aber das war bloß ein Trick! Genau, wie Diamanda gesagt hat. Alles bloß Worte und Getrickse«, protestierte Magenta.

Oma hob die Hand.

Die Vögel in den Bäumen hörten auf zu singen.

»Gytha?«

Nanny Ogg krallte sich in ihre Krempe.

»Nicht, Esme. Der Hut hat mich sage und schreibe zwei Dollar gekostet und …«

Der Knall hallte durch den Wald.

Hutschnipsel trudelten vom Himmel.

Oma richtete den Zeigefinger auf die Mädchen, die versuchten, sich unter Verrenkungen aus der Schusslinie zu bringen.

»Wollt ihr nicht mal nach eurer Freundin sehen?«, fragte sie. »Sie hat verloren und ist bestimmt nicht besonders glücklich. Da könnt ihr sie doch nicht allein lassen.«

Wie hypnotisiert starrten die drei mit weit aufgerissenen Augen auf den Finger.

»Ich habe euch gebeten, nach Hause zu gehen. Mit ganz normaler Stimme. Muss ich etwa *laut* werden?«

Sie drehten sich um und gaben Fersengeld.

Nanny Ogg schob geknickt die Hand durch ihre lädierte Krempe. »Ich hab ewig gebraucht, bis ich die Schweinemedizin zusammenhatte«, murmelte sie. »Man braucht acht verschiedene Sorten Blätter – von der Wucherblume, von der Weide, vom

Greisenhöschen. Die Sucherei hat einen ganzen Tag gedauert. Blätter wachsen ja schließlich nicht auf Bäumen ...«

Oma Wetterwachs sah den davonstolpernden Mädchen nach.

Nanny Ogg hielt inne. »Da werden Erinnerungen wach, was?«, sagte sie. »Ich weiß noch, als ich fünfzehn war und vor der alten Biddy Unheimer stand, und sie knarzte in diesem unheilvollen Ton: ›Du willst *was* werden?‹ Ich hatte eine solche Angst, dass ich mir fast in die Hose ...«

»Ich hab nie vor irgendwem gestanden«, sagte Oma Wetterwachs abwesend. »Ich hab bei Mütterchen Oweh im Garten kampiert, bis sie versprochen hat, mir alles beizubringen, was sie wusste. Ha! Dafür brauchte sie genau eine Woche, und ich hatte nachmittags sogar noch frei.«

»Dann wurdest du also nicht auserwählt?«

»Ich? Nein. Ich habe selber gewählt«, antwortete Oma mit einem Gesicht, das Nanny Ogg beim besten Willen nicht so schnell wieder vergessen würde. »Ich habe mich entschieden, Gytha Ogg. Und eines sollst du wissen. Jetzt und hier. Was auch immer passiert. Ich habe nie etwas bereut. Nicht das Geringste. Merk dir das gut.«

»Wie du meinst, Esme.«

Was ist Magie?

Die Zauberer haben – je nach Lebensalter – zwei Definitionen dafür. Die der älteren dreht sich um Kerzen, Kreise, Planeten, Sterne, Bananen, Zaubersprüche und Runen. Außerdem betonen sie gern, wie wichtig es ist, vier anständige Mahlzeiten am Tag zu sich zu nehmen. Bei den jüngeren Zauberern – und da vor allem bei denen von der blassen Sorte, die kaum einmal aus dem Forschungstrakt für hochenergetische Magie* herauskommen – geht

* In diesem Gebäude konnte nachgewiesen werden, dass das Thaum, welches bis dahin als kleinstes Elementarteilchen der Magie galt, aus *Resonen*** – winzigen Realitätsfragmenten – zusammengesetzt ist. Neueste Forschungsergebnisse lassen vermuten, dass jedes einzelne Reson wiederum aus einer Kombination von mindestens fünf *Flavonen* besteht, als da wären »rauf«, »runter«, »seitwärts«, »Sexappeal« und »Pfefferminze«.

** Wörtl.: »Ding-elchen«

es ununterbrochen um Fluktuationen in der morphischen Struktur des Universums, um das essenziell Unbeständige von scheinbar stabilen Zeit-Raum-Rahmen, um das Plausibilitätsdefizit der Realität und so weiter. Im Klartext: Sie sind einer heißen Sache auf der Spur und basteln sich dazu frei nach Schnauze die entsprechende Physik zusammen ... Es war kurz vor Mitternacht. Diamanda rannte die Anhöhe zu den Tänzern hinauf; Dornbüsche und Heidekraut rissen an ihrem Kleid.

Die Demütigung saß tief. Diese dummen, *boshaften* Alten! Und erst die dummen *Leute*! Sie hatte gewonnen. Nach den Regeln war sie die Siegerin! Aber alle hatten sie ausgelacht.

Und das tat weh. Sie durfte gar nicht daran denken, ringsum nichts als dämlich grinsende Gesichter. Und alle standen sie auf der Seite der grässlichen alten Weiber, die keine Ahnung von der Bedeutung der Hexerei hatten, keinen Schimmer, welche *Höhen* diese Kunst erreichen konnte.

Sie würde es ihnen zeigen.

Vor ihr hoben sich die Tänzer dunkel von den mondbeschienenen Wolken ab.

Nanny Ogg sah nach, ob sich unter ihrem Bett ein Mann versteckte. Man konnte ja auch mal Glück haben ...

Sie wollte früh schlafen gehen. Es war ein anstrengender Tag gewesen.

Auf dem Nachtschränkchen standen ein Weckglas voller Bonbons und daneben eine schwere Flasche mit der klaren Flüssigkeit, die sie draußen, hinter dem Holzschuppen, in ihrer komplizierten Destille gebrannt hatte. Man konnte das Zeug zwar nicht direkt als Whiskey bezeichnen, und ebenso wenig als Gin, aber es hatte genau 90° Alkohol und war Nanny ein großer Tröster, wenn sie morgens früh um drei Uhr aufwachte und nicht mehr wusste, wer sie war. Nach einem Glas der klaren Flüssigkeit wusste sie das zwar immer noch nicht, aber sie machte sich nichts mehr daraus, weil sie ja sowieso jemand anders war.

Sie schüttelte ihre vier Kopfkissen auf, schleuderte ihre Plüschpantoffeln in die Ecke, zog sich die Decken über den Kopf und verkroch sich in ihrer kleinen, warmen und etwas muffigen Höhle. Sie lutschte ein Bonbon. Nanny besaß nur noch einen Zahn, an dem mit der Zeit schon so vieles genagt hatte, dass ihn ein Betthupferl auch nicht mehr erschüttern konnte.

Sekunden später verriet der Druck auf ihren Füßen, dass Greebo seinen Stammplatz eingenommen hatte. Er schlief immer in Nannys Bett und immer am Fußende. Wer einen Kater hat, der am Morgen versucht, einem liebevoll die Augen auszukratzen, braucht keinen Wecker. Nanny ließ ihm über Nacht aber immer ein Fenster offen, für den Fall, dass ihr Schätzchen Lust bekam, um die Häuser zu ziehen und irgendetwas abzumurksen.

So, so. Elfen. (Solange man sich das Wort nur im Stillen vorsagte und es nicht allzu laut dachte, war man einigermaßen sicher.) Nanny hatte wirklich geglaubt, die Welt wäre sie ein für alle Mal los. Wie lange war es schon her? Bestimmt Hunderte und Aberhunderte von Jahren, wenn nicht Tausende. Die Hexen sprachen nicht gern darüber, weil ihnen damals in Bezug auf die Elfen ein schwerer Fehler unterlaufen war. Natürlich hatten sie die Mistfinken zuletzt doch noch durchschaut, aber um ein Haar wäre es schiefgegangen. Und zu jener Zeit hatte es noch sehr viele Hexen gegeben. Sie konnten sich den Elfen an jeder Ecke entgegenstemmen, bis denen der Boden dieser Welt zu heiß unter den Füßen wurde. Sie hatten sie mit Eisen bekämpft. Elfen konnten Eisen nicht ertragen. Es machte sie blind oder so. Blind wie ein Maulwurf.

Heute gab es nicht mehr viele Hexen. Jedenfalls keine richtigen. Noch schlimmer war es allerdings, dass die Menschen sich anscheinend nicht mehr an das Treiben der Elfen erinnern konnten. Sicher, das Leben war damals eindeutig spannender gewesen, aber vor allem deshalb, weil es meistens auch kürzer war. Farbenprächtiger war es auch – zumindest für den, der auf Blutrot stand. Zum Schluss trauten die Menschen sich nicht einmal mehr, die Scheusale beim Namen zu nennen.

Sie sagten: Die Leuchtenden. Sie sagten: Das schöne Volk. Sie spuckten aus oder klopften auf Eisen. Aber was es mit dem Ausspucken und dem Eisen auf sich hatte, geriet von Generation zu Generation immer mehr in Vergessenheit, genau wie der Grund dafür, warum man ihnen diese Namen gab. Das Einzige, woran die Menschen sich erinnerten, war ihre Schönheit.

Ja, damals hatte es wesentlich mehr Hexen gegeben. Zu viele Frauen standen plötzlich vor einer leeren Wiege oder sahen ihren Mann, der auf die Jagd gegangen war, nie wieder. Weil er selbst zum Jagdwild worden war.

Elfen! Diese Scheusale … und doch … und doch … ja, sie schafften es, die Erinnerungen zu verdrehen und sich darin einzunisten.

Nanny wälzte sich auf die andere Seite. Greebo knurrte empört.

Man brauchte zum Beispiel nur mal an Zwerge und Trolle zu denken. Die Leute sagten: Denen kann man nicht trauen. Trolle muss man immer im Auge behalten. Auch wenn manche von ihnen sich nie etwas zuschulden kommen lassen, sind sie im Grunde feige und dumm. Und was die Zwerge angeht … Zwerge sind hinterlistige, habgierige kleine Teufel, na schön, zugegeben, man begegnet schon mal dem einen oder anderen, der gar nicht so übel ist, aber im Großen und Ganzen taugen sie auch nicht mehr als die Trolle. Eigentlich sind sie …

… genau wie *wir*.

Aber sie sind nicht gerade eine Augenweide, und sie haben keinen *Stil*. Und weil wir dumm sind und uns das Gedächtnis Streiche spielt, erinnern wir uns nur noch an die Schönheit und Eleganz der Elfen und wissen nicht mehr, wie sie wirklich waren. Wir sind wie Mäuse, die sagen: »Eins muss man den Katzen lassen – sie haben *Stil*.«

Aus Angst vor Zwergen verkoch sich kein Mensch angstschlotternd im Bett. Niemand versteckte sich vor Trollen unter der Treppe. Man musste sie vielleicht schon mal aus dem Hühnerstall verjagen, aber eigentlich sah man in ihnen höchstens eine Landplage. Jedenfalls waren sie nicht das Grauen in der Nacht.

Wir erinnern uns nur, dass die Elfen gesungen haben, aber wir wissen nicht mehr, wovon ihre Lieder handelten.

Nanny Ogg wälzte sich erneut auf die andere Seite. Am Fußende raschelte es, dann landete Greebo mit einem dumpfen Maunzen auf dem Fußboden.

Nanny setzte sich auf.

»Zieh dir deine Wanderpfoten an, mein Junge. Wir gehen noch mal weg.«

Auf dem Weg durch die mitternächtliche Küche griff sie sich eines ihrer großen schwarzen Bügeleisen und band ein Stück Wäscheleine daran.

Nanny Ogg hatte zeit ihres Lebens des Nachts durch Lancre wandern können, ohne das Gefühl zu haben, bewaffnet sein zu müssen. Was natürlich auch daran lag, dass sie die meiste Zeit ihres Lebens als Hexe erkennbar gewesen war und es niemand gewagt hätte, sie zu belästigen. Falls doch, hätte der Angreifer sein Geläut anschließend in einer Tüte nach Hause tragen können. Grundsätzlich galt das aber für alle Frauen in Lancre. Und wenn sie es sich recht überlegte, auch für die Männer.

Heute kroch ihr zum ersten Mal die Angst in die Glieder.

Sie fühlte es: Die Elfen kamen zurück und warfen ihre Schatten voraus.

Oben auf der Anhöhe blieb Diamanda stehen und blickte sich um.

Womöglich war ihr die alte Wetterwachs gefolgt. Zuzutrauen war es ihr auf jeden Fall. Und schon im Wald hatte sie das Gefühl gehabt, dass jemand hinter ihr war.

Sie war mutterseelenallein.

Diamanda drehte sich um.

»'n Abend, Frolleinchen.«

»Sie? Dann sind Sie mir also tatsächlich gefolgt!«

Oma trat aus dem Schatten des Pfeifers.

»Das hab ich von meinem Vater gelernt«, sagte sie. »Immer wenn er auf die Jagd ging, hat er gemeint: Ein schlechter Jäger jagt, ein guter Jäger wartet.«

»Ach, Sie *jagen* mich?«

»Nein. Ich habe bloß gewartet. Ich wusste, dass du kommen würdest. Wo könntest du auch sonst hin? Du bist hier, um sie zu rufen, nicht wahr? Zeig mir mal deine Hände.«

Das war keine Bitte, das war ein Befehl. Diamandas Hände streckten sich ohne ihr Zutun Oma Wetterwachs entgegen. Bevor sie sie wieder wegreißen konnte, hatte die alte Hexe sie gepackt und hielt sie fest. Omas Haut war so rau wie Sackleinen.

»Hast noch nie im Leben einen Finger krumm gemacht, was?«, sagte Oma leutselig. »Hast noch nie im Winter überfrorene Kohlköpfe geschnitten oder ein Grab geschaufelt oder eine Kuh gemolken oder einen Toten aufgebahrt.«

»Das muss man auch nicht, um eine Hexe zu sein!«, gab Diamanda patzig zurück.

»Hab ich das etwa behauptet? Aber ich will dir was erzählen. Von schönen, rot gewandeten Frauen mit Sternen im Haar. Und vielleicht auch noch Monden. Von Stimmen in deinem Kopf, wenn du schläfst. Vom Gefühl der Macht, wenn du hier oben bei den Steinen bist. Sie hat dir Macht versprochen, nicht wahr? So viel, wie du dir nur wünschen kannst. Und ganz ohne Gegenleistung.«

Diamanda schwieg.

»Das ist nämlich alles schon mal da gewesen. Weil es immer jemanden gibt, der sich etwas einflüstern lässt.« Oma Wetterwachs' Blick verschleierte sich.

»Wenn man einsam ist und einem die Menschen unsagbar dumm vorkommen, wenn die ganze Welt voller Geheimnisse ist, in die einen keiner einweiht...«

»Lesen Sie meine Gedanken?«

»Deine?« Oma kam mit einem Ruck wieder zu sich, und ihre Stimme verlor den verträumten Ton. »Ha! Blümchen und solches Zeug. Tanzen ohne Schlüpfer. Rumgetrickse mit Karten und Bindfäden. Und es hat funktioniert, ja? Darauf möchte ich wetten. Sie hat dir Macht verliehen für eine Weile. Ach, ich hör sie direkt lachen. Doch dann schwindet die Macht, und der Preis steigt. Und schließlich ist die Macht weg, aber du zahlst weiter, Tag für Tag. Sie nehmen immer mehr, als sie geben. Und was sie geben, ist weniger wert als gar nichts. Zum Schluss nehmen sie sich alles. Was sie von uns wollen, ist unsere Angst. Was sie mehr als alles andere begehren, ist unser Glaube. Wenn du sie hier rufst, werden sie kommen, denn zur Kreidezeit sind die Wände der Welt so dünn, dass sie dich hören können. Du holst sie herüber. Die Kräfte der Tänzer sind sowieso nicht mehr das, was sie mal waren. Und ich werde verhindern, dass die ... Herrschaften zurückkommen.«

Diamanda wollte etwas einwerfen.

»Ich bin noch nicht fertig. Du bist ein kluges Mädchen. Du kannst alles Mögliche sein. Aber werde keine Hexe. Das ist kein leichtes Leben.«

»Sie verrücktes altes Weib, Sie verstehen überhaupt nichts! Die Elfen sind gar nicht so ...«

»Sprich das Wort nicht aus. Sprich es nicht aus! Sie kommen, wenn man sie ruft.«

»Umso besser. Elfen, Elfen, Elfen! Elf-«

Oma verpasste ihr eine schallende Ohrfeige.

»Das weißt sogar du, wie dumm und kindisch das ist«, sagte sie. »Und jetzt hör mir gut zu. Wenn du in Lancre bleiben willst, muss es mit diesem Unsinn ein für alle Mal ein Ende haben. Oder du gehst fort und suchst dir deine Zukunft woanders. Werde eine große Dame – das Zeug dazu hast du. Und vielleicht kommst du in zehn Jahren wieder, behängt mit Schmuck und was weiß ich, um über uns Daheimgebliebene das Zepter zu schwingen. Wie du willst. Aber wenn du hierbleibst und nicht aufhörst, die ... Herrschaften zu rufen, bekommst du es mit mir zu tun. Dass es sich gewaschen hat. Keine albernen Spielchen am helllichten Tag, sondern *echte* Hexerei. Kein Brimborium mit Monden und Kreisen, sondern wahre Magie, die aus dem Blut kommt, aus den Knochen und aus dem Kopf. Aber davon verstehst du nichts. Und eines kannst du mir glauben: Diese Magie kennt kein Erbarmen.«

Diamanda hob den Kopf. Glühend rot zeichnete sich in ihrem Gesicht der Abdruck von Omas Hand ab.

»Weggehen soll ich?«, fragte sie.

Oma reagierte eine Sekunde zu spät.

Diamanda flitzte zwischen die Steine.

»Du dummes Gör! Doch nicht in den Kreis!«

Die Gestalt wurde zusehends kleiner, obwohl sie erst wenige Schritte weit gekommen war.

»Ach, verflixt!«

Oma hechtete hinter ihr her. Mit einem lauten *Ritsch* riss sich ihre Rocktasche los – mitsamt dem Schürhaken, den sie darin mitgebracht hatte. Er wirbelte davon und knallte klirrend gegen einen der Tänzer.

Ping, pling folgten ihm die Nägel aus Omas Stiefeln und rasten ebenfalls auf die Steine zu.

Kein Eisen konnte in den Kreis gelangen, kein Eisen.

Was das zu bedeuten hatte, wurde Oma erst im Laufen klar. Doch egal – sie hatte ihre Entscheidung getroffen.

Sie tauchte ein in einen Strudel aus Himmelsrichtungen, sodass sie im ersten Augenblick nicht mehr zu sagen wusste, wo oben und unten war. Aber plötzlich lief sie auf Schnee. Er war weiß. Er musste weiß sein, denn es war Schnee. Allerdings waberten farbige Muster darüber hinweg, in denen sich der wilde Tanz des immerwährenden Polarlichts spiegelte, das den Himmel überzog.

Diamanda hatte zu kämpfen. Ihre Schuhe taugten kaum für einen Sommer in der Stadt, geschweige denn für das Stapfen durch knöcheltiefen Schnee. Wohingegen Oma Wetterwachs'

Stiefel auch ohne Nägel einen Dauerlauf über ein Lavafeld ausgehalten hätten.

Nur waren die für ihren Antrieb nötigen Muskeln leider schon viel zu lange im Einsatz. Diamanda hängte sie ab.

Vom Nachthimmel fiel weiterer Schnee herab. Unweit der Steine hatte sich ein Kreis aus Reitern versammelt. Ein kleines Stück vor ihnen thronte die Königin auf ihrem Ross. Jede Hexe kannte sie – oder zumindest ihre Gestalt.

Diamanda stolperte und schlug der Länge nach hin. Mühsam rappelte sie sich zum Knien hoch.

Oma blieb stehen.

Das Pferd der Königin wieherte.

»Auf die Knie vor deiner Königin!«, befahl die Elfe. Sie war ganz in Rot gewandet und trug eine kupferne Krone im Haar.

»Will ich nicht. Mach ich nicht«, antwortete Oma Wetterwachs.

»Du bist in meinem Reich, Weib«, fuhr die Königin sie an. »Nur mit meiner Erlaubnis darfst du kommen oder gehen. Auf die Knie!«

»Ich komme und gehe, wie es mir passt«, gab Oma Wetterwachs zurück. »Ich hab noch nie vor wem gekniet und fange damit auf meine alten Tage auch ganz bestimmt nicht mehr an.«

Sie legte Diamanda die Hand auf die Schulter.

»Da hast du deine Elfen«, sagte sie. »Sind sie nicht schön?«

Die Krieger waren baumlange Kerle. Was sie am Leibe trugen, konnte man kaum als Kleidung bezeichnen, es glich eher einem Flickwerk aus Pelzresten, Bronzeblechen und Schnüren aus bunten Federn. Was man von ihrer Haut sehen konnte, war über und über mit blauen und grünen Tätowierungen bedeckt. Mehrere von ihnen waren mit schussbereiten Bögen bewaffnet. Die Spitzen ihrer Pfeile folgten Oma auf Schritt und Tritt.

Die öligen Haare standen ihnen wie ein Strahlenkranz um den Kopf. Und obwohl Diamanda tatsächlich noch nie schönere Gesichter gesehen hatte, überkam sie bei ihrem Anblick ein mulmiges Gefühl. In ihren Mienen lag ein seltsamer Zug, der ihr nicht geheuer war.

»Der einzige Grund, warum wir noch leben, ist der, dass man mit Lebenden mehr Spaß haben kann als mit Toten«, knurrte Oma, die hinter ihr stand.

»Du weißt, dass du nicht auf die verrückte Alte hören sollst«, sagte die Königin. »Was hat sie dir schon zu bieten?«

»Auf jeden Fall mehr als Schnee im Sommer«, sagte Oma. »Sieh ihnen in die Augen. Sieh ihnen in die Augen.«

Die Königin stieg vom Pferd.

»Nimm meine Hand, Kind«, sagte sie.

Diamanda hielt ihr zaghaft die Hand hin.

Tatsächlich, irgendetwas stimmte nicht mit den Augen. Es war weder die Form noch die Farbe. Nicht einmal ein böses Funkeln. Es war …

… der Blick. Ein Blick, wie ihm eine Mikrobe begegnen würde, wenn sie vom unteren Ende des Mikroskops nach oben blicken könnte. Ein Blick, der sagte: Du bist ein Nichts. Der sagte: Du bist mit Fehlern behaftet, du bist wertlos. Der sagte: Du bist ein Tier. Der sagte: Vielleicht ein Schoßhündchen, vielleicht Jagdbeute. Der sagte: Und darüber hast nicht *du* zu entscheiden.

Sie wollte ihr die Hand wegreißen.

»Raus aus ihrem Kopf, altes Weib!«

Oma Wetterwachs lief der Schweiß in Strömen über das Gesicht.

»Ich bin nicht in ihrem Kopf, Elfe. Ich sorge nur dafür, dass du nicht reinkommst.«

Die Königin lächelte. Es war das wunderschönste Lächeln, das Diamanda je gesehen hatte.

»Du verfügst tatsächlich über gewisse Kräfte. Erstaunlich. Ich hätte nie gedacht, dass aus dir jemals etwas werden würde, Esmeralda Wetterwachs. Hier jedoch bist du machtlos. Tötet sie, alle beide. Aber nicht gleichzeitig. Die eine soll zusehen, wie die andere stirbt.«

Sie schwang sich wieder in den Sattel und galoppierte davon.

Zwei Krieger zückten lange, schmale Bronzedolche und sprangen von ihren Pferden.

»Tja, das war's dann wohl gewesen«, sagte Oma Wetterwachs, als die Krieger näher kamen. Sie senkte die Stimme.

»Wenn es so weit ist«, raunte sie, »rennst du los.«

»Wenn es wie weit ist?«

»Das merkst du dann schon.«

Oma warf sich vor den beiden Elfen auf die Knie.

»O Götter, o Götter, verschont mein Leben, ich bin doch nur ein armes altes Muttchen – und ein mageres noch dazu«, sagte sie. »Bitte, lasst mich leben, junge Herren. Ich flehe euch an.«

Schluchzend sank sie in sich zusammen. Diamanda musterte sie verständnislos. Ihre Verwunderung galt nicht zuletzt der Tatsache, dass die alte Frau sich offenbar einbildete, mit so einer Einlage durchzukommen.

Die Elfen waren schon sehr lange nicht mehr unter Menschen gewesen. Als der erste Krieger Oma Wetterwachs an der Schulter packte und hochriss, bekam er einen beidhändigen, spitzknochigen Schlag in eine Körperregion, von der Nanny Ogg nie vermutet hätte, dass ihre Freundin sie überhaupt kannte.

Diamanda rannte los. Oma Wetterwachs rammte dem zweiten Krieger ihren Ellenbogen zwischen die Rippen und setzte ihr nach.

Das fröhliche Lachen der Elfen schallte hinter ihnen her.

Diamanda, die schon über die Armes-altes-Muttchen-Nummer gestaunt hatte, kam aus dem Staunen nun gar nicht mehr heraus, als Oma sie auch noch einholte. Aber die alte Hexe hatte mehr Gründe, die ihr Beine machten.

»Sie haben Pferde!«

Oma nickte. Natürlich sind Pferde schneller als Menschen, aber nicht jedem ist klar, dass dies nur für längere Distanzen gilt. Auf der Kurzstrecke kann ein entschlossener Mensch ein Pferd durchaus abhängen – weil er weniger Beine auseinanderklamüsern muss.

Oma griff nach Diamandas Arm.

»Halte auf die Lücke zwischen dem Pfeifer und dem Trommler zu!«

»Welche sind das?«

»Das weißt du *auch* nicht?«

Ein Mensch kann schneller sein als ein Pferd, schon wahr. Aber Oma Wetterwachs beschäftigte viel mehr der Gedanke, dass niemand einem Pfeil davonlaufen kann.

Und da zischte auch schon der erste an ihrem Ohr vorbei.

Sie schienen dem Steinkreis überhaupt nicht näher zu kommen.

Ihr blieb nichts anderes übrig, auch wenn der Versuch wahrscheinlich aussichtslos war. Ernsthaft hatte sie es bis jetzt nur im Liegen probiert – oder wenn sie sich wenigstens irgendwo anlehnen konnte.

Doch sie musste es versuchen…

Vier Elfen waren hinter ihnen her. In ihre Köpfe zu schlüpfen konnte Oma gleich vergessen.

Aber die Pferde… ah, die Pferde… Sie waren Fleischfresser, mit einem Verstand, so scharf und tödlich wie eine Pfeilspitze.

Die Regeln des Borgens lauteten: Du sollst keinen Schaden anrichten; du sollst nur in den Gedanken mitreisen; du sollst *keinerlei* Einfluss ausüben…

Andererseits, »Regeln« war vielleicht zu viel gesagt, »allgemeine Richtlinien« traf es schon besser.

Ein Pfeil mit Steinspitze durchschlug ihren Hut.

Sogar »Richtlinien« war ein bisschen übertrieben.

Und nicht nur *ein bisschen…*

Ach, *verflixt.*

Oma Wetterwachs tauchte in die Gedanken des an der Spitze galoppierenden Pferdes ein. Immer tiefer drang sie zwischen die Schichten des kaum gebändigten Wahnsinns vor, aus denen sich schon der Verstand eines ganz normalen Pferdes zusammensetzt. Einen Augenblick lang sah sie durch seine blutunterlaufenen

Augen hinaus auf die durch den Schnee taumelnde Gestalt, die sie selbst war. Einen Augenblick lang versuchte sie, sechs Beine gleichzeitig zu kontrollieren, zwei davon in einem anderen Körper.

Dagegen glich der Versuch, auf einem Instrument ein Lied zu spielen und gleichzeitig ein völlig anderes zu singen*, einem Sonntagspaziergang.

Oma Wetterwachs wusste, dass es nur Sekunden dauern würde, bevor ihr die Koordination von Körper und Geist entglitt. Aber mehr als eine Sekunde brauchte sie auch nicht. Als die Konfusion ihren Höchststand erreicht hatte, zog sie sich blitzschnell aus dem Kopf des Pferdes zurück. Gerade noch rechtzeitig, um wieder die volle Kontrolle über ihren eigenen Körper zu übernehmen und einen Sturz zu verhindern.

In den Gedanken des Pferdes tobte ein wildes Chaos.

Es wusste nicht mehr, was es war oder wie es dort hingekommen sein mochte. Noch schlimmer: Es hatte keine Ahnung, wie viele Beine es besaß. Es musste sich entscheiden. Zwei? Vier? Oder gar sechs? Es schloss einen Kompromiss mit sich selbst und entschied sich für drei.

Mit einem lauten Schrei brach das Tier krachend zusammen. Und es klang ganz so, als ob es noch ein paar andere mit sich zu Boden riss.

»Ha!«, machte Oma Wetterwachs.

Sie riskierte einen Seitenblick auf Diamanda.

Die nicht mehr neben ihr war.

Sie lag ein ganzes Stück hinter ihr und versuchte vergeblich, sich wieder aufzurappeln. Ihr Gesicht war weiß wie der Schnee.

Sie hatte einen Pfeil in der Schulter.

Mit ein paar Sätzen war Oma bei ihr und riss sie hoch.

»Los! Wir haben es fast geschafft!«

»Kann nicht rennen, kann nicht …«

---

* Nur nicht für Nanny Ogg, die das ständig machte – wenn auch nicht absichtlich.

Diamanda kippte nach vorn. Oma fing sie auf und warf sie sich ächzend über die Schulter.

Noch wenige Schritte, dann brauchte sie sich nur noch vornüber fallen zu lassen ...

Eine mit langen Klauen bewehrte Hand krallte sich in ihr Kleid ...

Drei Gestalten überschlugen sich ein paar Mal im sommerlichen Farnkraut.

Der Elf war als Erster wieder auf den Beinen. Leicht benommen, aber siegessicher blickte er sich um, den gezückten Kupferdolch in der Hand.

Er wollte auf Oma Wetterwachs losgehen, die platt auf dem Rücken gelandet war, seine widerlichen Ausdünstungen in der Nase. Während sie noch verzweifelt nach einem Weg in seinen Verstand suchte, holte er mit dem Dolch schon zum tödlichen Stoß aus ...

Da nahm sie eine blitzschnelle Bewegung wahr.

Ein Seil hatte sich um den Hals des Elfen geschlungen und wurde von einem durch die Luft zischenden Gegenstand immer straffer gezogen. Starr vor Entsetzen musste das Wesen mit ansehen, wie nur wenige Armlängen von ihm entfernt ein Bügeleisen an seinem Ohr vorbeisauste. Schneller und schneller, aber auf einer immer kleiner werdenden Umlaufbahn schoss es um ihn herum, bis es ihm schließlich mit solcher Wucht an den Hinterkopf knallte, dass der Elf vom Boden abhob und mit einem satten Rums im Gras landete.

Und dann stand Nanny Ogg vor Oma Wetterwachs.

»Mann, das Biest müffelt aber gewaltig, was?«, sagte sie. »Diese Elfen kann man eine Meile gegen den Wind riechen.«

Oma Wetterwachs raffte sich auf.

Im Kreis war nichts als Gras. Kein Schnee, keine Elfen.

Die beiden Althexen drehten sich zu Diamanda um. Sie war bewusstlos.

»Hat einen Elfenpfeil abbekommen«, erklärte Oma.

»Oh, Mist.«

»Die Spitze steckt noch drin.«

Nanny kratzte sich am Kopf.

»Die Spitze wäre weiter kein Problem, die kriege ich schon raus«, sagte sie. »Aber das Gift… Wir könnten die Wunde natürlich abbinden.«

»Und wo? Am Hals?«

Oma setzte sich ins Gras und stützte das Kinn auf die Knie. Ihr taten die Schultern weh.

»Muss mal kurz durchschnaufen«, sagte sie.

Mit dem Verstand kaum greifbare Bilder huschten an ihr vorbei. Nicht schon wieder, dachte sie. Ihr war vollkommen klar, dass es so etwas wie alternative Zukünfte gab. Dass die Zukunft nicht festgelegt war, machte sie schließlich aus. Aber von alternativen Vergangenheiten hatte sie noch nie gehört. Wenn sie sich konzentrierte, konnte sie sich daran erinnern, dass sie gerade zwischen den Steinen hindurchgestolpert war. Doch da waren auch noch andere Erinnerungen. Daran, dass sie daheim in ihrem Bett gelegen hatte – aber in einem richtigen Haus, nicht in ihrem kleinen Hexenhäuschen. Sie selbst war jedoch sie selbst gewesen, und es waren auch ihre eigenen Erinnerungen… sie wurde das unbestimmte Gefühl nicht los, dass sie eigentlich gerade schlief…

Sie versuchte, sich mit dem Blick an Nanny Ogg festzuhalten. Ihre Freundin Gytha hatte etwas so beruhigend Handfestes an sich.

Nanny zückte ihr Taschenmesser.

»Was, zum Donnerwetter, hast du vor?«

»Ich gebe ihm den Gnadentod, damit er nicht länger leiden muss, Esme.«

»So leidend sieht er mir gar nicht aus.«

Nannys Augen blitzten auf. »Das lässt sich ruck, zuck ändern, Esme.«

»Du darfst ihn nicht foltern, nur weil er am Boden liegt, Gytha.«

»Ja, meinst du etwa, ich warte, bis er wieder steht, Esme?«

»Gytha.«

»Ich weiß gar nicht, was du hast. Früher haben die Elfen kleine Kinder geraubt. So weit lasse ich es nicht noch einmal kommen. Wenn ich bloß daran denke, dass jemand unseren Dickie entführt …«

»Hältst du die Elfen für so blöd? Ein klebrigeres Kind ist mir im Leben noch nicht untergekommen.«

Oma zog vorsichtig Diamandas Augenlid hoch.

»Weggetreten«, lautete ihre Diagnose. »Los, komm, Gytha. Ich trage unser Frolleinchen, und du nimmst den Molch mit dem Dolch.«

»Das war mutig von dir, die Kleine auf die Schulter zu nehmen und aus der Schusslinie zu schleppen«, sagte Nanny.

»Da konnten sie mich mit ihren Pfeilen wenigstens nicht so leicht in den Rücken treffen«, antwortete Oma.

Nanny Ogg war schockiert.

»Wie bitte? Das hast du dir doch wohl nicht wirklich so überlegt, oder?«

»Na ja, es hatte sie doch sowieso schon erwischt. Wenn ich auch noch einen Pfeil abbekommen hätte, wäre keine von uns lebend wieder rausgekommen«, antwortete Oma trocken.

»Aber das ist … das ist ein bisschen *herzlos*, Esme.«

»Besser herzlos als kopflos. Dass ich nett bin, habe ich noch nie von mir behauptet. Bloß vernünftig. Nun mach nicht so ein Gesicht. Was ist jetzt? Kommst du mit, oder willst du den ganzen Tag dastehen und Maulaffen feilhalten?«

Nanny klappte den Mund zu – und gleich wieder auf. »Was hast du vor?«

»Kannst *du* sie etwa heilen?«

»Wer? Ich? Nein!«

»Na also. Ich nämlich auch nicht. Aber ich kenne jemanden, der es möglicherweise kann«, sagte Oma Wetterwachs. »Und das saubere Früchtchen hier stecken wir fürs Erste ins Verlies. Bei den ganzen Eisengittern da unten macht er so schnell bestimmt keine Schwierigkeiten mehr.«

»Wie ist er eigentlich rausgekommen?«

»Er hat sich an mir festgehalten. Ich weiß auch nicht, wie es funktioniert. Vielleicht öffnet sich das … Kraftfeld der Steine, um Menschen durchzulassen oder so. Hauptsache, seine Spießgesellen bleiben drinnen. Das ist das Einzige, was mich momentan kümmert.«

Mühelos schwang Nanny sich den bewusstlosen Elf über die Schulter.*

»Riecht schlimmer als Ziegenmist«, sagte sie. »Wenn ich zu Hause bin, steige ich gleich als Erstes in die Wanne.«

»Ach, Gottchen«, sagte Oma. »Vom Regen in die Traufe.«

Was ist Magie?

Auch die Hexen können – je nach Lebensalter – mit zwei Erklärungen aufwarten. Ältere Hexen verlieren überhaupt nicht viele Worte darüber, obgleich sie wohl im Grunde ihres Herzens vermuten, dass das Universum keinen blassen Schimmer hat, was eigentlich vor sich geht, weil es sich aus Abertrillionen Möglichkeiten zusammensetzt, von denen jede einzelne Realität werden kann, falls man einen geübten und von Quantensicherheit strotzenden Verstand in den Schlitz schiebt und hebelt, und dass man sich, wenn man wirklich jemandem den Hut vom Kopf sprengen möchte, nur in dasjenige Universum hineinzuhebeln braucht, in dem gerade unzählige Hutmoleküle gleichzeitig beschließen, in alle vier Himmelsrichtungen auseinanderzustieben.

Jüngere Hexen dagegen reden von nichts anderem und glauben, dass Magie etwas mit Kristallen, mystischen Kräften und schlüpferlosen Tänzen zu tun hat.

---

* Wie in den Scheibenwelt-Chroniken bereits an anderer Stelle erwähnt, stützen sich ganze agrarisch geprägte Volkswirtschaften auf die Hebekraft kleiner alter Frauen in schwarzen Kleidern.

Beide Seiten könnten Recht haben, und beide zur selben Zeit. Das ist eben das Spannende an den Quanten.

Es war früher Morgen. Jorick Ogg, der auf der Schlossmauer patrouillierte, war im Ernstfall der einzige Schutz der Bewohner vor einem etwaigen Ansturm mächtiger Barbarenhorden.

Ihm gefiel das Soldatenleben. Hin und wieder wünschte er sich sogar den Angriff einer kleineren Horde, um endlich einmal eine Heldentat vollbringen zu können. In seinen Tagträumen führte er ein ganzes Heer in die Schlacht. Dafür allerdings hätte sich der König erst einmal ein Heer anschaffen müssen.

Ein kurzer Schrei verriet, dass Rüdigaua damit beschäftigt war, seinen Schützlingen den Frühstücksfinger zu reichen.

Jorick achtete nicht weiter darauf, Rüdigauas Schmerzensschreie gehörten zum alltäglichen Hintergrundrauschen. Er vertrieb sich die Zeit, indem er versuchte, so lange wie möglich die Luft anzuhalten.

Da es ihm als Wache in Lancre an Zeit nie mangelte, hatte er sich zu ihrem Vertreib unendlich viele Methoden ausgedacht. Besonders bewährt hatten sich ausgiebiges Nasebohren, das Furzen von Melodien und das Stehen auf einem Bein. Auf das Luftanhalten mit gleichzeitigem Zählen griff er nur zurück, wenn ihm nichts Besseres einfiel und er kein allzu kohlehydrathaltiges Essen zu sich genommen hatte.

Tief unter ihm meldete sich der Türklopfer, zweimal. Das Ding war derart verrostet, dass es sich höchstens dann ein Geräusch entlocken ließ, wenn man es anhob – wobei es quietschte – und anschließend unter erneutem Quietschen mit aller Kraft wieder nach unten drückte, wobei manchmal sogar ein leises, dumpfes Pochen entstand.

Jorick holte tief Luft und beugte sich über die Brüstung.

»Halt! Wer da?«, rief er.

»Ich bin's, Jorick. Deine Mama«, tönte es laut zurück.

»Ach so. Tag, Mama. Tag, Frau Wetterwachs.«

»Lass uns rein, sei ein braver Junge.«

»Freund oder Feind?«

»Hä?«

»Das muss ich fragen, Mama. Das ist Vorschrift. Und dann sagst du: Freund.«

»Ich bin deine *Mutter.*«

»Du musst dich an die Vorschriften halten, Mama«, sagte Jorick im kläglichen Tonfall dessen, der weiß, dass er bereits verloren hat, ganz egal, wie es weitergeht. »Wozu sollen sie sonst gut sein?«

»Noch eine Minute, mein Junge, dann sag ich Feind.«

»Mensch, *Mama*!«

»Na gut, ich will mal nicht so sein. Dann eben Freund.«

»Und wenn du das jetzt einfach nur so gesagt hast?«

»Du lässt uns jetzt auf der Stelle rein, Jorick Ogg!«

Jorick salutierte zackig, so zackig, dass er sich mit dem stumpfen Ende seines Speers beinahe selbst k. o. geschlagen hätte.

»Bin schon unten, Frau Wetterwachs.«

Sein rundes, kreuzbraves Gesicht verschwand. Ein, zwei Minuten später hob sich knarrend das Fallgitter.

»Wie hast du das geschafft?«, fragte Nanny Ogg.

»Kinderspiel«, sagte Oma. »Dass *du* ihm nicht den Kopf wegsprengst, weiß er schließlich.«

»Schon, aber *ich* weiß, dass du es auch nicht machen würdest.«

»Weißt du nicht. Du weißt bloß, dass ich es bis jetzt noch nicht gemacht habe.«

Magrat hatte immer gedacht, es wäre nur eine lustige Anekdote, aber was sie für einen Witz gehalten hatte, entpuppte sich als wahr: Im Rittersaal des Schlosses stand nur ein einziger sehr langer Esstisch, an dessen weit auseinanderliegenden Enden Verenz und sie speisen mussten.

Es hatte mal wieder etwas mit der Etikette zu tun.

Der König hatte den Platz am Kopfende. So weit, so gut. Aber wenn Magrat neben ihm saß, mussten sie dauernd den

Kopf drehen, um sich zu unterhalten. Und das war anstrengend. Es gab nur einen Ausweg: einander gegenübersitzen und schreien.

Und dann erst die Logistik mit der Anrichte. Leider kam die simpelste Lösung – einfach rübergehen und sich etwas holen – nicht in Frage. Wenn ein König erst anfing, herumzuwandern und sich sein Essen eigenhändig auf den Teller zu füllen, stand die Monarchie kurz vor dem Zusammenbruch.

Deshalb mussten sie sich notgedrungen von Herrn Zweigelt, dem Butler, bedienen lassen, der ein schlechtes Gedächtnis, ein nervöses Zucken und ein Wackelknie hatte. Die Speisen kamen mit einem vorsintflutlichen Aufzug, der wie ein Schinderkarren klapperte, direkt aus der Küche. Der Aufzugschacht funktionierte wie eine Wärmesenke. Warme Speisen wurden kalt, bis sie oben eintrafen. Kalte Speisen wurden kälter. Was passieren würde, wenn man Eiscreme hinaufschickte, wusste niemand, aber wahrscheinlich würde man danach die Hauptsätze der Thermodynamik neu schreiben müssen.

Außerdem war die Köchin keine Freundin vegetarischer Kost. Die traditionelle Schlossküche bestand aus schweren, arterienverstopfenden Gerichten, die mit gesättigten Fettsäuren derart übersättigt waren, dass sich auf dem Teller wabbelige Lachen und Pfützen bildeten. Gemüse diente lediglich dazu, überschüssige Soße aufzusaugen, und wurde normalerweise gleich zu einem unappetitlichen Einheitsgelb verkocht. Magrat hatte Frau Spirin darauf angesprochen, aber schon bei einem Wort wie »Vitamine« war das Dreifachkinn der Köchin so bedrohlich ins Schlackern geraten, dass sie die Küche unter einem Vorwand fluchtartig wieder verlassen hatte.

Momentan begnügte Magrat sich mit einem Apfel. Mit Äpfeln wusste sogar die Köchin etwas anzufangen. Bei ihr handelte es sich dabei allerdings um dicke mehlige Dinger, mit Rosinen gefüllt, im Backrohr totgebraten und in Sahne ertränkt. Deshalb hatte Magrat sich einen rohen Apfel aus der Speisekammer stibitzt. Wo die Karotten gelagert wurden, würde sie schon auch noch rausbekommen.

Verenz verschwand fast hinter silbernen Kandelabern und einem Bücherstapel. Hin und wieder blickte er auf und lächelte Magrat zu. Wenigstens sah es so aus, als ob er lächelte. Bei dieser Entfernung konnte sie es höchstens erahnen.

Offenbar hatte er soeben etwas gesagt.

Magrat legte sich trichterförmig die Hände um den Mund.

»Wie bitte?«

»Wir brauchen einen ...«

»Bitte?«

»Was?«

»Was?«

Magrat stand schließlich auf und wartete, bis Zweigelt, vor Anstrengung puterrot angelaufen, ihren Stuhl neben den von Verenz gestellt hatte. Sie hätte es selbst machen können, aber so etwas gehörte sich für eine Königin nicht.

»Wir sollten uns einen Hofdichter zulegen«, sagte Verenz und tippte auf eine Textstelle. »Jedes Königreich braucht einen. Sie schreiben Gedichte für besondere Anlässe.«

»Ja?«

»Ich hab mir überlegt, Frau Ogg zu fragen. Man sagt ihr nach, dass sie sehr amüsante Lieder verfasst.«

»Ich ... äh ... ich würde eher sagen, sie kennt viele Reime auf ganz spezielle Worte«, antwortete Magrat, ohne mit der Wimper zu zucken.

»Anscheinend beträgt das übliche Honorar vier Pence im Jahr. Und dazu ein Fass Wein.« Verenz warf einen Blick auf die Textstelle. »Oder aber auch nur ein Weinfass. Ich bin mir nicht ganz sicher.«

»Und was genau wären ihre Aufgaben?«, fragte Magrat.

»Hier steht, die Rolle des Hofdichters besteht darin, bei Staatsakten Gedichte zu rezitieren.«

Magrat, die bereits des Öfteren in den Genuss von Nanny

Oggs – mit eindeutig zweideutigen Gesten unterlegten – humoristischen Darbietungen gekommen war, nickte mit ernster Miene.

»Unter einer Bedingung«, sagte sie. »Und darüber lasse ich nicht mit mir handeln. Sie darf die Stelle erst *nach* der Hochzeit antreten.«

»Ach.«

»*Nach* der Hochzeit.«

»Oh.«

»Es ist besser so, glaub mir.«

»Aber gewiss, wenn es dich glücklich macht ...«

Auf der anderen Seite der Flügeltür wurde es laut, dann flog sie auch schon auf. Nanny Ogg und Oma Wetterwachs stapften herein, umschwirrt von Jorick, der sich bemühte, sie zu überholen.

»Mensch, *Mama*! Ich muss als Erster rein und euch ankündigen!«

»Das schaffen wir schon allein. Tagchen, Majestäten«, sagte Nanny.

»Ein Segen liege über diesem Schloss«, sagte Oma. »Magrat, wir brauchen medizinische Hilfe.«

Sie fegte einen Kerzenständer und etliches Geschirr vom Tisch und bettete Diamanda darauf. Natürlich hätte sich auf der riesigen, größtenteils ungedeckten Tafel auch ohne diese dramatische Geste genügend Platz für das Mädchen gefunden, aber wenn man schon einen großen Auftritt hinlegen möchte, dann am besten gleich mit ordentlichem Geschepper.

»Gestern hat sie dich doch noch bekämpft!«, sagte Magrat.

»Na und?«, gab Oma zurück. »Schönen guten Morgen auch, königliche Hoheit.«

Verenz nickte ihr zu. Manch anderer König hätte spätestens jetzt nach seinen Wachen gerufen, nicht so der König von Lancre, denn er war nicht dumm. Schließlich hatte er Oma Wetterwachs vor sich, und die einzige Wache, nach der er hätte rufen können, war sowieso nur Jorick, der alle Hände voll damit zu tun hatte, seine Trompete gerade zu biegen.

Nanny Ogg hatte inzwischen mit schlafwandlerischer Sicherheit die Anrichte angesteuert. Nicht, dass sie herzlos gewesen wäre, aber sie hatte schon ein paar kräftezehrende Stunden hinter sich, und kein Mensch schien sich für das reichhaltige Frühstück zu interessieren.

»Was ist mit ihr?«, fragte Magrat, während sie Diamanda in Augenschein nahm.

Oma blickte sich um. Ritterrüstungen, Schilde an den Wänden, rostige alte Schwerter und Piken – wahrscheinlich mehr als genug Eisen.

»Ein Elf hat auf sie geschossen.«

»Aber ...«, sagten Magrat und Verenz wie aus einem Munde.

»Keine Zeit für Fragen. So ein tückischer Elfenpfeil hat ihr den Verstand umnachtet. Kannst du was für sie tun?«

Bei aller Gutmütigkeit glomm in Magrat ein Funke rechtschaffenen Zorns auf.

»Ach ja? Jetzt, wo ihr mich braucht, bin ich also plötzlich wieder eine Hexe, ja?«

Oma Wetterwachs seufzte.

»Keine Zeit für solche Kindereien«, sagte sie. »Man wird doch wohl noch fragen dürfen. Und du kannst jederzeit nein sagen. Dann nehmen wir sie wieder mit und stören nicht weiter.«

Sie blieb so erstaunlich gelassen, dass Magrat über ihren eigenen Zorn ins Stolpern geriet und sich erst einmal fangen musste.

»Ich sag doch gar nicht, dass ich ihr nicht helfen möchte, ich wollte bloß ...«

»Dann ist es ja gut.«

Es schepperte. Das war Nanny Ogg, die einen silbernen Terrinendeckel nach dem anderen anhob.

»He, hier gibt's drei verschiedene Sorten Eier!«

»Immerhin hat sie kein Fieber«, sagte Magrat. »Langsamer Puls. Abwesender Blick. Jorick?«

»Ja, Fräulein Königin?«

»Gekocht, gerührt *und* gebraten. Nobel geht die Welt zu Grunde.«

»Lauf runter ins Dorf und bring mir aus meinem Häuschen alle Bücher, die du finden kannst. Ich bin mir sicher, ich habe schon mal was darüber gelesen, Oma. Jorick?«

Jorick, der schon halb zur Tür hinaus war, drehte sich noch einmal um.

»Ja, Fräulein Königin?«

»Vorher springst du noch schnell runter in die Küche und sagst Bescheid, dass ich jede Menge kochend heißes Wasser brauche. Dann können wir schon mal anfangen, die Wunde zu reinigen. Aber ich weiß nicht… Elfen?«

»Ich sehe, du hast alles im Griff.« Oma wandte sich dem König zu. »Kann ich kurz mit Ihnen reden, Majestät? Und ich würde Ihnen gern etwas zeigen.«

»Ich könnte Hilfe gebrauchen«, sagte Magrat.

»Ich lass dir Nanny hier.«

»Schon zur Stelle«, nuschelte Nanny mit vollem Mund.

»Was isst du denn da?«

»Ein Ketchup-Brot mit Spiegelei.« Nanny strahlte.

»Dann lass dich am besten von der Köchin gleich mit abkochen.« Magrat krempelte die Ärmel hoch. »Ab mit dir in die Küche.« Sie untersuchte die Wunde. »Und frag die Köchin, ob sie vielleicht ein bisschen schimmeliges Brot für mich hat…«

Die Urzellen der Zauberei sind der Orden, das Kollegium und natürlich die Universität.

Die Urzelle der Hexerei ist die Hexe. Die Ur-Urzelle jedoch ist, wie bereits angedeutet, das Hexenhäuschen.

Das Hexenhäuschen ist ein sehr spezielles architektonisches Gebilde. Es wird weniger erbaut, als vielmehr im Laufe der Jahre aus reparierten Teilen zusammengeflickt, wie eine Socke, die nur noch aus gestopften Löchern besteht. Der Kamin ist in sich verdreht wie ein Korkenzieher. Das Schilf auf dem Dach ist so alt, dass kleine Bäume darauf gedeihen, die Fußböden gleichen einer Berg-und-Tal-Bahn. Nachts knarrt die ganze Konstruktion wie ein Segelschiff im Orkan. Wenn nicht mindestens zwei Wände mit Balken abgestützt werden müssen, handelt es sich auf keinen Fall um ein echtes Hexenhäuschen, sondern lediglich um das Haus einer verrückten Alten, die aus dem Kaffeesatz liest und sich mit ihrer Katze unterhält.

Es scheint, als zöge ein Häuschen immer die gleiche Sorte Hexe an. Kein Wunder eigentlich. Jede Hexe bildet im Laufe ihres Lebens ein bis zwei Schülerinnen aus, und wenn sie den Weg alles Sterblichen gegangen ist, ergibt es sich wie von selbst, dass eine dieser Junghexen in das leer stehende Objekt einzieht.

Magrats Häuschen beherbergte von jeher eine nachdenkliche, aufmerksame Hexe, die Geschichten, Legenden und anderen Krimskrams sammelte und sich auch sonst über alles Mögliche Notizen machte, zum Beispiel darüber, welche Kräuter besser gegen Kopfschmerzen halfen als andere.

In ihrem Häuschen fand sich ein ganzes Dutzend Bücher, akkurat vollgeschrieben und mit Zeichnungen versehen, zwischen den Seiten hin und wieder die eine oder andere interessante Blüte oder auch schon mal ein gepresster Frosch.

Es war ein Häuschen *fragender* Hexen, forschender Hexen. Die Augen von *welchem* Vertreter der Molchfamilie? *Was* für eine Unterart des scharfschlundigen Haifischs? Welche von den siebenunddreißig Pflanzen, die man in den unterschiedlichen Regionen des Kontinents als Veilchen bezeichnete, war tatsächlich *gemeint*, wenn man sie als Zutat für einen Liebestrank benötigte?

Und deshalb war Oma Wetterwachs eine bessere Hexe als Magrat: weil sie wusste, dass es bei der Hexerei überhaupt nicht darauf ankam, welches Grünzeug man in den Trank rührte. Ein Grashalm hätte es auch getan.

Und deshalb war Magrat eine bessere Heilerin als Oma Wetterwachs: weil sie genau *daran* glaubte.

Vor der Straßensperre kam die Kutsche zum Stehen.

Der Räuberhauptmann rückte seine Augenklappe zurecht. Er hatte zwar zwei gesunde Augen, aber vor einer Uniform haben die Menschen einfach mehr Respekt. Dann schlenderte er auf die Kutsche zu.

»Morgen, Jim. Na, was hätten wir denn heute?«

»Äh. Jetzt muss ich aufpassen, dass ich mich nicht in die Nesseln setze«, sagte der Kutscher. »Äh. Also, eine Handvoll Zauberer. Und einen Zwerg. Und einen *Menschen*affen.« Er rieb sich den Kopf und verzog das Gesicht. »Ja. Eindeutig. Mit der Betonung auf *Mensch*. Und nicht auf dem stark behaarten zweiten Wortteil.«

»Geht's dir nicht gut, Jim?«

»Ich hab die Bagage schon seit Ankh-Morpork am Hals. Und komm du mir jetzt bloß nicht mit Trockenfroschpillen.«

Der Räuberhauptmann zog die Augenbrauen in die Höhe.

»Ist ja schon gut.«

Er klopfte an den Wagenschlag. Die Scheibe wurde heruntergekurbelt.

»Bitte denken Sie jetzt nicht, dass es sich um einen Postkutschenüberfall handelt«, sagte er. »Betrachten Sie es lieber als launige Anekdote, die Sie noch Ihren Enkelkindern erzählen können.«

Eine Stimme im Inneren der Kutsche sagte: »Das ist der Mann! Der hat mir mein Pferd gestohlen!«

Ein Zauberstab schob sich durch das Fenster. Der Hauptmann sah den Knauf am Ende.

»Na, na«, sagte er jovial. »Ich kenne die Regeln. Zauberer dürfen gegen Zivilisten keine Magie einsetzen, es sei denn bei unmittelbarer Lebensgef...«

Ein oktariner Lichtblitz zuckte.

»Das ist keine Regel«, sagte Ridcully. »Eher eine Richtlinie.« Er wandte sich zu Ponder Stibbons um. »Haben Sie gesehen? Toll, was man mit Mumucks Morphischem Resonator alles machen kann, was?«

Ponder richtete den Blick nach unten.

Der Hauptmann hatte sich in einen Kürbis verwandelt, und zwar – den Regeln des universellen Humors entsprechend – in einen Kürbis mit Hut.

»So«, sagte Ridcully. »Und jetzt möchte ich die Herren Räuber, die sich noch hinter Felsen und Sonstigem verstecken, recht herzlich bitten vorzutreten, damit ich Sie sehen kann. Danke sehr. Herr Stibbons, würden Sie und der Bibliothekar einmal mit dem Hut herumgehen?«

»Aber das ist Raub!«, rief der Kutscher. »Und Sie haben ihn in eine Frucht verwandelt!«

»In ein Gemüse«, korrigierte Ridcully. »In ein paar Stunden ist die Wirkung wieder verflogen.«

»Und mir schuldet man ein Pferd«, sagte Casanunter.

Die Banditen zahlten. Ponder händigten sie das Geld nur zähneknirschend aus, dem Bibliothekar dagegen zähneknirschend und *sehr, sehr schnell.*

»Es sind fast dreihundert Dollar zusammengekommen«, verkündete Ponder.

»Und ein Pferd, nicht zu vergessen. Beziehungsweise zwei Pferde. Das eine war mir kurzzeitig entfallen.«

»Famos! Jetzt haben wir ein bisschen Taschengeld für die Reise. Wenn die Herren nun so gütig wären, die Straßensperre zu entfernen, könnten wir weiterfahren.«

»Beziehungsweise fällt mir da gerade noch ein drittes Pferd ein.«

»Aber so was gehört sich nicht!«, schrie der Kutscher. »Von Rechts wegen müssen Sie sich ausrauben *lassen*!«

Ridcully schubste ihn vom Bock.

»Wir sind im Urlaub«, sagte er.

Die Kutsche ratterte davon. Mit dem rasch verhallenden Ruf »Und vier Pferde, nicht zu vergessen!« verschwand sie hinter der nächsten Kurve.

Der Kürbis bekam einen Mund.

»Sind sie weg?«

»Ja, Chef.«

»Rollt mich in den Schatten, ja? Und diese Geschichte muss unter uns bleiben, verstanden? Hat einer von euch zufälligerweise Trockenfroschpillen dabei?«

Verenz II. hatte großen Respekt vor Hexen. Schließlich hatten sie ihm zum Thron verholfen – obgleich er selbst nicht genau verstand, wie das damals eigentlich abgelaufen war. Und bei Oma Wetterwachs erstarrte er geradezu vor Ehrfurcht.

Widerspruchslos folgte er ihr hinunter ins Verlies. Er musste sich beeilen, um mit ihren langen Schritten mithalten zu können.

»Was ist los, Frau Wetterwachs?«

»Ich muss Ihnen was zeigen.«

»Sie hatten Elfen erwähnt?«

»Stimmt.«

»Ich dachte, die kämen nur im Märchen vor.«

»So?«

»In … wie soll ich sagen … in Ammenmärchen. In Altweibergeschichten …«

»Und?«

Es war, als umgäbe Oma Wetterwachs ein gyroskopisches Feld – wen sie auf dem falschen Fuß erwischte, den brachte der Kreiseleffekt erst richtig ins Schleudern.

Verenz unternahm einen erneuten Anlauf.

»Also, ich habe immer gedacht, dass es sie nicht gibt.«

Oma blieb vor einer Zellentür stehen. Sie war aus altersschwarzem Eichenholz und hatte im oberen Teil eine große, vergitterte Öffnung.

»Da drin.«

Verenz spähte hinein.

»Große Güte!«

»Ich hab mir von Jorick aufsperren lassen. Sonst hat uns wohl keiner kommen sehen. Sie dürfen kein Wort darüber verlauten lassen. Wenn die Zwerge und Trolle davon erfahren, reißen die Ihnen die Mauern ein, um ihn rauszuholen.«

»Warum? Um ihn zu töten?«

»Was sonst? Sie haben ein wesentlich besseres Gedächtnis als die Menschen.«

»Und was soll *ich* mit ihm machen?«

»Ihn unter Schloss und Riegel halten. Was weiß denn ich? Ich muss mir erst noch was einfallen lassen!«

Verenz riskierte noch einen Blick in die Zelle. Der Elf lag zusammengerollt auf dem Boden.

»*Das* soll ein Elf sein? Das ist doch bloß... ein langer, dünner Mensch mit einem Fuchsgesicht. Mehr oder weniger. Sollen die nicht angeblich wunderschön sein?«

»Sind sie auch, wenn sie bei Bewusstsein sind«, sagte Oma mit einer vagen Handbewegung. »Sie projizieren so ein... so ein... Wenn die Menschen sie ansehen, sehen sie nur Schönheit und etwas, dem sie gefallen wollen. Die Elfen können das Aussehen annehmen, das der Betrachter sich wünscht. Das nennt sich *Glamour*. Man erkennt immer gleich, wann Elfen in der Nähe sind. Die Menschen führen sich komisch auf. Können nicht mehr klar denken. Haben Sie denn überhaupt keine Ahnung?«

»Ich dachte... Elfen kämen nur in Geschichten vor... genau wie die Zahnfee.«

»Kein Wort gegen die Zahnfee«, sagte Oma. »Sie ist eine hart arbeitende Frau. Allein die Kraxelei mit der Leiter und so. Ich weiß wirklich nicht, wie sie das schafft. Nein. Elfen sind real. Ach, verflixt. Hören Sie.«

Mit erhobenem Zeigefinger drehte sie sich zu Verenz um. »Feudalsystem, ja?«

»Wie bitte?«

»Feudalsystem! Passen Sie auf. Feudalsystem. Oben ist der König, dann kommen die Barone und so, und alle anderen sind unten. Die Hexen stehen ein bisschen … daneben«, fügte Oma diplomatisch hinzu. Sie legte die Fingerkuppen aneinander. »Feudalsystem. Wie diese spitzen Bauwerke, in denen sich die heidnischen Könige bestatten lassen. Können Sie mir so weit folgen?«

»Ja.«

»Gut. Das ist die elfische Sicht der Dinge, ja? Wenn Elfen in eine Welt eindringen, stehen sie ganz oben an der Spitze. Alle anderen sind für sie Sklaven. Ach was, weniger als Sklaven. Weniger noch als Tiere. Sie nehmen sich, was sie wollen, und sie wollen alles. Und das Schlimmste, das Allerschlimmste ist, dass sie Gedanken lesen können. Sie hören, was man denkt, und aus Selbstschutz denkt man nur noch das, was sie wollen. *Glamour*. Dann dauert es nicht mehr lange, bis man nachts die Fenster verriegelt, ihnen Essen rausstellt, sich dreimal um die eigene Achse dreht, bevor man von ihnen spricht, oder sich ein Hufeisen über die Tür hängt.«

»Ich dachte, solche Geschichten wären …« Der König griente. » … Folklore.«

»Natürlich ist das Folklore, Sie dummer Mensch!«

»Denken Sie bitte daran, dass Sie einen König vor sich haben«, ermahnte Verenz sie vorwurfsvoll.

»Sie dummer *König*, Euer Majestät.«

»Danke.«

»Nur weil es Folklore ist, muss es noch lange nicht erfunden sein! Auch wenn sich vielleicht im Laufe der Jahre manches ein bisschen verwischt, Einzelheiten in Vergessenheit geraten und die Leute nicht mehr wissen, warum sie sich bestimmte Dinge angewöhnt haben. Warum sie sich zum Beispiel ein Hufeisen über die Tür hängen.«

»Bei meiner Oma hing auch immer eins«, sagte der König.

»Sehen Sie? Und mit der Form hat das überhaupt nichts zu tun. Aber wenn man arm ist und in einer morschen Hütte wohnt, ist es wahrscheinlich das einzige Stück Eisen mit Löchern drin, das man sich leisten kann.«

»Ach so.«

»Die Sache mit den Elfen ist die: Sie haben keine... keine... fängt mit m an.« Oma schnipste ungeduldig mit den Fingern.

»Manieren?«

»Ha! Stimmt, ist aber falsch.«

»Muskeln? Masern? Mysterien?«

»Nein. Nein. Nein. Es bedeutet so was wie... mit den Augen eines anderen sehen.«

Verenz versuchte, die Welt von Oma Wetterwachs' Warte zu sehen, und dann dämmerte es ihm.

»Empathie?«

»Genau. Kein Fitzelchen. Sogar ein Jäger – ein guter Jäger – kann mit seiner Beute mitfühlen. Deshalb ist er ja ein guter Jäger. Elfen ticken da ganz anders. Sie sind zum Spaß grausam. Von Gnade haben sie noch nie etwas gehört. Dass jemand, der kein Elf ist, auch Gefühle haben kann, begreifen sie nicht. Sie lachen viel, vor allem, wenn sie einen Menschen gefangen haben – oder auch einen Zwerg oder Troll. Trolle mögen Wesen aus Stein und Fels sein, Eure Majestät, aber eins kann ich Ihnen flüstern: Verglichen mit den Elfen sind die Trolle unsere Brüder. Vom Kopf her, meine ich.«

»Aber wieso höre ich das jetzt zum ersten Mal?«

»Wegen dem Glamour. Elfen sind schön. Sie haben Stil«, schnaubte sie verächtlich. »Schönheit. Anmut. Darauf kommt es an. Wenn Katzen wie Frösche aussähen, könnten wir ihnen ansehen, was für tückische, grausame Mistviecher sie sind. *Stil.* Das ist es, was sich den Menschen einprägt. Sie erinnern sich an den Glamour. Und alles andere, die ganze Wahrheit, die dahintersteckt, verkommt zur... Altweibergeschichte.«

»Magrat hat mir nie etwas von den Elfen erzählt.«

Oma zögerte.

»Magrat weiß nicht viel darüber«, antwortete sie schließlich. »Ha. Sie ist ja noch nicht mal ein *junges* Weib. Außerdem redet man heutzutage kaum noch über die Elfen. Und das ist auch besser so. Sie… kommen, wenn man sie ruft. Und damit meine ich kein freundliches ›Huhu!‹. Mit den Gedanken muss man sie rufen. Es reicht schon, wenn man sie sich herbeiwünscht.«

Verenz winkte ab.

»Das mit der Monarchie werde ich schon noch lernen«, sagte er. »Aber was Sie da erzählen, ist mir zu hoch. Davon verstehe ich nichts.«

»Sie brauchen es auch nicht zu verstehen. Dafür sind Sie schließlich der König. Passen Sie auf. Sie haben doch bestimmt schon mal von den Schwachstellen der Welt gehört, ja? Wo sie an andere Welten anstößt?«

»Nein.«

»Oben im Moor ist so eine Stelle. Deshalb wurden dort die Tänzer aufgestellt. Sie bilden eine Art Mauer.«

»Aha.«

»Aber manchmal, zur Kreiszeit, sind die Barrieren zwischen den Welten durchlässiger, verstehen Sie? Das ist so ähnlich wie mit den Gezeiten.«

»Aha.«

»Und wenn die Menschen dann eine Dummheit machen, können nicht einmal mehr die Tänzer das Tor geschlossen halten. Denn wo die Welt dünn ist, reicht schon ein falscher Gedanke aus, um die Verbindung herzustellen.«

»Aha.«

Verenz hatte das Gefühl, dass die Unterhaltung auf ihrer Umlaufbahn endlich wieder auf eine Position eingeschwenkt war, wo auch er einen Beitrag dazu leisten konnte.

»Eine Dummheit?«, wiederholte er.

»Dass sie die Elfen rufen. Sie anlocken.«

»Aha. Und was soll ich jetzt machen?«

»Einfach weiterregieren. Ich glaube, momentan droht keine Gefahr. Die Herrschaften können nicht zu uns rüberwechseln. Ich habe die Mädchen gestoppt, also haben wir von der Seite her nichts mehr zu befürchten. Sie sorgen dafür, dass uns der Gefangene nicht ausbüxt. Und denken Sie daran: *Magrat darf nichts von ihm erfahren.* Wir wollen sie doch schließlich nicht beunruhigen, oder? Es gibt noch einen anderen Eindringling, aber den habe ich im Griff.«

Mit grimmiger Zufriedenheit rieb Oma Wetterwachs sich die Hände.

»Damit wäre dann so weit alles geregelt«, sagte sie.

Sie blinzelte.

Sie zwickte sich in die Nasenwurzel.

»Was hab ich gerade gesagt?«, fragte sie.

»Äh. Dass wohl so weit alles geregelt ist«, antwortete der König.

Oma Wetterwachs blinzelte noch einmal.

»Stimmt«, murmelte sie. »Das hab ich gesagt. Ja. Und ich bin im Schloss, ja? Ja.«

»Fehlt Ihnen etwas, Frau Wetterwachs?«, fragte der König tief besorgt.

»Nein, nein. Alles bestens. Im Schloss also. Und den Kindern geht es auch gut?«

»Wie bitte?«

Sie blinzelte erneut.

»Was?«

»Sie sehen etwas angeschlagen aus …«

Oma kniff die Augen zusammen und schüttelte den Kopf.

»Ja. Das Schloss. Ich bin ich, Sie sind Sie, und Gytha ist oben bei Magrat. Richtig.« Sie konzentrierte sich auf den König. »Nur ein bisschen … übermüdet. Kein Grund zur Sorge. Ganz und gar nicht.«

Nanny Ogg warf einen skeptischen Blick auf Magrats Hausmittel.

»Ein Wickel aus schimmeligem Brot hört sich für mich nicht sehr magisch an«, sagte sie.

»Gütchen Wemper hat darauf geschworen. Wenn ich nur wüsste, wie wir sie aus dem Koma rausholen können …«

Magrat blätterte hoffnungsvoll in den alten, raschelnden Seiten. Da ihre Vorgängerinnen immer alles so aufgeschrieben hatten, wie es ihnen gerade in den Sinn kam, fanden sich zwischen wichtigen Beobachtungen und Zaubersprüchen beispielsweise auch Bemerkungen über den Zustand ihrer Füße.

»Hier steht: *›Die kleynen, spitzigen Steynchen, die man so manches Mal sehen thut, sind als Elffenschroth bekannt. Handelet es sich doch darobey um die Spitzen von Elffenpfeylen aus früheren Zeythen.‹* Mehr finde ich nicht. Aber es gibt eine Zeichnung. Und ich habe diese kleinen Steinchen auch selber schon gesehen.«

»Die liegen doch überall rum«, sagte Nanny, während sie Diamandas Schulter verband. »Ich grab sie dauernd in meinem Garten aus.«

»Aber Elfen schießen doch nicht auf Menschen! Elfen sind *gut*!«

»Dann haben sie wohl nur zum Spaß auf Esme und das Mädchen geschossen, ja?«

»Aber …«

»Hör mal, Kindchen, du wirst bald Königin. Das ist ein wichtiger Beruf. Du kümmerst dich schön um deinen König und überlässt … alles andere Esme und mir.«

»Königin sein heißt, Gobelins sticken und in unpraktischen Kleidern rumlaufen! Ich kenne Oma. Sie mag nichts, was … Stil und Anmut hat. Sie ist so *sauertöpfisch*.«

»Wahrscheinlich hat sie ihre guten Gründe dafür«, sagte Nanny freundlich. »So, die Kleine hätten wir wieder zusammengeflickt. Und was machen wir jetzt mit ihr?«

»Wir haben Dutzende von Gästezimmern, die schon für die Hochzeit hergerichtet sind«, antwortete Magrat. »In einem davon können wir sie unterbringen. Äh, Nanny?«

»Ja?«

»Möchtest du meine Brautjungfer sein?«

»Eigentlich nicht, Kindchen. Dafür bin ich ein bisschen zu alt.« Nanny druckste herum. »Aber wolltest du mich nicht vielleicht noch was anderes fragen?«

»Ich wüsste nicht, was.«

»Nun ja, wo deine Mutter doch nicht mehr lebt und du keine weiblichen Verwandten hast …«

Magrat sah sie noch immer verständnislos an.

»Willst du nicht wissen, was *nach* der Hochzeit passiert?«, hakte Nanny nach.

»Ach, *das*. Nein, das Essen für den Empfang lassen wir liefern. Mit kleinen, feinen Appetithappen ist unsere Köchin ein wenig überfordert.«

Nanny betrachtete ausgiebig die Decke.

»Und danach?« Sie ließ nicht locker. »Wenn du verstehst, was ich meine.«

»Fürs Aufräumen habe ich ein paar Mädchen angeheuert. Mach dir mal um mich keine Sorgen. Ich hab an alles gedacht. Ich wünschte nur, Oma und du, ihr würdet mich nicht immer so behandeln, als ob ich von Tuten und Blasen keine Ahnung hätte.«

Nanny hüstelte. »Und dein Bräutigam?«, fragte sie. »Der weiß doch sicher, wo's langgeht, oder? Ich könnte mir vorstellen, er war zu seiner Zeit ein richtiger kleiner Schwerenöter, hm?«

»Wieso sagst du das? Das glaube ich kaum. Als Hofnarr hatte er so gut wie gar kein Privatleben, und seit er König ist, hat er natürlich alle Hände voll zu tun. Außerdem fremdelt er ein wenig bei Frauen.«

Nanny gab sich geschlagen.

»Na, dann«, sagte sie. »Es wird sich bestimmt alles irgendwie fügen.«

Oma Wetterwachs und der König kamen zurück.

»Wie geht es der Kleinen?«, fragte Oma.

»Wir haben den Pfeil rausgeholt und die Wunde gesäubert«, antwortete Magrat. »Aber sie wacht nicht auf. Am besten bleibt sie fürs Erste hier.«

»Meinst du wirklich?«, fragte Oma. »Man muss sie nämlich ständig im Auge behalten. Ich könnte sie auch bei mir unterbringen.«

»Sie ist nicht transportfähig«, erwiderte Magrat barsch.

»Die Elfen haben sie gezeichnet«, sagte Oma. »Bist du damit nicht überfordert?«

»Ich habe schon hässlichere Verletzungen gesehen.«

»Ich dachte dabei nicht unbedingt an die Wunde. Diamanda wurde von ihnen *berührt*. Sie ist ...«

»Mit der Behandlung von Kranken kenne ich mich aus. Ich bin schließlich nicht *völlig* ahnungslos.«

»Sie darf nicht allein bleiben«, beharrte Oma.

»Ab morgen haben wir ein volles Haus«, sagte Verenz. »Die ersten Gäste treffen ein.«

»Allein sein ist nicht dasselbe wie keine Leute um sich haben«, sagte Oma.

»Wir sind hier in einem *Schloss*, Oma.«

»Ja, ja. Gut. Also dann. Wir wollen euch nicht länger aufhalten«, sagte Oma. »Komm, Gytha.«

Nanny Ogg fischte sich noch schnell ein ältliches Lammkotelett unter einem der silbernen Deckel hervor und winkte dem königlichen Brautpaar damit zu.

»Dann viel Spaß noch«, sagte sie. »Soweit möglich jedenfalls.«

»Gytha!«

»Komme schon.«

Elfen sind wundervoll. Sie bewirken Wunder.

Elfen sind erstaunlich. Sie erfüllen uns mit Staunen.

Elfen sind fantastisch. Sie regen die Fantasie an.

Elfen sind glamourös. Sie strahlen Glamour aus.

Elfen sind zauberhaft. Sie betören mit ihrem Zauber.

Elfen sind toll. Sie treiben uns in den Wahnsinn.

Die Bedeutung eines Wortes windet sich wie eine Schlange. Wer eine Schlange finden will, suche sie hinter den Wörtern, die ihre Bedeutung verändert haben.

Es hat noch nie jemand behauptet, Elfen wären *nett*.

Elfen sind *böse*.

»Tja, das war's dann also«, sagte Nanny Ogg, als die Hexen über die Zugbrücke gingen. »Gut gemacht, Esme.«

»Es ist noch nicht vorbei.«

»Du hast doch selbst gesagt, dass sie nicht mehr rüberwechseln können. Und so schnell kommt bestimmt keiner mehr auf die Idee, es am Steinkreis mit Magie zu probieren.«

»Ja, aber die Kreiszeit dauert noch einen Tag. Wer weiß, was da alles passieren kann.«

»Diamanda stellt jedenfalls keinen Unsinn mehr an, und den anderen Mädels hast du die Hölle heißgemacht.« Nanny Ogg warf den abgenagten Lammknochen in den ausgetrockneten Wassergraben. »Und sonst wird sie keiner rufen. Das weiß ich.«

»Und was machen wir mit dem, der im Verlies sitzt?«

»Willst du ihn loswerden?«, fragte Nanny. »Ich könnte unseren Jorick rauf nach Kupferkopf schicken, zu König Eisengießersohn. Oder ich schwinge mich schnell auf meinen Besen und gebe dem Bergkönig selber Bescheid. Die Zwerge und die Trolle werden sich darum reißen, ihn uns abzunehmen. Problem gelöst.«

Oma ging nicht darauf ein.

»Das ist garantiert noch längst nicht alles«, sagte sie. »Wir haben bestimmt etwas übersehen. So leicht gibt sie sich nicht geschlagen.«

Inzwischen waren sie auf dem Marktplatz angekommen. Oma blickte sich prüfend um. Natürlich war Verenz der König, daran gab's nichts auszusetzen. Und natürlich war Lancre sein Königreich, wogegen ebenfalls nichts einzuwenden war. Aber auf einer tieferen Bedeutungsebene gehörte das Land ihr. Und natürlich Gytha Ogg. Verenz' Macht beschränkte sich auf das Tun der Menschen; nicht einmal die Zwerge und Trolle erkannten ihn als ihren König an, auch wenn sie aus Höflichkeit nicht viel Aufhebens davon machten. Aber was die Bäume und die Steine und die Erde anging, betrachtete Oma Wetterwachs das Land als ihr Eigentum. Sie war empfänglich für seine Stimmungen.

Und das Land wurde noch immer beobachtet. Sie spürte die wachsamen Blicke. Wenn ein Blick nur scharf genug ist, verändert sich darunter das Objekt, dem er gilt – in diesem Fall das ganze Land. Omas Land wurde angegriffen, und sie? Verlor allmählich den Verstand.

»Komische Sache«, sagte Nanny Ogg, mehr zu sich selbst. »Wie ich heute Morgen da oben bei den Tänzern sitze, denke ich so bei mir, komische Sache ...«

»Was redest du denn da?«

»In meiner Jugend gab es hier auch schon mal ein Mädchen wie Diamanda. Kratzbürstig, ungeduldig und begabt. Eine richtige Nervensäge für die alten Hexen. Du kannst dich nicht zufälligerweise noch an sie erinnern?«

Sie kamen an Jasons Schmiede vorbei, aus der Hammerschläge schallten.

»Wie könnte ich die vergessen?«, sagte Oma leise.

»Komische Sache, wie sich alles wiederholt ...«

»Nein, das kann man überhaupt nicht vergleichen«, widersprach Oma Wetterwachs bestimmt. »Ich war *nie* so wie sie. Du weißt doch genau, wie verknöchert die alten Hexen damals waren. Viel mehr als Warzen besprechen hatten die doch überhaupt nicht auf dem Kasten. Und ich war auch nicht unhöflich zu ihnen. Ich war bloß ... energisch. Habe ihnen meine Meinung gesagt. Mich gegen sie behauptet. Das gehört schließlich zum Hexenberuf dazu, dass man sich behauptet. Was *grinst* du denn so?«

»Das sind nur Blähungen, Ehrenwort.«

»Bei ihr ist es etwas völlig anderes. Das hat mir noch keiner nachsagen können, dass ich mich neuen Ideen verschließe.«

»Ja, dafür bist du berühmt, für deine Aufgeschlossenheit«, sagte Nanny Ogg. »Das ist schon lange meine Rede: Esme Wetterwachs – die Aufgeschlossenheit in Person.«

»Eben.« Oma Wetterwachs ließ den Blick über die bewaldeten Hänge rings um die Stadt schweifen und runzelte die Stirn.

»Die Sache ist doch die«, fuhr sie fort. »Die jungen Mädchen heutzutage können nicht mehr klar denken. Aber sie müssen klar denken und dürfen sich auf keinen Fall ablenken lassen. Magrat ist das beste Beispiel dafür. Dauernd mit den Gedanken woanders. Wer nicht ganz bei der Sache ist, kann seine Arbeit nicht machen.« Sie hielt inne. »Ich kann sie spüren, Gytha. Die Feenkönigin. Ihr Geist dringt aus dem Steinkreis. Zum Kuckuck mit dieser Göre! Die Königin sucht nach einem Weg herüber. Ihr Geist ist überall. Wohin auch immer ich mich in Gedanken wende, ich kann sie wittern.«

»Es wird alles wieder gut.« Nanny tätschelte ihr die Schulter. »Wart's nur ab.«

»Sie sucht nach einem Weg«, wiederholte Oma.

»Wer wagt es, Knappersmann oder Ritt?«, fragte Fuhrmann, der Bäcker.

Der Rest von Lancres Moriskentanzgruppe machte große Augen.

»Dir hat wohl einer was in den Kaffee getan«, sagte Weber, der Köhler.

»Ich wollte mich bloß schon ein bisschen auf das Stück einstimmen«, erklärte Fuhrmann. »So reden die lauteren Handwerker nun mal.«

»Lauter? Als wer?«, fragte Bäcker, der Weber.

»Na, als die fiedelnden Handwerker, würde ich mal vermuten«, sagte Fuhrmann, der Bäcker.

»Ob die Lauteren wohl trompeten?«, fragte Jason.

»Ich glaube eher, die hauen auf die Pauke«, sagte Weber, der Köhler.

»So ein Käse!«, sagte Bäcker, der Weber.

»Und wie sollen wir die spielen, die Fiedelnden und die noch Lauteren? Ohne Instrumente?«, sagte Fuhrmann, der Bäcker.

»Wir tun einfach so, als ob. Das nennt man Theater – alles nur schöner Schein.«

»Schöne Scheine wären mir lieber.«

»Oder wenigstens schöne Schweine.«

»Schafskäse!«, sagte Bäcker, der Weber.

»Und wie die Handwerker in dem Stück daherreden«, murrte Fuhrmann, der Bäcker. »Ich hab jedenfalls noch nie im Leben fiderallala gesagt. Und die Witze kapier ich auch nicht.«

»Die sollst du auch gar nicht verstehen«, sagte Jason. »Das ist doch alles nur *Theater.*«

»Tilsiter!«, sagte Bäcker, der Weber.

»Ach, halt die Klappe und schieb weiter.«

»Ich sehe überhaupt nicht ein, warum wir den Stock-und-Eimer-Tanz nicht aufführen können«, grummelte Schneider, der andere Weber.

»Kommt gar nicht in die Tüte! Bleib mir bloß mit dem Stock-und-Eimer-Tanz vom Leib! Meine Knie sind heute noch nicht drüber weg! Also, kein Wort mehr über den Stock-und-Eimer-Tanz!«

»Gouda!«, rief Bäcker, der nicht so schnell wieder lockerließ, wenn er sich mal in eine Idee verbissen hatte.

Der Karren mit den Requisiten rumpelte und ruckelte über den Feldweg.

Jason seufzte. Die Moriskentänzerei war doch um einiges einfacher als die Schauspielerei. Man wurde nicht angegafft und ausgelacht. Man musste sich nicht von kleinen Kindern ausbuhen lassen. Weber und Schuster probten bereits die offene Rebellion, indem sie dauernd den Text verdrehten. Und dazu Abend für Abend die Suche nach einem Plätzchen, wo sie in Ruhe üben konnten.

Nicht einmal im Wald waren sie ungestört geblieben. Kaum zu glauben, wie viele Leute sich »rein zufällig« auf ihre Lichtung verirrt hatten.

Weber hörte auf zu schieben und wischte sich den Schweiß von der Stirn.

»Dass wir noch nicht mal bei der alten Blitzeiche sicher waren«, sagte er. »Eine halbe Meile vom nächsten Trampelpfad entfernt. Und was ist? Es dauert keine fünf Minuten, bis man sich kaum noch rühren kann vor lauter Köhlern, Einsiedlern, Fallenstellern, Holzfällern, Jägern, Trollen, Vogelfängern, Reisigsammlern, Schweinehirten, Trüffelsuchern, Zwergen, Streunern und lichtscheuen Gestalten in weiten Mänteln. Ein Wunder, dass es im Wald überhaupt noch Platz für die Bäume gibt. Und wohin geht's jetzt weiter?«

Sie standen an einer Art Kreuzweg.

»Ich glaub, hier war ich noch nie«, sagte Zimmermann, der Wilderer. »Dabei dachte ich, dass ich mich in dieser Gegend auskenne wie in meiner Westentasche.«

»Das liegt bloß daran, dass du hier sonst nur nachts unterwegs bist«, sagte Jason.

»Ja, wenn der Mond ist aufgegangen, und die goldnen Sternlein prangen«, sagte Schuster, der Fuhrmann.

»Ach was, der geht doch lieber im Dunkeln munkeln«, sagte Jason.

»Und darauf ein dreifach donnerndes Fiderallala!«, sagte Bäcker, der Weber.

»Ich schlage vor, wir gehen nach rechts«, sagte Jason.

»Zu viele Dornen.«

»Na schön. Dann eben nach links.«

»Zu viele Kurven.«

»Dann eben ab durch die Mitte«, schlug Fuhrmann vor.

Jason spähte voraus.

Der mittlere Weg, zu beiden Seiten von hoch wucherndem Farnkraut gesäumt, war kaum mehr als ein Wildwechsel, der in einiger Entfernung im tiefen Schatten der Bäume verschwand – ein Anblick, bei dem einem unwillkürlich der Ausdruck »dunkler Hag«* in den Sinn kam.

In Jason schlugen sämtliche Instinkte des Schmiedes Alarm.

»Nicht da lang«, sagte er.

»Und wieso nicht?«, fragte Weber.

»Der Pfad führt zum Steinkreis«, antwortete Jason. »Mutter will nicht, dass da einer hingeht, weil da die jungen Dinger tanzen – ohne was an.«

»Für die hat sich's ausgetanzt«, sagte Schuster. »Und sie haben auch alle wieder was an, seitdem Oma Wetterwachs ein Machtwort gesprochen hat.«

»Sie dürfen nicht mehr rauf zum Steinkreis«, sagte Fuhrmann. »Wir können also schön in Ruhe proben.«

»Aber Mutter hat's verboten«, sagte Jason, nun doch ein wenig wankend geworden.

»Ach, sie meinte bestimmt Leute mit … na ja … mit magischen Absichten«, sagte Fuhrmann. »Mit Perücken auf dem Kopf durch die Gegend zu hampeln ist ja nun nicht gerade besonders magisch.«

»Stimmt«, sagte Schuster. »Und wir sind da endlich mal ungestört.«

»Und falls sich doch eines von den jungen Dingern rauftraut, um heimlich mit ohne was an zu tanzen, sehen wir sie schon von Weitem kommen.«

Einen Augenblick lang herrschte tiefes, beschauliches Schweigen.

Schließlich brachte Schuster die unausgesprochene Meinung fast aller zum Ausdruck: »Ich finde, das sind wir der Gemeinschaft schuldig.«

---

* d. h. »finsterer Hain«.

»Gut und schön«, sagte Jason. »Aber Mutter …«

»Deine Mutter sollte sich mal lieber nicht so aufspielen«, sagte Weber. »Mein Vater hat erzählt, dass sie in ihrer Jugend selber …«

»Also gut.« Jason ergab sich der Überzahl. »Was soll schon groß passieren? Wir spielen ja nur schau. Wir tun bloß so als ob. Ist schließlich alles nicht echt. Aber getanzt wird nicht, verstanden? Und schon gar nicht der Stock-und-Eimer-Tanz.«

»Wir spielen nur schau«, bekräftigte Weber. »Und halten natürlich die Augen offen.«

»Das sind wir der Gemeinschaft schuldig«, wiederholte Schuster.

»Wenn alles nur Theater ist, dürfte es wohl in Ordnung gehen«, sagte Jason zweifelnd.

Kläng boinng kläng ding …

Lautes Geschepper hallte durch Lancre.

Erwachsene Männer, die ihren Garten umgruben, ließen den Spaten fallen und brachten sich eilig in Sicherheit …

Kläng boinng goinng ding …

Frauen kamen auf die Straße gerannt und riefen verzweifelt ihre Kinder ins Haus …

… *BÄNG* mistikack *Dong boinng …*

Fensterläden knallten zu. Unter den angstvollen Blicken ihrer Familien versuchten einige Männer, das Feuer im Kamin zu löschen und den Schornstein mit Säcken zu verstopfen.

Nanny Ogg lebte allein, weil sich alte Leute ihren Stolz und ihre Unabhängigkeit bewahren sollten, wie sie fand. Außerdem wohnte Jason zu ihrer Linken. Wenn sie also Hilfe benötigte, konnte sie ihn oder seine Frau – wie hieß sie noch gleich? – rasch herbeizitieren, indem sie ein paar Mal kräftig mit dem Stiefel gegen die Wand trat. Und zu ihrer Rechten wohnte Jorick, der auf Nannys Wunsch hin zwischen seinem Haus und ihrem eine lange Schnur gespannt hatte, an deren Ende ein paar leere Blechbüchsen hingen, sodass sie ihn ebenfalls jederzeit alarmieren konnte.

Aber dieses System wurde nur im Notfall aktiviert, wenn sie zum Beispiel Lust auf eine Tasse Tee hatte oder sich langweilte.

Bong Mist *kläng...*

Nanny Ogg hatte kein Badezimmer, doch sie besaß eine Zinkwanne, die normalerweise an der Rückwand des Plumpsklos an einem Nagel hing, jetzt aber gerade von ihr ins Haus geschleppt wurde. Nanny hatte ihr Ziel schon fast erreicht. Lädierte Bäume, Mauern und Gartenzwerge pflasterten ihren Weg.

Drei große schwarze Kessel standen dampfend am Feuer. Daneben lagen ein halbes Dutzend Handtücher, der Luffaschwamm, der Bimsstein, die Seife, die Ersatzseife für den Fall, dass die erste verloren ging, die Kelle, um damit Spinnen aus dem Wasser zu fischen, die vollgelaufene Gummiente mit dem prolabierten Quietschmechanismus, der extrastabile Hornhauthobel, die große Bürste, die kleine Bürste, die praktische Bürste am Stiel zum Schrubben der Ritzen, das Banjo, das Ding mit den Röhren und Zapfen, von dem kein Mensch wusste, wozu es gut sein sollte, und eine Flasche Badeessenz – *Klatschianische Nächte* –, von der ein Tropfen genügte, um noch den eingetrocknetsten Lack Blasen werfen zu lassen.

Bong kläng schepper...

Ganz Lancre hatte gelernt, die akustischen Signale zu deuten, die Nannys Badevorhaben vorausgingen – aus reinem Selbstschutz.

»Aber es ist doch gar nicht April!«, stöhnten die Nachbarn, während sie die Vorhänge zuzogen.

Etwas oberhalb von Nanny Oggs Häuschen klammerte sich Frau Skindel an den Arm ihres Mannes.

»Die Ziege ist noch draußen!«

»Bist du wahnsinnig? Ich geh doch jetzt nicht mehr aus dem Haus!«

»Du weißt ja, was letztes Mal passiert ist. Sie war drei ganze Tage halbseitig gelähmt, und wir haben sie nicht mehr vom Dach runtergekriegt!«

Herr Skindel steckte vorsichtig den Kopf zur Tür hinaus. Alles war still. *Viel* zu still.

»Wahrscheinlich macht sie gerade die Wanne voll«, mutmaßte er.

»Dann bleiben dir ein, zwei Minuten«, sagte seine Frau. »Los, beeil dich, sonst müssen wir wieder wochenlang Joghurt trinken.«

Herr Skindel nahm das Halfter vom Haken hinter der Tür und huschte hinüber zu der Ziege, die neben der Hecke angepflockt war. Auch sie kannte das Baderitual aus Erfahrung und stand da wie versteinert.

Es würde nichts bringen, sie am Strick hinter sich herzuziehen. Kurz entschlossen hob Herr Skindel sie hoch.

In der Ferne plätscherte es leise, aber beharrlich, begleitet von einem leisen *Bong-bong*, mit dem ein dümpelnder Bimsstein von innen gegen die Zinkwanne stieß.

Herr Skindel nahm die Beine in die Hand.

Hangabwärts verkündete leises Geklimper, dass ein Banjo gestimmt wurde.

Die Welt hielt den Atem an.

Und dann brach es los – gleich einem Tornado, der über die Prärie braust.

»EEeeeeiiiiiii-«

Neben der Tür zerplatzten drei Blumentöpfe, einer nach dem anderen. Wie Granatsplitter zischten die Scherben an Herrn Skindels Ohr vorbei.

»-nes Zauuuuberers Staaaab hat eeeiiiiinen KnaufamEnde, KnaufamEnde…«

Herr Skindel warf die Ziege ins Haus und hechtete hinterher. Seine Frau stand bereit und knallte die Tür zu.

Die ganze Familie, einschließlich der Ziege, verkroch sich unter dem Tisch.

Dabei *konnte* Nanny singen. Die Töne, die sie – verstärkt durch eine halbvolle Zinkbadewanne – hervorbrachte, waren jedoch mit mehr als nur Geräusch verbunden und wurden deshalb kaum noch als Musik empfunden, sondern als akustische Übergriffe.

Es hatte schon viele Sänger gegeben, die mit ihren hohen Noten ein Glas zerspringen ließen, aber Nanny Oggs hohes C konnte es polieren.

Die Moriskentänzer hockten trübsinnig im Gras und ließen einen irdenen Krug herumgehen. Es war keine gute Probe gewesen.

»Das ging aber ziemlich in die Hose, was?«, sagte Schuster.

»Komisch ist es jedenfalls nicht, so viel steht fest«, meinte Weber. »Oder meint ihr etwa, der König lacht sich kaputt, wenn wir einen Trupp Handwerker spielen, die ein Theaterstück an die Wand fahren?«

»Du kannst es einfach nicht«, sagte Jason.

»Wir sollen es doch auch gar nicht können«, wehrte sich Weber.

»Schon, aber du schaffst es nicht, jemanden zu spielen, der nicht gut spielen kann«, sagte Kesselflicker. »Wie du das anstellst, weiß ich auch nicht, aber du hast es einfach nicht drauf. Man kann ja wohl kaum erwarten, dass die ganzen feinen Herrschaften …«

Ein leises Lüftchen wehte über das Moor, ein Hauch von Eis im Hochsommer.

»… sich dadrüber amüsieren, wie wir uns beim Dummanstellen dumm anstellen.«

»Ich kapier sowieso nicht, was daran komisch sein soll, dass Handwerker ein Stück aufführen«, sagte Weber.

Jason zuckte mit den Schultern.

»Die feinen Herrschaften …«

Der Wind frischte auf, brachte den scharfen, metallischen Geruch von Schnee …

»… in Ankh-Morpork sollen wochenlang darüber gelacht haben«, sagte er. »Das Stück lief drei Monate am Breiten Weg.«

»Was ist denn der Breite Weg?«

»Die Straße, wo die Theater sind: Die Scheybe, Lord Wynkins Mannen, die Bärengrube …«

»Die Städter da unten lachen doch über jeden Mist«, sagte Weber. »Und uns hier oben halten sie alle für Hinterwäldler. Die denken, wir reden komisch und singen alberne Volkslieder und haben bloß drei Gehirnzellen, die sich Wärme suchend aneinanderkuscheln, weil wir dauernd Knieweich trinken.«

»Genau. Gib mal den Krug rüber.«

»Feine Großstadtpinkel.«

»Nicht den leisesten Schimmer, wie es ist, mitten in der Nacht und im tiefsten Winter bis zur Achselhöhle im Hinterteil einer Kuh zu stecken. Ha!«

»Kein Einziger von denen hat … Was redest du denn da? Du hast doch gar keine Kuh.«

»Nein, aber ich weiß trotzdem, wie das ist.«

»Keine Ahnung haben sie, was es heißt, wenn sich dein Gummistiefel im matschigen Mist festsaugt, und was für ein grauenvolles Gefühl das ist, wenn du dann den nackten Fuß hin und her schwenkst und genau weißt, dass du mit dem nächsten Schritt auf gar keinen Fall festen Boden erreichen kannst.«

Der irdene Krug gluckerte leise, während er von leicht zittriger Hand zu leicht zittriger Hand weitergereicht wurde.

»Stimmt. Stimmt haargenau. Und Moriskentanzen können die auch nicht. Bei dem Anblick würde man sein Taschentuch am liebsten für immer an den Nagel hängen.«

»Sag bloß? Moriskentanz in der *Stadt*?«

»Zumindest unten in Sto Helit. Ein paar zahme Zauberer und Händler. Ich hab mir das Trauerspiel mal angesehen. Nach 'ner geschlagenen Stunde gab es immer noch keine Verletzten.«

»Feine Großstadtpinkel. Kommen hier rauf, nehmen uns die Arbeitsplätze weg …«

»Blödsinn. Die wissen doch überhaupt nicht, was anständige Arbeit ist.«

Der Krug gluckerte, aber in einer tieferen Tonlage, die verriet, dass sich in ihm bereits eine ansehnliche Leere auftat.

»Jede Wette, die haben noch nie bis zur Achselhöhle …«

»Die Sache ist *die*. Die Sache ist *die*. Die Sache. Ist *die*. Ha. Was soll das eigentlich, hä? Ehrbare Handwerker auslachen? Ich meine. Ich meine. Ich meine. Worum geht's denn überhaupt? Ich meine. Ich meine. Ich meine. In dem Stück geht's doch dadrum, dass sich irgendwelche fiedelnden Handwerker zum Affen machen, während sie ein Stück spielen, in dem irgendwelche feinen Herrschaften …«

Ein kalter Wind, scharf wie Eiszapfen …

»Das kann doch nicht alles sein.«

»Wo du Recht hast, hast du Recht.«

»Da fehlt ein mythisches Element.«

»Genau. Sag ich doch. Sag ich doch. Sag ich doch. Das Stück braucht 'ne Handlung, die man noch auf dem Nachhauseweg mitpfeifen kann.«

»Deshalb sollte es hier draußen aufgeführt werden. Unter freiem Himmel, zwischen den Bergen.«

Jason Ogg legte die Stirn in noch tiefere Falten als sonst, wenn er sich mit den Irrungen und Wirrungen der Welt herumschlagen musste. Nur wenn es um Eisen ging, wusste er genau, was zu tun war. Er hielt schwankend den Zeigefinger hoch und versuchte, seine Mitmimen zu zählen. Eine beachtliche Leistung, nachdem der Krug inzwischen bis zur Neige geleert war. Im Durchschnitt kam er auf sieben Personen. Trotzdem ließ ihn das dumpfe Gefühl nicht los, dass irgendetwas nicht stimmte.

»Hier draußen?«, sagte er fragend.

»Gute Idee«, meinte Weber.

»War das nicht deine Idee?«, fragte Jason.

»Ich dachte, *du* hättest es zuerst gesagt.«

»Und ich dachte, *du*.«

»Ist doch wurscht, wer was gesagt hat«, meinte Schuster. »Hauptsache, die Idee ist gut. Und die klingt irgendwie … richtig.«

»Und wie war das mit dem mütischen Element?«

»Wie, was? Müten in Tüten?«

»Ohne geht es nicht«, sagte Weber, der Theaterexperte. »Man braucht Mut – und Müten.«

»Mutter hat gesagt, keiner darf …«, begann Jason.

»Ist ja nicht so, wie wenn wir tanzen wollen würden«, sagte Fuhrmann. »Klar will sie nicht, dass sich irgendwelche Leute heimlich hier raufstehlen und irgendwas Magisches anstellen. Aber wenn *alle* kommen? Dann müsste es doch wohl in Ordnung sein. Der König und die ganze Hochzeitsgesellschaft. Sogar deine Mutter. Ha, das Mädel möchte ich sehen, das mit ohne was an versucht, an ihr vorbeizukommen!«

»Ich glaube, es geht gar nicht nur um …«, wollte Jason einwenden.

»Und die andere kommt ja auch«, sagte Weber.

Sie ließen sich Oma Wetterwachs ein Weilchen durch den Kopf gehen.

»Mann, die Frau macht mir eine Heidenangst«, meinte schließlich Schuster. »Wie die durch einen durchguckt. Augen wie Bohrer. Nicht, dass ich etwas gegen sie sagen will. Götter bewahret. Ein Prachtweib, wie es im Buche steht«, sagte er laut und fuhr etwas leiser fort: »Aber sie soll ja nachts als Hase oder Fledermaus durch die Gegend streifen. Es heißt, dass sie ihre Gestalt verändern kann und so. Wovon ich natürlich kein Wort glaube.« Er erhob die Stimme und ließ sie wieder sinken. »Aber der alte Weezen drüben aus Schnitte hat mir mal erzählt, dass er eines Nachts einen Hasen ins Bein geschossen hat, und wie er ihr am nächsten Tag auf der Straße begegnet ist, hat sie ›autsch‹ gesagt und ihm eine Kopfnuss verpasst.«

»Mein Vater hat erzählt«, sagte Weber, »wie er eines Tages unsere alte Kuh zum Markt bringen will, und unterwegs wird sie krank und klappt neben ihrem Häuschen zusammen, und er kriegt sie nicht mehr hoch, und wie er bei ihr anklopft, macht sie die Tür auf, und bevor er überhaupt ein Wort rausbringt, sagt sie schon: ›Deine Kuh ist krank, Weber.‹ Einfach so. Und dann sagt sie …«

»War das die alte gescheckte Kuh, die dein Vater mal hatte?«, warf Fuhrmann ein.

»Nein, die gescheckte hatte mein Onkel, wir hatten die mit dem verbogenen Horn«, antwortete Weber. »Jedenfalls …«

»Hätte schwören können, dass eure gescheckt war«, sagte Fuhrmann. »Ich weiß noch, wie mein Vater mal über die Hecke geschaut hat und meinte: ›Das ist mal 'ne prächtige Scheckige. Heutzutage gibt's so was ja gar nicht mehr.‹ Das war damals, als ihr noch das Feld neben Kabbs Brunnen hattet.«

»Das Feld hatten wir nie. Das hat meinem Vetter gehört«, sagte Weber. »Jedenfalls …«

»Bist du sicher?«

»Jedenfalls«, knurrte Weber, »sagt sie: ›Dafür hab ich ein Mittelchen.‹ Und dann geht sie in ihre Küche und kommt mit zwei großen roten Pillen wieder, und sie …«

»Wie hat es sich denn eigentlich das Horn verbogen?«, fragte Fuhrmann.

»… *und sie* gibt ihm eine von den Pillen und sagt: ›Du machst Folgendes. Du hebst den Schwanz der Kuh hoch und schiebst ihr die Pille da rein, wo die Sonne nicht hinscheint, und du wirst sehen, in Sekundenschnelle läuft sie wieder, und zwar so schnell sie kann.‹ Mein Vater bedankt sich und will gerade wieder gehen, wie ihm noch eine Frage einfällt. ›Und wofür ist die andere Pille gut?‹, fragt er. Und sie guckt ihn an und sagt: ›Na, willst du sie denn nicht wieder einholen?‹«

»Das ist bestimmt das tiefe Tal oben bei Schnitte«, sagte Fuhrmann.

»Was redest du da schon wieder?«, fragte Weber.

»Gleich hinter dem Berg.« Fuhrmann nickte. »Da ist es sehr schattig. Ich schätze, das hat sie gemeint. Der Ort, wo die Sonne nicht hinscheint. Ganz schön weit für eine Pille, aber so sind die Hexen nun mal.«

Weber zwinkerte den anderen zu.

»Pass auf«, sagte er. »Sie meinte ... wo der Affe die Nuss hinsteckt.«

Fuhrmann schüttelte den Kopf. »In Schnitte gibt es keine Affen.« Nach und nach legte sich ein Lächeln über sein Gesicht. »Ah, jetzt hab ich's. Sie war verrückt!«

»Ist echt ein Ding«, sagte Bäcker. »Als hätten uns die Stückeschreiber aus Ankh-Morpork aufs Maul geschaut. Her mit dem Krug.«

Jason blickte sich um. Von Minute zu Minute wurde ihm mulmiger zumute. Seine Hände, die tagtäglich mit Eisen in Berührung kamen, juckten.

»Wir sollten zusehen, dass wir wieder nach Hause kommen, Jungs«, sagte er.

»So eine schöne Nacht«, sagte Bäcker, ohne sich vom Fleck zu rühren. »Seht doch nur, wie die Sternlein funkeln.«

»Aber es ist ganz schön frisch geworden«, sagte Jason.

»Riecht nach Schnee«, sagte Fuhrmann.

»Stimmt genau«, sagte Bäcker. »Eben. Schnee mitten im Sommer. Das gibt's sonst nur da, wo die Sonne nicht hinscheint.«

»Klappe, Klappe, Klappe«, sagte Jason.

»Was ist denn mit dir los?«

»Hier ist was faul. Wir hätten nie herkommen dürfen. Spürt ihr denn gar nichts?«

»Ach, jetzt setz dich wieder hin«, sagte Weber. »Ist doch alles bestens. Ich spüre bloß die Luft. Und der Krug mit dem Knieweich ist auch noch nicht leer.«

Bäcker lehnte sich zurück.

»Da fällt mir eine alte Geschichte ein«, sagte er. »Hier ist mal ein Mann eingeschlafen, als er auf der Jagd war.«

Der Krug gluckerte im Dunkeln.

»Na und? Das kann doch jeder«, sagte Fuhrmann. »Ich schlafe auch jeden Abend ein, da kann man die Uhr nach stellen.«

»Ja, aber als der Jäger aufwachte und wieder nach Hause kam, hatte seine Frau einen anderen Mann, und seine Kinder waren erwachsen und wussten überhaupt nicht mehr, wer er war.«

»So geht es mir fast jeden Tag«, sagte Weber düster.

Bäcker schnupperte. »Also ich finde, es riecht wirklich ein bisschen nach Schnee. Irgendwie metallisch.«

Schuster lehnte sich zurück und bettete den Kopf auf seinen Arm.

»Wisst ihr was?«, sagte er. »Wenn ich wüsste, dass meine Alte einen anderen heiratet und meine Vielfraße von Kindern ausziehen und mir nicht mehr jeden Tag die Speisekammer leer räumen, würde ich mir sofort eine Decke schnappen und hier übernachten. Wer hat den Krug?«

Vor lauter Nervosität trank Jason auch einen Schluck. Und tatsächlich: Es ging ihm gleich viel besser, als der Alkohol seine Synapsen auflöste.

Trotzdem unternahm er einen allerletzten Versuch.

»He, Jungsch«, nuschelte er. »Unten in der Schmiede habbich noch 'nen Krug kaltgeschtellt. Wasch meint ihr? Scholln wir nich runnergehn? In die Schmiede? Jungsch? Jungsch?«

Leises Schnarchen drang an sein Ohr.

»Ach, Jungsch.«

Jason stand auf.

Die Sterne drehten sich um ihn.

Dann sackte er sanft in sich zusammen. Der Krug rollte ihm aus den Händen und kullerte durch das Gras.

Die Sterne funkelten, der Wind war eisig, und es roch nach Schnee.

Der König speiste allein – genauer gesagt, er speiste am einen Ende der langen Tafel und Magrat am anderen.

Immerhin gelang es ihnen, sich noch auf ein letztes Glas Wein vor dem Kamin zu treffen.

In Augenblicken wie diesen fehlten ihnen oft die Worte. Da beide nicht daran gewöhnt waren, sich sinnvoll mit einem anderen Menschen zu beschäftigen, bekam ihre Unterhaltung leicht etwas Kryptisches.

Heute Abend ging es hauptsächlich um die Hochzeit, die für gekrönte Häupter etwas ganz anderes ist als für ungekrönte. Das fängt schon damit an, dass man bereits alles hat. Was nützt einem die schönste traditionelle Hochzeitsliste mit dem kompletten Tuppersortiment und dem Speiseservice für zwölf Personen, wenn man ein Schloss mit so vielen möblierten, aber ungenutzten Räumen besitzt, dass sich die Spinnen im Einklang mit den strengen Auslesegesetzen der Evolution bereits zu unterschiedlichen Arten entwickelt haben? Man kann die Geschenke auch nicht einfach von der Größe her anpassen und sich eine Armee in Rot und Weiß wünschen, passend zur Küchentapete. Wenn Menschen königlichen Geblüts heiraten, bekommen sie entweder ganz kleine Geschenke, ein exquisit gefertigtes Ei zum Aufziehen etwa, oder ganz große, unhandliche – wie zum Beispiel eine Herzogin.

Noch schwieriger wird es bei der Gästeliste, die es schon bei einer ganz normalen Hochzeit in sich hat. Wen muss man nicht alles einladen – ältliche Verwandte, die sabbern und fluchen, Brüder, die sich schon nach dem ersten Glas Alkohol in die Haare kriegen, ganze Fraktionen, die nicht mehr miteinander reden, weil jemand aus der anderen Fraktion ›Gemeinheiten über unsere Sharon verbreitet hat‹. Bei einer königlichen Hochzeit geht es um ganze *Länder*, die sich nach dem ersten Glas Alkohol in die Haare kriegen, um ganze *Königreiche*, die die diplomatischen Beziehungen abgebrochen haben, weil ›der Kronprinz Gemeinheiten über unsere Sharon verbreitet hat‹. Nachdem Verenz all diese Klippen erfolgreich umschifft hatte, bereitete ihm noch das Problem mit den Spezies Kopfzerbrechen. Trolle und Zwerge kamen in Lancre gut miteinander aus, und zwar, indem sie sich so weit wie möglich aus dem Weg gingen. Versammelte man aber zu viele ihrer Vertreter unter einem Dach – vor allem, wenn Alkohol floss, und vor allem, wenn er in Richtung der Zwerge floss –, dauerte es meistens nicht lange, bis die Gäste einander die Arme ausrissen, weil irgendwelche Ahnen ›Gemeinheiten über unsere Sharon verbreitet hatten‹.

Und das war noch lange nicht alles …

»Wie geht es dem Mädchen, das sie uns gebracht haben?«

»Ich habe Millie gesagt, sie soll auf sie aufpassen. Was führen die beiden Alten wohl diesmal im Schilde?«

»Das weiß ich auch nicht.«

»Aber du bist doch der König.«

Verenz rutschte unbehaglich auf seinem Stuhl herum.

»Aber sie sind Hexen. Ich stelle ihnen nicht gern Fragen.«

»Warum nicht?«

»Womöglich geben sie mir Antworten. Und wie stünde ich dann da?«

»Worüber wollte Oma eigentlich mit dir reden?«

»Ach … nichts Besonderes … dies und das.«

»Doch nicht etwa über … Sex, oder?«

Verenz machte ein Gesicht wie ein Mann, der sich gegen einen Frontalangriff wappnet und plötzlich feststellen muss, dass die Gefahr von hinten kommt.

»Nein! Wieso?«

»Nanny wollte mir auch schon ihren mütterlichen Rat aufdrängen. Ich konnte mir nur mit Mühe ein Schmunzeln verkneifen. Wirklich, die beiden behandeln mich wie ein kleines Kind.«

»Nein, nein. Nichts dergleichen.«

Sie saßen rechts und links des großen Kamins, mit vor Verlegenheit hochroten Köpfen.

Schließlich fragte Magrat: »Äh … du hast doch das Buch bestellt, oder? Das mit den Holzschnitten?«

»Doch, doch. Aber ja.«

»Es müsste eigentlich längst hier sein.«

»Nun ja, die Postkutsche kommt doch nur einmal die Woche. Vielleicht ist es morgen dabei. Mir reicht es langsam, jedes Mal runter in die Stadt laufen zu müssen, um die Post abzufangen, bevor sie Jorick in die Hände fällt.«

»Du bist der König. Du kannst ihm verbieten, sie abzuholen.«

»Das möchte ich nicht. Er ist doch so eifrig.«

Im Kamin zersprang ein dickes Holzscheit in zwei Teile.

»Und es gibt tatsächlich … Bücher … darüber?«

»Es gibt Bücher über alles.«

Sie starrten ins Feuer. Verenz dachte: Sie will keine Königin sein, das sehe ich ihr an, aber das lässt sich nun mal nicht ändern, wenn man einen König heiratet; so steht es in allen Büchern …

Und Magrat dachte: Er war viel netter, als er noch eine Kappe mit silbernen Glöckchen trug und jede Nacht vor der Tür seines Herrn auf dem Fußboden geschlafen hat. Damals konnte ich noch mit ihm reden …

Verenz klatschte in die Hände.

»Machen wir für heute Schluss, ja? Wir haben morgen einen anstrengenden Tag vor uns, wenn die ganzen Gäste eintreffen und so.«

»Ja. Es wird ein langer Tag.«

»Und auch noch fast der längste Tag im Jahr. Haha.«

»Ja.«

»Die Betten sind sicher schon angewärmt.«

»Hat Jorick den Dreh mit der Bettpfanne inzwischen raus?«

»Hoffentlich. Noch mehr neue Matratzen kann ich mir nicht leisten.«

Es war ein *großer* Saal, der sich an den Enden im dichten Dunkel der Schatten verlor.

»Ich vermute«, sagte Magrat zögerlich, während sie noch immer in die Flammen starrten, »dass es früher hier in Lancre nicht viele Bücher gegeben hat. Vor deiner Zeit.«

»Lesen und Schreiben sind großartige Errungenschaften.«

»Irgendwie müssen die Leute wohl auch ohne Bücher zurechtgekommen sein.«

»Ja, aber eher schlecht als recht. Als Landwirte sind sie doch ziemlich primitiv.«

Magrat sah ins Feuer. Als Könige sind sie nicht primitiv genug, dachte sie.

»Wollen wir dann ins Bett gehen?«

»Von mir aus.«

Verenz nahm zwei silberne Kerzenständer vom Kaminsims, zündete die Kerzen mit einem Fidibus an und reichte einen Ständer an Magrat weiter.

»Also, gute Nacht.«

»Gute Nacht.«

Sie gaben sich einen Kuss, drehten sich um und gingen ein jeder in sein Gemach.

Magrats Laken war bereits braun angesengt. Sie riss die Bettpfanne heraus und warf sie aus dem Fenster.

Wütend stierte sie auf den Abtritterker.

Magrat war wahrscheinlich der einzige Mensch in Lancre, der sich über biologische Abbaubarkeit den Kopf zerbrach. Alle anderen hofften, dass ihre Sachen möglichst lange hielten, und wussten, dass fast alles irgendwann vermoderte, wenn man es nur lange genug liegen ließ.

Bei ihr zu Hause – Berichtigung: in dem Häuschen, wo sie früher gewohnt hatte – hatte es am Ende des Gartens ein Plumpsklo gegeben, ein Örtchen ganz in ihrem Sinne.

Ab und zu einen Eimer Asche hineingekippt, den Almanach vom letzten Jahr an einem Nagel an der Tür und eine herzchenförmige Öffnung, mehr brauchte es nicht, um seinen Zweck zu erfüllen. Ansonsten musste Magrat nur noch alle paar Monate ein tiefes Loch graben und sich jemanden suchen, der mit anpackte und ihr dabei half, den ganzen Schuppen dorthin zu versetzen.

Ein Abtritterker war Folgendes: eine kleine überdachte Nische in der Wand mit einem hölzernen Sitz über einem quadratischen Loch, unter dem sich ein Schacht auftat, der bis hinunter zum Fuß der Schlossmauer führte, wo es eine Öffnung gab, durch die einmal in der Woche die biologische Abbaubarkeit mittels eines biologisch-dynamischen Prozesses vollzogen wurde – besser bekannt als Jorick Ogg mit seiner Schubkarre. So weit, so gut. Das passte irgendwie zu Magrats Vorstellungen von Königtum und gemeinem Volk. Was sie schockierte, waren die Haken.

Es waren nämlich *Kleider*haken. Millie hatte ihr erklärt, dass die teuren Pelze und andere erlesene Kleidungsstücke im Erker aufbewahrt wurden, weil sich die Motten dort nicht hintrauten. Dafür sorgten der Luftzug aus dem Schacht – und der Geruch.*

Zumindest diesen Frevel an ihrer Garderobe hatte Magrat verhindern können.

Nun lag sie im Bett und starrte an die Decke.

Natürlich wollte sie Verenz heiraten, trotz seines fliehenden Kinns und der tränenden Augen. Im Schoß der Nacht erkannte Magrat, dass sie auch nicht wählerisch sein durfte. Sie konnte von Glück sagen, dass sie überhaupt einen König abbekommen hatte.

Aber als Hofnarr war er ihr lieber gewesen. Ein Mann, der beim Gehen leise bimmelt, hat einfach das gewisse Etwas.

Die Zukunft, die sie vor sich sah, bestand aus stümperhaftem Gesticke und langen Stunden, in denen sie wehmütig aus dem Fenster blickte.

Und sie hatte die Nase voll von Büchern über Etikette und Stammbäume und von Tröttels *Adelskalender der Fünfzehn Berge und der Ebene von Sto*.

Aber mit genau solchen Dingen musste man sich als Königin auskennen. In der Langen Galerie, die Magrat überhaupt erst bis zur Hälfte erkundet hatte, standen jede Menge Bücher darüber. Wie spricht man den Vetter dritten Grades eines Grafen an? Was bedeuten die Wappen auf den Schilden, vor allem die vielen Löwen? Und dann natürlich die Kleidung … Das Häubchen hatte sie noch erfolgreich abwehren können, aber mit dem spitzen Hut, an dem ein Schleier hing, konnte sie sich genauso we-

* Wirklich wahr. Darum treten die Menschen ja auch beiseite, wenn ein König vorbeigeht.

nig anfreunden. Einem edlen Burgfräulein stand er wahrscheinlich fantastisch zu Gesicht, aber Magrat sah damit eher so aus, als hätte ihr jemand eine große Eiswaffel auf den Kopf gestülpt.

Nanny Ogg saß im Bademantel vor dem Kamin, schmauchte eine Pfeife und schnitt sich die Zehennägel. Hin und wieder war aus einer Ecke des Zimmers das Ping der Querschläger zu hören – und einmal auch ein leises Klirren, als eine Öllampe zersprang.

Oma Wetterwachs lag starr und kalt im Bett, in den blau geäderten Händen den Zettel BIN NICH TODT.

Ihr Geist schwebte suchend durch den Wald...

Allerdings konnte sie nur dorthin vordringen, wo es Augen gab zu sehen und Ohren zu hören.

Und deshalb war sie blind für die acht Männer, die in einer Mulde am Steinkreis lagen und schliefen.

Und träumten...

Lancre ist vom Rest der bewohnten Welt durch eine Brücke abgeschnitten. Sie spannt sich über den nicht sehr tiefen, dafür aber gefährlich schnellen und tückischen Lancre-Fluss, der durch die Lancre-Schlucht tost.*

Die Kutsche stoppte am jenseitigen Ende.

Quer über der Straße lag eine krumm und schief bepinselte rot-schwarz-weiße Schranke.

Der Kutscher stieß ins Horn.

Ridcully lehnte sich aus dem Fenster. »Was ist los?«

»Trollbrücke.«

»Huch.«

Nach einer Weile polterte es laut unter der Brücke, und ein Troll kletterte über die Brüstung. Nach Trollmaßstäben hatte er

* Bei den Bewohnern von Lancre galt die Geographie als keine besonders einfallsreiche Wissenschaft.

sich regelrecht in Schale geworfen, denn er trug nicht nur den üblichen Lendenschurz, sondern auch noch einen Helm – welcher allerdings für einen Menschenkopf angefertigt worden war und deshalb auf dem sehr viel größeren Trollschädel mit einer Schnur festgebunden werden musste.

Der Quästor wachte auf. »Was gibt's?«, fragte er.

»Da steht ein Troll auf der Brücke«, sagte Ridcully, »aber ein behelmter. Demnach handelt es sich wohl um eine Amtsperson. Das heißt, er kriegt mächtig Ärger, wenn er Menschen frisst.* Wir haben also nichts zu befürchten.«

Der Quästor kicherte. Er befand sich gerade auf einer aufsteigenden Kurve seiner in Serpentinen sich windenden Gedanken.

Der Troll trat an das Fenster der Kutsche.

»Guten Tag, meine Herren«, sagte er. »Zollkontrolle.«

»Zollkontrolle? Wieso das denn? Wozu soll das gut sein?«, blubberte der Quästor fröhlich. »Ein Zoll ist ein Zoll, und das steht fest. Da beißt die Maus keinen Faden ab.«

»Frage«, sagte der Troll. »Führen Sie Bier, Spirituosen, Wein, Likör, halluzinogene Kräuter oder Bücher unsittlicher oder aufreizender Natur mit sich?«

Ridcully zog den Quästor vorm Fenster weg.

»Nein«, sagte er.

»Nein?«

»Nein.«

»Bestimmt nicht?«

»Bestimmt nicht.«

»Wollen Sie welche haben?«

»Wir führen noch nicht mal«, brachte der Quästor hervor, obwohl Ridcully ihn halb unter sich begraben hatte, »einen *Ziegenbock* mit uns.«

---

* Trolle sind eine nicht auf Kohlenstoff, sondern auf Silizium basierende Lebensform, für die der Mensch unverdaulich ist. Trotzdem gibt es immer wieder Exemplare, die es auf einen Versuch ankommen lassen.

Es gibt tatsächlich Leute, die in einer rammelvollen Südstaatenbar den Yankee Doodle pfeifen würden.

Doch selbst diese wenigen würden es für taktlos halten, gegenüber einem Troll das Wort »Ziegenbock« in den Mund zu nehmen.

Die Miene des Trolls veränderte sich nur ganz langsam. In etwa so schnell wie ein Gletscher, während er einen halben Berg abträgt. Ponder versuchte, sich unter dem Sitz zu verkriechen.

»Dann ziehen wir jetzt also trippel-di-trapp weiter unseres Weges, ja?«, sagte der Quästor mit immerhin einigermaßen erstickter Stimme.

»Er meint es nicht so«, warf hastig der Erzkanzler ein. »Aus ihm spricht der Trockenfrosch.«

»Sie wollen nicht *mich* fressen«, sagte der Quästor. »Sie wollen meinen *Bruder* fressen, der schmeckt viel mfmfph mfmfph ...«

»So, so«, sagte der Troll. »Das sieht mir ja ganz so aus ...« Und da erspähte er Casanunter.

»O-*ho*!«, rief er. »*Zwergen*schmuggel, hä?«

»Reden Sie keinen Unsinn«, sagte Ridcully. »So etwas wie Zwergenschmuggel gibt es doch gar nicht.«

»Ach nein? Und was sitzt dann da bei Ihnen in der Kutsche?«

»Ich bin ein Riese«, sagte Casanunter.

»Riesen sind viel größer.«

»Ich war krank.«

Der Troll machte ein verdutztes Gesicht. Für einen Troll war das schon Denken auf Doktorandenniveau. Aber er suchte Streit. Und den fand er auf dem Dach der Kutsche, wo der Bibliothekar ein Sonnenbad nahm.

»Was haben Sie da oben in dem Sack?«

»Das ist kein Sack. Das ist der Bibliothekar.«

Der Troll stupste den rotbraunen Fellberg an.

»Uuk ...«

»Was? Ein Affe?«

»Uuuk?«

Wenige Minuten später lehnten die Reisenden über der Brüstung und blickten nachdenklich hinunter in den Fluss.

»Passiert das öfter?«, fragte Casanunter.

»Ist schon besser geworden«, antwortete Ridcully. »Das ist so was wie... wie heißt noch mal das Wort, Stibbons? Hat was mit Vermehrung zu tun und dass man was an seine Kinder vererbt.«

»Evolution«, sagte Ponder. Die kreisförmigen Wellen klatschten noch immer ans Ufer.

»Genau. Mein Vater hatte zum Beispiel eine Weste, die mit Pfauen bestickt war, und die hat er mir vererbt, und jetzt habe ich sie. Das nennt man Vererbungslehre...«

»Nein, das ist nicht...«, begann Ponder, auch wenn er nicht die leiseste Hoffnung hegte, dass der Erzkanzler ihm zuhören würde.

»...na, jedenfalls haben bei uns zu Hause mittlerweile die meisten Leute den Unterschied zwischen einem Affen und einem *Menschen*affen gelernt«, fuhr Ridcully fort. »Das nennt man Evolution. Es ist schwer, sich zu vermehren, wenn einem der Schädel dröhnt, weil einen jemand ein paar Mal mit dem Kopf auf dem Pflaster hat aufticken lassen.«

Die Wellen hatten sich beruhigt.

»Glauben Sie, dass Trolle schwimmen können?«, fragte Casanunter.

»Nein. Die sinken auf den Grund und stapfen dann ans Ufer«, sagte Ridcully. Er drehte sich um und lehnte sich mit dem Rücken an die Brüstung. »Da werden Erinnerungen wach. Der gute alte Lancre-Fluss. Der führt Forellen, die einem Angler den Arm ausreißen können.«

»Nicht nur Forellen«, bemerkte Ponder, während er beobachtete, wie ein Helm aus den Fluten aufstieg.

»Und weiter oben gibt es herrliche sandige Stellen«, schwärmte Ridcully weiter. »Voll mit... voll mit... voll mit Sand. Da kann man völlig ungestört nackt baden. Und herrliche Blumenwiesen, voll mit... voll mit... voll mit Blumen.« Er seufzte. »Wissen Sie, es war genau auf dieser Brücke, wo sie mir gesagt hat...«

»Jetzt ist er raus aus dem Fluss«, sagte Ponder. Der Troll ließ es gemächlich angehen, weil der Bibliothekar soeben lässig einen großen Stein aus der Brüstung hebelte.

»Auf dieser Brücke habe ich sie gefragt...«

»Der hat aber eine große Keule«, sagte Casanunter.

»Auf dieser Brücke war es, wo ich beinahe...«

»Würden Sie bitte den Stein nicht so provozierend halten?«, bat Ponder.

»Uuuk.«

»Das wäre sehr hilfreich.«

»Auf ebendieser Bücke – falls es irgendwen interessiert – hat mein Leben eine ganz andere Wendung ge...«

»Warum fahren wir nicht einfach weiter?«, fragte Ponder. »Er hat noch ein ganzes Stück zu klettern.«

»Sein Glück, dass es so steil ist, was?«, sagte Casanunter. Ponder zog den Bibliothekar von der Brüstung weg und schob ihn zur Kutsche.

»Auf dieser Brücke und keiner anderen habe ich...«

Ridcully drehte sich um.

»Kommen Sie mit oder bleiben Sie hier?«, fragte Casanunter, die Zügel schon in der Hand.

»Ich schwelge hier gerade in rosigen Erinnerungen«, sagte Ridcully. »Was von euch Trantüten natürlich keiner gemerkt hat.«

Ponder hielt ihm den Wagenschlag auf.

»Tja, Erzkanzler, Sie kennen ja das alte Sprichwort. Man kann denselben Fluss nicht zweimal überqueren«, sagte er.

Ridcully starrte ihn an.

»Und wieso nicht? Wir haben schließlich eine Brücke.«

Auf dem Dach der Kutsche griff der Bibliothekar zum Posthorn, kaute prüfend darauf herum – man konnte ja nie wissen – und stieß dann so kräftig hinein, dass es sich zu seiner vollen Länge ausrollte.

Es war früher Morgen in Lancre, und die Stadt lag da wie ausgestorben. Die Bauern waren schon vor Stunden aufgestanden, um den Kühen fluchend und schimpfend einen Eimer Futter hinzukippen und sich anschließend wieder ins Bett zu legen.

Das Horngeschmetter prallte zwischen den Hauswänden hin und her.

Ridcully sprang aus der Kutsche und holte dramatisch Luft.

»Riecht ihr das?«, rief er. »Das nenne ich echte frische Bergluft.« Er schlug sich auf die Brust.

»Ich bin gerade in was Ländliches getreten«, sagte Ponder. »Wo ist das Schloss, Erzkanzler?«

»Könnte es vielleicht der große schwarze Kasten da oben sein, der auf die Stadt hinunterblickt?«, fragte Casanunter.

Der Erzkanzler stand mit ausgebreiteten Armen mitten auf dem Marktplatz und drehte sich langsam um die eigene Achse.

»Seht ihr die Schenke da drüben?«, rief er. »Ha! Hätte ich für jedes Mal, dass ich da rausgeflogen bin, einen Penny bekommen, wäre ich um ... fünf Dollar und achtunddreißig Pence reicher. Und dahinten ist die alte Schmiede, und das ist das Haus von Frau Persifleur, wo ich zur Untermiete gewohnt habe. Seht ihr den Gipfel dahinten? Das ist der Kupferkopf. Ich habe ihn einmal bestiegen, zusammen mit dem alten Troll Kohlenhaltig. Ach, das waren noch Zeiten, das waren noch Zeiten. Und seht ihr den Wald da unten auf dem Hügel? Da hat sie mich ...«

Seine Stimme verklang zu einem Murmeln. »Ach, nicht zu fassen. Da werden Erinnerungen wach ... Was war das für ein Sommer. Solche Sommer gibt es heutzutage gar nicht mehr.« Er seufzte. »Ich würde alles dafür geben, noch einmal mit ihr durch diese Wälder wandeln zu können. So vieles haben wir nie – na, ja. Kommt weiter.«

Ponder blickte sich in Lancre um. Er war in Ankh-Morpork geboren und aufgewachsen. Für ihn war das Landleben etwas, das nur anderen Leuten zustieß, von denen die meisten zudem vier Beine hatten. Für ihn war die Natur wie das heillose Chaos, das geherrscht hatte, bevor das Universum – also etwas Zivilisiertes mit Kopfsteinpflaster und Mauern drin – erschaffen worden war.

»Und das ist die Hauptstadt?«, fragte er.

»Wenn man so will«, sagte Casanunter, der sich an ungepflasterten Orten ähnlich unwohl fühlte.

»Wahrscheinlich gibt es hier nicht ein einziges Feinkostgeschäft«, sagte Ponder.

»Und erst das Bier hier«, seufzte Ridcully. »Das Bier – Sie müssen es unbedingt probieren! Und dann trinkt man hier noch etwas, das Knieweich heißt – es wird aus Äpfeln und … irgendwas anderem gebrannt. Ich kann mich auf Teufel komm raus nicht erinnern, was noch da reinkommt, ich weiß bloß, dass man das Zeug auf gar keinen Fall in Blechkrüge einschenken darf. Ich kann es Ihnen nur empfehlen, Stibbons. Davon kriegen Sie Haare auf der Brust. Und Sie auch.« Er wandte sich dem Nächsten zu, der die Kutsche verließ – und bei dem es sich zufälligerweise um den Bibliothekar handelte.

»Uuuk?«

»Äh, nun ja, bei Ihnen täte es da wohl auch jedes andere Getränk«, sagte Ridcully.

Er wuchtete den Postsack vom Dach der Kutsche.

»Und was machen wir damit?«, fragte er.

Hinter ihm näherten sich gemächliche Schritte. Als er sich danach umdrehte, erblickte er einen kleinen, rotgesichtigen jungen Mann, der in seinem schlecht sitzenden und viel zu großen Kettenpanzer aussah wie eine Eidechse, die in kürzester Zeit stark abgenommen hat.

»Wo ist der Kutscher?«, fragte Jorick Ogg.

»Krank«, antwortete Ridcully. »Ihm sind ein paar Räuber auf den Magen geschlagen. Was sollen wir mit der Post machen?«

»Die Sendungen für das Schloss können Sie mir geben. Den Sack hängen wir immer neben der Schenke an einen Nagel, dann können sich die Leute selber bedienen«, sagte Jorick.

»Ist das nicht riskant?«, fragte Ponder.

»Ich glaube nicht. Der Nagel ist sehr stabil«, sagte Jorick, während er bereits im Postsack wühlte.

»Ich meine, werden die Briefe nicht gestohlen?«

»Ach was, das traut sich keiner. Sonst kommen die Hexen und starren ihn an.« Jorick klemmte sich ein paar Päckchen unter den Arm und hängte den Sack an den eben erwähnten Nagel.

»Ja, die gab's hier früher auch schon«, sagte Ridcully. »Hexen! Ich könnte Ihnen Sachen erzählen über die Hexen hier oben …«

»Meine Mutter ist Hexe«, bemerkte Jorick beiläufig und warf noch einen letzten Blick in den Sack.

»Die patentesten Frauen, die man sich nur wünschen kann«, sagte Ridcully, ohne sich anmerken zu lassen, dass er blitzschnell in den gedanklichen Rückwärtsgang schalten musste. »Und keine machthungrigen alten Weiber, die sich überall einmischen, wie man ihnen manchmal nachsagt.«

»Sind Sie wegen der Hochzeit hier?«

»Ja, genau. Ich bin der Erzkanzler der Unsichtbaren Universität, das ist Herr Stibbons, ein Zauberer, und das hier – wo stecken Sie denn? Das ist Herr Casanunter …«

»Graf«, fiel Casanunter ihm ins Wort. »Ich bin ein Graf.«

»Tatsächlich? Davon haben Sie kein Wort gesagt.«

»Das gehört sich ja auch nicht. Damit platzt man doch nicht gleich als Allererstes heraus, oder?«

Ridcully kniff die Augen zusammen.

»Aber ich dachte, bei den Zwergen gäbe es keine Titel«, sagte er.

»Ich habe Königin Agantia von Skund einen kleinen Dienst erwiesen«, erklärte Casanunter.

»Ach ja? Ist ja ein Ding. Wie klein denn?«

»So klein nun auch wieder nicht.«

»Ist ja ein Ding. Und dann hätten wir hier noch den Quästor und den Bibliothekar.« Ridcully trat einen Schritt zurück, fuchtelte mit den Händen und formte mit den Lippen den Satz: Bloß nicht Affe sagen.

»Angenehm«, sagte Jorick höflich.

Ridcullys Neugier war geweckt.

»Der Bibliothekar«, wiederholte er.

»Ja. Das sagten Sie schon.« Jorick nickte dem Orang-Utan zu. »Guten Tag.«

»Uuk.«

Ridcully konnte es nicht lassen. »Vielleicht fragst du dich, warum er so aussieht, wie er aussieht.«

»Nein, mein Herr.«

»Nein?«

»Meine Mutter sagt immer, für sein Aussehen kann keiner was.«

»Kluge Person. Und wie heißt deine Mutter?«, sagte Ridcully.

»Frau Ogg, Herr.«

»Ogg? Ogg? Der Name kommt mir bekannt vor. Doch nicht etwa eine Verwandte von Besonnenheit Ogg?«

»Der war mein Vater.«

»Donnerwetter. Der Sohn vom alten Besonnenheit? Wie geht's dem alten Teufel?«

»Weiß nicht, Herr. Wo er doch tot ist.«

»Ach Götter. Wann ist er denn gestorben?«

»Vor dreißig Jahren«, antwortete Jorick.

»Aber du siehst höchstens aus wie zwanz…«, begann Ponder. Ridcully verpasste ihm einen spitzen Rippenstoß.

»Wir sind hier auf dem Land«, zischelte er. »Hier gehen die Uhren anders. Und auch mal vor – oder nach.« Er wandte sich wieder Jorick zu.

»Die Stadt scheint allmählich zum Leben zu erwachen«, sagte er. Und tatsächlich, rings um den Marktplatz gingen die Fensterläden auf. »In der Schenke können wir frühstücken. Da hat man früher ein erstklassiges Frühstück bekommen.« Er schnupperte noch einmal.

»Also, *das* nenne ich Landluft«, sagte er strahlend.

Jorick blickte sich ratlos um.

»Ja, Herr«, antwortete er. »So nennen wir das auch.«

Plötzlich hörten sie eilig hastendes Getrappel, gefolgt von einer kurzen Stille. Im nächsten Augenblick kam König Verenz II. um die Ecke, gemessenen Schrittes und knallroten Antlitzes.

»Auf jeden Fall sorgt sie für eine gesunde Gesichtsfarbe«, sagte Ridcully fröhlich.

»Das ist der König!«, wisperte Jorick. »Und ich hab meine Trompete nicht dabei!«

»Äh«, sagte Verenz. »Ist die Post gekommen, Jorick?«

»Ist schon da, Majestät«, antwortete Jorick, fast so verlegen wie der König. »Ich hab sie an mich genommen. Keine Bange! Ich packe gleich alles aus und leg es Ihnen auf den Schreibtisch.«

»Äh ...«

»Stimmt etwas nicht, Majestät?«

»Äh ... ich denke, ich würde gern ...«

Jorick hatte bereits angefangen, die Verpackungen aufzureißen.

»Hier ist das Buch über Etiketten, auf das Sie gewartet haben, Majestät, und das Schweinezuchtbuch ... und ... was haben wir denn hier?«

Verenz wollte es ihm schnell aus der Hand nehmen. Jorick hielt es automatisch fest. Das Packpapier zerriss, und ein dicker Wälzer klatschte auf die Straße. Die Seiten mit den Holzschnitten flatterten im Wind.

Alle Blicke senkten sich zu Boden.

»Holla!«, sagte Jorick.

»Donnerwetter«, sagte Ridcully.

»Äh«, sagte der König.

»Uuuk?«

Vorsichtig hob Jorick das Buch auf und blätterte ein bisschen weiter.

»He, das ist ja ein Ding! Der hier macht's mit den Füßen!

Wer hätte das gedacht, dass man es auch mit den Füßen machen kann?« Er knuffte Ponder Stibbons in die Seite. »Sehen Sie?«

Ridcully musterte den König.

»Alles in Ordnung, Euer Majestät?«, fragte er.

Verenz wand sich unter seinem Blick.

»Äh…«

»Mann, und auf dem Bild hier machen es zwei Kerle mit Stöcken…«

»Wie bitte?«, krächzte Verenz.

»Wahnsinn«, sagte Jorick. »Danke, Majestät. Das kann ich echt gut gebrauchen. Und wie. Natürlich hab ich mir das eine oder andere schon selber beigebracht, aber…«

Verenz riss Jorick das Buch aus der Hand und starrte auf den Einband.

»Die Kunst des Krieges? Aber ich hab doch die Kunst des Lie…«

»Majestät?«

Einen Augenblick lang stand der Kampf um des Königs seelisches Gleichgewicht auf der Kippe – aber Verenz behielt die Oberhand.

»Ach ja. Richtig. Äh. Nun ja. Äh. Natürlich. Ja. Nun, ja, eine gut ausgebildete Armee ist… für die Sicherheit eines jeden Königreichs von enormer Bedeutung. Genau. Ja. Schön. Magrat und ich, wir dachten… ja. Es ist für dich, Jorick.«

»Ich fang auch sofort an zu üben, Majestät!«

»Äh. Gut.«

Jason Ogg wachte auf – aber er hätte lieber weitergeschlafen.

Reden wir Klartext. Es hat sich schon manch ein Experte berufen gefühlt, einen Kater zu beschreiben, oft unter Verwendung von tanzenden Elefanten und Ähnlichem. All diese Beschreibungen greifen zu kurz. In ihnen schwingt immer ein gewisser schenkelklopfender Unterton mit, ganz nach dem Motto: Hoho, prost Jungs, das kann doch einen Seemann nicht erschüttern, hoho,

Wirt, noch mal neunzehn Halbe, heh, das letzte Bierchen gestern Abend war wohl schlecht, hoho ...

Wie auch immer. Einen Weichkniekater kann niemand beschreiben. Das Beste daran ist noch das Gefühl, dass sich die Zähne aufgelöst und als pelzige Schicht auf die Zunge gelegt haben.

Irgendwann setzte der Schmied sich auf und öffnete die Augen.*

Seine Kleidung war vom Tau durchtränkt.

Ihm sirrte und schwirrte der Kopf.

Er starrte die Steine an.

Der Knieweichkrug lag im Heidekraut. Nach kurzem Zögern hob er ihn auf und setzte ihn probehalber an. Er war leer.

Er stupste Weber mit dem Stiefel in die Rippen.

»Aufwachen, altes Haus! Wir waren die ganze Nacht hier oben!«

Nacheinander wurden die Moriskentänzer wieder – alles andere als – munter.

»Eva macht mir die Hölle heiß, wenn ich nach Hause komme«, stöhnte Fuhrmann.

»Nicht unbedingt«, bemerkte Schuster, der auf allen vieren herumkroch und seinen Hut suchte. »Kann doch sein, sie hat inzwischen einen anderen geheiratet.«

»Vielleicht sind seit gestern hundert Jahre vergangen«, sagte Fuhrmann hoffnungsfroh.

»Das wäre toll.« Webers Miene hellte sich auf. »Ich hab bei der Sparbank in Ohulan sieben Pence angelegt. Durch die Kindeszinsen wäre ich jetzt Millionär und so reich wie Kreosot.«

»Wer ist Kreosot?«, fragte Schuster.

»So ein berühmter reicher Sack«, antwortete Bäcker, während er einen seiner Stiefel aus einem Torftümpel fischte. »Aus dem Ausland.«

---

* Hier bei Bedarf »höllisch scharf brennende Murmeln« einfügen.

»War das nicht der, bei dem sich alles in Gold verwandelt hat, was er angefasst hat?«, fragte Fuhrmann.

»Nein, das war ein anderer. Irgendein König. So kann es einem ergehen in diesem Ausland. Da lebt man friedlich vor sich hin, und im nächsten Augenblick verwandelt sich alles in Gold, was man anfasst. Hat ganz schön darunter gelitten, der Arme.«

Fuhrmann machte ein verwundertes Gesicht.

»Und wenn er mal … musste?«

»Lass dir das eine Lehre sein, Fuhrmann, mein Junge«, antwortete Bäcker. »Bleib lieber im Lande und nähre dich redlich, statt in dieses Ausland zu gehen, wo du womöglich von einer Sekunde auf die andere ein Vermögen in Händen hältst, aber nichts mehr hast, wofür du es ausgeben kannst.«

»Wir haben hier draußen übernachtet«, sagte Jason bang. »Das ist gefährlich, glaubt mir.«

»Da hast du Recht, Kollege Ogg«, entgegnete Fuhrmann. »Ich glaube, in meinem Ohr hat irgendetwas sein Geschäft verrichtet.«

»Ich meine, dass einem hier seltsame Dinge in den Kopf kriechen können.«

»Eben.«

Jason blinzelte. Er war sich sicher, dass er geträumt hatte. Er erinnerte sich daran, *dass* er geträumt hatte. Er wusste nur nicht mehr, wovon. Aber ihm war noch immer so, als hörte er Stimmen, wenn auch zu weit entfernt, um sie zu verstehen.

»Tja nun.« Beim dritten Anlauf schaffte er es, auf die Beine zu kommen. »Ist ja anscheinend noch mal alles gut gegangen. Dann gehen wir wohl mal lieber nach Hause und kriegen raus, was für ein Jahrhundert wir haben.«

»Was für ein Jahrhundert haben wir überhaupt?«, fragte Schuster.

»Das des Flughunds, glaub ich«, antwortete Bäcker.

»Vielleicht ja auch nicht mehr«, sagte Fuhrmann hoffnungsvoll.

Es war tatsächlich das Jahrhundert des Flughunds. Mit Zeiteinheiten, die weniger als eine Stunde und mehr als ein Jahr umfassten, konnte man in Lancre zwar kaum etwas anfangen, aber es war nicht zu übersehen, dass die Menschen den Marktplatz mit Fähnchen schmückten und einige Männer einen Maibaum aufstellten. Jemand nagelte gerade ein extrem schlecht getroffenes Porträt von Verenz und Magrat an eine Hauswand, mit dem Slogan *Götter sägnet die Hochheiten* darunter.

Fast wortlos gingen die Moriskentänzer auseinander und torkelten ihrer Wege.

Ein Hase hoppelte durch den Morgennebel zu dem windschiefen, uralten Häuschen auf der Waldlichtung.

An dem Baumstumpf zwischen Plumpsklo und Kräuterbeet verharrte er. Die meisten Tiere des Waldes machten einen großen Bogen um das Kräuterbeet, und zwar deshalb, weil die Tiere, die in den letzten fünfzig Jahren keinen großen Bogen darum gemacht hatten, seither keine Nachkommen mehr bekamen. Einige Ranken wehten leise in der Brise, was merkwürdig war, denn es herrschte absolute Windstille.

Der Hase hockte sich auf den Stumpf.

Und dann war es, als bewegte sich etwas. Etwas verließ den Hasen und schwebte durch ein offen stehendes Fenster im ersten Stock. Es war unsichtbar, zumindest für normale Augen.

Der Hase machte eine Veränderung durch. Vorher hatten seine Bewegungen sehr zielstrebig gewirkt, jetzt sackte er ein wenig in sich zusammen und fing an, sich die Löffel zu putzen.

Nach einer Weile wurde die Hintertür des Häuschens geöffnet, und Oma Wetterwachs trat heraus. Mit steifen Gliedern stellte sie ein Schüsselchen mit Brot und Milch auf die Schwelle und ging wieder hinein.

Der Hase hoppelte näher.

Es ist schwer zu sagen, ob Tiere verstehen, was es mit Verpflichtungen oder dem Prinzip der Gegenseitigkeit auf sich hat. Im Grunde spielt es aber auch keine Rolle. Beides sind unverzichtbare Bestandteile des Hexenberufs. Wenn man eine Hexe richtig ärgern will, braucht man ihr nur einen Gefallen zu tun, für den sie sich nicht revanchieren kann. Die unbeglichene Schuld wird sie piesacken wie ein Niednagel.

Oma Wetterwachs war die ganze Nacht im Kopf des Hasen unterwegs gewesen. Und dafür war sie ihm etwas schuldig. In den nächsten Tagen würde er auf ihrer Schwelle immer Brot und Milch vorfinden.

Man musste seine Schuld begleichen, im Guten wie im Bösen. Es gab mehr als eine Art von Verpflichtung. Und genau das verstanden die meisten Leute nicht. Magrat hatte es nicht verstanden und das dumme Gör genauso wenig. Die Dinge mussten im Gleichgewicht sein. Man konnte sich nicht vornehmen, eine gute Hexe oder eine böse Hexe zu werden. Damit kam man nicht weit. Man konnte lediglich versuchen, eine Hexe zu sein, und zwar mit allen Kräften.

Sie setzte sich neben die kalte Feuerstelle und unterdrückte die Anwandlung, sich die Ohren zu kämmen.

Irgendwo waren sie herübergewechselt. Oma Wetterwachs spürte es in den Bäumen, in den Köpfen kleiner Tiere. Die Königin führte etwas im Schilde. Etwas, das schon bald geschehen sollte. Natürlich hatte es mit dem Sonnwendtag keine besondere okkulte Bewandtnis. Nur in den Köpfen der Leute. Und genau da waren die Elfen am mächtigsten.

Oma wusste, dass sie sich früher oder später dem Kampf mit der Königin stellen musste. Nicht mit Magrat, sondern mit der wahren Königin.

Und diesen Kampf würde sie verlieren.

Sie hatte zeit ihres Lebens daran gearbeitet, ihre Gedanken unter Kontrolle zu halten, hatte sich eingebildet, die Beste zu sein.

Aber damit war es nun vorbei. Ausgerechnet jetzt, wo sie ihr gesamtes Selbstvertrauen brauchte, konnte sie sich nicht mehr auf ihren Verstand verlassen. Sie spürte den suchenden Blick der Königin – sie wusste noch genau, wie sich ihre Gedanken angefühlt hatten, auch wenn es schon viele Jahrzehnte her war. Und das Borgen hatte sie anscheinend auch noch nicht verlernt. Aber ansonsten – wenn sie nicht überall kleine Merkzettel hinlegen würde, wäre sie heillos verloren. Hexe zu sein bedeutete, genau zu wissen, wer man war und wo man war, und dieses Wissen schien ihr allmählich abhandenzukommen. Erst am gestrigen Abend hatte sie sich dabei ertappt, wie sie den Tisch für zwei deckte, und versuchte, in ein Zimmer zu gehen, dass sie gar nicht besaß. Und so jemand sollte gegen eine Elfe kämpfen?

Wer gegen eine Elfe kämpfte und verlor… starb. Wenn er Glück hatte.

Kichernd brachte Millie Chillum Magrat das Frühstück ans Bett.

»Die ersten Gäste sind schon da, gnä' Frau. Und auf dem Marktplatz wehen Fahnen, und alles ist geschmückt! Und Jorick hat die Krönungskutsche gefunden!«

»Wie verliert man denn eine Kutsche?«, fragte Magrat.

»Sie war in einem alten Stall eingeschlossen, gnä' Frau. Er pinselt sie gerade frisch mit Goldlack ein.«

»Aber wir heiraten doch *hier*«, sagte Magrat. »Wir müssen nirgendwohin fahren.«

»Der König meinte, Sie könnten ein bisschen durch die Gegend kutschieren, vielleicht bis zum Blöden Kaff. Mit Jorick Ogg als Eskorte. Damit die Leute winken und jubeln können. Danach geht es dann wieder zurück ins Schloss.«

Magrat zog ihren Morgenmantel an und trat ans Turmfenster. Sie konnte über die Burgmauern hinausblicken, bis hinunter auf den Marktplatz, wo sich bereits zahlreiche Schaulustige versammelt hatten. Heute wäre ohnehin Markttag gewesen, aber die Leute hatten zusätzlich Bänke aufgebaut, und der Maibaum stand auch schon. Sogar ein paar Zwerge und Trolle hatten sich eingefunden, die höflich darauf achteten, einander nicht zu nahe zu kommen.

»Ich habe gerade einen Affen über den Marktplatz gehen sehen«, sagte Magrat.

»Die ganze Welt strömt nach Lancre!«, antwortete Millie, die sogar schon einmal bis nach Schnitte gekommen war.

Magrat entdeckte das Porträt von Braut und Bräutigam.

»Was für ein Humbug«, murmelte sie.

»Wie bitte, gnä' Frau?«, rief Millie schockiert.

Magrat fuhr herum. »Das alles! Für mich!«

Millie wich erschrocken zurück.

»Ich bin bloß Magrat Knoblauch! Könige sollten Prinzessinnen heiraten und Herzoginnen und dergleichen! Frauen, die an so was gewöhnt sind. Ich will nicht bejubelt werden, nur weil ich in einer Kutsche vorbeifahre! Und schon gar nicht von Leuten, die mich mein Leben lang kennen! Das alles hier …« Ihre wilde Geste umfasste den verhassten Abtritterker, das riesige Himmelbett und das Ankleidezimmer mit den steifen, teuren Kleidern. »Diese ganzen Sachen sind nicht für *mich*! Sie sind für eine *Idee*. Hattest du als kleines Mädchen auch so eine Anziehpuppe aus Papier? Für die man Sachen ausschneidet? Du konntest sie anziehen, wie du wolltest. Diese Anziehpuppe bin ich! Es ist … wie bei den Bienen. Ich werde zur Königin gemacht, ob ich will oder nicht! Genau das geschieht mit mir.«

»Aber der König hat Ihnen die ganzen schönen Sachen doch sicher deshalb geschenkt, weil er …«

»Es geht doch nicht nur um die Kleider! Ich meine, die Leute würden einfach jeden bejubeln – ganz egal, wer in der Kutsche sitzt.«

»Aber die sich in den König verliebt hat, das waren ja schließlich Sie, gnä' Frau«, sagte Millie tapfer.

Magrat zögerte kurz. Diesem Gefühl war sie bisher noch nie so richtig auf den Grund gegangen. »Nein«, widersprach sie dann. »Damals war er noch nicht König. Kein Mensch wusste, dass er irgendwann König sein würde. Er war nur ein trauriger, netter kleiner Mann mit einer Narrenkappe, den niemand beachtet hat.«

Millie wich noch ein Stückchen weiter zurück.

»Das sind sicher bloß die Nerven, gnä' Frau«, platzte sie heraus. »Am Tag vor der Hochzeit ist jeder nervös. Soll ich … soll ich Ihnen einen Kräutertee …?«

»Ich *bin* nicht nervös! Und wenn ich einen Kräutertee will, kann ich ihn mir selber machen!«

»Die Köchin hat es nicht gern, wenn jemand in ihren Kräutergarten geht«, sagte Millie.

»Schöner Kräutergarten! Nichts als spindeliger Salbei und gelbe Petersilie! Was man einem Hähnchen nicht hinten reinschieben kann, ist für Frau Spirin kein Kraut! Und überhaupt … wer ist denn hier die Königin?«

»Ich dachte, Sie wollten keine sein, gnä' Frau«, sagte Millie.

Magrat starrte sie an. Einen Augenblick lang hatte sie das Gefühl, als stritte sie mit sich selbst.

Millie mochte nicht das klügste junge Mädchen der Welt sein, aber dumm war sie auch nicht. Sie war gerade zur Tür hinaus, als das Frühstückstablett an die Wand flog.

Magrat setzte sich aufs Bett und schlug die Hände vors Gesicht.

Sie wollte keine Königin sein. Königin zu sein war wie Schauspielerei, und Magrat war noch nie eine gute Schauspielerin gewesen. Und als Magrat taugte sie anscheinend auch nicht viel.

Der Lärm der Hochzeitsvorbereitungen stieg aus der Stadt zu ihr herauf. Es würde die unvermeidlichen Volkstänze geben – und Volkslieder standen ebenfalls zu befürchten. Dazu die üblichen Belustigungen: Tanzbären, komische Jongleure und das Hochklettern am eingefetteten Pfahl, das aus irgendeinem Grund immer Nanny Ogg gewann. Und Schweinekegeln. Und das fröhliche Fischen im Kleiefass, das für gewöhnlich Nanny Ogg aufstellte. Man musste schon ein todesmutiger Mann sein, um die Hand in ein Kleiefass zu stecken, in dem eine Hexe mit einem weitgefächerten Sinn für Humor die Preise versteckt hatte. Magrat war immer gern auf Volksfeste gegangen. Bis heute.

Aber egal. Jetzt hatte sie sowieso erst mal etwas anderes zu erledigen.

Sie zog zum letzten Mal ihre normalen Sachen an und stahl sich über die Hintertreppe in den entgegengesetzten Turm, wo Diamanda untergebracht war.

Es war warm im Zimmer. Magrat hatte Jorick aufgetragen, für ein ordentliches Feuer im Kamin zu sorgen. Diamanda schlief noch den Schlaf, aus dem man nicht geweckt werden kann.

Zum ersten Mal fiel Magrat auf, wie außerordentlich schön das Mädchen war, und nach allem, was man sich erzählte, besaß sie außerdem Courage – wenn sie Oma Wetterwachs die Stirn geboten hatte. Sie konnte es kaum erwarten, sie wieder gesund zu machen, um sie noch mehr beneiden zu können.

Die Wunde schien gut zu verheilen, aber … was war *das*?

Magrat riss am Klingelzug der Dienstbotenglocke.

Nach ein, zwei Minuten kam Jorick Ogg durch die Tür geschnauft. Er hatte Goldlack an den Händen.

»*Was*«, fuhr Magrat ihn an, »sind das für *Dinger*?«

»Äh, das dürfen Sie mich nicht fragen, gnä' Frau …«

»Zufälligerweise bin ich … sind Wir … fast … deine Königin.«

»Ja, aber der König hat gesagt … nun ja, *Oma Wetterwachs* hat gesagt …«

»Zufälligerweise regiert Oma Wetterwachs *nicht* das Königreich«, sagte Magrat. Sie konnte sich selbst nicht leiden, wenn sie diesen Ton anschlug. Aber er schien zu wirken. »Außerdem ist sie nicht hier. Wir dagegen sind hier, und wenn du Uns nicht sagst, was das zu bedeuten hat, werde ich persönlich dafür sorgen, dass von heute an die gesamte Drecksarbeit im Schloss an dir hängen bleibt.«

»Die erledige ich doch sowieso schon«, grummelte Jorick.

»Dann sorge ich dafür, dass sie *noch* dreckiger wird.«

Magrat nahm eines der Bündel vom Bett. Es bestand aus mehreren Streifen von einem alten Laken, die, wie sich sogleich zeigte, um eine Eisenstange gewickelt waren.

»Das ganze Bett ist voll davon«, sagte sie. »Warum?«

Jorick sah auf seine Füße. An den Stiefeln hatte er ebenfalls Goldlack.

»Also, meine Mutter hat gesagt …«

»Ja?«

»Meine Mutter hat gesagt, ich soll aufpassen, dass sie schön viel Eisen um sich rum hat. Deswegen haben Millie und ich ein paar Stangen aus der Schmiede geholt und eingewickelt, und Millie hat sie dann zu ihr ins Bett gelegt.«

»Warum?«

»Damit die … Herrschaften sie nicht holen kommen, gnä' Frau.«

»Wie bitte? Das ist doch nur ein alter Aberglaube! Außerdem weiß jedes Kind, dass die Elfen gut waren. Auch wenn Oma Wetterwachs das nicht wahrhaben will.«

Jorick, der hinter ihr stand, machte ein ängstliches Gesicht. Magrat nahm die Eisenbündel aus dem Bett und warf sie in die Ecke.

»Die sollen mir bloß vom Leib bleiben mit ihrem Altweibergeschwätz. Gibt es vielleicht sonst noch etwas, was man mir verschweigt?«

Jorick schüttelte den Kopf, auch wenn er ein schlechtes Gewissen hatte wegen des Gefangenen im Verlies.

»Ha! Du kannst gehen. Verenz möchte ein modernes, progressives Königreich. Und das bedeutet: keine Hufeisen oder derartigen Krempel. Los, nun geh schon.«

»Ja, Fräulein Königin.«

Wenigstens kann ich hier doch etwas Positives bewirken, dachte Magrat. Ja, genau. Sie musste vernünftig sein. Sie musste zu Verenz gehen und mit ihm reden.

Magrat glaubte fest daran, dass sich fast jedes Problem lösen ließ, solange die Menschen nur miteinander redeten.

»Jorick?«

Er blieb an der Tür stehen.

»Ja, gnä' Frau?«

»Ist der König schon im Großen Saal?«

»Ich glaube, er zieht sich noch an, Fräulein Königin. Jedenfalls hat er noch nicht nach mir geklingelt, damit ich die Fanfare blase…«

Doch Verenz, der nicht viel davon hielt, sich auf Schritt und Tritt von Joricks schiefem Getröte begleiten zu lassen, hatte sich tatsächlich bereits inkognito nach unten begeben. Wovon Magrat natürlich nichts ahnen konnte, als sie zu seinem Zimmer schlich und anklopfte.

Nur keine falsche Scham. Von morgen an würde es schließlich auch *ihr* Schlafgemach sein. Sie drückte die Klinke herunter. Die Tür ging auf. Ohne es so recht zu wollen, trat Magrat ein.

Außerdem konnte man von den Räumen im Schloss ohnehin kaum behaupten, dass sie irgendwem gehörten. Dafür hatten sie im Laufe der Jahrhunderte schon viel zu viele Bewohner gehabt. Ihre Atmosphäre war mit der eines Klassenzimmers vergleichbar, an dessen Wänden unzählige Heftzweckenlöcher von den Postern längst aufgelöster Bands zeugen – Spuren vergangener Jahrgänge. Man konnte diesen Mauern seine Persönlichkeit nicht aufzwingen. Sie wehrten sich.

Magrat fühlte sich beim Betreten eines Männerschlafzimmers genauso wie ein Forschungsreisender, der auf der Landkarte in die Gegend vordringt, wo der Warnhinweis *Hier hausen Drachen* steht.*

Und was sie dort vorfand, entsprach nicht im Mindesten ihren Erwartungen.

Verenz hatte das Schlafzimmerkonzept erst relativ spät im Leben kennengelernt. Als er ein Junge war, hatte seine ganze Familie auf dem Dachboden im Stroh geschlafen. Als Lehrling in der Gilde der Narren und Witzbolde nächtigte er in einem lan-

* Auf dem α-bis-Ω-Stadtplan von Ankh-Morpork stünde an dieser Stelle »Haus Sonnenschein für kranke Drachen, Morphische Straße. Gespendete Kohlen bitte am Seiteneingang abstellen. Und nicht vergessen: Ein Drache ist fürs Leben, nicht nur für Swinvater.«

gen Schlafsaal auf einer Holzpritsche, inmitten anderer trauriger, gebeutelter junger Männer. Als ausgebildeter Hofnarr schlief er, wie es die Tradition verlangte, zusammengerollt vor der Tür seines Herrn. Danach erst – sehr viel später als sonst üblich – hatte er plötzlich seine ersten Erfahrungen mit weichen Matratzen gemacht.

Und nun wurde Magrat seines großen Geheimnisses teilhaftig: Verenz war damit überfordert.

Vor ihr stand das große Staatsbett von Lancre, in dem angeblich ein Dutzend Schläfer Platz fanden, auch wenn sich die Geschichte nicht näher darüber ausließ, warum und unter welchen Umständen dies jemals hätte nötig sein sollen. Das Bett war riesig und aus Eiche.

Und offensichtlich unbenutzt.

Magrat schlug die Decke zurück und roch das angesengte Leinen. Aber das Bett roch auch ungelüftet, als ob überhaupt noch nie jemand darin geschlafen hätte.

Sie sah sich suchend im Zimmer um, bis ihr Blick auf das kleine Stillleben neben der Tür fiel: ein zusammengelegtes Nachthemd, ein Kerzenständer und ein kleines Kopfkissen.

Soweit es Verenz betraf, änderte sich durch eine Krone lediglich die Seite der Tür, auf der man schlief.

Ach, Götter. Er hatte immer vor der Tür seines Herrn geschlafen. Und seit er König war, schlief er vor der Tür zu seinem Königreich.

Magrat stiegen die Tränen in die Augen.

Sie konnte nicht anders. Einen Menschen, der so sensibel war, musste sie einfach lieben.

Magrat putzte sich die Nase. Obwohl sie wusste, dass sie in Verenz' Schlafzimmer eigentlich nichts verloren hatte, konnte sie sich noch nicht wieder losreißen. Ein Kleiderhaufen neben dem Bett verriet nicht nur, dass Verenz die Kunst des Auf- und Weghängens ebenso gut beherrschte wie der Rest seiner Hälfte der Weltbevölkerung, sondern auch, dass er die gleichen topologischen Probleme damit hatte, seine Socken auf rechts zu ziehen.

Sie sah eine kleine Frisierkommode und einen Spiegel, an dessen Rahmen eine getrocknete, verblichene Blume klebte, die Magrat stark an die Blüten erinnerte, die sie für gewöhnlich im Haar trug.

Sie hätte sich nicht weiter umschauen dürfen. Das sagte sie sich selbst – hinterher. Aber sie konnte sich einfach nicht beherrschen.

Mitten auf dem Frisiertisch stand eine Holzschale, voll mit verschiedenen Münzen, Bindfäden und allem, was vor dem Schlafengehen geleerte Taschen sonst noch hergeben.

Sowie ein zusammengefalteter Zettel. Er hatte so viele Knicke, als hätte er sich sehr lange in besagter Tasche aufgehalten.

Sie nahm ihn aus der Schale und faltete ihn auseinander.

An den nabenwärtigen Hängen der Spitzhornberge gab es überall kleine Königreiche. Jedes noch so enge Tal, jeder Felsvorsprung, der für mehr als eine Ziege breit genug war, war ein Königreich. Manche von ihnen waren extrem klein. Wenn ein Drache sie heimsuchte und ein junger Held den Drachen erschlug und der König dem jungen Helden daraufhin in Übereinstimmung mit Abschnitt drei des Heldenkodex die Hälfte seines Königreichs zur Belohnung gab, war von dem ganzen Königreich nichts mehr übrig. Es kam zu jahrelangen Eroberungskriegen, nur weil irgendwer mehr Raum für seine Kohlen brauchte.

Lancre war eines der größeren Königreiche. Es konnte sich sogar ein stehendes Heer leisten.*

Könige und Königinnen und zahlreiche Adelsunterarten strömten über die Lancre-Brücke, finster beäugt von einem tropfnassen, schmollenden Troll, der das Brückenbewachen für heute eingestellt hatte.

* Jorick Ogg.**

** Außer, wenn er lag.

Die Flügeltür des Großen Saals stand weit offen. Jongleure und Feuerschlucker zeigten ihre Kunststücke. Oben auf der Minnesängergalerie musizierte eine kleine Kapelle auf Instrumenten wie der Lancre'schen Einsaitenfiedel und dem berühmten Spitzhorndudelsack, was aber im Lärm der Menge zum Glück nicht weiter auffiel.

Nanny Ogg und Oma Wetterwachs schoben sich durch besagte Menge. Dem festlichen Anlass zu Ehren trug Nanny Ogg statt ihres schwarzen spitzen Hutes einen ebenso spitzen in Rot, der zudem mit Wachskirschen verziert war.

»Die ganze Hautewolaute ist da«, bemerkte sie und nahm sich ein Glas von einem Tablett. »Sogar ein paar Zauberer aus Ankh-Morpork, hat unser Jorick erzählt. Einer von ihnen soll mich in den höchsten Tönen gelobt haben. Wenn mir doch nur wieder einfallen würde, wer das wohl gewesen sein kann.«

»Wer die Wahl hat, hat die Qual«, sagte Oma. Die kleine Stichelei kam ihr allerdings rein automatisch über die Lippen, sie war nicht wirklich mit dem Herzen dabei. Das beunruhigte Nanny Ogg. Ihre Freundin kam ihr irgendwie bedrückt vor.

»Auf *manche* feinen Herrschaften können wir bei der Hochzeit gut und gern verzichten«, sagte Oma. »Ich werde erst wieder ruhig schlafen, wenn wir die Sache hinter uns haben.«

Nanny Ogg reckte sich, um über den Kopf eines kleinen Kaisers hinwegzuspähen.

»Ich kann Magrat nirgends entdecken«, sagte sie. »Da drüben steht Verenz und unterhält sich mit ein paar anderen Königen, aber von unserer Magrat keine Spur. Und unser Jorick sagt, Millie Chillum sagt, sie wäre heute Morgen das reinste Nervenbündel gewesen.«

»So viele hochwohlgeborene Leute.« Oma ließ den Blick über die gekrönten Häupter schweifen. »Zwischen denen komme ich mir vor wie ein Fisch auf dem Trocknen.«

»Du musst schon selber dafür sorgen, dass du ein bisschen Wasser unter die Flossen kriegst«, sagte Nanny, nahm sich einen gebratenen Hähnchenschenkel vom Büfett und ließ ihn im Ärmel verschwinden.

»Trink nicht zu viel. Wir müssen einen klaren Kopf bewahren, Gytha. Denk an meine Worte. Du darfst dich nicht ablenken lassen.«

»Ja, wenn das nicht die liebreizende Frau Ogg ist…«

Nanny drehte sich um.

Hinter ihr stand niemand.

»Hier unten«, sagte die Stimme.

Sie senkte den Blick, mitten hinein in ein breites Grinsen.

»O nein«, sagte sie.

»Ich bin's, Casanunter«, sagte Casanunter, der unter einer großen* gepuderten Perücke noch zwergenhafter aussah als sonst. »Erinnern Sie sich nicht? Wir haben in Gennua die ganze Nacht durchgetanzt.«

»Haben wir nicht.«

»Hätten wir aber können.«

»Das ist ja eine Überraschung, Sie hier wiederzusehen«, sagte Nanny matt. Sie erinnerte sich genau: Je kräftiger man Casanunter eins auf den Deckel gab, desto springteufelartiger kam der wieder zurück.

»Wir stehen unter einem Glücksstern«, sagte Casanunter. »Das Schicksal hat uns füreinander bestimmt. Ich bin so wild nach Ihrem Luxuskörper, Frau Ogg.«

»Den brauche ich noch selber.«

Und obwohl Nanny nicht ganz zu Unrecht vermutete, dass der zweitgrößte Liebhaber der Welt diese Masche bei jedem auch nur im Entferntesten als weiblich zu bezeichnenden Wesen aufzog, fühlte sie sich geschmeichelt. In ihrer Jugend hatte sie zahlreiche

* Aber nicht riesig für eine Perücke. In der Geschichte der Dekadenz hat es schon wesentlich größere gegeben, oft mit irgendwelchen eingebauten Kinkerlitzchen, damit die Leute nicht die ganze Zeit nur langweilige Haarmassen angucken mussten. Manche Perücken waren so groß, dass man zahme Mäuse oder Aufziehfiguren darin unterbringen konnte. Madame Kupidor, Mätresse von König Suppe II. dem Verrückten, besaß eine mit integriertem Vogelkäfig, trug aber zu besonderen Anlässen ein Exemplar, das einen immerwährenden Kalender, eine Blumenuhr und einen Spaghetti-Heimservice enthielt.

Bewunderer gehabt, aber die Zeit war auch zu ihr nicht gnädig gewesen. Sie hatte ihr eine Rundumwohlfühlfigur beschert und ein Gesicht wie Schrumpeline, die glückliche Rosine. Trotzdem glomm in ihrer längst verloschen geglaubten Glut langsam ein kleines Fünkchen auf.

Außerdem war ihr Casanunter durchaus sympathisch. Die meisten Männer wanzten sich hintenrum an, sodass Casanunters Frontalangriff etwas regelrecht Erfrischendes hatte.

»Daraus kann nichts werden«, sagte sie. »Wir passen einfach nicht zusammen. Es kommt eben doch auch auf die Größe an. Und überhaupt, ich bin alt genug, Ihre Mutter zu sein.«

»Nie im Leben. Meine Mutter ist dreihundert, und sie hat einen sehr viel üppigeren Bart als Sie.«

Das war noch so eine Sache. Für einen Zwerg war Nanny Ogg gerade mal aus dem Teenageralter raus.

»Mein Bester«, sagte sie und gab ihm einen verspielten Klaps, dass ihm die Ohren klingelten. »Sie verstehen sich wirklich darauf, einem einfachen Mädel vom Land den Kopf zu verdrehen, keine Frage.«

Casanunter straffte die Schultern und rückte strahlend seine Perücke wieder zurecht.

»So sind mir die Frauen am liebsten – wenn sie ein bisschen Feuer haben«, sagte er. »Was meinen Sie? Wollen wir uns ein kleines Tête-à-tête gönnen, wenn die Hochzeit vorbei ist?«

Nanny Ogg sah ihn verständnislos an. Ihr kosmopolitisches Sprachtalent hatte sie vorübergehend im Stich gelassen.

»Augenblick mal eben«, sagte sie. Sie stellte ihr Glas auf seinem Kopf ab und drängte sich durch die Menge, bis sie auf eine vielversprechende Herzogin stieß. Sie verpasste ihr einen Knuff in die Turnürenregion.

»He, Hoheit, was ist ein Tätatät?«

»Wie bitte?«

»Ein Tätatät? Macht man das angezogen oder wie oder was?«

»Das ist ein Schäferstündchen, gute Frau.«

»Mehr nicht? Aha. Und tschüss.«

Mit ausgefahrenen Ellenbogen kämpfte Nanny Ogg sich wieder zu dem ihr gespannt entgegenfiebernden Zwerg durch.

»Gebongt«, verkündete sie.

»Ich hatte an ein Candlelight-Dinner gedacht. Nur Sie und ich«, sagte Casanunter. »In einer der Schenken.«

In der gesamten Geschichte der romantischen Liebe war Nanny Ogg noch nie zu einem verschwiegenen Dinner für zwei eingeladen worden. Ihre Affären hatten sich eher durch Quantität als durch Qualität ausgezeichnet.

»Okay«, antwortete sie. Etwas Besseres fiel ihr nicht ein.

»Schütteln Sie Ihren Anstandswauwau ab. Wir treffen uns um sechs, einverstanden?«

Nanny Ogg warf einen Blick auf Oma Wetterwachs, die aus einiger Entfernung missbilligend zu ihnen herübersah.

»Aber sie ist doch nicht mein ...«, begann sie, doch dann fiel es ihr wie Schuppen von den Augen: Casanunter wollte nur mit ihr schäkern!

Auch Komplimente und Schmeicheleien waren im Getriebe von Nanny Oggs Affären bisher nur sehr kleine Rädchen gewesen.

»Ja, geht klar«, sagte sie.

»Und jetzt werde ich mich unter die holde Weiblichkeit mischen, damit man nicht über uns tuschelt und Ihr guter Ruf Schaden nimmt.« Casanunter verneigte sich und gab Nanny Ogg einen Handkuss.

Ihr klappte die Kinnlade herunter. Es hatte ihr noch nie ein Mann die Hand geküsst, und um ihren guten Ruf hatte sich auch noch nie jemand geschert – am allerwenigsten Nanny Ogg selbst.

Als der zweitgrößte Liebhaber der Welt sich davonmachte, um eine Gräfin anzusprechen, sagte Oma Wetterwachs – die ihnen aus diskreter Entfernung* zugesehen hatte – im freundlichs-

* d. h. weit genug, dass es nicht so aussieht, als wolle man das Gespräch stören, aber nah genug, um mitzubekommen, worum es geht.

ten Ton: »Du hast weniger Schamgefühl am Leib als eine Katze, Gytha Ogg.«

»Also wirklich, Esme, du weißt genau, dass das nicht stimmt.«

»Na schön. Du hast *genauso viel* Schamgefühl am Leib wie eine Katze.«

»Schon besser.«

Nanny Ogg fasste sich an ihre weiße Lockenpracht und überlegte, ob ihr wohl noch genug Zeit blieb, um nach Hause zu laufen und ihre Korsetts anzuziehen.

»Wir müssen auf der Hut sein, Gytha.«

»Ja, ja.«

»Wir dürfen uns nicht aus dem Konzept bringen lassen.«

»Nein, nein.«

»Du hörst mir überhaupt nicht zu, oder?«

»Wie bitte?«

»Du könntest wenigstens rausfinden, warum Magrat nicht hier unten im Saal ist.«

»Bin schon weg.«

Nanny Ogg wanderte verträumt von dannen.

Oma Wetterwachs drehte sich um ...

... und es hätte schmelzendes Geigenspiel erklingen müssen. Das Gemurmel hätte verstummen und die Menge sich teilen müssen wie das Meer – zwischen ihr und Ridcully.

Geigen wären nun wirklich das Mindeste gewesen.

Aber das Einzige, was geschah, war, dass ihr der Bibliothekar auf dem Weg zum Büfett mit einer Hand auf die Zehen trat. Das war auch schon alles.

Sie bemerkte es kaum.

»Esme?«, sagte Ridcully.

»Mustrum?«, sagte Oma Wetterwachs.

Nanny Ogg kam zurück.

»Esme, ich habe Millie Chillum getroffen, und sie sagt ...«

Sie fing sich von Oma Wetterwachs einen Rippenstoß ein, dass ihr die Luft wegblieb und ihr auf der Stelle ein Licht aufging.

»Ach so«, murmelte sie. »Dann … dann gehe ich … dann geh ich eben einfach woandershin.«

Wieder tauchten die Blicke ineinander.

Der Bibliothekar kam zurückgeschlurft, beladen mit der gesamten Obstdekoration.

Oma Wetterwachs kriegte davon überhaupt nichts mit.

Der Quästor, der sich nun genau in der Mitte seines Zyklus befand, tippte Ridcully auf die Schulter.

»Ich muss schon sagen, Erzkanzler, diese Wachteleier sind erstaunlich leck …«

»VERDUFTEN SIE! Stibbons, kramen Sie die Froschpillen raus und halten Sie ihn bitte von Messern fern.«

Ihre Blicke konnten sich nicht voneinander losreißen.

»Tja, ja«, sagte Oma nach – gefühlt – einem Jahr oder so.

»Diesem Abend muss ein Zauber innewohnen«, sagte Ridcully.

»Ja. Das befürchte ich auch.«

»Bist du's wirklich?«

»Ich bin's wirklich«, sagte Oma.

»Du hast dich überhaupt nicht verändert, Esme.«

»Du dich auch nicht. Du bist immer noch ein miserabler Lügner, Mustrum Ridcully.«

Sie gingen aufeinander zu. Der Bibliothekar schlurfte mit einem Baisertablett zwischen ihnen hindurch. Hinter ihnen krabbelte Ponder Stibbons über den Boden und sammelte die Trockenfroschpillen aus dem heruntergefallenen Fläschchen auf.

»Tja, ja«, sagte Ridcully.

»Kaum zu glauben.«

»Die Welt ist ein Dorf.«

»Kann man wohl sagen.«

»Du bist du, und ich bin ich. Unfassbar. Und es ist hier und heute.«

»Ja, aber damals bleibt damals und ist schon lange her.«

»Ich hab dir viele Briefe geschrieben«, sagte Ridcully.

»Bei mir ist keiner angekommen.«

Ridcully hatte ein Funkeln in den Augen.

»Komisch. Wo ich sie doch mit so vielen Adresszaubern belegt habe«, sagte er. Er musterte sie kritisch vom Scheitel bis zur Sohle. »Was wiegst du, Esme? Ich würde sagen, du hast keine Unze zu viel auf den Rippen.«

»Wieso willst du das wissen?«

»Sei so gut, ja? Einem alten Mann zuliebe.«

»Also schön. Etwas über hundert Pfund.«

»Hm... das müsste gehen... drei Meilen nabenwärts... du spürst gleich ein kleines Schlingern nach links, aber kein Grund zur Beunruhigung...«

Blitzschnell nahm er ihre Hand. Er fühlte sich jung und sorgenfrei. Die Zauberer der Unsichtbaren Universität hätten ihren Augen nicht getraut.

»Lass mich dich entführen.«

Er schnippte mit den Fingern.

Die Masse muss – zumindest ungefähr – erhalten bleiben. Das ist eine fundamentale magische Regel. Wenn etwas von A nach B bewegt wird, muss sich etwas, das vorher in B war, hinterher in A wiederfinden.

Und das Drehmoment darf man ebenfalls nicht vernachlässigen. So langsam sich die Scheibenwelt auch dreht, bewegen sich doch die verschiedenen Punkte ihrer Radien im Verhältnis zur Nabe mit unterschiedlichen Geschwindigkeiten, und ein Zauberer, der sich randwärts versetzt, sollte darauf gefasst sein, im Laufschritt zu landen.

Die drei Meilen bis zur Lancre-Brücke lösten nur ein leichtes Ziehen aus, aber darauf war Ridcully gefasst gewesen, und er landete, an die Brüstung gelehnt, mit Esme Wetterwachs in den Armen.

Der Zolltroll, der noch einen Sekundenbruchteil zuvor an dieser Stelle gehockt hatte, lag plötzlich in voller Länge auf dem Boden des Großen Saals – und, wie es der Zufall wollte, genau auf dem Quästor.

Oma Wetterwachs warf einen Blick in den rauschenden Fluss und sah dann Ridcully an.

»Bring mich sofort wieder zurück«, sagte sie. »Was unterstehst du dich?«

»Du liebes bisschen, ich glaube fast, meine magischen Kräfte sind erschöpft. Das verstehe ich selbst nicht. Wie peinlich. Meine Finger sind ganz schlapp«, sagte Ridcully. »Wir könnten natürlich auch zu Fuß gehen. Es ist so ein herrlicher Abend. In Lancre hattet ihr schon immer herrliche Abende.«

»Das ist alles fünfzig, sechzig Jahre her!«, sagte Oma. »Du kannst nicht einfach hier auftauchen und so tun, als ob heute gestern wäre.«

»Ach, ich weiß doch, dass heute heute ist«, antwortete Ridcully. »Ich bin inzwischen der oberste Zauberer. Ich brauche nur einen Befehl zu geben, und tausend Zauberer … fangen auf der Stelle an, ihn … *nicht* auszuführen – wenn ich es mir recht überlege. Kann auch sein, sie sagen ›Hä?‹ oder geraten sich in die Haare. Auf jeden Fall können sie mich nicht ignorieren.«

»Ich war ein paar Mal in deiner Universität«, sagte Oma. »Ein Haufen bärtiger Dickwanste.«

»Stimmt genau! Das sind meine Männer!«

»Viele von ihnen stammen aus den Spitzhornbergen«, sagte Oma. »Ich kenne sogar ein paar Jungs aus Lancre, die Zauberer geworden sind.«

»Eine ausgesprochen magische Gegend«, meinte Ridcully. »Liegt wahrscheinlich an der guten Luft.«

Unter ihnen rauschte das kalte schwarze Wasser, wie immer den Gesetzen der Schwerkraft folgend, zu Tal und nicht zu Berge.

»Vor Jahren hatten wir sogar mal einen Wetterwachs als Erzkanzler«, sagte Ridcully.

»Hab ich auch schon gehört. Entfernter Vetter. Hab ihn nie kennengelernt«, antwortete Oma.

Beide starrten einen Augenblick lang schweigend in den Fluss.

Hin und wieder schossen von der Strömung mitgerissene Äste oder Blätter vorbei.

»Erinnerst du dich noch...«

»Ich habe ein... ausgezeichnetes Gedächtnis, danke der Nachfrage.«

»Hast du dich manchmal gefragt, wie dein Leben wohl verlaufen wäre, wenn du ja gesagt hättest?«, fragte Ridcully.

»Nein.«

»Wir hätten bestimmt einen Hausstand gegründet, Kinder bekommen, Enkel und so...«

Oma zuckte mit den Schultern. So etwas sagten nur romantische Spinner. Aber heute Nacht lag wirklich etwas in der Luft...

»Und das Feuer?«, sagte sie.

»Was für ein Feuer?«

»Das kurz nach der Hochzeit unser Haus in Schutt und Asche gelegt hat. Bei dem wir beide ums Leben gekommen sind.«

»*Was?* Ich weiß nichts von einem Feuer.«

Oma drehte sich um.

»Natürlich nicht! Es hat ja auch gar nicht gebrannt. Aber es hätte brennen *können*. Man kann nicht einfach sagen, wenn *dies* nicht passiert wäre, wäre *das* passiert, weil man nicht alle möglichen Entwicklungen kennt. Man denkt vielleicht, etwas hätte ein gutes Ende nehmen können, aber genauso gut hätte es auch fürchterlich ausgehen können. Man kann nicht sagen: ›Hätte ich doch bloß...‹, weil man überhaupt nicht weiß, was man sich damit an den Hals wünscht. Die Sache ist die: Es gibt keine Gewissheit. Was vorbei ist, ist vorbei. Deshalb hat es auch keinen Sinn, darüber nachzudenken. Also lass ich es einfach bleiben.«

»Die Hose der Zeit«, sagte Ridcully düster. Er knibbelte ein lockeres Stück Mörtel aus der Brüstung und ließ es in den Fluss fallen. Es machte *plumps*, wie durchaus nicht unüblich.

»Wie bitte?«

»Mit solchen Themen beschäftigen sich die jungen Kollegen bei uns im Forschungstrakt für hochenergetische Magie. Und so was nennt sich Zauberer! Du müsstest sie mal reden hören. Diese Dumpfbacken würden ein magisches Schwert noch nicht mal erkennen, wenn es sie ins Knie beißt. So ist er, der Zauberernachwuchs von heute. Die kommen sich vor, als hätten sie die Magie erfunden.«

»Ach ja? Dann solltest du erst mal die Mädchen sehen, die sich heutzutage zur Hexe berufen fühlen«, sagte Oma Wetterwachs. »Samtene Hüte und schwarzer Lippenstift und Spitzenhandschuhe ohne Finger dran. Und dabei auch noch frech wie Rotz.«

Seite an Seite blickten sie in den Fluss hinunter.

»Die Hose der Zeit«, sagte Ridcully. »Für den einen geht's in dem einen Hosenbein runter, für den anderen in dem anderen. Und dann wimmelt es auch noch überall von diesen Kontinuinuinuums. Als ich noch ein junger Bursche war, gab es nur ein anständiges Universum, und das war's. Ansonsten musste man höchstens Angst haben, dass irgendwelche Kreaturen aus den Kerkerdimensionen ausbrechen. Aber wenigstens hatten wir unser gottverdammtes echtes Universum und wussten, woran wir waren. Jetzt soll es auf einmal Millionen von den Dingern geben. Und dann diese Katze, die sie entdeckt haben. Wenn man sie in eine Kiste steckt, ist sie gleichzeitig lebendig und tot. Oder so ähnlich. Sie rennen wie aufgescheuchte Hühner durch die Gegend und rufen: ›Wunderbar, wunderbar, hurra, schon wieder ein neues Quantum!‹ Aber wenn man einen anständigen Levitationszauber von ihnen verlangt, glotzen sie einen an, als ob einem schon der Sabber aus dem Mundwinkel läuft. Und du solltest mal hören, was der junge Stibbons verzapft! Will mir doch glatt weismachen, ich hätte mich zu meiner eigenen Hochzeit nicht eingeladen. Ich! Mich!«

Aus der gegenüberliegenden Felswand der Schlucht schoss ein Eisvogel hervor, tauchte fast ohne einen Spritzer ins Wasser und flog mit etwas Silbrigem, Zappeligem im Schnabel wieder davon.

»Er meint, alles geschieht gleichzeitig«, fuhr Ridcully griesgrämig fort. »Und dass es so was wie einen freien Willen überhaupt nicht gibt. Man entscheidet sich lediglich für das eine oder das andere Hosenbein. Er behauptet nämlich, wir hätten tatsächlich geheiratet. Er sagt, alles, was hätte sein können, muss sein. Deshalb laufen tausende Exemplare von mir in der Weltgeschichte rum, die nie Zauberer geworden sind, genauso wie es auch tausende Exemplare von dir gibt, die, ach, die meine Briefe beantwortet haben. Ha! Und für diese Figuren sind *wir* bloß etwas, *das hätte sein können*. Wie kommt ein junger Spund nur auf solche Gedanken? Als *ich* mit dem Studium angefangen habe, war der alte Tudgy Spold Erzkanzler, und wenn irgendeiner von den jungen Zauberern so einen Unsinn auch nur *angedeutet* hätte, wäre ihm eine Tracht Prügel mit dem Zauberstab sicher gewesen. Ha!«

Irgendwo unter ihnen platschte ein Frosch von einem Stein.

»Ach ja, seitdem ist viel Wasser den Lancre hinuntergeflossen.«

Allmählich dämmerte es Ridcully, dass aus dem Dialog ein Monolog geworden war. Er drehte sich zu Oma um, die mit großen Augen in den Fluss starrte, als hätte sie noch nie im Leben Wasser gesehen.

»Dumm, dumm, dumm«, sagte sie.

»Also, erlaube mal! Ich habe doch nur…«

»Nicht *du*. Ich hab nicht mit *dir* geredet. Dumm! *Ich* war dumm. Aber ich bin noch lange nicht blöd. Ha! Und ich dachte, mein Gedächtnis lässt mich im Stich! Dabei funktioniert es besser als je zuvor.«

»Wie bitte?«

»Ich hatte Angst! *Ich*! Und ich dachte, ich könnte nicht mehr klar denken. Dabei *habe* ich die ganze Zeit klar gedacht!«

»Was?«

»Spielt keine Rolle! Egal! Nun, ich will nicht sagen, dass unser kleiner Ausflug nicht… nett gewesen wäre«, fuhr Oma fort. »Aber ich muss wieder zurück. Mach noch mal den Trick mit den Fingern. Und beeil dich.«

Ridcully ließ die Schultern hängen.

»Ich kann nicht«, sagte er.

»Gerade konntest du es doch auch.«

»Das ist es ja eben. Es sollte kein Witz sein, als ich gesagt habe, dass es nicht mehr geht. Ist ein ziemlicher Schlauch, so eine Transmigration.«

»Früher hattest du mehr Stehvermögen, wenn ich mich recht erinnere«, sagte Oma. Sie riskierte ein Lächeln. »Unsere Füße haben damals kaum den Boden berührt.«

»Da war ich auch noch jünger. Heutzutage muss einmal reichen.«

Omas Stiefel knarrten, als sie sich umdrehte und schnellen Schrittes in Richtung Stadt davonging. Ridcully hastete ihr schwerfällig hinterher.

»Wozu die Eile?«

»Muss was Wichtiges erledigen«, sagte Oma, ohne sich umzudrehen. »Hab alle im Stich gelassen.«

»Und das mit uns, das ist nicht wichtig?«

»Nein. Das ist bloß persönlich. Persönlich ist nicht dasselbe wie wichtig. Das bilden sich die Leute nur ein.«

»Jetzt machst du es schon wieder!«

»Was denn?«

»Ich weiß ja auch nicht, wie die andere Zukunft ausgesehen hätte«, sagte Ridcully. »Aber ich für mein Teil hätte sie gern mal ausprobiert.«

Oma blieb stehen. Ihr Verstand knisterte vor Erleichterung. Sollte sie ihm von den Erinnerungen erzählen? Sie wollte gerade dazu ansetzen, als sie es sich anders überlegte. Nein. Er würde bloß sentimental werden.

»Ich wäre ruppig und schlecht gelaunt gewesen«, sagte sie stattdessen.

»Das versteht sich von selbst.«

»Ha! Und was ist mit dir? Laufend irgendwelche Frauengeschichten. Und immer voll wie eine Strandhaubitze.«

Ridcully sah sie verwirrt an.

»Was denn für Frauengeschichten?«

»Wir reden hier darüber, *was hätte sein können*.«

»Also bitte, ich bin Zauberer! Wir haben so gut wie nie Frauengeschichten. Das ist gegen das Gesetz. Oder zumindest gegen die Regeln. Oder wenigstens Richtlinien.«

»Aber dann wärst du kein Zauberer geworden.«

»Und ich bin auch so gut wie nie betrunken!«

»Wärst du aber, wenn du mich geheiratet hättest.«

Er holte sie ein.

»So negativ denkt ja noch nicht mal der junge Ponder«, sagte er. »Du hast dich also endgültig darauf versteift, dass unser gemeinsames Leben fürchterlich geworden wäre, nicht wahr?«

»Ja.«

»Warum?«

»Was glaubst du wohl?«

»Ich habe dich gefragt!«

»Für solche Spitzfindigkeiten habe ich keine Zeit«, sagte Oma. »Wie schon gesagt, persönlich ist nicht dasselbe wie wichtig. Mach dich nützlich, großer Zauberer. Du weißt, dass wir mitten in einer Kreiszeit stecken?«

Ridcully fasste sich an die Hutkrempe.

»Selbstredend.«

»Und du weißt auch, was das bedeutet?«

»Angeblich sollen dann die Wände zwischen den Realitäten durchlässiger sein. Die Kreise sind … wie sagt Stibbons noch gleich? Isoresonen. Sie verbinden Schichten von, ach, irgendwas Blödem … ähnliche Realitätsebenen miteinander. Was vollkommener Quatsch ist. Sonst müsste man ja von einem Universum ins andere wandern können.«

»Hast du es schon mal versucht?«

»Nein!«

»Ein Kreis ist eine halb geöffnete Tür. Ein kleiner Stups genügt, um sie ganz aufzustoßen. Sogar der Glaube reicht aus. Darum haben sie ja damals auch die Tänzer aufgestellt. Beziehungsweise aufstellen lassen, von den Zwergen. Die Steine bestehen aus Donnerkeileisen. Sie sind etwas Besonderes, diese Steine. Sie tragen die Liebe zum Eisen in sich. Frag mich nicht, wie das funktioniert. Die Elfen hassen es noch mehr als gewöhnliches Eisen. Es … beeinträchtigt ihre Sinne oder so. Aber ein Verstand kommt hindurch …«

»Elfen? Jeder weiß doch, dass es keine Elfen mehr gibt. Keine echten jedenfalls. Es gibt natürlich ein paar Leute, die behaupten, sie wären Elfen …«

»Die sind nur elfischer Abstammung. Elfen und Menschen paaren sich tatsächlich – als ob das etwas wäre, worauf man stolz sein könnte. Was am Ende dabei rauskommt, sind magere Typen mit spitzen Ohren, die gern kichern und sich leicht einen Sonnenbrand holen. Die meine ich nicht. Die sind harmlos. Ich rede von den echten wilden Elfen, wie es sie hier schon seit ewigen Zeiten nicht mehr …«

Der Weg in die Stadt führte durch einen tiefen, gewundenen Hohlweg, der auf beiden Seiten so dicht von Bäumen gesäumt war, dass sich darüber sogar stellenweise ein Laubdach bildete. Wie eine grüne Brandung wogte das Farnkraut am Wegesrand.

Es raschelte.

Das Einhorn sprang aus dem Unterholz.

Tausende von Universen, zusammengedreht wie ein aus vielen Fäden geflochtenes Seil …

Da muss es zu Überlagerungen kommen, dem mentalen Äquivalent einer Kanalüberlappung bei einer billigen Stereoanlage, wo man während einer leisen Musikpassage plötzlich die schwedischen Nachrichten hereinbekommt. Solche Störungen treten vor allem dann auf, wenn man sein Leben lang den Verstand als Empfänger eingesetzt hat.

Die Gedanken eines anderen Menschen aufzufangen ist sehr schwierig, weil keine zwei Menschen auf derselben … Wellenlänge liegen.

Aber irgendwo da draußen, an der Stelle, wo sich die Paralleluniversen ineinander verschlingen, denken Millionen Menschen gleich. Aus einem sehr naheliegenden Grund.

Oma Wetterwachs lächelte.

Millie Chillum, der König und einige Schaulustige drängten sich vor Magrats Schlafzimmer, als Nanny Ogg angelaufen kam.

»Was ist los?«

»Ich weiß, dass sie da drin ist«, sagte Verenz. Er drehte verzweifelt seine Krone in den Händen, wie ein mexikanischer Bauer seinen Sombrero in der berühmten Szene *Ai*-Señor-Banditen-haben-unser-Dorf-überfallen. »Millie hat gehört, wie sie gebrüllt hat, man soll sie in Ruhe lassen. Und anschließend hat sie offenbar auch noch etwas an die Tür geworfen.«

Nanny Ogg nickte verständnisinnig.

»Das sind die Brautnerven«, sagte sie. »Damit muss man immer rechnen.«

»Aber wir wollen uns doch alle zusammen das Lustspiel ansehen«, wandte Verenz ein. »Das darf sie nicht verpassen.«

»Ach, ich weiß nicht«, sagte Nanny. »Unseren Jason und seine Mannen mit Strohperücken herumalbern sehen ... Sicher, sie meinen es nur gut, aber so toll ist es auch wieder nicht, dass es ein junges – ziemlich junges – Mädchen am Vorabend seiner Vermählung unbedingt gesehen haben muss. Haben Sie sie schon gebeten, die Tür aufzuschließen?«

»Nicht nur gebeten«, antwortete Verenz. »Ich habe es ihr sogar *befohlen*. Das war doch hoffentlich richtig? Wenn mir noch nicht mal Magrat gehorcht, stehe ich als König ziemlich dumm da.«

Nanny überlegte sich ihre Antwort sehr genau. »Hm, Sie haben noch nicht sonderlich viel Erfahrung mit dem weiblichen Geschlecht, oder? Mal ganz allgemein gesprochen.«

»Nun, ich ...«

Verenz knetete die Krone. Nicht genug damit, dass die Banditen das Dorf überfallen hatten, nein, die glorreichen Sieben waren auch noch lieber kegeln gegangen.

»Ein Vorschlag.« Nanny tätschelte ihm den Rücken. »Sie schauen sich jetzt schön das Lustspiel an und mischen sich unter die gekrönten Häupter. Und Magrat lassen Sie meine Sorge sein. Ich war selber dreimal Braut – und das ist nur die offizielle Zählung.«

»Ja, aber, sie muss doch ...«

»Ich denke, wenn wir mit dem Muss ein bisschen sparsamer umgehen, schaffen wir es alle heil bis zur Hochzeit. Und jetzt trollt euch. Allesamt.«

»Soll nicht doch noch jemand hierbleiben?«, fragte Verenz. »Jorick steht natürlich Wache, aber ...«

»Eine Invasion haben wir wohl nicht zu befürchten«, sagte Nanny. »Ich komme schon allein zurecht.«

»Nun ja ... wenn Sie meinen ...«

»Ab mit euch!«

Nanny Ogg wartete, bis die Schritte auf der Haupttreppe verklungen waren. Nach einer Weile verkündeten Kutschengeklapper und Gejohle, dass die Hochzeitsgesellschaft aufgebrochen war – abzüglich der Braut.

Sie zählte im Stillen bis hundert.

Dann:

»Magrat?«

»Geh weg!«

»Ich weiß, wie das ist«, sagte Nanny. »Am Vorabend meiner Hochzeit war ich auch ein bisschen nervös.« Sie verkniff sich den Rest des Satzes: weil durchaus die Chance bestand, dass Jason als ungebetener Gast dazustoßen würde.

»Ich hab keine Angst! Ich bin *wütend*!«

»Warum?«

»Das weißt du genau!«

Nanny nahm ihren Hut ab und kratzte sich den Kopf.

»Ich verstehe kein Wort«, sagte sie.

»Und *er* wusste es auch. Ich *weiß*, dass er es wusste, und ich weiß auch, wer es ihm gesagt hat«, drang es gedämpft durch die Tür. »Es war ein abgekartetes Spiel. Ihr habt euch sicher eins ins Fäustchen gelacht.«

Nanny starrte stirnrunzelnd ins Leere.

»Nein«, meinte sie schließlich. »Ich steh immer noch auf dem Schlauch.«

»Tja, mehr sag ich nicht dazu.«

»Alle sind raus zu dem Lustspiel gefahren«, sagte Nanny Ogg.

Sie lauschte.

Keine Antwort.

»Und hinterher kommen sie wieder zurück.«

Weitere Fehlanzeige in Sachen Dialog.

»Dann wird gezecht und jongliert, und die jungen Burschen stecken sich Frettchen in die Hose«, sagte Nanny.

Schweigen.

»Und dann ist es morgen, und was soll dann werden?«

Schweigen.

»Du kannst wieder nach Hause gehen. Dein Häuschen steht noch leer. Oder du ziehst vorübergehend zu mir, wenn dir das lieber ist. Aber du musst dich entscheiden, so viel steht fest. Du kannst dich nicht für den Rest deines Lebens wegsperren.«

Nanny lehnte sich an die Wand.

»Vor vielen Jahren hat mir meine Großmutter die Geschichte von Königin Amonia erzählt. Königin ist vielleicht ein bisschen zu viel gesagt, weil sie nie Königin gewesen ist, bloß für ungefähr drei Stunden. Ich sag dir auch gleich, warum. Die ganze Hochzeitsgesellschaft hat nämlich Verstecken gespielt, und Amonia hat sich in einer schweren alten Truhe versteckt, oben auf dem Dachboden, und dann ist der Deckel runtergekracht, und sie wurde erst nach sieben Monaten gefunden. Da war der Hochzeitskuchen dann natürlich auch nicht mehr der saftigste.«

Schweigen.

»Tja, wenn du nicht mit mir reden willst …«, sagte Nanny.

»Ich hab auch nicht die ganze Nacht Zeit, mir hier die Beine in den Bauch zu stehen. Morgen früh sieht alles schon wieder ganz anders aus, wart's nur ab.«

Schweigen.

»Leg dich doch einfach früh aufs Ohr«, sagte Nanny. »Unser Jorick macht dir eine heiße Milch, wenn du nach ihm klingelst. Hier draußen ist es ungemütlich frisch. Schon erstaunlich, wie diese alten Gemäuer die Kälte speichern.«

Schweigen.

»Dann geh ich jetzt also«, sagte Nanny in das unnachgiebige Schweigen hinein. »Ich kann ja anscheinend sowieso nicht viel ausrichten. Und du willst ganz bestimmt nicht mit mir reden?«

Schweigen.

»Steh vor deinem Gott, verneig dich vor deinem König, und knie vor deinem Ehemann. Das ist das Patentrezept für ein glückliches Leben, glaub mir«, sagte Nanny. »Also, dann verzieh ich mich jetzt. Aber weißt du was? Ich komme morgen früh wieder und helfe dir beim Anziehen und so. Wie findest du das?«

Schweigen.

»Also abgemacht«, sagte Nanny. »Tschüsschen.«

Sie wartete eine geschlagene Minute. Von Rechts wegen – und wenn es nach den Regeln der menschlichen Natur gegangen wäre – hätte Magrat eigentlich die Tür entriegeln, in den Korridor hinauslugen und womöglich sogar hinter Nanny herrufen müssen. Doch sie tat es nicht.

Nanny schüttelte den Kopf. Ihr fielen mindestens drei Methoden ein, um in das Zimmer zu gelangen, und nur eine von ihnen beinhaltete das Benutzen der Tür. Aber dies war weder der richtige Ort noch die richtige Zeit für Hexerei. Nanny Ogg konnte auf ein langes und insgesamt glückliches Leben zurückblicken, weil sie immer wusste, wann es besser war, keine Hexe zu sein. Wie zum Beispiel jetzt.

Sie ging die Treppe hinunter und verließ das Schloss. Jorick, der am Haupttor Wache stand, hieb mit Karateschlägen Löcher in die laue Abendluft. Als Nanny Ogg näher kam, stellte er sein Geheimtraining verlegen ein.

»Zu schade, dass ich das Lustspiel verpasse, Mama.«

»Am nächsten Zahltag wird sich der König für deine brave Pflichterfüllung bestimmt erkenntlich zeigen«, sagte Nanny. »Erinnere mich daran, ihn daran zu erinnern.«

»Gehst du auch nicht hin?«

»Tja, ich... ich wollte noch schnell auf einen Sprung in die Stadt«, antwortete Nanny. »Esme ist bestimmt mit den anderen weg, oder?«

»Kann ich nicht sagen, Mama.«

»Ich hab bloß ein paar Sachen zu erledigen.«

Sie war noch nicht weit gekommen, als hinter ihr eine Stimme säuselte: »'allo, o Mond meiner Sinne.«

»Dass Sie sich aber auch immer so anschleichen müssen, Casanunter.«

»Ich habe für uns im Ziege-und-Busch reserviert«, sagte der Zwerg und Graf in Personalunion.

»So ein sündteures Restaurant?«, sagte Nanny. »Da hab ich noch nie gegessen.«

»Wegen der Hochzeit und der vielen vornehmen Gäste stehen dort zurzeit die ausgesuchtesten Köstlichkeiten auf der Karte«, sagte Casanunter. »Ich habe uns ein ganz besonders erlesenes Menü bestellt.«

Was allerdings eines kleineren Kraftaktes bedurft hatte.

Die Verwendung von Nahrungsmitteln als Aphrodisiakum hatte sich in Lancre bisher noch nicht durchsetzen können – mit Ausnahme von Nanny Oggs berühmter Möhren-und-Austern-Pastete*. Soweit es den Koch im Ziege-und-Busch betraf, bestand die einzige Verbindung zwischen Essen und Sex in bestimmten

* Möhren, um im Dunkeln sehen zu können, wie sie erläuterte. Austern, um auch tatsächlich etwas zu sehen zu bekommen.

humorvollen Handbewegungen, unter Beteiligung von Dingen wie Gurken. Von Schokolade, Bananenschalen und Avocado, Ingwer, Marshmallows und den tausend anderen kulinarischen Krücken, derer sich die Menschen zuweilen bedienten, um auf den verschlungenen Straßen der Liebe heil und ohne Verkehrsstau von A nach B zu gelangen, hatte er noch nie etwas gehört. Es hatte Casanunter zehn anstrengende Minuten gekostet, ihm die gewünschte Speisenfolge begreiflich zu machen – und eine hübsche Stange Geld.

Bei diesem romantischen Dinner für zwei wollte Casanunter nichts dem Zufall überlassen. Er hatte schon immer auf die *Kunst* der Verführung gesetzt.

Über den ganzen Kontinent verteilt hatten sich schon zahlreiche hochgewachsene, aber für Annäherungsversuche per Trittleiter empfängliche Frauen darüber gewundert, dass die Zwerge – eine Spezies, bei der die oben erwähnte Kunst der Verführung hauptsächlich darin bestand, auf möglichst taktvolle Weise herauszufinden, welchen Geschlechts das unter dicken Schichten aus Leder und Kettenpanzer verborgene Objekt der jeweiligen Begierde war – jemanden wie Casanunter hatten hervorbringen können.

Es war, als wäre mitten unter den Eskimos ein geborener Experte für die Hege und Pflege seltener Tropenpflanzen herangewachsen. Die tiefen Wasser aufgestauter sexueller Zwergenenergie hatten am Fuß des Damms ein winzig kleines Leck gefunden und brachen sich Bahn – stark genug, um einen Dynamo anzutreiben.

Was seine Zwergengeschwister nur gelegentlich trieben, wenn die Natur es ihnen befahl, trieb er ständig, manchmal in einer Sänfte und einmal sogar kopfüber in einem Baum hängend, aber – Achtung! – mit einer überbordenden Liebe zum Detail, die durch und durch zwergentypisch war. Zwerge konnten monatelang mit Inbrunst an einem einzigen exquisiten Schmuckstück arbeiten, und aus mehr oder weniger dem gleichen Grund war Casanunter in vielen Palästen und Burgen ein gern gesehener Gast – zufälligerweise meistens dann, wenn der Hausherr gerade auf Reisen war. Außerdem war ihm ein besonderes Geschick im Umgang mit Schlössern in die Wiege gelegt worden, das sich in gewissen peinlichen Momenten *sur la boudoir* als ausgesprochen nützlich erwies.

Und Nanny Ogg war eine attraktive Frau, was nicht dasselbe ist wie schön. Sie faszinierte Casanunter. Er fühlte sich unglaublich wohl in ihrer Nähe, was zum Teil auch daran lag, dass sie so aufgeschlossen war. Bei ihr brauchte man keinen Dietrich.

»Ein Jammer, dass ich meine Armbrust nicht dabeihabe«, sagte Ridcully. »Mit so einem Kopf über dem Kamin wüsste ich immer, wo ich meinen Hut hinhängen soll.«

Das Einhorn schüttelte die Mähne und scharrte mit den Hufen. Von seinen Flanken stieg Dampf auf.

»Ich glaube kaum, dass du damit etwas ausrichten könntest«, sagte Oma. »Hat du wirklich keinen Saft mehr in den Fingern?«

»Ich könnte eine Illusion erstehen lassen«, antwortete der Zauberer. »Das ist nicht schwer.«

»Es würde nichts nützen. Einhörner sind Geschöpfe der Elfen. Mit Magie kann man ihnen nichts anhaben. Sie durchschauen jede Illusion. Kein Wunder, sie sind ja selber Meister auf dem Gebiet. Was meinst du? Könntest du *da* raufklettern?«

Er folgte ihrem Blick bis zur Böschung. Sie bestand aus rotem Lehm und war so aalglatt wie ein Priester.

»Am besten gehen wir rückwärts«, sagte Oma. »Und zwar langsam.«

»Was ist mit seinem Verstand? Kannst du dich nicht reinschmuggeln?«

»Da ist schon jemand drin. Das arme Ding ist das Haustier der Königin. Es gehorcht nur ihr allein.«

Das Einhorn trottete hinter ihnen her und versuchte, beide gleichzeitig im Auge zu behalten.

»Was machen wir, wenn wir wieder an der Brücke sind?«

»Kannst du noch schwimmen?«

»Der Fluss ist ganz schön weit unten.«

»Aber unter der Brücke ist er auch tief. Weißt du nicht mehr? Du bist mal hineingehechtet. In einer Mondnacht...«

»Damals war ich auch noch jung und dumm.«

»Na und? Jetzt bist du alt und dumm.«

»Irgendwie dachte ich immer, Einhörner wären... flauschiger.«

»Mach die Augen auf! Lass dich nicht von dem Glamour einwickeln! Sieh genau hin! Es ist bloß ein großer Gaul mit einem Horn an dem einen Ende!«, sagte Oma.

Das Einhorn stampfte mit den Hufen.

Oma schlurfte auf die Brücke.

»Es ist zufällig hierher verschlagen worden und kann nicht mehr zurück«, sagte sie. »Wenn es einen von uns allein erwischt hätte, wäre es schon längst zum Angriff übergegangen. So, jetzt wären wir ungefähr in der Mitte...«

»Der Fluss führt ganz schön viel Schmelzwasser«, bemerkte Ridcully zweifelnd.

»Stimmt«, sagte Oma. »Wir sehen uns am Wehr.«

Und weg war sie.

Das Einhorn, das sich zwischen den beiden Angriffszielen nicht hatte entscheiden können, blieb allein mit Ridcully zurück.

Bis eins *konnte* es zählen.

Es senkte den Kopf.

Ridcully hatte Pferde noch nie gemocht. In seinen Augen waren es Tiere, die viel zu nah am Rande des Wahnsinns wandelten.

Als das Einhorn zum Angriff überging, schwang er sich über die Brüstung und plumpste ohne große aerodynamische Eleganz in das eiskalte Wasser des Lancre-Flusses.

Der Bibliothekar liebte das Theater. Bei jeder Premiere aller Ankh-Morporker Bühnen saß er in der ersten Reihe. Seine großen Greifhände erlaubten es ihm, doppelt so laut zu klatschen wie alle anderen – oder im Bedarfsfall auch mit Erdnüssen zu werfen.

Und er war enttäuscht. Bis auf zahlreiche dicke Wälzer über Etikette, Tierzucht und Landwirtschaft gab es kaum Bücher im Schloss. Könige sind in der Regel keine großen Leser.

Von dem Lustspiel erwartete er sich auch keinen besonderen Kunstgenuss, nachdem er einen Blick hinter das Stück Sackleinen geworfen hatte, hinter dem sich die Garderobe verbarg – ein Anblick, der für einen Theaterabend nichts Gutes verhieß: ein halbes Dutzend stämmiger Männer, die sich in der Wolle hatten. Auch wenn natürlich nicht ganz auszuschließen war, dass sie einander Sahnetorten ins Gesicht werfen würden.*

Der Bibliothekar hatte für sich und seine beiden Begleiter Plätze in der ersten Reihe ergattert. Das entsprach zwar nicht der höfischen Etikette, aber die gekrönten Häupter waren überraschend bereitwillig – und schnell – für sie zusammengerückt. Unerklärlicherweise hatte er sogar irgendwo ein paar Erdnüsse aufgetrieben.

»Uuuk?«

»Nein, danke«, sagte Ponder Stibbons. »Davon kriege ich Blähungen.«

»Uuuk?«

»Ich höre gern einem Mann zu, der gern redet! Hoppla! Sägemehl und Rübenkraut! Das können Sie in der Pfeife angeln!«

»Ich glaube, der Quästor will auch keine«, sagte Ponder.

---

* Für den Bibliothekar – einen Menschenaffen von schlichten, aber stark ausgeprägten Vorlieben – gehörten Sahnetorten, Eimer mit weißer Tünche und vor allem die Szene, wo jemand einem anderen den Hut vom Kopf nimmt, etwas Schleimiges hineinkippt und ihn seinem blöd dreinblickenden Besitzer wieder aufstülpt, untermalt vom »WHAH … Whah … whah … whaaa« der Kapelle, zu den integralen Bestandteilen einer jeden Theatervorstellung. Da eine mit höchster Treffsicherheit geworfene geröstete Erdnuss ein gefährliches und schmerzhaftes Objekt ist, hatten die Regisseure in Ankh-Morpork den Wink mit dem Zaunpfahl längst verstanden. Natürlich führte dies bei der Aufführung blutrünstiger Melodramen zu etwas ungewöhnlichen Inszenierungen, aber man war sich allgemein einig, dass ein Stück wie »Die grausige Tragödie des wahnsinnigen Mönchs aus Quirm (mit Sahnetortenszene)« einer fünftägigen Taubheit auf einem Ohr jederzeit vorzuziehen war.

Der Vorhang hob sich, beziehungsweise wurde er von Fuhrmann, dem Bäcker, beiseitegezogen.

Das Lustspiel begann.

Der Bibliothekar wurde immer trübsinniger. Er konnte es sich selbst nicht recht erklären. Normalerweise gefielen ihm Stücke mit schlechten Schauspielern, solange die Luft nur ausreichend mit Torten geschwängert war, aber diese Truppe war selbst mit schlechtem Schauspiel überfordert. Außerdem machte keiner von ihnen Anstalten, mit irgendetwas Essbarem zu werfen.

Er fischte eine Erdnuss aus der Tüte und drehte sie zwischen seinen Fingern, während er das Ohr von Schneider, dem anderen Weber, anvisierte.

Plötzlich standen ihm die Haare zu Berge. Was bei einem Orang-Utan nicht zu übersehen ist.

Er warf einen Blick auf den Hügel hinter den umhertapernden Mimen und stieß ein leises Grollen aus.

»Uuuk?«

Ponder stieß ihm in die Rippen.

»Ruhe!«, zischte er. »Jetzt haben sie langsam den Dreh raus …«

Die Stimme des Mannes mit der Strohperücke bekam ein Echo.

»Was hat sie gesagt?«, fragte Ponder.

»Uuuk!«

»Wie hat sie das gemacht? Und ihre Maske erst, tipptopp …«

Ponder verstummte.

Auf einmal kam sich der Bibliothekar sehr einsam vor.

Außer ihm hatte das gesamte Publikum den Blick starr auf die Freilichtbühne geheftet. Er fuchtelte Ponder vor dem Gesicht herum. Über dem Hügel flirrte die Luft, und das Gras am Hang bewegte sich auf eine Weise, dass dem Orang-Utan die Augen schmerzten.

»Uuuk?«

Auf der Anhöhe, zwischen den kleinen Steinen, begann es zu schneien.

»Uuuk?«

In der selbstgewählten Einzelhaft ihres Zimmers packte Magrat ihr Hochzeitskleid aus.

Das war noch so eine Sache, die ihr gegen den Strich ging.

Was das Kleid betraf, hätte sie wenigstens *gefragt* werden müssen. Immerhin war sie diejenige, die es tragen sollte – *hätte tragen sollen.* Bis zu einer endgültigen Entscheidung wäre es vermutlich ein wochenlanger Prozess gewesen – die Auswahl des Stoffes, die Anproben, der eine oder andere Sinneswandel, der Umtausch des Stoffes, der Umtausch des Schnittmusters, weitere Anproben ...

... obwohl sie natürlich eine gestandene Frau war, die auf einen solchen Firlefanz gut und gern verzichten konnte ...

... aber man hätte die Entscheidung *ihr* überlassen müssen.

Das Kleid war aus weißer Seide und geschmackvoll mit Spitze besetzt, nicht zu viel und nicht zu wenig. Für alles Weitere, wie Bordüren, Biesen oder Paspeln, fehlten Magrat die Fachbegriffe. Die Sprache der Schneiderei war für sie eine Fremdsprache. Sie wusste zwar, wie bestimmte Teile aussahen, aber nicht, wie sie hießen.

Sie hielt sich das Kleid an und betrachtete es kritisch von oben bis unten.

An der Wand hing ein kleiner Spiegel.

Nach eher kurzem inneren Ringen gab Magrat sich geschlagen. Natürlich hatte sie nicht vor, das Kleid morgen zu tragen. Aber wenn sie es nie anprobierte, würde sie sich immer fragen, ob es wohl gepasst hätte.

Es passte. Beziehungsweise, es passte *nicht*, aber auf eine höchst schmeichelnde Art und Weise. Ganz gleich, wie viel es Verenz gekostet hatte – es war jeden Penny wert. Der Schneider hatte überaus raffinierte Sachen mit dem Stoff angestellt. Das Kleid kaschierte Magrats Ecken und Kanten und bauschte sich dort, wo es ihr an Rundungen mangelte.

Der Haarreif des Schleiers war mit Seidenblüten besetzt.

Ich fange jetzt nicht wieder an zu weinen, befahl Magrat sich.

Ich pflege meinen Ärger. Ich steigere mich in ihn hinein, bis er zum Zorn anschwillt, und wenn die anderen zurückkommen, können sie was erleben.

Aber was?

Sie könnte ihnen die kalte Schulter zeigen und majestätisch an ihnen vorbeirauschen ... dafür wäre das Kleid ideal. Das würde ihnen eine Lehre sein.

Und dann? Wenn erst alle Bescheid wussten, konnte sie nicht mehr im Schloss bleiben. Und sie würden es erfahren. Die Sache mit dem Brief. Neuigkeiten verbreiteten sich in Lancre schneller als Terpentin in einem kranken Esel.

Es blieb ihr nichts anderes übrig, als fortzugehen. Vielleicht gab es irgendwo einen Ort ohne Hexen, wo sie noch einmal ganz von vorn anfangen konnte. Allerdings war sie momentan von Hexen derart bedient, dass sie so gut wie jeden anderen Beruf vorgezogen hätte – falls es für eine Exhexe überhaupt eine andere Beschäftigung gab.

Magrat reckte kampflustig das Kinn. So wie ihr augenblicklich zumute war, innerlich Gift und Galle spuckend, würde sie einfach einen neuen Beruf erfinden. Einen, der hoffentlich nichts mit Männern zu tun hatte oder mit alten Frauen, die sich überall einmischten.

Und den verdammten Brief würde sie behalten. Zur Erinnerung.

Da hatte sie sich die ganze Zeit gewundert, wie Verenz schon Wochen vor ihrer Rückkehr alles organisiert haben konnte, und dabei war die Antwort so einfach. Sicher hatten die anderen sich köstlich über sie amüsiert.

Nanny Ogg schoss kurz der Gedanke durch den Sinn, dass sie eigentlich gar nicht hier sein dürfte, aber in ihrem Alter bekam man schließlich nicht jeden Tag eine Einladung zu einem romantischen Dinner. Irgendwann musste man die Sorgen der Welt auch mal sich selbst überlassen. Irgendwann musste man sich auch mal einen ruhigen, beschaulichen Moment gönnen, um innere Einkehr zu halten.

»Das ist aber ein verdammt guter Tropfen«, sagte sie und griff zur nächsten Flasche. »Wie hieß der noch gleich?« Sie nahm das Etikett in Augenschein. »Chateau Maison? Chat-eau, das ist Ausländisch für Katzenwasser. Aber das ist natürlich nicht wörtlich gemeint. Die drücken sich nur so komisch aus. Echtes Katzenwasser schmeckt schärfer.« Mit dem Messergriff hämmerte sie den Korken in den Flaschenhals, hielt den Finger auf die Öffnung und schüttelte den Wein gründlich durch, »damit sich der gute Geschmack schön verteilt«.

»Aber von dieser komischen Mode, aus Damenstiefeln zu trinken, halte ich gar nichts«, fuhr sie fort. »Ich weiß natürlich, dass das sehr populär ist, aber ich kann nicht verstehen, was daran so toll sein soll, mit Wein in den Stiefeln nach Hause zu schwappen. Haben Sie keinen Hunger? Wenn Sie den Knorpel da nicht wollen, esse ich ihn. Gibt's noch was von dem Hummer? Ich hab vorher noch nie Hummer gegessen. Und dann erst die Mayonnaise. Und die mit Füllungen gefüllten kleinen Eier. Aber ich fand, die Brombeermarmelade hat nach Fisch geschmeckt.«

»Das war Kaviar«, murmelte Casanunter.

Das Kinn in die Hände gestützt sah er ihr fasziniert beim Essen zu.

Er staunte selbst, wie sehr er den Abend genoss, obwohl er sich nicht in der Horizontalen befand.

In der Regel nahm ein solches romantisches Dinner immer den gleichen Verlauf. Es war eine der wichtigsten Waffen im Arsenal des Verführers. Die zu Bezirzende wurde mit köstlichem Wein und teuren, aber leicht verdaulichen Speisen verwöhnt. Über den Tisch hinweg tauschte man vielsagende Blicke aus, darunter kam man sich mit den Füßen näher. Mit eindeutig zweideutigen Begleitgesten führte man sich Birnen, Bananen und Ähnliches zu. Bis das Schiff der Versuchung langsam aber unaufhaltsam in den Hafen der Lust einlief.

So weit die Theorie. Nanny Ogg war die Praxis.

Nanny hatte eine ganz eigene Vorliebe für edle Weine. Casanunter wäre nie auf die Idee gekommen, dass jemand nur deshalb von Weißwein auf Portwein umstieg, weil er die erste Flasche bis auf den Grund geleert hatte.

Den Speisen widmete sie sich mit ebenso großem Elan. Was sie dabei allein mit ihren Ellenbogen anstellte, war einzigartig. Wenn man Nanny Ogg ein gutes Essen vorsetzte, rückte sie ihm mit Messer, Gabel und Stampfer zu Leibe. Ihr beim Hummeressen zuzusehen war ein Schauspiel, das Casanunter so bald nicht wieder vergessen würde. Wahrscheinlich hatte man in der Schenke noch wochenlang damit zu tun, die Splitter der Scheren aus der Holzvertäfelung zu pulen.

Und erst der Spargel… auch wenn es ihm gelingen sollte, den Anblick zu verdrängen, *wie* Nanny Ogg sich den Spargel einverleibte, stand zu befürchten, dass diese Erinnerung nicht lange begraben bleiben würde.

Wahrscheinlich lag es daran, dass sie eine Hexe war, überlegte er. Hexen wussten immer ganz genau, was sie wollten. Wer steile Felswände erklomm, tosende Flüsse befuhr und auf Skiern den Berg hinunterraste, um Gytha Ogg eine Schachtel Pralinen zu verehren, käme niemals so schnell aus den Steigeisen, wie sie schon die Nougatpralinen aus der untersten Lage vertilgt hätte. Und genau das machte eine Hexe aus. Egal wobei, sie legte sich immer hundertprozentig ins Zeug.

Was für eine scharfe Braut!

»Wollen Sie die Krabben nicht mehr? Dann schieben Sie mal den Teller rüber.«

Casanunter hatte es zur Einstimmung mit ein bisschen Füßeln probiert, aber ein versehentlicher Treffer von Nanny Oggs eisenbeschlagenem Stiefel auf seinem Knöchel bereitete diesem Annäherungsversuch ein jähes Ende.

Und dann der Zigeuner mit der Geige… Erst hatte Nanny sich nur beschwert, dass das »Gefiedel« sie beim Essen störe, aber dann hatte sie dem Mann das Instrument zwischen zwei Gängen aus der Hand gerissen, den Bogen in eine Schale mit Kamelien gestopft, die Geige zum Banjo umgestimmt und drei Strophen ihres Lieblingsliedes geschmettert, dessen Titel sie, weil er Ausländer war, mit *Il porcupino nil sodomie est* übersetzte.

Anschließend hatte sie wieder dem Wein zugesprochen.

Casanunter war hingerissen davon, dass sich Nanny Oggs Gesicht in unendlich viele Querfalten legte, wenn sie lachte. Und Nanny Ogg lachte viel.

Trotz eines leichten Weinnebels kam der Zwerg zu dem Schluss, dass er tatsächlich voll auf seine Kosten kam.

»Wenn ich Sie richtig verstehe, gibt es also keinen Herrn Ogg?«, fragte er schließlich.

»Doch, doch, den gibt's. Wir haben ihn schon vor Jahren begraben. Es ging nicht anders. Weil er nämlich tot war.«

»Als alleinstehende Frau hat man es sicher nicht leicht.«

»Es ist schon sehr hart«, antwortete Nanny Ogg, die kein Essen mehr gekocht und keinen Staub mehr gewischt hatte, seit ihre älteste Tochter alt genug dafür war, und die sich von ihren diversen angstschlotternden Schwiegertöchtern mindestens viermal am Tag eine warme Mahlzeit bringen ließ.

»Vor allem nachts ist man gewiss auch sehr einsam«, meinte Casanunter aus alter Gewohnheit.

»Ich habe ja noch Greebo«, sagte Nanny. »Er wärmt mir die Füße.«

»Greebo?«

»Mein Kater. Meinen Sie, es gibt auch noch Nachtisch?«

Später ließ sie sich die alkoholischen Reste zum Mitnehmen in eine Flasche zusammenschütten.

Aus dem Topf, der in seiner geheimen Hütte stets vor sich hin köchelte, schöpfte Herr Bach, der Imker, eine grünliche, übel riechende Flüssigkeit in seine Spritzflasche.

In der Gartenmauer war ein Wespennest. Morgen früh würde es ein Wespenfriedhof sein.

Das war das Problem mit den Bienen. Sie bewachten das Flugloch ihres Stocks und verteidigten es, wenn nötig, mit dem Leben. Aber die Wespen waren sehr gewitzt darin, wenn es darum ging, auf der Rückseite einen Riss oder ein Loch aufzuspüren. Und bevor man wusste, wie einem geschah, hatten die gerissenen kleinen Teufel bereits den Stock geplündert. Komisch. Auch dass die Bienen sie nicht daran hinderten. Sie bewachten zwar den Eingang, aber wenn eine Wespe auf andere Weise in den Stock gelangte, wussten sie nicht, was sie machen sollten.

Er spritzte probeweise mit der Sprühflasche. Die grüne Brühe, die herausblubberte, hinterließ auf dem Fußboden einen qualmenden Streifen.

Waren eigentlich recht hübsche Dinger, die Wespen. Aber wer ein Bienenfreund war, musste ein Wespenfeind sein.

Anscheinend fand im Rittersaal irgendein Fest statt. Der Imker erinnerte sich dunkel an eine Einladung. Aber mit so etwas konnte man ihn nicht so leicht hinter dem Ofen hervorlocken. Vor allem jetzt nicht. Irgendwas war faul im Staate Lancre. Keiner der Schwärme schien in nächster Zeit ausfliegen zu wollen. Nicht einer.

Als Herr Bach an den Stöcken vorbeikam, hörte er das Summen. Das war an einem warmen Sommerabend nicht ungewöhnlich. Ganze Bienenbataillone sammelten sich vor dem Flugloch und fächelten mit den Flügeln Luft in den Stock, um die Brut zu kühlen. Doch neben dem Summen war heute auch ein lautes Brummen zu vernehmen: Zahlreiche Bienen umschwirrten aufgeregt den Stock. Sie waren wütend – und wachsam.

An der Landesgrenze von Lancre gab es im Fluss einige kleine Wehre. Oma Wetterwachs hievte sich auf die feuchte Holzkonstruktion und patschte ans Ufer, wo sie als Erstes ihre Stiefel auskippte.

Kurze Zeit später trieb ein spitzer Zaubererhut flussabwärts, unter dem, als er sich aus dem Wasser hob, ein spitzköpfiger Zauberer zum Vorschein kam. Oma streckte Ridcully die Hand hin und half ihm an Land.

»Na, war das nicht erfrischend?«, sagte sie. »Ich hatte überhaupt das Gefühl, du könntest eine kleine Abkühlung vertragen.«

Ridcully prokelte sich den Schlamm aus dem Ohr. Er warf Oma einen finsteren Blick zu.

»Wieso bist du nicht nass?«

»Bin ich doch.«

»Bist du nicht. Du bist bloß feucht. Ich bin nass bis auf die Knochen. Wie kannst du einen Fluss runterschwimmen und dabei nur feucht werden?«

»Ich trockne schnell.«

Oma blickte düster an den felsigen Wänden der Schlucht hinauf. Nur wenige Schritte entfernt begann die steile Straße nach Lancre, aber sie kannte noch andere, verschwiegenere Wege im Schutz der Bäume.

»So«, knurrte sie in sich hinein. »Sie will also nicht, dass ich dahin gehe, hm? Na, das wollen wir doch mal sehen.«

»Wohin sollst du nicht gehen?«, fragte Ridcully.

»Weiß ich auch nicht genau«, antwortete Oma. »Aber wenn sie mich da nicht haben will, muss ich hin. Ich hatte bloß nicht damit gerechnet, dass du hier auftauchst und dich anstellst wie ein verliebter Dackel. Los, komm.«

Ridcully wrang sein Gewand aus, von dem viele Pailletten abgefallen waren. Dann nahm er den Hut vom Kopf und schraubte die Spitze ab.

Kopfbedeckungen können morphische Vibrationen empfangen. An der Unsichtbaren Universität war es einmal mit dem Hut eines ehemaligen Erzkanzlers zu ziemlichen Scherereien gekommen. Nachdem er im Laufe der Jahre auf so manchem Zaubererkopf viel zu vielen magischen Schwingungen ausgesetzt gewesen war, hatte er eine eigene Persönlichkeit entwickelt. Ridcully bereitete diesem Trauerspiel ein für alle Mal ein Ende, indem er sich von einem komplett verrückten Hutmacher in Ankh-Morpork ein Sondermodell anfertigen ließ.

Es war kein gewöhnlicher Zaubererhut. Die meisten Zauberer wussten nicht so recht, was sie mit der Spitze anfangen sollten, und bewahrten höchstens ein Paar Socken darin auf. Ridcullys Hut dagegen verfügte über kleine Schränke und war voller Überraschungen. So besaß er zum Beispiel vier Teleskopbeine und eine aufgerollte Bahn geölter Seide in der Krempe, die man herausziehen konnte. So erhielt man ein kleines, aber funktionsfähiges Zelt samt Spirituskocher. Der Hut hatte Innentaschen, die mit eisernen Rationen für drei Tage gefüllt waren. Und wenn man die Spitze abschraubte, hatte man Zugriff auf einen ausreichenden Spirituosenvorrat für den Notfall – wenn Ridcully zum Beispiel einmal Durst bekam.

Er hielt Oma den kleinen spitzen Becher hin.

»Brandy?«, fragte er.

»Was hast du denn da auf dem Kopf?«

Ridcully betastete vorsichtig seine kahle Stelle.

»Äh …«

»Das riecht ja nach Honig und Pferdeäpfeln. Und was ist *das* für ein Ding?«

Der Erzkanzler nahm sich den kleinen Käfig vom Kopf. Er enthielt eine winzige Tretmühle, eingebettet in eine komplizierte Konstruktion aus Glasstäben. Zwei Fressnäpfe waren zu sehen. Sowie eine haarige und momentan ziemlich durchweichte Maus.

»Ach, das ist mal wieder so eine Erfindung von den jungen Zauberern«, antwortete Ridcully verlegen. »Ich hab gesagt, ich … probiere es für sie aus. Wenn sich das Mäusefell an den Glasstäben reibt, entstehen Funken und … und … tja.«

Oma Wetterwachs warf einen Blick auf des Erzkanzlers verdreckte Haare und zog eine Augenbraue in die Höhe.

»Ist ja ein Ding«, sagte sie. »Was werden die sich wohl noch alles einfallen lassen.«

»Ich verstehe selber nicht genau, wie es funktioniert. Mit so was kennt sich Stibbons besser aus. Aber ich dachte, ich biete ihnen einfach meine Hilfe an…«

»Was für ein glücklicher Zufall, dass du eine Glatze bekommst, hm?«

In ihrem dunklen Krankenzimmer schlug Diamanda die Augen auf. Es fragte sich nur, ob es ihre eigenen waren. Sie schimmerten wie Perlmutt.

Das Lied war noch nicht ganz in Hörweite.

Und die Welt war anders. Mit dem kleinen Teil ihres Verstandes, der Diamanda noch gehörte, durchdrang sie die Schleier der Verzauberung. Die Welt bestand aus einem Muster zarter Silberlinien, als wäre alles mit einem feinen Draht umsponnen. Nur nicht da, wo Eisen war. Dort waren die Linien gequetscht, zusammengepresst und verbogen. Dort war die Welt unsichtbar. Eisen verzerrte die Welt. Von Eisen musste sie sich fernhalten.

Sie schlüpfte aus dem Bett, fasste die Klinke mit dem Zipfel ihrer Decke und öffnete die Tür.

Jorick Ogg stand – fast – stramm.

Er bewachte mal wieder das Schloss und versuchte, so lange wie möglich auf einem Bein zu stehen.

Irgendwann kam ihm der Gedanke, dass dies vielleicht nicht ganz die richtige Beschäftigung für einen Kampfkünstler war, und er übte stattdessen Nr. 19 – den Doppelsprungtritt der fliegenden Chrysantheme.

Nach einiger Zeit drang ein Geräusch zu ihm durch. Es war halbwegs rhythmisch und erinnerte ihn an einen zirpenden Grashüpfer. Das Geräusch kam aus dem Schloss.

Ohne in seiner Wachsamkeit nachzulassen, drehte er sich vorsichtig um. Man konnte ja nie wissen, ob nicht womöglich feindliche Heere hinter seinem Rücken einen Sturmangriff planten.

Jorick geriet ins Grübeln. War es wirklich seine Aufgabe, das

Schloss vor Gefahren *von drinnen* zu schützen? Kamen Eindringlinge nicht für gewöhnlich *von draußen*? Dafür baute man schließlich Befestigungsanlagen. Dafür hatte man doch die ganzen Mauern und Türme. Und er wusste, wovon er redete. Schließlich hatte er sich das große Gratisposter aus dem Buch *Belagerungsgeräte der Welt* besorgt.

Obwohl Jorick nicht der Welt schnellster Denker war, schweiften seine Gedanken unaufhaltsam zu dem Elfen im Verlies. Aber der war ja eingesperrt. Er hatte die Tür selbst abgeschlossen. Außerdem war da unten doch auch überall Eisen. Und mit dem Eisen hatte es seine Mutter sehr genau genommen.

Trotzdem...

Jorick ging methodisch vor. Er zog die Zugbrücke hoch, ließ das Fallgitter runter und warf auch noch einen prüfenden Blick über die Mauer. Aber da war nichts zu sehen, nur die Dunkelheit und eine leichte Brise.

Jetzt konnte er das Geräusch sogar fühlen. Es schien aus dem Mauerwerk zu kommen. Scharf wie ein Sägeblatt, ging es ihm durch Mark und Bein.

Der Elf konnte doch nicht geflohen sein? Nein, ausgeschlossen. Man baute schließlich kein Verlies, damit einem die Gefangenen wegliefen.

Das Geräusch kletterte die Tonleiter rauf und runter.

Jorick lehnte die rostige Pike an die Wand und zückte sein Schwert. Er konnte damit umgehen. Er übte jeden Tag zehn Minuten, und wenn er fertig war, pfiff der Strohsack, auf den er eingedroschen hatte, aus dem letzten Loch.

Er schlüpfte durch eine Hintertür ins Schloss und pirschte zum Verlies. Die Korridore waren wie ausgestorben. Natürlich, die anderen waren ja alle bei dem Lustspiel. Sicher dauerte es nicht mehr lange, bis sie wieder zurückkamen und die Feier richtig losging.

Das Schloss fühlte sich groß, alt und kalt an.

Sicher war das Stück schon fast zu Ende...

Bestimmt.

Das Geräusch brach ab.

Jorick lugte um eine Ecke. Vor ihm lag die Treppe. Unten stand die Tür zum Verlies sperrangelweit offen.

»Halt!«, rief Jorick für den Fall der Fälle.

Das Mauerwerk warf seine Stimme zurück.

»Halt! Oder ... oder ... oder ... Halt!«

Er schlich die Treppe hinunter und spähte in den gewölbten Zellengang.

»Ich warne dich! Ich trainiere den Weg des Glücklichen Jade-Lotos!«

Die Kerkertür war nur angelehnt. Und daneben stand eine weiß gekleidete Gestalt.

Jorick kniff die Augen zusammen. »Sind Sie nicht Fräulein Tockley?«

Sie lächelte. Ihre Augen glühten im Dämmerlicht.

»Du trägst einen Kettenpanzer, Jorick«, sagte sie.

»Wie bitte?« Er starrte die offene Tür an.

»Das ist schrecklich. Du musst ihn ablegen, Jorick. Wie willst du sonst etwas hören?«

Die Leere hinter ihm machte Jorick zu schaffen. Aber er hatte Angst, sich umzusehen.

»Ich höre ganz ausgezeichnet, Fräulein«, antwortete er. Er versuchte, sich mit dem Rücken zur Wand zu drehen.

»Aber du kannst nicht *wirklich* hören«, sagte Diamanda, während sie auf ihn zugeglitten kam. »Das Eisen macht dich taub.«

Jorick hatte noch nicht viel Erfahrung mit spärlich bekleideten jungen Damen, die ihm mit verträumter Miene ans Kettenhemd wollten. Der Weg des Fersengeldes wäre jetzt eine feine Sache gewesen.

Er sah an Diamanda vorbei.

In der Zellentür zeichnete sich eine große, hagere Gestalt ab. Sie stand stocksteif da, als wollte sie sich so weit wie möglich von den Wänden fernhalten.

Ein seltsames Lächeln umspielte Diamandas Lippen.
Jorick nahm die Beine in die Hand.

Irgendwie war der Wald nicht mehr derselbe wie früher. Ridcully war sich sicher, dass er in seiner Jugend voller Hasenglöckchen und Schlüsselblumen und … Hasenglöckchen und allem möglichen anderen Blühzeug gewesen war. Und nicht voller riesiger Dornendickichte, die überall im Weg herumstanden. Sie rissen an seinem Gewand, und ein- oder zweimal zerrte ihm ein rankendes Exemplar aus derselben tückischen Familie sogar den Hut vom Kopf.

Aber das Schlimmste war, dass sie Esme Wetterwachs anscheinend nichts anhaben konnten.

»Wie machst du das?«

»Ich weiß eben immer, wo ich bin«, sagte Oma.

»Ach ja? Ich weiß auch, wo ich bin.«

»Weißt du eben nicht. Du bist einfach nur da. Das ist nicht dasselbe.«

»Dann weißt du vielleicht auch, wo wir einen richtigen Weg finden, ja?«

»Das ist eine Abkürzung.«

»Zwischen zwei Orten, an denen du dich natürlich nicht verlaufen hast, meinst du?«

»Wie oft muss ich es dir noch sagen? Ich habe mich nicht verlaufen! Ich bin … richtungsmäßig herausgefordert.«

»Ha!«

Man konnte über Esme Wetterwachs sagen, was man wollte, aber eins musste man ihr lassen. Auch wenn sie vielleicht in die Irre gelaufen war – und Ridcully hatte guten Grund zu dieser Annahme, es sei denn, es gäbe in diesem Wald zwei Bäume, deren Äste genau gleich angeordnet waren *und* an denen auch noch ein Fetzen von seinem Gewand hing –, besaß sie eine Eigenschaft, die man bei jemandem, der keinen verbeulten schwarzen Hut und kein antikes schwarzes Kleid trug, sicherlich mit dem

Wort »Format« beschrieben hätte. Ja, sie war eine Frau größten Formats. Kaum vorstellbar, dass ihr eine ungeschickte Bewegung unterlief, es sei denn aus voller Absicht.

Das war ihm natürlich vor vielen Jahren auch schon aufgefallen, obwohl er damals lediglich darüber gestaunt hatte, wie gut sich ihre Gestalt in den Raum um sie herum fügte. Und …

Er war schon wieder hängen geblieben.

»Warte mal eben!«

»Die denkbar schlechteste Kleidung für eine Landpartie!«

»Ich konnte doch nicht damit rechnen, dass ich heute Abend noch durch den Wald stiefeln muss! Das ist ein verdammtes Festtagsgewand!«

»Dann ziehst du es eben aus.«

»Und wie sollen mich die Menschen dann als Zauberer erkennen?«

»Ich sag es ihnen schon!«

Oma Wetterwachs wurde es langsam zu bunt mit ihm. Außerdem hatte sie sich, auch wenn sie es niemals zugegeben hätte, tatsächlich verlaufen. Dabei war es völlig unmöglich, sich zwischen dem Wehr unterhalb der Stromschnellen und der Stadt zu verirren. Es ging immer bergauf. Zudem durchstreifte sie die Wälder im Königreich schon ihr Leben lang. Diese Wälder gehörten *ihr*.

Sie war sich ziemlich sicher, dass sie an einem Baum bereits zweimal vorbeigekommen waren. Ein Fetzen von Ridcullys Gewand hing darin.

Das Ganze war genauso absurd, als hätte sie sich in ihrem eigenen Garten verlaufen.

Auch glaubte sie, ein paar Mal das Einhorn gesehen zu haben. Es folgte ihnen. Sie hatte versucht, in seinen Kopf zu schlüpfen. Ebenso gut hätte sie versuchen können, eine Eiswand hinaufzuklettern.

Sie war nicht gerade die Ruhe selbst, aber wenigstens wusste sie jetzt, dass sie ihren Verstand nicht verloren hatte.

Wenn die Wände zwischen den Universen dünn werden und

sich die parallelen Stränge des Wenn bündeln, um sich durch das Jetzt zu schleusen, gelangt immer etwas von der einen Seite auf die andere. Die einsickernden Signale mochten winzig sein, aber ein erfahrener Empfänger konnte sie trotzdem hören.

Schwach und undeutlich, aber nicht abzuschütteln, schwirrten in Esmes Kopf die Gedanken von tausend Esmes durcheinander.

Magrat wusste nicht genau, was sie einpacken sollte. Die meisten Sachen, mit denen sie im Schloss eingezogen war, schienen sich in Luft aufgelöst zu haben, und sie konnte ja wohl unmöglich die Kleider mitnehmen, die Verenz ihr geschenkt hatte. Das Gleiche galt auch für den Verlobungsring. Sie hatte keine Ahnung, ob man ihn behalten durfte.

Sie starrte sich im Spiegel an.

Höchste Zeit, solches Zartgefühl über Bord zu werfen. Es schien ihr, als hätte sie ihr Leben lang versucht, sich klein zu machen, höflich zu sein, sich zu entschuldigen, wenn ihr jemand auf die Zehen trat, und Manieren an den Tag zu legen. Und was hatte ihr das gebracht? Dass die Leute sie behandelten, als wäre sie klein, höflich und manierlich.

Sie würde den, den, den *verdammten* Brief an den Spiegel kleben, damit alle erfuhren, warum sie gegangen war.

Sie hatte *verdammt noch mal* Lust, in eine große Stadt zu ziehen und Kurtisane zu werden.

Was auch immer das für ein Beruf sein mochte.

Und dann hörte sie den Gesang.

Es waren ohne Zweifel die schönsten Klänge, die Magrat jemals vernommen hatte. Sie strömten ihr durch die Ohren direkt ins Hirn, ins Blut, ins Mark.

Ein seidenes Hemdchen glitt ihr aus den Fingern und schwebte zu Boden.

Während sie an der Türklinke riss, meldete sich das letzte bisschen gesunder Menschenverstand, das ihr noch geblieben war, zu Wort und erinnerte sie an den Schlüssel.

Der Gesang erfüllte den Korridor. Sie raffte das Hochzeitskleid hoch, um besser laufen zu können, und hastete zur Treppe.

Etwas kam aus einer anderen Tür geschossen und rannte sie über den Haufen.

Es war Jorick Ogg. Durch den chromatischen Nebelschleier sah sie sein besorgtes Gesicht, eingerahmt von einer Haube aus rostigem…

…EISEN.

Das Lied blieb das gleiche, aber es veränderte sich auch. Die komplexen Harmonien und der faszinierende Rhythmus klangen auf einmal schief und falsch, als höre sie die Klänge mit den Ohren eines anderen.

Sie wurde durch eine Tür gezerrt.

»Hab ich Ihnen wehgetan, Fräulein Königin?«

»Was geht hier vor?«

»Weiß ich auch nicht, Fräulein Königin. Aber ich glaube, wir haben Elfen.«

»Elfen?«

»Und die haben Fräulein Tockley. Äh. Sie haben doch das Eisen weggenommen, und…«

»Was *redest* du denn da, Jorick?«

Sein Gesicht war kreidebleich.

»Der aus dem Verlies hat angefangen zu singen, und weil die sie doch gezeichnet haben, muss sie ihnen gehorchen…«

»Jorick!«

»Und meine Mutter hat gesagt, wenn es nicht sein muss, bringen sie einen nicht um. Jedenfalls nicht gleich. Sie haben viel mehr Spaß mit unsereinem, solange wir noch leben.«

Magrat starrte ihn an.

»Ich musste weglaufen! Sie wollte mir die Haube abnehmen! Ich musste sie zurücklassen! Das verstehen Sie doch, ja?«

»Elfen?«

»Sie müssen was Eisernes anfassen! Die hassen Eisen!«

Magrat verpasste ihm eine Ohrfeige und biss die Zähne zusammen. So eine eiserne Haube kann ganz schön hart sein.

»Fasel keinen Unsinn, Jorick!«

»Sie sind da draußen! Ich habe gehört, wie die Zugbrücke runtergerasselt ist! Sie sind da draußen, und wir sind hier drin, und sie töten einen nicht, sie halten einen am Leben ...!«

»Stillgestanden, Soldat!«

Etwas Besseres fiel ihr auf die Schnelle nicht ein. Und es schien zu funktionieren. Jorick riss sich am Riemen.

»Hör mal«, sagte Magrat. »Das weiß doch jeder, dass es keine Elfen mehr ...« Sie brach ab und kniff misstrauisch die Augen zusammen. »Das heißt, alle außer Magrat Knoblauch wissen, dass es *doch* welche gibt. Habe ich Recht?«

Jorick schlotterte vor Angst. Magrat packte ihn bei den Schultern.

»Meine Mama und Frau Wetterwachs haben gesagt, dass Sie nichts darüber wissen dürfen!«, jammerte Jorick. »Sie haben gesagt, das geht nur Hexen was an!«

»Und wo sind die Hexen jetzt, wo Not am Manne ist?«, fragte Magrat. »Ich sehe keine Spur von ihnen. Du vielleicht? Sind sie hinter der Tür? Nein! Sind sie unter dem Bett? Komisch, da sind sie auch nicht. Die einzige Hexe weit und breit bin *ich*, Jorick Ogg. Und wenn du mir nicht sofort alles erzählst, was du weißt, wirst du den Tag meiner Geburt noch bitter bereuen.«

Während Jorick nachdachte, hüpfte sein Adamsapfel auf und ab. Dann machte er sich von Magrat los und legte lauschend das Ohr an die Tür.

Der Gesang hatte aufgehört. Magrat glaubte, im Korridor Schritte zu hören, die sich eilig entfernten.

»Also, das war so, Fräulein Königin. Meine Mama und Frau Wetterwachs waren oben bei den Tänzern ...«

Magrat ließ sich kein Wort entgehen.

Als er fertig war, fragte sie: »Und wo sind jetzt alle abgeblieben?«

»Keine Ahnung, Frollein. Sie wollten zu dem Lustspiel… aber eigentlich müssten sie schon längst wieder da sein.«

»Wo findet die Aufführung statt?«

»Keine Ahnung, Fräullein. Fräullein?«

»Ja?«

»Warum haben Sie Ihr Hochzeitskleid an?«

»Das braucht dich nicht zu kümmern.«

»Es bringt Unglück, wenn der Bräutigam die Braut vor der Trauung im Hochzeitskleid sieht«, sagte Jorick, der Zuflucht bei idiotischen Feld-Wald-und-Wiesen-Weisheiten suchte, um seine Angst im Zaum zu halten.

»Von Glück reden kann er jedenfalls nicht, wenn er mir über den Weg läuft«, knurrte Magrat.

»Fräulein?«

»Ja?«

»Ich habe Angst, dass den anderen was passiert ist. Jason hat gesagt, sie sind in ungefähr einer Stunde wieder zurück, aber das ist jetzt schon Stunden her.«

»Es sind doch fast hundert Gäste und praktisch alle Leute aus der Stadt. So vielen auf einmal können die Elfen nichts anhaben.«

»Das brauchen sie auch gar nicht.« Jorick trat an das unverglaste Fenster. »Sehen Sie, Fräulein? Ich könnte auf den Kornspeicher neben den Pferdeställen springen. Er ist mit Stroh gedeckt, es würde bestimmt gut gehen. Dann schleiche ich mich hinten an der Küche vorbei und mit militärischer Präzision raus durch die Pforte neben dem nabenwärtigen Turm.«

»Und wozu?«

»Um Hilfe zu holen, Fräulein.«

»Aber du weißt doch gar nicht, wo du Hilfe finden kannst.«

»Fällt Ihnen vielleicht was Besseres ein, Fräulein?«

Damit konnte Magrat leider auch nicht dienen.

»Das ist sehr… tapfer von dir«, seufzte sie.

»Sie bleiben hier, dann passiert Ihnen nichts«, sagte Jorick. »Soll ich Sie einschließen und den Schlüssel mitnehmen? Dann können die Ihnen so viele Lieder vorsingen, wie sie lustig sind, ohne dass Sie ihnen die Tür aufmachen müssen.«

Magrat nickte.

Jorick lächelte kläglich. »Schade, dass wir nicht noch eine Rüstung haben«, sagte er. »Aber die sind alle in der Waffenkammer.«

»Mir geschieht schon nichts«, sagte Magrat. »Also dann …«

Jorick nickte. Er saß noch einen Augenblick auf dem Fensterbrett, dann sprang er in die Tiefe.

Magrat schob das Bett vor die Tür und setzte sich darauf.

Vielleicht wäre es besser gewesen, mit ihm zu gehen. Aber sie wollte das Schloss auch nicht unbewacht zurücklassen.

Außerdem hätte sie sich sowieso nicht getraut.

In dem Zimmer gab es nur eine einzige, bereits halb heruntergebrannte Kerze. Sobald sie erlosch, würde ihr nur noch der Mond leuchten. Magrat hatte den Mondschein immer gemocht. Bis jetzt.

Draußen war alles still. Eigentlich hätte man die Geräusche der Stadt hören müssen.

Allmählich beschlich sie der Gedanke, dass es keine gute Idee gewesen war, Jorick den Schlüssel mitnehmen zu lassen. Wenn sie ihn erwischten, konnten sie die Tür ja einfach aufschließen.

Plötzlich gellte ein Schrei, der gar nicht mehr aufhören wollte.

Dann kehrte die Stille der Nacht zurück.

Wenige Minuten später kratzte es leise am Schloss. Es klang, als versuchte jemand, einen Schlüssel hineinzustecken – aber einen, der dick mit Stoff umwickelt war, um jeden Kontakt mit dem Eisen zu vermeiden.

Langsam öffnete sich die Tür, bis sie gegen das Bett stieß.

»Komm heraus, holde Maid.«

Die Tür knarrte.

»Komm, tanz mit uns.«

Die Stimme hatte seltsame Obertöne und ein Echo, das im Kopf noch mehrere Sekunden nachhallte, nachdem das letzte Wort gesprochen war.

Die Tür sprang auf.

Drei Gestalten schlüpften herein. Die eine durchwühlte das Bett, die anderen überprüften die dunklen Zimmerecken. Zuletzt trat eine von ihnen ans Fenster und blickte an der bröckelnden Wand hinunter bis auf das Strohdach. Weit und breit war kein Mensch zu sehen.

Der Elf nickte zweien seiner Gefährten zu, die im Hof standen. Sein blondes Haar glänzte im Mondlicht.

Einer der beiden zeigte nach oben, wo jemand mit aufgebauschten weißen Röcken am Turm emporkraxelte.

Der Elf lachte. Dass er heute Nacht noch so viel Spaß haben würde, hatte er nicht zu hoffen gewagt.

Atemlos hievte Magrat sich über das Fensterbrett und ließ sich ins Zimmer plumpsen. Als sie sich wieder aufgerappelt hatte, wankte sie zur Tür, die man aber leider nicht abschließen konnte, weil der Schlüssel fehlte. Dafür besaß sie zwei schwere hölzerne Riegel, die Magrat blitzschnell vorlegte.

Als Nächstes schloss sie den Fensterladen.

Die Elfen würden sie kein zweites Mal entkommen lassen. Sie hatte fest mit einem Pfeil gerechnet, aber... nein, so eine simple Lösung wäre nicht amüsant genug gewesen.

Magrat starrte wütend ins Dunkel. Sie war in einem Zimmer, so viel stand fest. Fragte sich nur, in welchem? Sie ertastete eine Kerze und ein Bündel Streichhölzer. Nach einigem hektischen Geschabe hatte sie Licht.

Neben dem Bett stapelten sich Kästen und Koffer. Ein Gästezimmer also.

Langsam sickerten ihre Gedanken durch die Stille in ihrem Kopf.

Würden die Elfen noch einmal für sie singen? Würde sie ihnen widerstehen können? Vielleicht war es einfacher, wenn man wusste, was einen erwartete...

Es klopfte leise an der Tür.

»Wir haben deine *Freunde*, holde Maid. Komm, tanz mit mir.«

Magrat blickte sich verzweifelt um: Es war ein Gästezimmer wie jedes andere. Wasserkrug und Waschschüssel auf einem Tischchen, der grässliche Abtritterker, nur unzureichend hinter einem Vorhang verborgen, das Bett, auf dem einige Taschen und Bündel lagen, ein durchgesessener Lehnstuhl, von dem der Lack ab war, und ein Teppichläufer, den das Alter und der eingetretene Staub hatten grau werden lassen.

Jemand rüttelte an der Tür. »Lass mich ein, holde Maid.«

Es hatte keinen Sinn, noch einmal durch das Fenster zu flüchten. Natürlich konnte sie sich unter dem Bett verstecken, aber für wie lange? Höchstens zwei Sekunden.

Wie magisch angezogen heftete sich ihr Blick erneut auf die Wandnische des Grauens.

Magrat schlüpfte hinter den Vorhang und nahm den Deckel ab. Der Schacht war definitiv breit genug für einen Menschen. Dafür waren Abtritterker berüchtigt. Mehr als ein unbeliebter König hatte auf einem solchen Thron schon sein Leben ausgehaucht, gemeuchelt von einem Attentäter, der nichts weiter mitbringen musste als ein gewisses Klettertalent, einen Speer und eine fundamentalpolitische Grundhaltung.

Die Tür bekam einen heftigen Schlag.

»Holde Maid, soll ich für dich singen?«

Magrat fasste einen Entschluss.

Kurz darauf hielten die Scharniere dem Druck nicht mehr stand. Die rostigen Schrauben brachen aus dem Mauerwerk.

Der halb zugezogene Vorhang der Nische wehte leise im Wind.

Der Elf lächelte, schritt zielbewusst zum Vorhang und riss ihn auf.

Der Deckel aus Eichenholz war oben.

Der Elf blickte nach unten.

Wie eine weiße Erscheinung tauchte Magrat hinter ihm auf und schmetterte ihm den Stuhl auf den Schädel. Die Sitzgelegenheit zerbrach in tausend Stücke.

Schwankend wollte der Elf sich umdrehen, aber da holte Magrat auch schon mit einem ansehnlichen Stuhlrest zu einem verzweifelten Aufwärtshaken aus. Der Elf taumelte rückwärts, griff nach dem Deckel, um sich festzuhalten, und schaffte es doch bloß, ihn hinter sich zuzuklappen. Unter lautem Wutgeschrei stürzte er hinab in das stinkende Dunkel. Leider durfte Magrat nicht darauf hoffen, dass er sich dabei den Hals brechen würde. Ihm stand schließlich eine sanfte Landung bevor.

»So was nennt man Stinkbombe«, murmelte sie.

Mag sein, dass man unter einem Bett nur für zwei Sekunden sicher ist, aber manchmal sind zwei Sekunden eben völlig ausreichend.

Am ganzen Leib zitternd ließ sie die Stuhltrümmer fallen. Immerhin lebte sie noch, und das war ein gutes Gefühl. Das ist eben das Schöne am Leben: Man lebt, um sich des Lebens zu freuen.

Magrat spähte in den Korridor.

Hier konnte sie nicht bleiben. Sie bewaffnete sich mehr schlecht als recht mit einem ausgerissenen Stuhlbein und wagte sich hinaus.

Wieder vernahm sie einen Schrei. Er kam aus der Richtung des Großen Saals.

Sofort rannte Magrat los, aber in die entgegengesetzte Richtung, zur Langen Galerie. Irgendwo musste es doch einen Weg nach draußen geben – eine Pforte, ein Fenster, was auch immer.

Ein modernisierungsfreudiger Monarch hatte die Fenster schon vor Jahren mit Scheiben ausgestattet. Das Mondlicht fiel in großen silbernen Vierecken herein, dazwischen lagen viereckige Schatten.

Magrat rannte vom Hellen ins Dunkle, vom Hellen ins Dunkle durch den nicht enden wollenden Schlauch von einem Raum. Monarch um Monarch huschte an ihr vorbei wie in einem überdrehten Film. König um König mit Kronen und Backen-, Schnurr- und Vollbärten. Königin um Königin mit Korsagen und

Miedern, Heile-Gänschen-Gluckenhabichten und Schoßhündchen und …

War es eine Kontur, eine Mondspiegelung, ein bestimmter Gesichtsausdruck? Was auch immer es war, es ließ Magrat aufmerken und riss sie einen Augenblick lang aus ihrer panischen Angst.

Sie kannte das Gemälde nicht. So weit war sie in der Galerie noch nie vorgedrungen, weil sie die leeren, blöden Mienen der versammelten Königinnen einfach zu deprimierend fand. Dieses Gesicht dagegen …

… hatte ihr etwas zu sagen.

Magrat blieb stehen.

Die Königin konnte dem Künstler unmöglich Modell gestanden haben. Zu ihrer Zeit kannte man in Lancre nämlich nur eine einzige Farbe: eine Art Blau, das man hauptsächlich am Körper trug. Aber vor einigen Generationen hatte König Lully I., ein Hobbyhistoriker mit einem Hang zur Romantik, die Entstehungsgeschichte von Lancre erforscht. Wo die Quellenlage ein wenig dürftig war, zog er nach der alten Tradition übereifriger Volkskundler seine eigenen fundierten Schlüsse* und extrapolierte aus vergleichbaren Dokumenten**. Anschließend gab er dem Hofmaler das Porträt von Königin Ynci der Jähzornigen in Auftrag, einer der Stammmütter des Königreichs.

Sie trug einen Flügelhelm, gekrönt von einem Stachel. Ihre üppige schwarze Mähne hing ihr in dicken Zottelzöpfen vom Kopf, mit Blut als Haarfestiger. Sie war im Blaublutspiralstil dekorativer Barbarenkosmetik stark geschminkt. Sie trug einen Brustharnisch in Größe 95D mit Stacheln und beeindruckende Schulterpolster mit Stacheln. Sie hatte Knieschützer mit Stacheln, Sandalen mit Stacheln und einen sehr kurzen Rock mit modischem Karo- und Blutmuster. Die eine Hand ruhte lässig auf dem

* Er dachte sich selbst etwas aus.
** Er las viele Texte von Leuten, die sich ebenfalls selbst etwas ausgedacht hatten.

Griff einer beidhändig zu schwingenden Streitaxt mit Stachel, mit der anderen umschloss sie die Hand eines gefangenen feindlichen Kriegers.

Der Rest des gefangenen feindlichen Kriegers war im Hintergrund über mehrere Kiefern drapiert. Auf dem Gemälde war auch Stachel verewigt, ihr geliebtes Schlachtenpony, das zu der inzwischen ausgestorbenen Rasse der Lancre-Bergponys gehörte, die von Form und Gemüt her an ein Fass Schießpulver erinnerten. Zudem war ihr Streitwagen zu sehen, der das verbreitete Stachelmotiv wieder aufgriff. Mit seinen Rädern hätte man sich rasieren können.

Magrat machte große Augen.

Auf diesen Anblick hatte sie niemand vorbereitet.

Man hatte ihr von Gobelins erzählt, von Stickereien und Reifröcken und ihr erklärt, wie man einem Grafen die Hand schüttelt. Aber keine Silbe über irgendwelche Stacheln.

Plötzlich hörte sie ein Geräusch aus der Richtung, aus der sie gekommen war. Schnell raffte sie ihre Röcke und rannte weiter.

Hinter ihr erklangen Schritte und Gelächter.

Nach links hinunter durch den Kreuzgang, dann durch den dunklen Gang über der Küche und vorbei an …

Doch da – eine Bewegung im Schatten. Ein Aufblitzen von Zähnen. Magrat riss das Stuhlbein hoch und wollte gerade zuschlagen, als …

»Greebo?«

Nanny Oggs Kater drückte sich an ihre Beine. Sein Fell lag flach am Körper an. Magrat wurde es noch beklommener ums Herz. Schließlich war Greebo der unumstrittene König der Katzen von Lancre und Vater der meisten von ihnen. Wölfe verkrochen sich vor ihm, Bären flüchteten sich auf Bäume. Und jetzt? Hatte er Angst!

»Komm her, du Dummerchen!«

Sie packte ihn im vernarbten Genick und lief weiter, während

Greebo ihr dankbar die Krallen in den Arm schlug – bis auf den Knochen* – und auf ihre Schulter kletterte.

Offenbar befand Magrat sich ganz in der Nähe der Küche, denn das war Greebos Revier. Ein unbekanntes Schattenreich, *terror incognita*, wo das Fleisch der Teppiche und Holzvertäfelungen endete und die steinernen Knochen des Schlosses zutage traten.

Schnelle, leichtfüßige Schritte näherten sich von hinten.

Wenn sie es bis um die nächste Ecke schaffte …

Greebos Körper spannte sich wie eine Sprungfeder. Magrat blieb stehen.

Um die nächste Ecke …

Wie von selbst hob sich die Hand mit dem zersplitterten Stuhlbein.

Magrat schlich ein paar Schritte weiter und stach blindlings zu. Ein siegessicheres Zischen ging in ein Kreischen über, als das Holz am Hals des lauernden Elfen entlangschrammte. Er zuckte zurück. Weinend vor Panik stürzte Magrat auf die nächstbeste Tür zu und riss an der Klinke. Die Tür ging auf. Sie sprang hindurch, knallte sie zu, tastete hektisch nach den Riegeln, legte sie vor und sank auf die Knie.

Das Holz erbebte unter einem heftigen Schlag.

Nach einer Weile machte Magrat die Augen wieder auf – oder etwa doch nicht? Das Dunkel war kein bisschen weniger dunkel als vorher. Sie hatte ein Gefühl von Weite. Im Schloss gab es die unterschiedlichsten Räume, auch alte Geheimkammern. Womöglich tat sich genau vor ihr eine tiefe Grube auf. Sie zog sich am Türpfosten hoch und tastete vorsichtig die Wand ab.

Ein kleines Brett. Darauf eine Kerze. Daneben ein Bündel Streichhölzer.

Obwohl ihr Herz wie wild pochte, probierte sie es mit ruhiger Logik. Sie befand sich offensichtlich in einem Zimmer, in dem

---

* »Er ist doch so ein Sensibelchen« – aus Nanny Oggs *Zitatenschatz der Katzensprüche.*

sich erst kürzlich jemand aufgehalten hatte. Die meisten Leute in Lancre benutzten noch Zunderbüchsen. Nur der König konnte es sich leisten, in Ankh-Morpork Streichhölzer zu bestellen. Oma Wetterwachs und Nanny Ogg verwendeten auch welche, aber sie kauften sie nicht. Sie bekamen sie geschenkt. Denn: Kleine Geschenke erhalten einer Hexe Freundschaft.

Magrat zündete den Kerzenstummel an und drehte sich um, um zu sehen, in was für einen Raum sie sich gerettet hatte.

O nein…

»Sieh da, sieh da«, sagte Ridcully. »Den Baum kenne ich doch.«

»Klappe.«

»Hat nicht irgendwer behauptet, wir müssten immer nur bergauf gehen?«, fragte er.

»Klappe.«

»Als wir früher einmal in diesem Wald waren, durfte ich dich…«

»Klappe.«

Oma Wetterwachs setzte sich auf einen Baumstumpf.

»Wir werden labyrinthiert«, sagte sie. »Jemand führt uns in die Irre.«

»Ich kenne da eine Geschichte«, sagte Ridcully. »Über zwei Kinder, die sich im Wald verlaufen hatten. Und dann kamen viele Vögel und deckten sie mit Blättern zu.« In seiner Stimme schwang ein hoffnungsvoller Unterton mit, kaum wahrnehmbarer als ein Zeh, der unter einer Krinoline hervorlugt.

»Auf so einen Schwachsinn kann auch bloß ein Vogel kommen«, antwortete Oma. Sie rieb sich den Kopf.

»Das haben wir der Königin zu verdanken«, fuhr sie fort. »Das ist ein Elfentrick. Wanderer in die Irre zu führen. Sie fuhrwerkt in meinem Kopf rum. In *meinem* Kopf! Sie ist wirklich sehr geschickt. Lässt uns dahin gehen, wo sie uns haben will. Immer im Kreis herum. Und das mir!«

»Vielleicht liegt es ja daran, dass du mit den Gedanken woanders bist«, sagte Ridcully, der die Hoffnung noch nicht aufgegeben hatte.

»Kein Wunder, dass ich mit den Gedanken nicht bei der Sache bin, wo du alle paar Schritte hinfällst und mir die ganze Zeit mit irgendwelchem Unsinn in den Ohren liegst«, gab Oma zurück. »Hätte der große Herr Zauberer nicht alte Geschichten wieder aufwärmen wollen, die es so überhaupt nie gegeben hat, wäre ich jetzt nicht hier. Ich wäre im Zentrum des Geschehens und wüsste, was vor sich geht.« Sie ballte die Fäuste.

»Aber wir können es uns doch auch hier gemütlich machen«, sagte Ridcully. »Es ist eine laue Sommernacht. Wir könnten uns unter einen Baum setzen und ...«

»Und du fällst auch noch darauf rein«, knurrte Oma. »Auf diesen ganzen sentimentalen Blicke-die-sich-ineinander-versenken-Schmus. Ich weiß ehrlich nicht, wie du dich als Oberzauberer so lange halten konntest.«

»Hauptsächlich, indem ich vorsichtshalber immer nachschaue, wer oder was in meinem Bett lauert. Außerdem lasse ich jeden Bissen vorkosten«, antwortete Ridcully mit entwaffnender Offenheit. »Sonst ist eigentlich nicht viel dabei. Bisschen Papierkram und ab und zu mal eine Gardinenpredigt halten.«

Ein Blatt schwebte herab.

Ridcully wechselte das Thema.

»Jedenfalls warst du ganz schön überrascht, als du mich gesehen hast«, sagte er. »Du bist kreidebleich geworden.«

»Bei *dem* Anblick würde jeder ein bisschen käsig um die Nase werden. Ein erwachsener Mann, der dasteht wie ein Schaf, das sich verschluckt hat«, gab Oma zurück.

»Du gibst wohl niemals klein bei, was?«, fragte Ridcully. »Ist schon erstaunlich. Du bist stur wie ein Bock.«

Wieder schwebte ein Blatt herab.

Ridcully zuckte nicht mit der Wimper.

»Weißt du was?«, sagte er, um einen möglichst gleichmütigen Ton bemüht. »Entweder fängt der Herbst in eurer Gegend besonders früh an, oder in diesem Wald gibt es die gleichen Vögel wie in der Geschichte, die ich vorhin erwähnt habe. Es kann natürlich auch sein, es sitzt jemand über uns im Baum.«

»Ich weiß.«

»Du weißt es?«

»Ja, weil ich nämlich aufgepasst habe, während du in angestaubten Erinnerungen gekramt hast«, sagte Oma. »Sie sind mindestens zu fünft, direkt über unseren Köpfen. Was machen deine magischen Finger?«

»Wahrscheinlich könnte ich einen Feuerball hinkriegen.«

»Das würde nichts nützen. Kannst du uns von hier wegbringen?«

»Nicht uns beide.«

»Aber dich?«

»Gut möglich. Allerdings habe ich nicht vor, dich im Stich zu lassen.«

Oma verdrehte die Augen. »Ich hab's ja schon immer gewusst«, sagte sie. »Männer sind Gockel. Nun hau schon ab, du Zimperliese. Die wollen mich nicht umbringen. Zumindest jetzt noch nicht. Aber mit Zauberern haben sie keine Erfahrung. Sie würden ruck, zuck Hackfleisch aus dir machen.«

»Und wer ist jetzt zimperlich?«

»Was nützt du mir, wenn du tot bist?«

»Und was nütze ich dir, wenn ich weglaufe?«

»Wesentlich mehr, als wenn du hierbleibst.«

»Ich würde es mir nie verzeihen, wenn ich dich zurücklasse.«

»Ich würde es dir nie verzeihen, wenn du bei mir bleibst. Und ich bin wesentlich unversöhnlicher als du«, sagte Oma. »Geh zu Gytha Ogg, wenn alles vorbei ist. Sag ihr, sie soll in mein altes Kästchen gucken. Sie weiß, was darin ist. Und wenn du jetzt nicht gehst…«

Ein Pfeil schlug neben Ridcully in den Baumstumpf ein.

»Die Mistkerle schießen auf mich!«, schrie er. »Wenn ich meine Armbrust dabeihätte…«

»Wieso holst du sie nicht?«, fragte Oma.

»Wird gemacht! Bin in einer Sekunde wieder da!«

Ridcully verschwand. Postwendend landete eine Ladung Steine aus der Schlossmauer an der Stelle, wo er gerade noch gesessen hatte.

»So, den wären wir los«, sagte Oma.

Sie stand auf und sah in die Bäume.

»Also dann«, sagte sie. »Hier bin ich. Ich laufe nicht weg. Kommt und holt mich. Hier bin ich. Kommt und holt uns.«

Magrat beruhigte sich wieder. Natürlich gab es das. Jedes Schloss besaß so etwas. Und es wurde sogar benutzt. Im Staub zeichnete sich ein kurzer Trampelpfad bis zu einem Ständer ab, an dem einige schon halb aufgeribbelte Kettenrüstungen hingen, gleich neben dem Gestell mit den Piken.

Jorick kam wahrscheinlich jeden Tag hierher.

Es war die Waffenkammer.

Greebo sprang von Magrats Schultern und verschwand in den mit Spinnweben verhängten Gängen, wie immer auf der Suche nach etwas Kleinem, Quietschendem.

Magrat folgte ihm leicht benommen.

Die Könige von Lancre hatten anscheinend nie etwas weggeworfen – zumindest nichts, was sich dazu eignete, andere Leute zu töten.

Da hingen Rüstungen für Männer. Rüstungen für Pferde. Rüstungen für Kampfhunde. Sogar Rüstungen für Raben, auch wenn sich die hochfliegenden Pläne von König Gurnt dem Dummen, Luftangriffe zu fliegen, letzten Endes zerschlagen hatten. Daneben wurden noch mehr Piken aufbewahrt, dazu Schwerter, Entermesser, Rapiere, Degen, Breitschwerter, Kriegsflegel, Streitkolben, Morgensterne, Knüppel und Keulen mit Stacheln, die allesamt wild durcheinanderlagen und da, wo es durchs Dach regnete, zu eisernen Klumpen zusammengerostet waren. Berge von Langbögen, Kurzbögen, Jagdbögen und Flitzebögen sowie große und kleine Armbrüste hatte man einfach wie Feuerholz aufgeschichtet. Einzelteile von Rüstungen türmten sich zu rostroten Haufen. Der Rost war überall. Der ganze riesige Raum war ein Friedhof für Eisen.

Magrat ging hindurch wie eine Aufziehfigur, die ihre Richtung erst wieder ändern kann, wenn sie irgendwo anstößt.

Matt spiegelte sich der Kerzenschein auf Helmen und Brustharnischen. Am furchteinflößendsten waren die Pferderüstungen auf den morschen Holzgestellen – sie standen da wie Exoskelette und gemahnten wie echte Skelette ans Sterben. Leere Augenhöhlen starrten blicklos auf die kleine Gestalt im flackernden Licht hinunter.

»Holde Maid?«

Die Stimme kam durch die Tür, die Magrat inzwischen weit hinter sich gelassen hatte. Aber rings um sie herum wurde der Hall von den jahrhundertealten Waffen zurückgeworfen.

Sie können hier nicht rein, dachte Magrat. Zu viel Eisen. Hier bin ich sicher.

»Will die holde Maid spielen? Dann holen wir ihre Freunde dazu.«

Als Magrat sich umdrehte, blitzte es im Dunkeln auf, und das Kerzenlicht blieb an etwas Glänzendem hängen.

Magrat wuchtete einen riesigen Schild beiseite.

»Holde Maid?«

Magrat griff zu.

»Holde Maid?«

Magrat hielt einen rostigen Flügelhelm in der Hand.

»Komm mit uns zum Hochzeitstanz, holde Maid.«

Magrat griff nach einem vollbusigen Brustharnisch mit Stacheln.

Greebo, der in einer umgefallenen Rüstung Mäuse gejagt hatte, steckte den Kopf aus einer Beinöffnung.

Magrat war wie verwandelt. Man merkte es daran, wie sie atmete. Erst hatte sie noch gekeucht vor Angst und Erschöpfung.

Dann hielt sie sekundenlang den Atem an. Und schließlich holte sie wieder Luft – langsam und tief, zu allem entschlossen.

Greebo sah, wie Magrat, die er im Grunde immer als eine Art Maus in Menschengestalt eingestuft hatte, sich den Flügelhelm aufsetzte.

Als – ehemalige – Hexe wusste Magrat eines ganz genau: Kopfbedeckungen machen Leute.

Das Rattern von Streitwagen drang an ihr inneres Ohr.

»Holde Maid? Wir bringen dir deine Freunde, dass sie für dich singen.«

Sie drehte sich um.

Das Kerzenlicht brach sich in ihren sprühenden Augen.

Greebo zog sich in den Schutz der Rüstung zurück. Er erinnerte sich an eine Begegnung mit einer Füchsin. Normalerweise konnte der Kater es mit jedem Fuchs aufnehmen, und zwar mit links, aber diese Füchsin hatte, wie sich bald zeigte, einen Wurf Junge. Allerdings bekam er das erst zu spüren, nachdem er ihr in ihren Bau gefolgt war. Er hatte ein Stück Ohr und ziemlich viel Fell eingebüßt, bevor ihm die Flucht gelang.

Die Miene der Füchsin war eine ähnliche gewesen wie die, die Magrat jetzt aufgesetzt hatte.

»Greebo? Zu mir!«

Der Kater machte kehrt und versuchte, im Brustharnisch ein sicheres Versteck zu finden. Allmählich kam er sich selbst vor wie ein armer Ritter.

Elfen streiften suchend durch die Schlossgärten. Die Fische im Zierteich machten ihnen keinen Spaß mehr: Sie waren tot.

Herr Bach hockte auf einem Küchenstuhl und arbeitete an einem Riss in der Stallmauer.

Ihm war nicht entgangen, dass sich im Schloss irgendetwas Aufregendes tat, aber da es mit Menschen zu tun hatte, war es für ihn nur von zweitrangiger Bedeutung. Doch das veränderte Brummen der Stöcke und das Splittern von Holz ließen ihn aufmerken.

Einen Bienenstock hatten sie bereits umgeworfen. Eine Wolke zorniger Bienen stürzte sich auf die drei Gestalten, die Waben, Honig und Brut lachend in den Dreck trampelten.

Das Gelächter brach schlagartig ab, als hinter der Hecke eine weiß gekleidete, verschleierte Erscheinung auftauchte und ihnen mit einem langen Metallrohr drohte.

Niemand wusste genau, was für ein Vertilgungsmittel Herrn Bachs Spritzflasche enthielt. Auf jeden Fall gehörten alter Tabak, ausgekochte Wurzeln, Rindenspäne und Kräuter, die nicht einmal Magrat kannte, mit hinein. Der schimmernde Strahl, den er über die Hecke schoss, traf den mittleren Elf mitten zwischen die Augen und bespritzte auch die beiden anderen.

Herr Bach wartete gleichmütig ab, bis ihr Todeskampf zu Ende war.

»Wespen«, sagte er.

Dann holte er einen Holzkasten, zündete eine Laterne an und machte sich, ohne sich von den Stichen stören zu lassen, mit großer Sorgfalt und Umsicht an die Reparatur der beschädigten Waben.

Jorick hatte kaum noch Gefühl im Arm, abgesehen von dem dumpfen Stechen, das auf mindestens einen gebrochenen Knochen schließen ließ. Zwei seiner Finger sahen auch nicht mehr so aus, wie sie sollten. Er schwitzte, obwohl er nur seine Unterwäsche trug. Er hätte die Rüstung nie ablegen dürfen, aber wer sagt schon nein, wenn ein Elf einen Pfeil auf ihn richtet? Jorick wusste, was viele Leute zum Glück nie am eigenen Leib erfahren mussten – dass eine Kettenrüstung gegen einen Pfeil nicht viel Schutz bietet. Schon gar nicht, wenn der Pfeil zwischen die Augen zielt.

Die Elfen hatten ihn bis vor die Waffenkammer geschleift. Sie waren mindestens zu viert, aber ihre Gesichter waren schwer zu erkennen. Jorick musste an die fahrende Gauklertruppe mit der Zauberlaterne denken, die einmal in Lancre aufgetreten war. Gebannt hatte er zugesehen, wie die unterschiedlichen Bilder auf eines von Nanny Oggs Bettlaken geworfen wurden. Die Elfengesichter erinnerten ihn daran. Irgendwo hatten sie Augen und einen Mund, aber alles andere schien ständig im Fluss zu sein. Ihre Gesichtszüge verschwammen und wechselten sich ab wie damals die Bilder auf der Leinwand.

Sie waren nicht sehr gesprächig. Dafür lachten sie viel. Sie waren ein lustiges Völkchen, besonders dann, wenn sie einem den Arm bis zum Anschlag verdrehten.

Die Elfen wechselten ein paar Worte in ihrer eigenen Sprache. Dann wandte sich einer von ihnen Jorick zu und deutete auf die Tür der Waffenkammer.

»Die Maid soll herauskommen«, meinte er. »Sag ihr, sonst müssen wir noch ein bisschen mehr mit dir spielen.«

»Und was habt ihr mit uns vor, wenn sie tatsächlich rauskommt?«

»Dann spielen wir trotzdem mit dir«, sagte der Elf. »Das ist ja gerade das Lustige. Aber sie muss hoffen können. Rede mit ihr. Jetzt.«

Jorick wurde gegen die Tür gedrückt. Er klopfte auf eine – unter den gegebenen Umständen – möglichst höfliche Art und Weise an.

»Äh. Fräulein Königin?«

Magrats Stimme klang seltsam gedämpft.

»Ja?«

»Ich bin's, Jorick.«

»Ich weiß.«

»Ich bin hier draußen. Äh. Ich glaube, sie haben Fräulein Tockley was angetan. Äh. Sie sagen, sie wollen mir noch mehr wehtun, wenn Sie nicht rauskommen. Aber Sie können auch drinbleiben. Die trauen sich ja nicht rein wegen des vielen Eisens. Deswegen würde ich an Ihrer Stelle gar nicht auf sie hören.«

In einiger Entfernung hinter der Tür schepperte es – dann machte es *ritsch*.

»Fräulein Magrat?«

»Frag sie«, befahl der Elf, »ob sie da drin zu essen und zu trinken hat.«

»Fräulein, ich soll Sie fragen …«

Der Elf riss ihn von der Tür weg. Zwei weitere postierten sich rechts und links davon, und einer legte sein spitzes Ohr an das Holz.

Dann kniete er sich hin und spähte vorsichtig, ohne das Eisen zu berühren, durch das Schlüsselloch.

Es war höchstens ein leises Klicken zu hören, mehr nicht. Der Elf blieb einen Augenblick reglos knien, bevor er stumm nach hinten kippte.

Jorick blinzelte.

Aus dem Auge des Elfen ragte das kahle Ende eines Armbrustbolzens. Die Federn waren auf dem Weg durch das Schloss weggeschoren worden.

»Holla«, sagte Jorick.

Die Tür der Waffenkammer schwang auf, dahinter lag ein undurchdringliches Dunkel.

Einer der Elfen fing an zu lachen.

»Der ist hinüber«, sagte er. »Wie dumm kann man … Holde Maid? Hör auf deinen Krieger!«

Er packte Joricks gebrochenen Arm und verdrehte ihn.

Jorick versuchte, nicht zu schreien. Vor seinen Augen leuchteten lila Lichter auf. Er fragte sich, was wohl passieren würde, wenn er das Bewusstsein verlor.

Er wünschte, seine Mama wäre bei ihm.

»Holde Maid«, sagte der Elf, »wenn du …«

»Schon gut«, antwortete Magrats Stimme aus dem Dunkeln. »Ich komme raus. Du musst versprechen, mir nichts zu tun.«

»Aber gern, holde Maid.«

»Und dann lässt du Jorick los.«

»Ja.«

Die Elfen zu beiden Seiten der Tür nickten einander zu.

»Bitte?«, flehte Magrat.

»Ja.«

Jorick stöhnte. Mama und auch Frau Wetterwachs hätten bis zum letzten Blutstropfen gekämpft. Mama hatte Recht – Magrat war einfach viel zu lieb und nett …

… und hatte gerade einen Armbrustbolzen durchs Schlüsselloch geschossen.

Bei Jorick meldete sich ein achter Sinn. Er verlagerte unauffällig das Gewicht. Wenn der Elf seinen Griff nur für eine halbe Sekunde lockerte, würde er die Chance beim Schopf packen und … wegtaumeln.

Magrat erschien in der Tür. Sie hielt einen uralten Kasten in der Hand, auf den mit abblätternder Farbe das Wort »Kerzen« gepinselt war.

In Jorick keimte die Hoffnung höher.

Magrat lächelte den Elf, der ihn gepackt hielt, freundlich an. »Ich hab dir etwas mitgebracht«, sagte sie und überreichte ihm den Kasten. Der Elf griff automatisch zu. »Aber du darfst es nicht aufmachen. Und denk daran, du hast versprochen, mir nichts zu tun.«

Die anderen beiden Elfen traten hinter sie. Einer von ihnen hob die Hand, mit der er ein steinernes Messer umklammert hielt.

»Holde Maid?«, sagte der Elf mit dem Holzkasten, der in seinen Händen sacht schaukelte.

»Ja?«, machte Magrat kläglich.

»Ich hab dich angelogen.«

Das Messer fuhr nieder.

Es traf Magrats Rücken und zersprang in tausend Stücke.

Der Elf warf einen Blick auf Magrats Unschuldsmiene und öffnete den Kasten …

… in dem Greebo zwei quälende Minuten hatte ausharren müssen. Theoretisch kann eine Katze in einem Kasten lebendig oder tot sein. Das weiß man erst, wenn man reinguckt. Es genügt schon, den Kasten zu öffnen, um sich über ihre Verfassung Gewissheit zu verschaffen, auch wenn die Katze, beziehungsweise in diesem Fall der Kater, sogar *drei* unterschiedliche Seinszustände aufzuweisen hat: lebendig, tot oder außer sich vor Wut.

Als Greebo hochging wie eine Tretmine, tauchte Jorick zur Seite ab.

»Keine Sorge«, sagte Magrat verträumt, während der Elf nach der tobsüchtigen Katze drosch. »Er ist ein richtiges Sensibelchen.«

Sie riss ein Messer aus ihrem Kleid, fuhr herum und rammte es dem Elf, der hinter ihr stand, in den Leib. Es war zwar kein perfekter Treffer, aber das war auch gar nicht nötig, wenn man mit einer eisernen Klinge zustach.

Zur Krönung ihres Überraschungsangriffs lüpfte sie elegant den Saum ihres Kleides und verpasste dem dritten Elfen einen Tritt unter die Kniescheibe.

Als ihr Fuß wieder unter dem Kleid verschwand, sah Jorick Metall aufblitzen.

Magrat stieß den schreienden Elfen mit dem Ellenbogen beiseite, schlenderte lässig in die Waffenkammer und kam mit einer Armbrust wieder heraus.

»Welcher von denen hat dir wehgetan, Jorick?«, fragte sie.

»Alle drei«, antwortete Jorick matt. »Aber der, der mit Greebo kämpft, hat Diamanda niedergestochen.«

Der Elf riss sich den Kater vom Gesicht. Grünblaues Blut strömte aus einem Dutzend Wunden. Greebo krallte sich in den Arm, mit dem der Elf ihn gegen die Wand schmetterte.

»Aufhören!«, befahl Magrat.

Der Elf sah die Armbrust und erstarrte.

»Ich werde nicht um Gnade winseln«, sagte er.

»Gut«, antwortete Magrat und drückte ab.

Nun war nur noch ein Elf übrig. Der wälzte sich auf dem Boden und hielt sich das Knie.

Magrat stieg anmutig über eine Elfenleiche hinweg, verschwand erneut in der Waffenkammer und kehrte mit einer Streitaxt zurück.

Der Elf lag da wie festgewachsen und hatte nur noch Augen für Magrat.

»Und nun zu dir«, sagte Magrat liebenswürdig. »Ich habe nicht vor, dich, was deine Überlebenschancen angeht, zu belügen. Du hast nämlich keine. Ich werde dir nur ein paar Fragen stellen. Aber zuerst sorge ich dafür, dass du mir gut zuhörst.«

Reaktionsschnell wälzte sich der Elf unter der niedersausenden Axt zur Seite, sodass sie lediglich eine Steinfliese spaltete.

»Fräulein?«, sagte Jorick matt, als Magrat erneut zum Schlag ausholte.

»Ja?«

»Mama sagt, die Elfen kennen keinen Schmerz, Fräulein.«

»Nicht? Aber man kann es ihnen sicher trotzdem ein bisschen ungemütlich machen.«

Magrat ließ die Axt sinken.

»Wir könnten natürlich auch eine Rüstung nehmen«, sagte sie. »Sollen wir ihn in eine Rüstung stecken?«

»Nein!«

Der Elf versuchte wegzurobben.

»Warum denn nicht?«, fragte Magrat. »Immer noch besser als eine Axt, oder?«

»Nein!«

»Warum nicht?«

»Das ist ein Gefühl, als wäre man eingegraben«, zischte der Elf. »Keine Augen, keine Ohren, kein Mund!«

»Dann nehmen wir eben einen Kettenpanzer«, sagte Magrat.

»Nein!«

»Wo ist der König? Wo sind alle hin?«

»Das verrate ich nicht!«

»Wie du willst.«

Magrat schlüpfte noch einmal in die Waffenkammer, und als sie diesmal herauskam, zerrte sie eine Kettenrüstung hinter sich her.

Der Elf kam halb hoch und wollte auf allen vieren davonkriechen.

»Das schaffen Sie nicht, Fräulein«, sagte Jorick, der immer noch auf dem Boden lag. »Sie kriegen das Ding nie im Leben über seine Arme.«

Magrat hob die Axt.

»O nein!«, rief Jorick. »Nicht!«

»Du hast ihn verloren«, sagte der Elf. »Er gehört jetzt ihr.«

»Das wollen wir doch mal sehen«, sagte Magrat. »Schon gut, Jorick. Aber was machen wir jetzt mit ihm?«

Sie verfrachteten ihn in einen Abstellraum neben dem Verlies und fesselten ihn mit den Händen ans – natürlich eiserne – Fenstergitter. Als Magrat die Tür hinter sich zuschlug, wimmerte er immer noch.

Jorick behielt vorsichtshalber einen höflichen Sicherheitsabstand bei. Magrats Dauerlächeln war ihm alles andere als geheuer.

»Und jetzt lass mich mal deinen Arm ansehen«, sagte sie.

»Ist halb so wild«, antwortete Jorick. »Aber Diamanda… sie haben sie in der Küche niedergestochen.«

»Dann war sie das, die da vorhin geschrien hat?«

»Äh. Auch. Äh.« Jorick starrte fasziniert auf die Leichen, während Magrat ungerührt über sie hinwegschritt.

»Sie haben sie getötet«, sagte er.

»War das falsch?«

»Äh. Nein«, antwortete Jorick vorsichtig. »Nein. Eigentlich war das sogar… richtig gut.«

»In der Grube ist auch noch einer«, sagte Magrat. »Du weißt, *welche* Grube ich meine? Was für ein Tag ist heute?«

»Dienstag.«

»Und du leerst sie immer am…?«

»Mittwoch. Aber letzten Mittwoch konnte ich nicht, weil…«

»Dann macht *der* uns wahrscheinlich keinen Ärger mehr. Treiben sich im Schloss noch welche von der Sorte rum?«

»Ich glaube nicht. Äh. Fräulein Königin?«

»Ja, Jorick?«

»Könnten Sie bitte die Axt weglegen? Mir wäre wesentlich

wohler, wenn Sie sie weglegen würden. Die Axt, Fräulein Königin. Die Sie die ganze Zeit kreisen lassen. Nicht dass noch was passiert.«

»Was für eine Axt?«

»Die, die Sie in der Hand halten.«

»Ach, *die* Axt.« Magrat schien die Waffe zum ersten Mal zu bemerken. »Dein Arm sieht böse aus. Komm mit in die Küche, da kann ich ihn dir schienen. Und deine Finger hat es auch übel erwischt. Haben sie Diamanda getötet?«

»Das weiß ich nicht. Ich kann auch gar nicht verstehen, warum die sie überhaupt niedergestochen haben. Sie hat ihnen schließlich geholfen.«

»Ja. Warte mal kurz.« Magrat verschwand ein letztes Mal in der Waffenkammer. Diesmal brachte sie einen Sack mit. »Los, komm. Greebo!«

Greebo warf ihr einen argwöhnischen Blick zu und hörte auf, sich zu putzen.

»Weißt du, was das Komische an Lancre ist?«, fragte Magrat, während sie sich leise die Treppe hinunterstahlen.

»Nein, was denn, Fräulein?«

»Hier wird nie etwas weggeworfen. Und weißt du noch was?«

»Nein, Fräulein.«

»Natürlich hätte sie für das Bild nicht Modell stehen können. Zu der Zeit gab es nämlich überhaupt noch keine Porträts. Aber die Rüstung ... ha! Die brauchten sie bloß abzumalen. Und weißt du noch was?«

Jorick bekam es richtiggehend mit der Angst zu tun. Vorher hatte er sich natürlich auch gefürchtet. Kein Wunder, da war er ja auch brutal angegriffen worden. Aber Magrat in ihrer derzeitigen Verfassung jagte ihm mehr Angst ein als alle Elfen zusammen. Es war, als würde man von einem Schaf angegriffen.

»Was denn, Fräulein?«

»Von *ihr* hat mir keiner was gesagt. Als ginge es dabei bloß um Gobelinstickerei und das Herumrauschen in langen Kleidern!«

»Wobei denn?«

Magrat machte eine weit ausholende Handbewegung.

»Bei alldem hier!«

»Fräulein!«, sagte Jorick auf Kniehöhe.

»Ja?«

»Bitte legen Sie die Axt weg.«

»Oh. Entschuldigung.«

Rüdigaua schlief in einem kleinen Schuppen neben den Volieren. Er hatte ebenfalls eine Hochzeitseinladung bekommen, doch sie war ihm von Lady Jane, einem alten und bösartigen Gerfalken, aus der Hand gerissen und gefressen worden, weil der Vogel die Karte mit Rüdigauas Finger verwechselt hatte. Aus diesem Grund war der Abend für ihn nicht anders verlaufen als sonst. Nachdem er seine Wunden gebadet und sein Abendessen, bestehend aus trockenem Brot und uraltem Käse, verspeist hatte, war er früh ins Bett gegangen, um bei Kerzenschein leise vor sich hin zu bluten und vor dem Einschlafen noch ein bisschen in einem Heft *Schnäbel und Krallen* zu blättern.

Als er draußen ein Geräusch hörte, nahm er den Kerzenständer und ging zu den Volieren.

Ein Elf sah sich die Vögel an. Lady Jane saß auf seinem Arm.

Rüdigaua interessierte sich – wie Herr Bach – in der Regel kaum für Dinge, die seine große Passion nicht betrafen. Er wusste, dass sich viele Gäste im Schloss aufhielten, und für ihn war jeder, der sich mit seinen Schützlingen befasste, ein Bruder im Geiste.

»Das ist mein bester Vogel«, sagte er stolz. »Lady Jane. Ich habe sie schon fast fertig ausgebildet. Sie ist sehr gut. Ich richte sie ab. Sie ist sehr intelligent. Sie kennt elf Befehle.«

Der Elf nickte ernst. Dann nahm er dem Vogel die Haube ab und deutete mit einem Kopfnicken auf Rüdigaua.

»Töte!«, befahl er.

Lady Janes Augen glitzerten im Mondlicht. Sie schwang sich

empor und schlug dem Elfen ihren Schnabel und sämtliche Krallen in die Kehle.

»Das macht sie bei mir auch immer«, sagte Rüdigaua. »Tut mir leid. Sie ist sehr intelligent.«

Diamanda lag auf dem Küchenfußboden in einer Blutlache. Magrat kniete sich neben sie.

»Sie lebt«, sagte Magrat. »Noch.« Sie hob den Saum ihres Kleides an und versuchte, einen Streifen abzureißen.

»Verdammter Fummel. Pack mal mit an, Jorick.«

»Fräulein?«

»Wir brauchen Verbände!«

»Aber …«

»Ach, jetzt sperr schon den Mund wieder zu.«

Der Stoff riss. Ein Dutzend Spitzenrosen ribbelten sich auf.

Jorick hatte keine Ahnung, was Königinnen unter ihren Kleidern trugen, aber auch wenn er von bestimmten Beobachtungen ausging, die er bei Millie Chillum gemacht hatte, und sich von dort nach oben arbeitete, wäre er im Leben nicht auf Unterwäsche aus Eisen gekommen.

Magrat klopfte sich auf den Brustharnisch.

»Passt ziemlich gut«, sagte sie schnell, um ihn gar nicht erst auf die Idee kommen zu lassen, dass zwischen dem Metall und Magrat doch reichlich viel Luft war. »Auch wenn natürlich hier und da eine kleine Schweißnaht oder eine Niete nicht schaden würde. Sieht gut aus, was?«

»Und wie«, antwortete Jorick. »Äh. Eisenblech steht Ihnen ganz ausgezeichnet.«

»Findest du wirklich?«

»Und ob«, flunkerte Jorick mit letzter Kraft. »Sie haben die richtige Figur dafür.«

Sorgfältig richtete Magrat seine Knochen, schiente ihm den Arm und die Finger und wickelte zuletzt die Streifen aus dem Seidenstoff darum. Diamanda war ein komplizierterer Fall. Während Magrat die Wunde säuberte, nähte und verband, saß Jorick dabei und sah zu. Die Schmerzen in seinem Arm, ein Gefühl wie brennendes Eis, versuchte er tapfer zu ignorieren.

Ein ums andere Mal wiederholte er dieselben Sätze: »Sie haben bloß gelacht und auf sie eingestochen. Dabei wollte sie noch nicht mal weglaufen. Die haben so getan, als wäre es ein Spiel.«

Unwillkürlich warf Magrat einen Blick auf Greebo, der immerhin so viel Anstand besaß, ein verlegenes Gesicht zu machen.

»Spitze Ohren und Haar, das man streicheln muss«, murmelte sie. »Faszinierende Geschöpfe. Und wenn sie zufrieden sind, geben sie ein wohliges Geräusch von sich.«

»Wie bitte?«

»Ich habe nur laut gedacht.« Magrat stand auf. »Okay. Ich schüre das Feuer, dann hole ich dir ein paar Armbrüste und lege schon mal die Bolzen ein. Du schließt hinter mir ab und lässt keinen rein, verstanden? Und wenn ich nicht wiederkomme... schlägst du dich irgendwohin durch, wo Leute sind. Lauf nach Kupferkopf zu den Zwergen. Oder zu den Trollen.«

»Was haben Sie vor?«

»Ich will nachsehen, was aus den anderen geworden ist.«

Magrat öffnete den Sack, den sie aus der Waffenkammer mitgebracht hatte. Er enthielt einen Helm – mit Flügeln, der auf Jorick einen sehr unpraktischen Eindruck machte.* Hinzu kamen Panzerhandschuhe und eine erlesene Auswahl rostiger Waffen.

»Aber da draußen sind bestimmt noch mehr von diesen Scheusalen!«

»Besser da draußen als hier drinnen.«

»Können Sie denn überhaupt kämpfen?«

»Keine Ahnung. Ich hab's noch nie probiert«, sagte Magrat.

---

* Damit kannte er sich aus, weil er in der jüngsten Ausgabe der *RüstungsBILD* den Artikel *Warentest – Die zwanzig besten Helme unter 50 Dollar* gelesen hatte. Ein zweiter Artikel mit dem Titel *Streitäxte – Die zehn schärfsten im Härtetest* endete mit einem Jobangebot für sechs neue Produkttester.

»Wenn wir hier warten, wird uns früher oder später schon jemand finden.«

»Ja, das befürchte ich auch.«

»Ich meine ja nur, Sie *müssen* nicht da rausgehen!«

»Doch, ich muss. Ich heirate morgen. So oder so.«

»Aber…«

»Klappe!«

Sie läuft in den sicheren Tod, dachte Jorick. Es reicht nicht, ein Schwert in die Hand zu nehmen. Man muss auch wissen, welches Ende man in den Gegner rammt. *Ich* bin hier der Wachtposten, und *sie* läuft ins Verderben…

Aber…

Aber…

Sie hat einem von ihnen einen Bolzen ins Auge geschossen, durchs Schlüsselloch. Das hätte ich nie gekonnt. Ich hätte erst noch so was gesagt wie zum Beispiel »Hände hoch!« Die Elfen waren ihr im Weg, und sie hat sie einfach… aus dem Weg geräumt.

Aber tapfer oder nicht: Sie wird trotzdem sterben.

Ich wünschte, meine Mama wäre hier.

Magrat rollte die Reste des verdreckten Hochzeitskleides zusammen und stopfte sie in den Sack.

»Haben wir Pferde?«

»Im… im Hof stehen die Elfenpferde, Fräulein. Aber ich glaube nicht, dass die sich von Ihnen reiten lassen.«

Jorick hatte kaum ausgesprochen, als ihm schlagartig klar wurde, dass er sich die letzte Bemerkung besser verkniffen hätte.

Es war schwarz und viel größer als das, was Magrat unter einem Menschenpferd verstand. Es rollte mit den blutunterlaufenen Augen und drehte sich hin und her, um ihr einen Huftritt zu verpassen.

Erst nachdem Magrat so gut wie jedes seiner Beine an einem Ring in der Stallmauer festgebunden hatte, gelang es ihr, sich hinaufzuschwingen, aber sobald sie auf seinem Rücken saß, ging mit dem Pferd eine Veränderung vor sich. Es war so folgsam, als hätte sie mit Gewalt seinen Willen gebrochen.

»Das macht das Eisen«, sagte Jorick.

»Und wie kommt das? Es tut ihm doch nicht weh, oder?«

»Weiß ich auch nicht, Fräulein. Irgendwie werden sie plötzlich ganz steif, wie schockgefroren.«

»Lass das Fallgitter wieder runter, wenn ich weg bin.«

»Fräulein...«

»Du willst mich doch nicht etwa aufhalten?«

»Aber...«

»Dann halt die Klappe.«

»Aber...«

»Ich kenne da ein Volkslied, in dem es um eine ganz ähnliche Sache geht«, sagte Magrat. »Die Elfenkönigin hat einer jungen Frau den Verlobten geraubt. *Die* hat sich auch nicht einfach nur die Augen ausgeweint und Däumchen gedreht. Nein, sie hat sich auf ihr Pferd geschwungen und ist losgeritten, um ihn zu retten. Und genau dasselbe habe ich auch vor.«

Jorick grinste schief.

»Was? *Singen*?«

»Kämpfen! Mein ganzes Glück hängt davon ab. Und alles andere habe ich schon probiert.«

Aber das ist nicht dasselbe, hätte Jorick ihr am liebsten gesagt. Als echter Mensch in den Kampf zu ziehen ist nicht so wie in den Volksliedern! Im echten Leben stirbt man! Bei einem Volkslied muss man bloß den Finger ins Ohr stecken und sich irgendwie von Refrain zu Refrain durchhangeln! Im richtigen Leben trällert kein Mensch hollijodurijähtrallalafiderallala!

Doch er sagte nur: »Aber Fräulein, wenn Sie nicht wieder zurückkommen...«

Magrat drehte sich im Sattel um. »Ich komme wieder.«

Jorick sah ihr nach, wie sie das benommene Pferd in Trab setzte und über die Zugbrücke davonritt.

»Viel Glück!«, rief er ihr hinterher.

Dann ließ er das Fallgitter herunter und ging zurück in die Küche, wo drei geladene Armbrüste auf dem Küchentisch lagen. Daneben das Buch über Kampfkunst, das der König extra für ihn bestellt hatte.

Er schürte das Feuer, drehte den Stuhl zur Tür und vertiefte sich in den Teil für Fortgeschrittene.

Magrat war schon halb bis zum Marktplatz gekommen, als die Wirkung des Adrenalins nachließ und sie von ihrem früheren Leben eingeholt wurde.

Sie blickte an der Rüstung und dem Pferd hinunter und dachte: Ich muss wahnsinnig geworden sein.

Und daran ist bloß dieser blöde Brief schuld. Und ich hatte Angst. Ich wollte allen zeigen, aus welchem Holz ich geschnitzt bin. Jetzt werden sie es wahrscheinlich bald herausfinden: Ich bin gar nicht aus Holz, sondern aus lauter Knorpeln und Gekröse.

Das mit den Elfen, das war nur Glück. Und ich habe nicht darüber nachgedacht. Sobald ich nachdenke, mache ich alles falsch. So viel Glück habe ich bestimmt nicht noch einmal.

Glück?

Traurig dachte sie an den Sack mit den Glücksbringern und Talismanen, der jetzt auf dem Grund des Flusses lag. So, wie ihr Leben verlaufen war, hatten die Sachen anscheinend nie viel bewirkt. Aber vielleicht – was für ein grauenhafter Gedanke – wäre es ohne sie noch viel schlimmer gekommen.

In den Häusern der Stadt brannte kaum ein Licht, fast alle Fensterläden waren geschlossen.

Die Pferdehufe klapperten laut über das Pflaster. Magrat spähte forschend um sich. Früher war ein Schatten nichts weiter als eine dunkle Stelle gewesen, jetzt konnte er ein Tor sein, das Gott weiß wohin führte.

Von der Nabe her wälzten sich Wolken heran. Magrat überlief ein Schauer.

So etwas hatte sie noch nie gesehen.

Dies war eine wahre Nacht.

Die Nacht war über Lancre hereingebrochen, eine alte Nacht. Nicht nur eine Zeit der Taglosigkeit, in der Mond und Sterne wachen, sondern ein Ausläufer dessen, was schon lange vor dem Licht existiert hat, durch dessen Abwesenheit es sich beschreiben lässt. Es kroch unter Baumwurzeln und aus Steinen hervor und wälzte sich über das Land.

Auch ohne ihr Handwerkszeug, das im Fluss versunken war, konnte Magrat das Grauen spüren, das in der Luft hing. Schließlich war sie nicht umsonst mehr als zehn Jahre Hexe gewesen.

Die Menschen haben ein schlechtes Gedächtnis. Aber eine Gesellschaft, ein *Schwarm*, erinnert sich gut. Er verschlüsselt die Informationen, um sie an den Zensoren im Gehirn vorbeizuschleusen. In kleinen Nonsenshäppchen, die man nie mehr vergisst, werden sie von Großmutter zu Enkelkind weitergegeben. Manchmal greift die Wahrheit zur List, um ihr Überleben zu sichern – allen Anstrengungen der offiziellen Informationshüter zum Trotz.

Bruchstücke uralter Weisheiten meldeten sich in Magrats Kopf zu Wort:

Wisper, knisper Wurzelfee…

Der Wald steht schwarz und schweiget…

Ob längst die Mitternacht verklang…

Wer mich sucht, dem tu ich weh…

Weil unsre Augen sie nicht sehn…

Im Schlosse bleibt es immer wach…

Während Magrat auf dem Pferd saß, dem sie nicht traute, und das Schwert hielt, mit dem sie nicht umgehen konnte, kamen die verschlüsselten Informationen nach und nach aus der Erinnerung hervor und nahmen Gestalt an.

Sie rauben Vieh und kleine Kinder…

Sie stehlen Milch…

Sie lieben die Musik und entführen die Musikanten…

Sie stehlen und rauben alles.

Wir werden nie so frei sein wie sie, nie so schön, nie so klug, nie so leicht; wir sind Tiere …

Ein kalter Wind rauschte im Wald hinter der Stadt. Magrat war dort immer gern nachts spazieren gegangen, aber damit war es nun vorbei. Jetzt hatten die Bäume Augen. Jetzt würde der Wind fernes Gelächter herbeitragen.

Sie nehmen uns alles.

Magrat zügelte das Pferd, und es fiel in den Schritt. Irgendwo in der Stadt schlug eine Tür zu.

Und sie geben uns Angst.

Von der anderen Straßenseite drang lautes Hämmern herüber. Ein Mann nagelte etwas an seine Tür. Erschrocken sah er sich um. Als er Magrat erblickte, sprang er ins Haus.

Was er an die Tür genagelt hatte, war ein Hufeisen.

Magrat band das Pferd an einem Baum fest und rutschte aus dem Sattel. Sie klopfte an, doch es rührte sich nichts.

Wer wohnte hier noch mal? Fuhrmann, der Weber? Oder Weber, der Bäcker?

»Los, aufmachen! Ich bin's, Magrat Knoblauch!«

Neben der Schwelle leuchtete es weiß.

Es war eine Schale mit Milch.

Wieder musste Magrat an Greebo denken. Der Kater war ein stinkender, unzuverlässiger, grausamer und rachsüchtiger Geselle – aber er konnte auch lieb schnurren und bekam jeden Abend sein Tellerchen Sahne.

»Los! Aufmachen!«

Nach einer Weile wurden die Riegel zurückgeschoben, und ein Auge drückte sich an den sehr schmalen Türspalt.

»Ja bitte?«

»Sie sind doch Fuhrmann, der Bäcker, nicht wahr?«

»Ich bin Weber, der Schuster.«

»Und Sie wissen, wer ich bin?«

»Fräulein Knoblauch?«

»Machen Sie schon, lassen Sie mich rein!«

»Sind Sie allein, Fräulein?«

»Ja.«

Der Spalt weitete sich auf Magrat-Breite.

In dem Zimmer brannte nur eine einzige Kerze. Weber wich immer weiter vor Magrat zurück, bis er rückwärts über dem Tisch lehnte. Magrat lugte um ihn herum.

Der Rest der Familie Weber hatte sich unter dem Tisch verkrochen. Vier Augenpaare blickten angstvoll zu Magrat empor.

»Was ist hier los?«, fragte sie.

»Äh ...«, stotterte Weber. »Ich hab Sie gar nicht erkannt mit Ihrem Fliegerhelm, Fräulein ...«

»Ich dachte, Sie machen bei dem Lustspiel mit. Was ist passiert? Wo sind die anderen? *Wo ist mein zukünftiger Ehemann?*«

»Äh ...«

Ja, wahrscheinlich lag es *tatsächlich* an dem Helm. Das war zumindest die Erklärung, die Magrat sich hinterher zurechtlegte. In bestimmte Gegenstände wie Schwerter oder Zauberstäbe, Kronen oder auch Ringe geht etwas vom Wesen ihres Besitzers über. Ynci hatte bestimmt in ihrem ganzen Leben keinen Gobelin gestickt, und nachdem sie den Beinamen »die Jähzornige« vermutlich nicht umsonst trug, durfte man wohl getrost davon ausgehen, dass sie einen extrem kurzen Geduldsfaden gehabt hatte.* Also redete Magrat sich ein, etwas vom Wesen der Königin hätte sich auf den Helm und von dort auf sie selbst übertragen, wie eine königliche Kopfhauterkrankung. Ja, für ihr Verhalten war definitiv Ynci verantwortlich.

Sie packte Weber beim Kragen.

»Noch ein Äh«, sagte sie, »und ich hacke dir die Ohren ab.«

»Äh ... aargh ... ich meine ... es sind die Herrschaften, Fräulein!«

* Die kürzeste Zeiteinheit im Multiversum ist die New Yorker Sekunde, definiert als das Intervall zwischen dem Umspringen der Ampel auf Grün und dem ersten Hupen des Taxis, das hinter einem steht.

»Dann sind es wirklich Elfen?«

»Bitte!«, flehte Weber. »Sprechen Sie das Wort nicht aus! Sie waren auf der Straße, wir haben sie gehört. Dutzende von ihnen. Sie haben die Kuh vom alten Schuster und Skindels Ziege gestohlen und eine Tür aufgebrochen ...«

»Warum habt ihr eine Schale Milch rausgestellt?«, fragte Magrat.

Weber klappte ein paar Mal den Mund auf und zu. Dann krächzte er: »Meine Eva hat gesagt, dass ihre Oma ihnen immer eine Schüssel rausgestellt hat, um sie gnädig zu ...«

»Verstehe«, sagte Magrat eisig. »Und der König?«

»Der König, Fräulein?«, wiederholte Weber, um Zeit zu gewinnen.

»Der König«, bestätigte Magrat. »Kleines Kerlchen, tränende Augen, ziemlich abstehende Ohren – was man von deinen bald nicht mehr behaupten kann.«

Webers Finger wanden sich umeinander wie gequälte Schlangen.

»Tja ... na ja ... also ...«

Ein Blick in Magrats Miene, und er gab sich geschlagen.

»Wir haben das Lustspiel aufgeführt«, sagte er. »Ich fand ja von Anfang an, dass der Stock-und-Eimer-Tanz besser gewesen wäre, aber für die anderen musste es unbedingt das Theaterstück sein. Am Anfang lief es auch noch prima, und dann, und dann, und dann ... waren *SIE* plötzlich da, Hunderte von ihnen. Und dann sind alle weggerannt, und irgendwer hat mich umgerempelt, und ich bin in den Bach gerollt. Und dann wurde es laut, und ich hab gesehen, wie Jason Ogg mit dem Erstbesten, was ihm zwischen die Finger kam, auf vier Elfen eingedroschen hat ...«

»Mit einem fünften Elf?«

»Genau, und dann hab ich Eva und die Kinder gesucht, und ganz viele Leute haben sich beeilt, nach Hause zu kommen, und dann waren da diese ... Herrschaften auf Pferden, und ich konnte sie lachen hören, und wie wir zu Hause waren, hat Eva gesagt, ich soll das Hufeisen an die Tür nageln und ...«

»Und der König?«

»Keine Ahnung, Fräulein. Ich erinnere mich nur noch, dass er über Schuster mit seiner Strohperücke gelacht hat. Mehr kann ich nicht sagen.«

»Und Nanny Ogg und Oma Wetterwachs? Was ist aus den beiden geworden?«

»Keine Ahnung, Fräulein. Ich weiß nicht mal genau, ob sie überhaupt da waren. Bei dem ganzen Durcheinander ...«

»Und wo ist das alles passiert?«

»Wie bitte?«

»Wo hat sich das alles zugetragen?«, fragte Magrat betont langsam und deutlich.

»Oben bei den Tänzern, Fräulein. Beim alten Steinkreis.«

Magrat ließ ihn los.

»Schon klar«, knurrte sie. »Hauptsache, Magrat kriegt nichts davon mit. Hauptsache, Magrat tappt schön im Dunkeln. Bei den Tänzern, ja? Also gut.«

»Wir konnten nichts dafür, Fräulein. Es war doch bloß ein Spiel!«

»Ha!«

Sie entriegelte die Tür.

»Wo wollen Sie hin, Fräulein?«, fragte Weber, der im Rennen um den Großen Klugheitspreis von Lancre schon immer unter ›ferner liefen‹ ins Ziel kam.

»Was meinst du wohl?«

»Aber Fräulein, Sie können doch kein Eisen ...«

Magrat knallte die Tür zu. Dann verpasste sie der Schale einen solchen Tritt, dass die Milch quer über die Straße spritzte.

Jason Ogg kroch vorsichtig durch das nasse Farnkraut. Wenige Schritte voraus konnte er eine Gestalt ausmachen. Seine Faust schloss sich fester um den Stein in seiner Hand ...

»Jason?«

»Bist du das, Weber?«

»Nein, ich bin's – Schneider.«

»Wo sind die anderen?«

»Ich glaube, Kesselflicker und Bäcker haben gerade Zimmermann gefunden. Hast du Weber gesehen?«

»Nein, aber Fuhrmann und Schuster.«

Während der Regen auf die warme Erde trommelte, stiegen zarte Nebelschwaden auf. Die übrig gebliebenen sieben Moriskentänzer hockten sich unter einen tropfenden Busch.

»Das gibt ein Donnerwetter morgen früh!«, stöhnte Fuhrmann. »Wenn sie uns findet, können wir uns begraben lassen!«

»Wir suchen uns einfach was aus Eisen, dann kann sie uns nichts anhaben«, sagte Jason.

»Eisen wirkt bei ihr doch gar nicht! Sie gerbt uns die Schwarte, dass es kracht!«

Fuhrmann zog die Beine an und schlang verzweifelt vor Angst die Arme um die Knie.

»Wer?«

»Na, Frau Wetterwachs!«

Schuster knuffte ihm in die Rippen. Wasser strömte aus dem Blattwerk und rann ihnen in den Kragen.

»Du spinnst doch! Hast du nicht gesehen, was für Ungeheuer das waren? Und da hast du vor einem alten Weib die Hosen voll?«

»Sie gerbt uns das Fell, darauf könnt ihr euch verlassen! Sie sagt bestimmt, das war alles unsere Schuld!«

»Falls sie überhaupt noch dazu kommt«, murmelte Köhler.

»Auf jeden Fall stecken wir ganz schön in der Bredouille«, sagte Schuster.

»Schön wär's«, schluchzte Fuhrmann. »Dann wären wir in Sicherheit. Das ist doch die Schlucht oberhalb vom Blöden Kaff. Da war ich schon mal. Aber da sind wir nicht. Wir hocken unter einem Busch! Und *die* sind hinter uns her! Und Frau Wetterwachs sucht uns bestimmt auch schon!«

»Was ist bei der Aufführung eigentlich passiert«, fragte Zimmermann.

»Das will ich jetzt überhaupt nicht wissen«, knurrte Jason. »Mich interessiert nur, wie wir heute Nacht wieder nach Hause kommen sollen.«

»Sie wartet bestimmt schon auf uns!«, heulte Fuhrmann.

Im Dunklen klirrte es.

»Was war das?«, fragte Jason.

»Das ist der Sack mit den Requisiten«, antwortete Fuhrmann. »Du hast doch gesagt, ich soll mich um den Sack mit den Requisiten kümmern.«

»Sag bloß, den hast du bis hierher mitgeschleppt?«

»Meinst du etwa, ich will mir noch mehr Ärger einhandeln, nur weil ich den Requisitensack verloren habe?«

Fuhrmann zitterte wie Espenlaub.

»Falls wir je wieder nach Hause kommen«, sagte Jason, »frag ich meine Mutter mal, ob sie dir diese neumodischen Trockenfroschpillen besorgen kann.«

Er zog den Sack zu sich herüber und band ihn auf.

»Da sind unsere Glocken drin«, sagte er, »und die Stöcke. Aber wieso hast du das Akkordeon eingepackt?«

»Ich dachte mir, vielleicht tanzen wir ja doch noch den Stock-und...«

»Dass sich ja keiner untersteht, den Stock-und...«

Von der verregneten Anhöhe drang ein Lachen herüber, und es knackte im Farndickicht. Jason hatte plötzlich das ungute Gefühl, nackt auf dem Präsentierteller zu sitzen.

»Die sind da draußen!«, stöhnte Fuhrmann.

»Und wir haben keine Waffen«, sagte Köhler.

Mehrere Messingglocken knallten ihm gegen die Brust.

»Klappe«, befahl Jason. »Und schnall dir die Glocken um. Fuhrmann?«

»Sie warten auf uns!«

»Ich sage das nur ein einziges Mal«, betonte Jason. »Nach der heutigen Nacht will ich nie wieder ein Wort über den Stock-und-Eimer-Tanz hören. Verstanden?«

In ihren nassen, am Körper klebenden Kleidern standen die Moriskentänzer aus Lancre einander in zwei Reihen gegenüber.

Fuhrmann, auf dessen Gesicht sich Tränen der Angst mit Schminke und Regen mischten, quetschte das Akkordeon. Er spielte den in die Länge gezogenen Akkord, der von Rechts wegen jeder Volksmusikdarbietung vorauszugehen hat, damit allen Unbeteiligten genügend Zeit bleibt, sich in Sicherheit zu bringen.

Jason hob die Hand und zählte den Einsatz an den Fingern ab.

»Eins, zwei ...« Er legte die Stirn in Falten. »Eins, zwei, drei ...«

»... vier ...«, zischte Köhler.

»... vier«, sagte Jason. »Und: hoch das Bein!«

Sechs schwere Stöcke aus Eschenholz schlugen knallend aneinander.

»Eins, zwei, vor, eins, rück, *dreh'n* ...«

Während sich die schrägen Klänge von *Frau Wirtin und ihr Zimmerherr* durch den Nebel schraubten, sprangen die Tänzer mit schmatzenden Stiefeln langsam in Richtung Stadt.

»Zwei, rück, *springen* ...«

Wieder krachten die Stöcke aneinander.

»Sie beobachten uns«, japste Schneider, als er an Jason vorbeisprang. »Ich kann sie sehen!«

»Eins ... zwei ... die tun uns nichts, solange die Musik spielt! Rück, zwei, *dreh'n* ... sie lieben Musik! Vor, hüpf, *dreh'n* ... eins und sechs, Plattfüße hoch! Hüpf, rück, *dreh'n* ...«

»Sie kommen aus dem Farnkraut!«, rief Zimmermann, als die Stöcke sich trafen.

»Ich *sehe* sie ... zwei, drei, vor, *rum* ... Fuhrmann ... rück, dreh'n … jetzt du, einen doppelten … zwei, rück … verirrten Angus durch die Mitte …«

»Ich komm nicht mehr mit, Jason!«

»Spiel! … zwei, drei, *dreh'n* …«

»Die haben uns eingekreist!«

»Tanzt!«

»Sie beobachten uns! Sie kommen näher!«

»… *dreh'n*, rück … hüpf … wir sind schon fast an der Straße …«

»Jason!«

»Wisst ihr noch … drei, rum … als wir gegen die Lurchis aus Ohulan den Pokal gewonnen haben? … *dreh'n* …«

Dumpf trafen die Stöcke aufeinander, Holz auf Holz. Hochgeschleuderte Erdklumpen flogen in die Nacht hinaus.

»Jason, du meinst doch nicht etwa …?«

»… rück, zwei … *los!*«

»Fuhrmann pfeift … eins, zwei … aus dem letzten Loch.«

»Zwei, dreh'n …«

»Jason, das Akkordeon schmilzt«, schluchzte Fuhrmann.

»… eins, zwei, vor … Bohnenstroh!«

Das Akkordeon keuchte. Die Elfen rückten näher. Aus den Augenwinkeln sah Jason ein Dutzend fasziniert grinsende Gesichter.

»Jason!«

»Eins, zwei … Fuhrmann in die Mitte … eins, zwei, dreh'n …«

Sieben Stiefelpaare donnerten auf die Erde.

»Jason!«

»Eins, zwei … dreh'n … Achtung … eins, zwei … rück … rück … eins, zwei … dreh'n … TÖTEN … und rück, eins, zwei …«

Die Schenke glich einem Schlachtfeld. Die Elfen hatten alles Essbare geplündert und sämtliche Fässer nach draußen gerollt – auch wenn ihnen ein paar Schurkenkäse im Keller erbittert Gegenwehr geleistet hatten.

Der Tisch war zusammengekracht. Hummerscheren und Kerzenhalter lagen in den Essensresten.

Nichts rührte sich.

Dann nieste jemand, und ein Klumpen Ruß fiel in die leere Feuerstelle, gefolgt von Nanny Ogg und dem kleinen, schwarzen, wütenden Casanunter.

»Igitt«, sagte Nanny, während sie das Bild der Verwüstung betrachtete. »Das ist ja wirklich das Allerletzte.«

»Warum haben Sie mich nicht gegen sie kämpfen lassen?«

»Es waren zu viele, mein Junge.«

Aufgebracht warf Casanunter seinen Degen auf den Boden.

»Als wir endlich anfangen, uns richtig kennenzulernen, kommen fünfzig Elfen hereingeplatzt! Verdammt! Immer dasselbe!«

Nanny klopfte sich ab. »Das ist das Gute an schwarzen Klamotten. Darauf sieht man den Ruß nicht«, sagte sie. »Dann haben sie es also tatsächlich geschafft. Esme hatte Recht. Wo sie wohl abgeblieben ist? Na, wie auch immer. Kommen Sie.«

»Wohin?«, fragte der Zwerg.

»Zu mir nach Hause.«

»Ah!«

»Meinen Besen holen«, sagte Nanny Ogg bestimmt. »Ich werde nicht zulassen, dass sich die Feenkönigin zur Herrscherin über *meine* Kinder aufschwingt. Wir müssen Hilfe holen. Was zu viel ist, ist zu viel.«

»Wir könnten in die Berge fliegen«, schlug Casanunter vor, während sie die Treppe hinunterschlichen. »Da oben gibt es Tausende von Zwergen.«

»Nein«, entgegnete Nanny. »Esme wird bestimmt knurren, dass ich mich einmische, aber es geht nicht anders. Schließlich bin ich diejenige, die mit der Bonbontüte winken muss, wenn sie sich mal wieder übernommen hat… und ich kenne sogar jemanden, der die Königin *wirklich* hasst.«

»Da können Sie lange suchen, bis Sie jemanden finden, der sie mehr hasst als die Zwerge«, sagte Casanunter.

»Ach was«, antwortete Nanny Ogg. »Man muss nur wissen, wo man suchen soll.«

In Nanny Oggs Häuschen hatten die Elfen ebenfalls gewütet. Keine zwei Möbelstücke waren heil geblieben.

»Was sie nicht mitnehmen, machen sie kaputt«, schimpfte Nanny Ogg.

Sie stocherte mit dem Fuß in den Trümmern herum. Glas klirrte.

»Diese Vase war ein Geschenk von Esme«, stellte sie fest. Die Welt kümmerte es wenig. »Ich hab sie eigentlich nie gemocht.«

»Warum machen die das?«, fragte Casanunter, während er den Blick über das Trümmerfeld schweifen ließ.

»Ach, die würden die ganze Welt kurz und klein schlagen, wenn sie überzeugt wären, dass dabei ein interessantes Geräusch entsteht«, sagte Nanny. Sie ging wieder nach draußen, tastete unter dem vorspringenden Schilfdach des niedrigen Häuschens herum und zog mit einem leisen Triumphknurren ihren Besen hervor.

»Ich schieb ihn immer da oben rein«, erklärte sie. »Damit die Kinder ihn nicht klauen und eine Spritztour damit machen. So, Sie sitzen hinter mir. Und benehmen Sie sich!«

Casanunter schauderte. Da Zwerge sich eher selten in großen Höhen aufhalten, sind sie in der Regel nicht schwindelfrei.

Nanny kratzte sich das Kinn; es hörte sich an wie Schmirgelpapier.

»Und wir brauchen eine Brechstange«, sagte sie. »Jason hat sicher eine in seiner Schmiede. Springen Sie rauf, mein Junge.«

»Auf so etwas war ich wirklich nicht vorbereitet«, sagte Casanunter, während er mit geschlossenen Augen auf den Besen krabbelte. »Ich hatte mich auf einen vergnüglichen Abend zu zweit gefreut.«

»Wir sind doch zu zweit.«

»Schon, aber nur, wenn man den Besen abzieht.«

Sie hoben langsam ab. Casanunter klammerte sich trübsinnig an die Borsten.

»Wohin fliegen wir eigentlich?«, fragte er matt.

»Zu einem ganz bestimmten Ort in den Bergen«, sagte Nanny. »Ich war schon ewig nicht mehr dort. Esme würde nie dahin mitkommen, und Magrat ist noch zu jung dafür. Aber ich war früher oft dort oben. Als ich noch ein junges Ding war. Wir Mädchen sind da raufgegangen, wenn wir – oh, Mist …«

»Was gibt es?«

»Gerade ist was vor dem Mond hergeflogen, und ich bin mir verdammt sicher, dass es nicht Esme war.«

Casanunter versuchte, sich mit zugekniffenen Augen umzublicken.

»Elfen können nicht fliegen«, murmelte er.

»Sie haben ja keine Ahnung«, sagte Nanny. »Elfen reiten auf Schafgarbenstängeln.«

»Auf Schafgarbenstängeln?«

»Genau. Hab ich auch schon mal ausprobiert. Auftrieb kriegt man damit schon, aber sie sind verdammt unbequem. Da sitz ich doch lieber auf einem schönen Bündel Borsten. Aber Sie …«, Nanny knuffte ihn in die Rippen. »Sie müssten sich auf einem Besen eigentlich pudelwohl fühlen. Magrat sagt immer, ein Besen ist eine von diesen sexuellen Metaffern.«*

Casanunter klappte ein Auge auf, gerade lange genug, um ein Hausdach unter ihnen hinweggleiten zu sehen. Ihm wurde schlecht.

»Mit einem Unterschied«, fuhr Nanny Ogg fort. »Ein Besen bleibt länger oben. Und man kann ihn fürs Reinemachen gebrauchen, ganz im Gegensatz zu … Fehlt Ihnen was?«

»Mir geht es ziemlich bescheiden, Frau Ogg.«

»Ich wollte Sie doch nur ein bisschen aufmuntern, Herr Casanunter.«

---

* Auch wenn das ein typischer Phall von denkste ist.

»Muntern ist gut«, sagte der Zwerg. »Aber geht es nicht vielleicht auch ohne ›auf‹?«

»Wir sind gleich wieder unten.«

»Das klingt doch schon viel besser.«

Nanny Oggs Stiefel schrammten über den festgestampften Lehm vor der Schmiede.

»Ich lass die Magie laufen, bin sofort wieder da«, sagte sie. Ohne sich um den Hilferuf des Zwergs zu kümmern, sprang sie ab und verschwand durch die Hintertür.

In der Schmiede waren die Elfen wenigstens nicht gewesen. Zu viel Eisen. Nanny Ogg schnappte sich eine Brechstange von der Werkbank und lief wieder hinaus.

»Halten Sie das«, sagte sie zu Casanunter. Sie zögerte kurz. »Zu viel Glück kann man gar nicht haben, oder?«, meinte sie und eilte noch einmal zurück. Diesmal kam sie sehr viel schneller wieder heraus und ließ etwas in ihrer Rocktasche verschwinden.

»Kann's weitergehen?«, fragte sie.

»Nein.«

»Also: Abflug. Und halten Sie die Augen offen. Aber diesmal mit *offenen* Augen.«

»Soll ich nach Elfen Ausschau halten?«, fragte Casanunter, als der Besen erneut dem Mond entgegenstieg.

»Schon möglich. Esme war das jedenfalls nicht, die ich vorhin gesehen habe, und der Einzige, der hier sonst noch rumfliegt, ist Herr Ixolit, der Banshee, und der schiebt uns eigentlich immer einen Zettel unter der Tür durch, wenn er bei uns in der Gegend zu tun hat. Damit es zu keinen Zusammenstößen im Luftraum kommt.«

Die Stadt lag fast völlig im Dunkeln. Die umliegenden Felder leuchteten im Mondschein wie ein schwarz-silbernes Damebrett. Nach einiger Zeit hatte Casanunter sich ein wenig an das Fliegen gewöhnt. Das sanfte Schaukeln des Besens wirkte geradezu beruhigend auf ihn.

»Haben Sie schon öfter Passagiere mitgenommen?«, fragte er.

»Doch, ja. Hin und wieder«, antwortete Nanny.

Casanunter schien in Gedanken versunken. Dann sagte er in einem Ton, der von wissenschaftlichem Forscherdrang nur so triefte: »Eines würde mich wirklich brennend interessieren: Haben schon mal zwei Personen versucht…«

»Nein«, sagte Nanny Ogg bestimmt. »Man würde runterfallen.«

»Sie wissen doch gar nicht, was ich fragen wollte!«

»Wollen wir wetten? Ich setze einen halben Dollar.«

Nachdem sie eine Weile schweigend weitergeflogen waren, tippe Casanunter Nanny Ogg auf die Schulter.

»Elfen auf drei Uhr!«

»Ein Glück. Bis dahin ist es ja noch ewig hin.«

»Ich meinte, da drüben!«

Nanny kniff die Augen zusammen und musterte den Sternenhimmel. Dunkle Fetzen huschten durch die Nacht.

»Oh, Mist.«

»Können Sie sie nicht abhängen?«

»Keine Chance. Die sind so schnell, die legen in vierzig Minuten einen Gürtel um die Welt.«

»Wozu soll das denn gut sein? So dick ist sie nun auch wieder nicht«, sagte Casanunter, dem eine Handvoll Trockenfroschpillen durchaus nicht geschadet hätte.

»Das soll nur heißen, dass sie ein ziemliches Tempo draufhaben. Wir können sie nicht abhängen, auch dann nicht, wenn wir Ballast abwerfen.«

»Ich fürchte, ich bin schon dabei, mich zu erleichtern«, stöhnte Casanunter, als der Besen im Sinkflug auf die Bäume zuschoss.

Nanny Oggs Stiefelsohlen schleiften durch die Wipfel. Links von ihnen leuchtete aschblondes Haar im Mondlicht auf.

»Mist, Mist, *Mist.*«

Drei Elfen folgten dem Besen in immer gleichem Abstand. Das sah ihnen ähnlich. Sie jagten einen, bis man umfiel, bis einem vor

Angst das Blut in den Adern gefror. Hatte es dagegen ein Zwerg auf einen abgesehen, spaltete er einen bei der erstbesten Gelegenheit einfach mit der Axt. Weil Zwerge eben sehr viel netter waren als Elfen.

»Sie holen auf!«, rief Casanunter.

»Haben Sie die Brechstange?«

»Ja!«

»Also dann…«

Der Besen flog im Zickzack über den stillen Wald. Einer der Elfen zückte sein Schwert und raste auf sie zu. Er wollte sie über den Bäumen abstürzen lassen, damit sie nicht gleich tot waren, wenn sie unten aufschlugen…

Nanny Ogg legte den Rückwärtsgang ein. Ihr Kopf und ihre Beine flogen nach vorne, sodass sie zum Teil noch auf ihren Händen, zum größten Teil aber auf gar nichts mehr saß. Der Elf schoss lachend auf sie zu…

Casanunter hielt das Brecheisen rechts raus.

Es machte so etwas Ähnliches wie *doioinng*.

Der Besen wurde wieder nach vorn katapultiert, sodass Nanny Ogg auf Casanunters Schoß landete.

»'tschuldigung.«

»Keine Ursache. Es ist mir ein Vergnügen.«

»Sie haben ihn erwischt, ja?«

»Ich hab ihm den Atem verschlagen.«

»Gut. Wo sind die anderen?«

»Ich kann sie nicht sehen.«

Casanunter feixte übers ganze Gesicht.

»Mann, denen haben wir es aber gezeigt, was?«

Etwas machte *zisch* und bohrte sich in Nanny Oggs Hut.

»Sie wissen jetzt, dass wir Eisen haben«, sagte sie. »So nah trauen sie sich nicht mehr an uns ran. Aber das haben sie auch gar nicht nötig«, fügte sie bitter hinzu.

Der Besen umkurvte einen Baum, pflügte durch ein Farngestrüpp und bog über einen zugewucherten Pfad ein.

»Sie verfolgen uns nicht mehr«, sagte Casanunter nach einer Weile. »Die haben Angst vor uns.«

»Vor uns? Ach was. Sie trauen sich nur nicht in die Nähe des Langen Mannes. Das ist nicht mehr ihr Revier. Aber wie sieht denn bloß dieser Weg aus? Da wachsen ja *Bäume* drauf. Als ich noch ein junges Ding war, konnte hier nicht mal ein Grashalm sprießen.« Die Erinnerung ließ sie schmunzeln. »So beliebt war der Lange Mann damals in den Sommernächten.«

Der Wald hatte sich verändert. Selbst für Lancre war er sehr, sehr alt. Moosbärte hingen von den knorrigen Ästen herab. Uralte Blätter knisterten, als sie zwischen den Bäumen hindurchflogen. Etwas hörte sie kommen und floh unter lautem Geklacker durch das dichte Unterholz. Nach dem Geräusch zu urteilen trug es Hörner.

Nanny brachte den Besen elegant zum Stehen.

»Darf ich vorstellen?«, sagte sie und schob einen Farnwedel beiseite. »Der Lange Mann.«

Casanunter lugte unter ihrem Ellenbogen hindurch.

»Ist das alles? Ein alter Grabhügel?«

»*Drei* alte Grabhügel«, korrigierte Nanny.

Casanunter sah noch einmal hin.

»Ja, jetzt sehe ich sie auch«, sagte er. »Zwei runde und ein länglicher. Und?«

»Als ich sie das erste Mal aus der Luft gesehen habe, wäre ich vor Lachen fast vom Besen geplumpst.«

Die Pause, die eintrat, während der Zwerg die Topographie der verwilderten Landschaft auf sich wirken ließ, ist auch unter dem Namen »hängen gebliebener Groschen« bekannt.

Dann: »Wahnsinn«, staunte Casanunter. »Ich dachte immer, die Leute, die Sachen wie Hünengräber und Erdwälle gebaut haben, wären seriöse Druiden und solche Leute gewesen, und keine… keine… Schmierfinken, die mit 200 000 Tonnen Erde irgendwelche Ferkeleien auf Plumpsklowänden hinterlassen, wenn ich das mal so ausdrücken darf.«

»Das sieht Ihnen aber gar nicht ähnlich, sich durch so etwas schockieren zu lassen.«

Nanny Ogg hätte schwören können, dass der Zwerg unter seiner Perücke einen knallroten Kopf bekommen hatte.

»Es ist eine Frage des Stils«, sagte Casanunter. »So etwas kann man doch auch subtiler ausdrücken. Man posaunt nicht einfach in der Gegend herum: ›Ich habe einen großen dicken Tonker.‹«

»Es ist schon ein wenig komplizierter«, antwortete Nanny, während sie sich durchs Gebüsch kämpfte. »Hier sagt die Landschaft: ›Ich habe einen großen dicken Tonker.‹ Ist das übrigens ein Zwergenwort?«

»Ja.«

»Gutes Wort.«

Casanunter riss sich von einer Dornenranke los.

»Esme kommt nie hier rauf«, erzählte Nanny, die ihn bereits um einige Schritte abgehängt hatte. »Sie sagt, es ist schon schlimm genug mit den Volksliedern und den Maibäumen und so, da kann sie auf Anzüglichkeiten in der Natur liebend gern verzichten. Natürlich«, fuhr sie fort, »war dieser Ort nie für Frauen gedacht. Meine Uroma hat gesagt, in der wirklich guten alten Zeit sind die Männer hier raufgekommen und haben seltsame Rituale durchgeführt, die keine Frau je gesehen hat.«

»Bis auf Ihre Uroma, die sich in den Büschen versteckt hat«, ergänzte Casanunter.

Nanny blieb wie angewurzelt stehen.

»Woher wissen Sie das denn?«

»Sagen wir mal so, allmählich gewinne ich immer tiefere Einblicke in die Ogg'sche Weiblichkeit, Frau Ogg«, antwortete der Zwerg. Ein Dornbusch hatte ihm ein Loch in die Jacke gerissen.

»Sie hat erzählt, die Männer hätten bloß Schwitzhütten gebaut, und gerochen hätten sie wie beim Schmied unterm Arm. Sie haben Knieweich getrunken, sind mit Hörnern auf dem Kopf ums Feuer rumgetanzt und haben nach Lust und Laune unter die Bäume gestrullt«, fuhr Nanny fort. »Meine Uroma fand das ganz ehrlich gesagt ein bisschen weibisch. Aber ich sage: Ein Mann muss ein Mann sein, auch wenn es weibisch wirkt. Was ist mit Ihrer Perücke passiert?«

»Ich glaube, sie hängt dahinten im Baum.«

»Haben Sie die Brechstange noch?«

»Ja, Frau Ogg.«

»So, da wären wir.«

Am Fuß des länglichen Hügels standen drei große, unregelmäßig geformte Steine, die eine niedrige Höhle bildeten. Nanny Ogg zog den Kopf ein und duckte sich in das muffige und leicht nach Ammoniak riechende Dunkel hinein.

»Hier müsste es gehen«, sagte sie. »Hätten Sie mal ein Streichholz da?«

Im schwefeligen Schein tauchte ein flacher Felsen auf, in den eine primitive Zeichnung hineingekratzt war. Die Linien waren mit Ocker ausgefüllt. Das Bild zeigte einen eulenäugigen Mann, der in ein Tierfell gekleidet war und Hörner trug.

In dem flackernden Licht schien er zu tanzen.

Darunter stand eine Runeninschrift.

»Weiß man, was das bedeutet?«, fragte Casanunter.

Nanny Ogg nickte.

»Es ist eine Variante von Oggisch«, antwortete sie. »Und im Grunde bedeutet es ›Ich hab einen großen dicken Tonker‹.«

»Oggisch?«, fragte Casanunter.

»Meine Familie lebt schon sehr lange in diesen Breiten … und Längen«, sagte Nanny Ogg.

»Sie zu kennen, ist wirklich gut für die Allgemeinbildung, Frau Ogg.«

»Das sagen alle. Würden Sie den Felsen hier an der Seite mal mit der Brechstange anheben? Ich hab mir schon immer einen guten Grund gewünscht, da runterzugehen.«

»Und was ist da unten?«

»Die Lancre-Höhlen. Nach allem, was ich weiß, erstrecken sie sich meilenweit. Sogar bis rauf nach Kupferkopf. Im Schloss soll es auch einen Eingang geben, allerdings habe ich ihn noch nicht gefunden. Aber hauptsächlich führen die Höhlen in die Welt der Elfen.«

»Führen denn nicht die Tänzer dorthin?«

»Das hier ist die *andere* Elfenwelt.«

»Ich dachte immer, es gibt bloß eine.«

»Über diese hier reden sie nicht gern.«

»Und da wollen Sie reingehen?«

»Ja.«

»Sie wollen Elfen suchen?«

»Stimmt genau. Was ist jetzt? Wollen Sie die ganze Nacht hier rumstehen, oder stemmen Sie mir den Stein hoch?« Sie gab ihm einen Rippenstoß. »Da unten gibt es übrigens auch Gold.«

»Na, herzlichen Dank«, sagte Casanunter sarkastisch. »Wie rassistisch kann man eigentlich sein? Nur weil ich vertikal... zu kurz gekommen bin, versuchen Sie, mich mit Gold zu ködern, ja? Für wen halten Sie uns Zwerge? Die Raffgier auf zwei Beinen? Ha!«

Nanny seufzte.

»Ach, Sie haben ja Recht«, sagte sie. »Ich mache Ihnen einen Vorschlag. Wenn wir wieder zu Hause sind, backe ich Ihnen ein richtig echtes Zwergenbrot. Wie wäre das?«

Auf Casanunters Gesicht machte sich ein ungläubiges Strahlen breit.

»*Echtes* Zwergenbrot?«

»Ja. Das Rezept müsste ich noch irgendwo rumliegen haben. Außerdem hab ich schon seit Wochen das Katzenklo nicht mehr sauber gemacht.«*

»Also gut...«

Casanunter setzte die Brechstange an und hebelte mit Zwer-

---

* Es gibt zahllose Rezepte für die flachen runden Lancre-Zwergenfladen, aber sie verfolgen alle das gleiche Ziel: Das Brot soll eine extrem haltbare eiserne Ration sein, die sich leicht verpacken lässt und mit der man einem Feind die Eingeweide herausschneiden kann, wenn man sie kräftig genug waagerecht durch die Luft schnellen lässt. Genießbarkeit ist nur ein zusätzlicher Bonus. Die meisten Zutaten sind ein gut gehütetes Geheimnis, bis auf den Kies.

genkräften. Der Stein zierte sich nicht lange und schwang nach oben.

Darunter lag eine Treppe, mit einer dicken Lehmschicht bedeckt und von alten Wurzeln überzogen.

Nanny merkte erst nach einigen Stufen, dass der Zwerg ihr nicht folgte.

»Was ist?«

»Ich halte mich nicht gern in dunklen, engen Räumen auf.«

»Wie bitte? Sie sind doch ein *Zwerg*.«

»Ich bin als Zwerg geboren, nur *geboren*. Mir wird schon ganz schwummerig, wenn ich mich in einem Kleiderschrank verstecken muss. Ein ziemlicher Nachteil für jemanden meines Metiers.«

»Stellen Sie sich nicht so an. Ich habe auch keine Angst.«

»Sie sind ja auch nicht ich.«

»Noch ein Vorschlag – ich backe das Zwergenbrot mit einer Extraportion Kies.«

»Oh … was sind Sie doch für eine Verführerin, Frau Ogg.«

»Und bringen Sie die Fackeln mit.«

In der Höhle war es trocken und warm. Casanunter, der hinter Nanny hertrottete, achtete darauf, sich immer schön im Schein der Fackeln zu halten.

»Und Sie waren noch nie hier unten?«

»Nein. Aber ich kenne den Weg.«

Nach einer Weile legte sich Casanunters Beklommenheit. Die Höhlen waren besser als ein Kleiderschrank. Zum einen stolperte man nicht dauernd über irgendwelche Schuhe, und zum anderen brauchte man vermutlich nicht zu befürchten, dass plötzlich ein degenschwingender Ehemann die Tür aufriss.

Er war regelrecht vergnügt und froh.

Aus irgendeinem genetischen Hinterstübchen kamen ihm die Wörter wie von selbst in den Sinn.

»Heiho, heiho …«

Nanny Ogg grinste im Dunkeln.

Der Tunnel mündete in einen Höhlensaal, der so groß war, dass die Wände im Fackelschein kam auszumachen waren.

»Sind wir da?«, fragte Casanunter und packte die Brechstange fester.

»Nein. Wir sind woanders. Wir… kennen diesen Ort. Er ist mythisch.«

»Nicht real?«

»Doch, doch. Real *und* mythisch.«

Die Fackel flackerte. In dem Saal lagen Hunderte staubbedeckter Steinplatten, die spiralförmig angeordnet waren. Über dem Mittelpunkt der Spirale hing eine riesige Glocke an einem Seil, das sich im Dunkel des Höhlendachs verlor. Genau unter der Glocke lagen zwei Haufen, einer mit silbernen und einer mit goldenen Münzen.

»Fassen Sie das Geld ja nicht an«, warnte Nanny. »Hier, passen Sie mal auf. Mein Vater hat mir davon erzählt. Ein toller Trick.«

Sie tippte ganz leicht die Glocke an. Ein leises *Ting* war zu hören.

Von der Platte, neben der sie standen, rieselte der Staub. Was Casanunter für ein Steinrelief gehalten hatte, richtete sich nun unter lautem Knirschen auf. Es war ein bewaffneter Krieger. Nachdem er sich hatte hinsetzen können, musste er mit an Sicherheit grenzender Wahrscheinlichkeit lebendig sein, aber er sah aus, als wäre er vom Leben direkt in die Totenstarre übergegangen, ohne sich lange mit dem Sterben aufzuhalten.

Aus tiefen Augenhöhlen richtete er den Blick auf Nanny Ogg.

»Ist's an der Zeyth?«

»Noch nicht«, antwortete Nanny.

»Was bimmeltest du die Glocke dann? Meyn Seel, ich hab fürwahr seyth zwohundert Jahr kein Aug mehr zugethan. Immerdar kommet eyn Depp daher und machet eynen Heydenlärm. Zieh Leyne.«

Der Krieger legte sich wieder hin.

»Das ist ein alter König mit seinen Kriegern«, flüsterte Nanny, während sie weiterliefen. »Es heißt, sie sind in einen Zauberschlaf gefallen. Ein Zauberer hat sie verwünscht. Zu irgend so einer letzten Entscheidungsschlacht, wenn ein Wolf die Sonne frisst, sollen sie wieder aufwachen.«

»Diese Zauberer. Da hat wohl mal wieder einer das falsche Kraut geraucht«, sagte Casanunter.

»Möglich wär's. Und jetzt nach rechts. Wir müssen uns immer rechts halten.«

»Wir gehen im Kreis?«

»In einer Spirale. Wir sind jetzt genau unter dem Langen Mann.«

»Aber das kann nicht sein«, sagte Casanunter. »Wir sind doch unter dem Langen Mann in das Loch gestiegen. Augenblick mal … soll das heißen, wir sind noch an derselben Stelle, wo wir losgelaufen sind, bloß dass es nicht mehr dieselbe ist?«

»Allmählich haben Sie den Dreh raus.«

Sie folgten der Spirale.

Die sie schließlich zu einer Tür führte. Wenn man sie denn so nennen konnte.

Hier unten war es heißer. In seitlich abzweigenden Tunneln glühte ein rotes Licht.

Zwei große, schwere Steine lehnten an einer Felswand, darüber lag ein dritter. Sie bildeten ein Portal, das mit Tierfellen verhängt war. Dampfschwaden kräuselten sich zwischen ihnen hindurch.

»Diese Steine wurden zur gleichen Zeit wie die Tänzer aufgestellt«, erklärte Nanny beiläufig. »Aber weil das Loch hier senkrecht ist, brauchte man bloß drei. Lassen Sie die Brechstange lieber hier, und Ihre Stiefel auch, wenn sie mit Nägeln beschlagen sind.«

»Diese Stiefel wurden vom besten Schuster in ganz Ankh-Morpork genäht«, sagte Casanunter, »den ich dafür auch eines Tages noch bezahlen werde.«

Nanny zog die Felle beiseite.

Eine Dampfwolke schlug ihnen entgegen.

Vor ihnen gähnte ein Dunkel, heiß und zäh wie Sirup. Es roch wie in der Umkleidekabine von Füchsen. Während Casanunter hinter Nanny Ogg hertapste, war es ihm, als sehe er Gestalten in dem üblen Brodem, als vernehme er plötzlich abbrechendes Gewisper und Geraune. Einmal glaubte er, eine Schale mit glühenden Steinen zu erkennen. Eine Schattenhand leerte eine umgedrehte Schöpfkelle darüber aus, und alles verschwand im aufwallenden Dampf.

Wir können nicht im Langen Mann sein, dachte er. Der Lange Mann war ein Erdwall, aber das hier ist ein langes Zelt aus Häuten.

Das kann doch nicht beides dasselbe sein.

Er war schweißüberströmt.

In den wabernden Schwaden tauchten zwei Fackeln auf, ihr Licht kaum mehr als ein rötlicher Schimmer. Doch es reichte aus, um eine riesige Gestalt aus dem Dunkel hervorzuheben, die ausgestreckt neben einer zweiten Schale mit heißen Steinen lagerte.

Das Wesen hob den Kopf. Ein Geweih zuckte durch die feuchte, klebrige Hitze.

»Ah. Frau Ogg.«

Eine Stimme wie Schokolade.

»Euer Durchlaucht«, sagte Nanny.

»Ich kann wohl nicht erwarten, dass du vor mir niederkniest, was?«

»Gut erkannt, Euer Ehren.« Nanny grinste.

»Weißt du, Frau Ogg, die Art, wie du deinem Gott Respekt erweist, würde jeden Atheisten vor Neid ergrünen lassen«, sagte die dunkle Gestalt. Und gähnte.

»Danke, Euer Gnaden.«

»Und es tanzt auch keiner mehr für mich. Ist das etwa zu viel verlangt?«

»Allerdings, Euer Durchlaucht.«

»Ihr Hexen glaubt nicht mehr an mich.«

»Womit du schon wieder richtigliegst, Euer Geweihschaft.«

»Ach, Frauchen Ogg – und wie willst du, nachdem du hier eingedrungen bist, wieder ins Freie kommen?«, fragte der Liegende.

»Ich habe Eisen«, sagte Nanny. Sie hatte einen schärferen Ton angeschlagen.

»Was natürlich ausgeschlossen ist, Frauchen Ogg. *Kein* Eisen kann in dieses Reich gelangen.«

»*Mein* Eisen kommt überall rein«, antwortete Nanny.

Sie zog die Hand aus der Rocktasche und reckte ein Hufeisen in die Höhe.

Unter den Elfen im dunklen Rund machte sich Panik breit. Casanunter hörte, wie sie sich gegenseitig aus dem Weg rempelten. Zischend wallte der Dampf aus einer umgerissenen Feuerschale.

»Schaff das weg!«

»Ich nehme es mit, wenn ich gehe«, sagte Nanny. »Jetzt pass mal schön auf, Freundchen. Die Königin macht wieder Ärger. Du musst sie an die Kandare nehmen. Das gehört sich so. Wir wollen nicht wieder die gleichen Scherereien wie früher.«

»Wieso sollte ich das tun?«

»Sag bloß, du möchtest, dass sie mächtig ist?«

Ihr Gegenüber schnaubte verächtlich.

»Draußen in unserer Welt wirst du nie wieder herrschen«, sagte Nanny. »Dafür gibt es bei uns zu viel Musik. Zu viel Eisen.«

»Eisen rostet.«

»Nicht das Eisen im Kopf.«

Der König gab erneut ein verächtliches Geräusch von sich.

»Auch das … früher oder später … eines Tages …«

»Eines Tages.« Nanny nickte. »Ja, darauf können wir anstoßen. Eines Tages. Wer weiß? Eines Tages. Warum nicht? Aber dieser Tag ist nicht heute. Sieh es ein. Und deshalb musst du die Dinge wieder ins Gleichgewicht bringen. Wenn nicht, kannst du dich auf was gefasst machen. Dann lasse ich den Langen Mann nämlich mit eisernen Schaufeln aufgraben. Und man wird sagen, ist ja bloß ein altes Hünengrab. Pensionierte Zauberer und Priester, denen zu Hause die Decke auf den Kopf fällt, werden in der ausgehobenen Erde rumstochern und staubtrockene Bücher über irgendwelche Bestattungsriten schreiben. Und damit hämmern sie den nächsten eisernen Nagel in deinen Sarg. Mir würde das sogar ein bisschen leidtun, ich hatte schließlich schon immer eine kleine Schwäche für dich. Aber ich habe Kinder, ja? Kinder, die sich *nicht* unter der Treppe verstecken, wenn es donnert, die den Elfen *keine* Milch vor die Tür stellen, die abends *nicht* schnell nach Hause laufen, nur weil es dunkel wird. Und bevor ich zulasse, dass diese alten Unsitten wieder einreißen, schlag ich den ersten Nagel in deinen Sarg. Das kannst du mir glauben. *Da bin ich eisern*«, endete sie mit scharfer, schneidender Stimme.

Die Gestalt erhob sich. Höher. Und höher. Das Geweih auf seinem Kopf berührte die Decke.

Casanunter klappte die Kinnlade herunter.

»Wie ich schon sagte«, fuhr Nanny fort. »Nicht heute. Eines Tages vielleicht. Du bleibst hübsch hier unten und machst es dir gemütlich auf deinen heißen Kohlen. *Dein* Tag ist noch nicht gekommen.«

»Ich werde ... eine Entscheidung treffen.«

»Gut. Dann entscheide mal schön. Und ich sehe jetzt zu, dass ich weiterkomme.«

Der Geweihträger blickte auf Casanunter hinab.

»Was gaffst du so, Zwerg?«

Nanny Ogg stieß Casanunter in die Rippen.

»Na los, geben Sie dem netten Mann eine Antwort.«

Casanunter schluckte ein paar Mal.

»Mein lieber Schwan«, sagte er. »Sie sehen Ihrem Bild aber überhaupt nicht ähnlich.«

Nur wenige Meilen entfernt hatte eine Gruppe Elfen in einem engen, kleinen Tal einen Wurf junger Kaninchen entdeckt, mit denen sie sich eine Weile vergnügten – wozu auch ein benachbarter Ameisenhaufen beitrug.

Selbst die Schwachen, Blinden und Stummen haben Götter.

Hern der Gehetzte, Gott der Gejagten, pirschte durchs Gebüsch und wünschte sich verzweifelt, dass auch *Götter* Götter hätten.

Die Elfen, die sich gebannt über den Ameisenhaufen beugten, wandten ihm den Rücken zu.

Hern der Gehetzte kroch unter einen Brombeerstrauch, spannte alle Muskeln an und sprang.

Er schlug seine Zähne so tief in eine Elfenwade, dass sie aufeinanderschlugen, dann flog er auch schon durch die Luft, als der Elf mit einem Schmerzensschrei auffuhr.

Kaum hatten seine Füße den Boden berührt, gab er Fersengeld.

Das war sein Problem. Er war nicht zum Kämpfen gemacht, er hatte kein bisschen von einem Raubtier an sich. Angreifen und weglaufen, eine andere Möglichkeit blieb ihm nicht.

Aber Elfen konnten schneller laufen.

Er sprang über Baumstümpfe und rutschte schlitternd durch Laubhaufen, bis sich sein Blick vor Erschöpfung trübte. Trotzdem bekam er noch mit, dass er rechts und links überholt wurde. Die Elfen lauerten darauf, dass er …

Plötzlich brach vor dem kleinen Gott etwas Großes aus dem Gebüsch. Er sah Reißzähne, er sah lange, haarige Arme. Er sah einen Racheengel im Pelz. Und dann sah er auch noch zwei zerrupfte Menschen, von denen einer eine Eisenstange über seinem Kopf kreisen ließ.

Hern wartete nicht ab, wie es weiterging. Er hechtete durch die Beine der Erscheinung und rannte weiter. Kurz darauf gellte ihm ein Schlachtruf in den langen Schlappohren:

»Aber gern, Wellhornschnecken schmecken immer. Wie geht das noch mal? Ton ab!«

Nanny Ogg und Casanunter gingen schweigend zurück zur Treppe, die zum Höhlenausgang führte. Als sie endlich in die Nachtluft hinaustraten, seufzte der Zwerg: »Wahnsinn!«

»Man kann es bis hier oben spüren«, sagte Nanny. »Hat eine sehr starke Matschowirkung, dieser Ort.«

»Aber … gute Güte!«

»Er ist klüger als die Königin. Oder fauler«, sagte Nanny. »Er wird es einfach aussitzen.«

»Aber er war …«

»Die können sich jedes Aussehen zulegen«, sagte Nanny. »Wir sehen sie immer in der Gestalt, die wir selbst ihnen geben.« Sie verschloss den Eingang mit dem Stein und klopfte sich den Staub von den Händen.

»Aber wieso sollte er sie aufhalten wollen?«

»Na, weil er doch schließlich ihr Mann ist. Er kann sie nicht ausstehen. Sie führen so was wie eine offene Ehe.«

»Und *was* wird er aussitzen?«, fragte Casanunter, während er sich forschend nach weiteren Elfen umblickte.

»Na, alles eben.« Nanny winkte ab. »Eisen und Bücher und Uhrwerke und Universitäten und Lesen und solches Zeug. Er glaubt nämlich, dass das alles irgendwann ein Ende hat. Eines Tages ist es damit vorbei, und dann werden die Leute bei Sonnenuntergang zum Himmel sehen und *ihn* erblicken.«

Casanunter drehte sich um und sah zum Horizont, halb darauf gefasst, dass sich dort eine riesige Gestalt abzeichnete.

»Eines Tages kommt er wieder«, sagte Nanny leise. »Wenn auch das Eisen in den Köpfen rostig geworden ist.«

Casanunter legte den Kopf auf die Seite. Man bewegt sich nicht fast sein ganzes Leben lang unter den Angehörigen einer anderen Spezies, ohne ihre Körpersprache lesen zu können – vor allem, da man sie ja gewissermaßen in Großbuchstaben vor Augen hat.

»Richtig leid tut Ihnen das aber nicht, hm?«, sagte er.

»Ach was. Die Elfen sollen mir gestohlen bleiben! Sie sind hinterlistige, grausame und eingebildete Schmarotzer, die wir überhaupt nicht gebrauchen können.«

»Wollen wir wetten? Ich setze einen halben Dollar.«

Nanny wurde plötzlich verlegen.

»Sehen Sie mich nicht so an! Esme hat Recht. Natürlich hat sie Recht. Wir wollen hier keine Elfen mehr. Wozu auch?«

»Esme ist die Kleine, nicht wahr?«

»Ha! Nein, Esme ist die Große mit der Nase. Sie haben sie schon kennengelernt.«

»Ja, stimmt.«

»Die Kleine ist Magrat. Sie hat ein gutes, aber etwas zu weiches Herz. Trägt Blumen im Haar und glaubt an die Macht der Lieder. Würde auch mir nichts, dir nichts mit den Elfen tanzen. Das wäre ihr zuzutrauen.«

Magrat beschlichen immer neue Zweifel. Zum einen hatten sie mit Armbrüsten zu tun. Eine Armbrust ist eine sehr nützliche und praktische Waffe, mit der noch der unerfahrenste Schütze schneller töten kann als ein seit Ewigkeiten abgelaufenes Fertigmenü. Aber man kann mit ihr immer nur einen Bolzen abfeuern, und einen zweiten nur dann, wenn man sich vorher ein sicheres Plätzchen gesucht hat, wo man während des Nachladens in Deckung gehen kann. Anderenfalls merkt man recht schnell, dass eine Armbrust nichts weiter ist als ein Apparillo aus Eisen, Holz und einer Sehne.

Andere Zweifel betrafen das Schwert. Auch wenn Jorick es ihr nicht zutraute – Magrat wusste theoretisch ganz genau, wie man mit einem Schwert umgeht. Man versucht, es dem Gegner mit einer kraftvollen Armbewegung in den Leib zu rammen, während ebendieser Gegner ebendies zu verhindern trachtet. Wie es danach weiterging, war ihr nicht ganz so klar. Sie hoffte, dass man einen zweiten Versuch bekam.

Auch mit ihrer Rüstung war sie nicht ganz glücklich. An Helm und Brustharnisch war nichts auszusetzen, aber ansonsten trug sie einen Kettenpanzer. Und der war, wie Jorick Ogg wusste, aus der Warte eines Pfeils betrachtet, nichts weiter als eine Reihe locker miteinander verbundener Löcher.

Ihre Wut war noch da, der blanke Zorn, der sie bis ins Innerste erfüllte. Aber um dieses Innerste herum hatte sie leider nichts weiter anzubieten als Magrat Knoblauch, die alte – oder zumindest nicht mehr ganz junge – Jungfer, die wohl nun auch in Zukunft unbemannt bleiben würde.

In der Stadt waren keine Elfen mehr zu sehen, nur die Spuren der Verwüstung, die sie hinterlassen hatten. Türen hingen schief in den Angeln. Lancre sah aus, als hätte Dschingis Cohen dort gehaust.*

Inzwischen war Magrat unterwegs zum Steinkreis. Der Pfad war breiter als zuvor. Von Pferden und Kutschen auf dem Hinweg aufgewühlt hatten ihn die fliehenden Menschen auf dem Rückweg zu einem Morast zertrampelt.

Sie wusste, dass sie beobachtet wurde, und so empfand sie es fast als Erleichterung, als drei Elfen unter den Bäumen hervortraten, noch bevor das Schloss außer Sichtweite war.

Der mittlere grinste.

»Guten Abend, Kind«, sagte er. »Ich bin Lord Lankin, und du wirst einen Knicks machen, bevor du mit mir redest.«

Sein Ton ließ deutlich erkennen, dass es vollkommen ausgeschlossen war, ihm nicht zu gehorchen. Magrats Muskeln machten bereits Anstalten, sich zu fügen.

Königin Ynci hätte niemals gehorcht…

»Ich bin praktisch die Königin hier«, sagte sie.

Es war das erste Mal, dass sie in einer Verfassung war, sich einen Elfen genauer und aus der Nähe anzusehen. Dieser hatte hohe Wangenknochen und das Haar zum Pferdeschwanz gebunden. Gekleidet war er in ein wildes Sammelsurium aus Lumpen, Spitzenstoffen und Fellstreifen, arrogant zur Schau getragen in dem Wissen: Mir steht einfach alles.

Er rümpfte seine perfekte Nase.

»Es gibt nur eine Königin in Lancre«, sagte er. »Und die bist ganz bestimmt nicht du.«

---

* Daher auch der Ausdruck »vollständige Zerstörung«.

Magrat versuchte, sich zu konzentrieren.

»Ach nein? Wo ist sie denn?«, fragte sie.

Die anderen beiden Elfen spannten ihre Bögen.

»Du suchst die Königin? Dann werden wir dich zu ihr bringen«, sagte Lankin. »Eine Warnung, Kindchen. Solltest du vorhaben, deine hässliche eiserne Armbrust zu benutzen: In den Bäumen warten noch mehr Bogenschützen.«

Und tatsächlich, neben dem Pfad raschelte es in den Bäumen. Aber auf das Rascheln folgte ein lautes Rums. Die Elfen sahen sich verwirrt an.

»Aus dem Weg«, befahl Magrat.

»Ich glaube, du hast mich missverstanden«, sagte der Elf. Er grinste, aber nicht lange, nur bis aus dem Waldesdunkel das nächste Poltern an seine spitzen Ohren drang.

»Wir haben schon die ganze Zeit gespürt, dass du kommst«, sagte der Elf. »Die tapfere Maid, die ihren Liebsten retten will! Ach, wie romantisch! Ergreift sie.«

Hinter den beiden bewaffneten Elfen erhob sich ein Schatten. Er packte ihre Köpfe und knallte sie zusammen.

Der Schatten trat über die Niedergestreckten hinweg und erwischte Lankin genau in dem Moment, als dieser sich umdrehte, mit einem Rundumschwinger, der ihn von den Füßen riss und gegen einen Baum schleuderte.

Magrat zückte ihr Schwert. Was auch immer dort vor ihr stand, es sah gefährlicher aus als die Elfen. Es war lehmverschmiert, haarig und erinnerte vom Körperbau her fast an einen Troll. Der Arm, mit dem das Wesen nach ihren Zügeln griff, schien überhaupt kein Ende nehmen zu wollen. Magrat holte aus …

»Uuuk?«

»Nehmen Sie das Schwert runter, Fräulein. *Bitte*!«

Die Stimme war hinter ihr, aber sie klang menschlich und besorgt. Elfen hörten sich nie besorgt an.

»Wer sind Sie?«, fragte sie, ohne sich umzudrehen. Das haarige Ungeheuer bleckte grinsend seine gelben Zähne.

»Äh, ich bin Ponder Stibbons. Ein Zauberer. Und *er* ist auch Zauberer.«

»Er hat nichts an!«

»Wenn Sie möchten, überrede ich ihn, ein Bad zu nehmen«, sagte Ponder mit einem Anflug von Hysterie in der Stimme. »Nach dem Baden zieht er immer einen alten grünen Morgenrock an.«

Magrat entspannte sich ein wenig. Wer sich so anhörte, stellte keine Gefahr für andere dar, höchstens für sich selbst.

»Auf wessen Seite stehen Sie, Herr Zauberer?«

»Wie viele Seiten gibt es denn?«

»Uuuk?«

»Wenn ich absteige«, sagte Magrat, »wird das Pferd durchgehen. Deshalb wäre es besser, Sie würden Ihren Freund bitten, die Zügel loszulassen. Sonst wird er noch verletzt.«

»Uuuk?«

»Äh. Eher unwahrscheinlich.«

Magrat rutschte aus dem Sattel. Das Pferd, vom Eisen befreit, ging durch. Es kam aber höchstens einen Galoppsprung weit.

»Uuuk.«

Das Pferd versuchte, wieder auf die Hufe zu kommen.

Magrat blinzelte.

»Äh, er ist gerade ein bisschen sauer«, sagte Ponder. »Einer der… Elfen… hat ihn mit einem Pfeil angeschossen.«

»Aber damit bringen sie die Menschen doch in ihre Gewalt!«

»Äh. Er ist kein Mensch.«

»Uuuk!«

»Genetisch, meine ich.«

Magrat war schon früher Zauberern begegnet. Hin und wieder verirrten sich welche nach Lancre, doch nie für lange. Oma Wetterwachs strahlte irgendetwas aus, das sie dazu brachte weiterzuziehen.

Aber keiner von ihnen hatte so ausgesehen wie Ponder Stibbons. Er hatte den größten Teil seines Gewands eingebüßt, und von seinem Hut war ihm nur die Krempe geblieben. Sein Gesicht starrte vor Dreck, und auf dem einen Auge prangte ein vielfarbiges Veilchen.

»Haben Ihnen die Elfen das angetan?«

»Na ja, den Dreck und die zerrissene Kleidung habe ich von der Flucht durch den Wald. Ein paar Mal sind wir auch Elfen über den Weg gelaufen …«

»Uuuk.«

»… haben wir Elfen über den Haufen gerannt. Aber das Veilchen habe ich dem Bibliothekar zu verdanken.«

»Uuuk.«

»Den Göttern sei Dank«, fügte Ponder hinzu. »Er hat mich k. o. gehauen. Sonst wäre es mir genauso ergangen wie den anderen.«

Magrat überkam eine dunkle Vorahnung.

»Welche anderen?«, fragte sie.

»Sind Sie allein?«

»Welche anderen?«

»Haben Sie überhaupt eine Ahnung, was passiert ist?«

Magrat dachte an das Schloss, an die Stadt.

»Ich kann es mir einigermaßen vorstellen«, sagte sie.

Ponder schüttelte den Kopf.

»Es ist noch viel schlimmer.«

»Welche anderen?«, wiederholte Magrat.

»Ich bin mir ziemlich sicher, dass es einen Querkontinuumsdurchbruch gegeben hat, und ich bin mir ganz sicher, dass es zu Schwankungen beim Energiepegel gekommen ist.«

»Aber welche anderen?« Magrat ließ nicht locker.

Ponder warf einen nervösen Blick auf den Wald.

»Sehen wir zu, dass wir vom Pfad runterkommen. Dahinten sind noch viel mehr Elfen.«

Ponder verschwand im Unterholz. Als Magrat ihm folgte, entdeckte sie einen weiteren Zauberer, der wie eine Leiter an einem Baum lehnte. Auf seinem Gesicht lag ein seliges Lächeln.

»Der Quästor«, sagte Ponder. »Ich glaube, wir haben es mit den Trockenfroschpillen ein bisschen zu gut gemeint.« Er hob die Stimme. »Wie … geht … es … Ihnen … Quästor?«

»Ach, zu einem Scheibchen von dem gebratenen Wiesel würde ich nicht nein sagen«, sagte der Quästor, zufrieden vor sich hin strahlend.

»Wieso ist er so steif?«, fragte Magrat.

»Wir glauben, dass es eine Nebenwirkung ist«, antwortete Ponder.

»Können Sie denn gar nichts dagegen tun?«

»Und wie kommen wir dann trockenen Fußes über die Bäche?«

»Fragen Sie mich morgen noch mal, Bäcker. Dann knuspern wir uns eins!«, sagte der Quästor.

»Außerdem macht er doch einen richtig glücklichen Eindruck«, sagte Ponder. »Sind Sie eine Kriegerin, Fräulein?«

»Wie bitte?«

»Ich meine ja nur, wegen der Rüstung und so …«

Magrat sah an sich hinunter. Sie hielt immer noch das Schwert in der Hand. Der Helm rutschte ihr dauernd über die Augen, obwohl sie ihn mit einem Fetzen von ihrem Brautkleid ausgepolstert hatte.

»Ich … äh … ja. Ja, genau. Das bin ich«, sagte sie. »Auf jeden Fall. Doch.«

»Sie sind sicher auch wegen der Hochzeit hier. Genau wie wir.«

»Stimmt. Wegen der Hochzeit, kann man wohl sagen. Richtig.« Sie fasste das Schwert etwas fester. »Und jetzt erzählen Sie mir, was passiert ist«, sagte sie. »Unter besonderer Berücksichtigung der *anderen*.«

»Tja …« Abwesend tastete Ponder nach einem Zipfel seines zerrissenen Gewands und fing an, den Stoff zu zwirbeln. »Wir waren also alle bei diesem Lustspiel. Das ist ein Theaterstück. So was mit Schauspielern. Und, und es war sehr lustig. Da waren so Bauerntölpel in schweren Stiefeln und so, mit Strohperücken und allem, die sind herumgestapft und haben so getan, als ob sie feine Herrschaften wären. Aber sie haben alles falsch gemacht. Sehr witzig. Der Quästor musste laut über sie lachen. Aber der muss ja in letzter Zeit auch über Bäume und Steine laut lachen. Jedenfalls haben sich alle amüsiert. Und dann ... und dann ...«

»Ich will alles wissen«, sagte Magrat.

»Also ... also ... was dann kam, das weiß ich auch nicht mehr so genau. Es hatte was mit der Schauspielerei zu tun, glaube ich. Denn plötzlich ... wirkte alles irgendwie total *echt*. Verstehen Sie, was ich meine?«

»Nein.«

»Also, ein Kerl mit einer roten Nase und Säbelbeinen hat die Feenkönigin gespielt oder so, und auf einmal war es zwar immer noch derselbe Kerl, aber ... es fühlte sich an ... alles um mich rum ist einfach verschwunden, nur die Schauspieler waren noch da ... und dann noch dieser Hügel ... die müssen echt gut gewesen sein, weil ich es ihnen wirklich abgenommen habe ... ich glaube, irgendwann hat uns jemand aufgefordert, in die Hände zu klatschen ... und alle sahen sehr seltsam aus, und dann dieser Gesang, der war herrlich und ... und ...«

»Uuuk.«

»Dann hat der Bibliothekar mir eine verpasst«, endete Ponder schlicht.

»Warum?«

»Am besten erzählt er Ihnen das mit seinen eigenen Worten«, sagte Ponder.

»Uuuk ook iik. Uuk! Uuk!«

»Huste, Julia! Hoch die Tassen!«, sagte der Quästor.

»Ich habe den Bibliothekar leider nicht verstanden«, sagte Magrat.

»Hm. Also, was wir dort erlebt haben, war ein interdimensionaler Riss, der durch den Glauben verursacht wurde«, übersetzte Ponder. »Das Theaterstück war der Auslöser. Ganz in der Nähe muss sich eine äußerst brüchige Instabilitätszone befunden haben. Es ist schwer zu beschreiben, aber wenn Sie zufälligerweise ein Gummilaken und ein paar Bleigewichte dabeihätten, könnte ich Ihnen zeigen, wie...«

»Soll das heißen, diese... *Kreaturen* existieren nur deshalb, weil die Menschen an sie glauben?«

»Nein, nein. Ich gehe davon aus, dass sie auch sonst existieren. Aber *hier* sind sie, weil die Menschen *hier* an sie glauben.«

»Uuk.«

»Er ist mit uns weggelaufen. Sie haben ihn mit einem Pfeil getroffen.«

»Iiik.«

»Aber mehr als ein Jucken hat er nicht gespürt.«

»Uuk.«

»Normalerweise ist er sanftmütig wie ein Lamm. Wirklich.«

»Uuk.«

»Aber er kann Elfen nicht ausstehen. Sie haben für ihn den falschen Geruch.«

Der Bibliothekar blähte die Nüstern.

Magrat wusste nicht viel über den Dschungel, aber sie stellte sich vor, wie die Affen in den Bäumen hockten und den Tiger schon von Weitem wittern konnten. Die Pracht seines Fells ließ diese Affen genauso kalt wie die Glut seiner Augen. Zu sehr beeindruckten sie die Zähne in seinem Maul.

»Ja«, sagte Magrat. »Das kann ich mir denken. Zwerge und Trolle hassen die Elfen auch – aber bestimmt nicht so abgrundtief wie ich.«

»Sie allein können es nicht mit allen aufnehmen«, sagte Ponder. »Da oben wimmelt es regelrecht von ihnen. Einige können sogar fliegen. Der Bibliothekar sagt, sie haben die Leute gezwungen, Baumstämme herbeizuschaffen und diese seltsamen Steine umzukippen. Da standen nämlich Steine auf dem Hügel. Die Elfen haben sie attackiert. Warum, weiß ich auch nicht.«

»Haben Sie bei dem Lustspiel auch irgendwelche Hexen bemerkt?«, fragte Magrat.

»Hexen, Hexen …«, murmelte Ponder.

»Sie wären nicht zu übersehen gewesen«, sagte Magrat. »Eine große Dünne, die alle mit ihren Blicken durchbohrt, und eine kleine Dicke, die während der Aufführung vermutlich Nüsse geknackt und viel gelacht hätte. Ich könnte mir vorstellen, dass sie sich laut miteinander unterhalten haben. Und hohe spitze Hüte hätten sie natürlich auch getragen.«

»Nein, die sind mir nicht aufgefallen«, antwortete Ponder.

»Dann waren sie auch nicht da«, sagte Magrat. »Das macht schließlich eine Hexe aus: dass sie bemerkt wird.« Sie verkniff sich das Eingeständnis, dass sie diese Kunst nie besonders gut beherrscht hatte, und fügte stattdessen hinzu: »Ich reite jetzt da rauf.«

»Sie bräuchten ein ganzes Heer, Fräulein. Wer weiß, was Ihnen gerade eben Schlimmes passiert wäre, wenn der Bibliothekar nicht in den Bäumen aufgeräumt hätte.«

»Aber ich habe kein Heer. Also muss ich mein Glück wohl oder übel allein probieren.«

Diesmal gelang es Magrat sogar, das Pferd zum Galoppieren zu bewegen.

Ponder blickte ihr nach.

»Unfassbar, was Volkslieder alles zu verantworten haben«, murmelte er vor sich hin.

»Uuuk.«

»Sie reitet todsicher ins Verderben.«

»Uuuk.«

»Hallo, Herr Blumentopf, eine doppelte Portion Aale, bitte. Wenn Sie so freundlich wären.«

»Das kann natürlich auch so was wie ihr Schicksal sein.«

»Uuuk.«

»Jahrtausendhand und Krabbe.«

Ponder Stibbons schaute betreten drein.

»Will ihr vielleicht einer folgen?«

»Uuuk.«

»Hoppla, der Mann mit der großen Uhr.«

»War das ein Ja?«

»Uuuk.«

»Nicht von Ihnen, von ihm.«

»Schwabbel wabbel, da kommt unsere Sülze.«

»Ich fürchte, das zählt als Ja«, sagte Ponder zögernd.

»Uuuk?«

»Ich habe ein schickes neues Leibchen.«

»Aber Leute, die sich blindlings in Gefahr begeben, landen auf dem Friedhof«, wandte er ein.

»Uuk.«

»Was hat er gesagt?«, fragte der Quästor, der einen kurzen Zwischenstopp in der Realität eingelegt hatte.

»Ich glaube, so was wie: ›Früher oder später landen *alle* Leute auf dem Friedhof.‹«, antwortete Ponder. »Mist. Na dann, los.«

»Klar wie Klärchen«, sagte der Quästor. »Die Hände in die Fäustlinge, Herr Bootsmann!«

»Ach, halten Sie die Klappe!«

Magrat stieg ab. Das Pferd ließ sie laufen.

Bis zu den Tänzern konnte es nicht mehr weit sein. Der Himmel flammte in allen Farben.

Am liebsten wäre sie auf dem schnellsten Weg nach Hause gelaufen.

Hier oben war es kälter, viel zu kalt für eine Mittsommernacht. Als sie losstapfte, verwandelten sich die wirbelnden Schneeflocken in Regentropfen.

Ridcully materialisierte sich neben einer Säule. Er musste sich erst einmal ein paar Sekunden daran festhalten, um wieder zu Atem zu kommen. Nach einer Transmigration sah er immer blaue Sternchen.

Niemand bemerkte ihn. Im Schloss herrschte ein heilloses Durcheinander.

Nicht alle Leute hatten sich nach Hause geflüchtet. In den letzten Jahrtausenden waren in Lancre des Öfteren feindliche Heere eingefallen, und die Erinnerung an den Schutz, den die dicken Schlossmauern boten, hatte sich – *Rette sich, wer kann!* – in das kollektive Gedächtnis regelrecht eingegraben, weshalb sich nun die meisten Bewohner des Königreichs dort zusammengefunden hatten.

Ridcully blinzelte. Die Menschen wuselten durcheinander, herumkommandiert von einem kleinen jungen Mann in einer schlabberigen Kettenrüstung, der einen Arm in der Schlinge trug und offenbar der Einzige war, der versuchte, die Lage in den Griff zu bekommen.

Sobald Ridcully das Gefühl hatte, wieder geradeaus gehen zu können, hielt er auf ihn zu.

»Was geht hier vor, junger…« Er brach ab. Jorick Ogg drehte sich um.

»So ein raffiniertes Luder!«, schimpfte der Erzkanzler vor sich hin. »Dann hol sie doch, sagt sie. Und ich? Ich falle voll drauf rein! Selbst wenn ich noch eine Transmigration hinbekäme, wüsste ich ja überhaupt nicht, wohin!«

»Mein Herr?«, sagte Jorick.

Ridcully schüttelte sich. »Was ist hier los?«, fragte er.

»Das weiß ich doch auch nicht!« Jorick war den Tränen nah. »Ich glaube, wir werden von Elfen angegriffen! Aus keinem ist ein vernünftiges Wort rauszukriegen! Sie sollen wohl während des Lustspiels aufgetaucht sein! Oder so!«

Ridcully ließ den Blick über die verängstigten, verwirrten Menschen wandern.

»Und Fräulein Magrat ist hinter ihnen hergeritten! *Allein!* Sie will gegen sie kämpfen!«

Der Erzkanzler sah ihn verständnislos an.

»Wer ist Fräulein Magrat?«

»Unsere zukünftige Königin! Die Braut! Sie wissen schon, Magrat Knoblauch!«

Ridcullys Verstand konnte immer nur eine Information gleichzeitig verarbeiten.

»Wieso ist sie hinter ihnen hergeritten?«

»Sie haben den König in ihrer Gewalt!«

»Esme Wetterwachs haben sie auch erwischt.«

»Unmöglich! Oma Wetterwachs?«

»Ich bin hier, um sie zu retten«, sagte Ridcully, bevor ihm klar wurde, dass sich dieser Satz entweder wie Unsinn oder nach Feigheit anhörte.

Doch Jorick war viel zu erschüttert, um es zu bemerken. »Hoffentlich sammeln sie keine Hexen«, sagte er. »Dann fehlt ihnen nämlich nur noch meine Mama.«

»Mich haben sie jedenfalls nicht erwischt«, sagte Nanny Ogg, die hinter ihm aufgetaucht war.

»Mama? Wie bist du denn ins Schloss gekommen?«

»Mit dem Besen. Am besten postierst du ein paar Bogenschützen auf dem Dach. Ich bin bestimmt nicht die Einzige, die da oben landen kann.«

»Was sollen wir bloß machen, Mama?«

»Überall treiben sich Banden von Elfen herum«, sagte Nanny. »Und über den Tänzern leuchtet der Himmel...«

»Wir müssen sie angreifen!«, rief Casanunter. »Lassen wir sie unseren kalten Stahl fressen!«

»Hört, hört!«, sagte Ridcully. »Der Mann – Zwerg – hat Recht! Ich hole meine Armbrust!«

»Es sind zu viele«, stellte Nanny nüchtern fest.

»Oma und Fräulein Magrat sind irgendwo da draußen, Mama«, sagte Jorick. »Fräulein Magrat war auf einmal wie verwandelt. Sie hat sich eine Rüstung angelegt und ist losgezogen, um es mit den ganzen Elfen aufzunehmen!«

»Aber da draußen wimmelt es nur so von denen«, sagte Nanny. »Es ist wie eine doppelte Portion Hölle mit ein paar Extrateufeln als Beilage. Wenn wir gegen sie antreten, ist uns der Tod sicher.«

»Der Tod ist uns sowieso sicher«, warf Ridcully ein. »Der holt uns alle. Todsicher.«

»Wir hätten nicht die geringste Chance«, sagte Nanny.

»Doch, doch, *eine* Chance hätten wir«, widersprach Ridcully. »Ich verstehe zwar nichts von diesem ganzen Kontinuinuinuumskäse, aber wenn man dem jungen Stibbons glauben darf, bedeutet es, dass alles irgendwo passieren muss. Also könnte es genauso gut *hier* passieren. Auch wenn es nur eine Chance von eins zu einer Million ist, gnä' Frau.«

»Das ist ja alles schön und gut«, sagte Nanny, »aber heißt das nicht, dass für jeden Herrn Ridcully, der die heutige Nacht überlebt, 999 999 andere getötet werden?«

»Schon, aber die sind mir schnuppe. Die können sehen, wo sie bleiben. Geschieht ihnen ganz recht, weil sie mich nicht zu ihren Hochzeiten eingeladen haben.«

»Wie bitte?«

»Ach, nichts.«

Jorick hüpfte von einem Bein aufs andere.

»Wir müssen gegen sie kämpfen, Mama!«

»Sieh dir die Leute doch an!«, sagte Nanny. »Sie sind hundemüde, pitschnass und völlig durcheinander! Das ist doch kein Heer!«

»Mama, Mama, Mama!«

»Ja?«

»Ich kann sie aufputschen, Mama! Das macht man nämlich, bevor die Truppen in die Schlacht ziehen! Das hab ich gelesen! Man braucht bloß die richtige Rede zu halten, dann kann man noch den letzten Pöbel oder Mob oder wie auch immer so stark aufputschen, dass er sich in eine schreckliche Kampftruppe verwandelt, Mama!«

»Schrecklich sehen sie auch jetzt schon aus!«

»Mit schrecklich meine ich doch grimmig, Mama!«

Nanny Ogg ließ den Blick über die gut hundert Bürger von Lancre schweifen. An den Gedanken, dass diese traurigen Gestalten gegen irgendwen kämpfen sollten, würde sie sich erst gewöhnen müssen.

»Und du weißt auch wirklich, was du tust, Jorick?«, fragte sie.

»Ich hab schließlich nicht umsonst die letzten fünf Jahrgänge von *Bögen und Munition* studiert, Mama«, sagte Jorick vorwurfsvoll.

»Dann probier's aus. Wenn du meinst, dass es was bringt.«

Schlotternd vor Aufregung stieg Jorick auf einen Tisch, zückte mit der unverletzten Hand sein Schwert und schlug damit ein paar Mal auf das Holz, bis Ruhe eingekehrt war.

Dann hielt er eine Rede. Und die ging so:

»Euer König wurde gefangen genommen, und eure zukünftige Königin ist losgezogen, um ihn zu retten. Volk von Lancre, erinnert euch an eure Pflichten als treue Untertanen. Wer heute Abend nicht hier ist, weil er sich zu Hause unterm Bett versteckt, wird sich nach unserem glorreichen Sieg wünschen, dabei gewesen zu sein, statt sich unter dem besagten Bett zu verstecken, das ich gerade erwähnt habe. Wir können sogar froh sein, dass wir nur so wenige sind, die den Kampf gegen den Feind aufnehmen wollen, weil dadurch auf jeden Überlebenden ein prozentual wesentlich höherer Anteil der zu erwartenden Ehre abfallen wird.« (Es folgten anderthalb Sätze, in denen dreimal das Wort Ruhm vorkam.) »Noch in vielen Jahren werden wir stolz auf diesen Tag, dessen genaues Datum mir gerade entfallen ist, zurückblicken. Wir – also diejenigen von uns, die überlebt haben – werden voller Stolz unsere Narben herzeigen, und man wird uns vermutlich einen ausgeben. Nehmt euch ein Beispiel am Schwingenden Fuchs von Lancre: Spannt eure Sehnen an, aber lasst sie locker genug, dass ihr die Arme und Beine noch bewegen könnt. Oder lockert sie doch lieber jetzt und spannt sie erst dann an, wenn die Zeit gekommen ist. Lancre baut auf euch. Tut eure Pflicht. Hm. Äh. Bitte …«

In die gähnende Stille hinein sagte Nanny Ogg: »Ich glaube, sie müssen das erst noch ein bisschen verdauen, Jorick. Vielleicht bringst du in der Zwischenzeit erst mal den Herrn Zauberer auf sein Zimmer und hilfst ihm mit seiner Armbrust.«

Sie deutete mit einem vielsagenden Kopfnicken zur Treppe.

Jorick zögerte, aber nicht lange. Das Funkeln in den Augen seiner Mutter war nicht zu übersehen.

Als er gegangen war, kletterte Nanny Ogg ebenfalls auf den Tisch.

»Also«, sagte sie. »Die Sache ist die. Wenn ihr da rausgeht, bekommt ihr es unter Umständen mit den Elfen zu tun. Aber wenn ihr hierbleibt, bekommt ihr es auf jeden Fall mit mir zu tun. Elfen sind schlimmer als ich, das gebe ich zu. Aber ich bin zäher.«

Weber hob zaghaft die Hand.

»'tschuldigung, Frau Ogg?«

»Ja, Weber?«

»Was genau macht denn eigentlich der Schwingende Fuchs?«

Nanny kratzte sich am Ohr.

»Wenn ich mich recht erinnere«, sagte sie, »macht er mit den Vorderpfoten *so* und mit den Hinterpfoten gleichzeitig *so*.«

»Nein, nein, nein«, sagte Quarney, der Krämer. »Der Schwanz macht *so*. Und die Beine machen *so*.«

»Das ist doch kein Schwingen«, warf irgendjemand ein. »Das ist Oszillieren. Du meinst den Ringschwanz-Ozelot.«

Nanny nickte. »Dann wären wir uns also einig«, sagte sie.

»Momentchen, ich bin mir nicht sicher, ob …«

»*Ja*, Quarney?«

»Äh … schon erledigt.«

»Gut, gut«, sagte Nanny, als Jorick zurückkehrte. »Sohnemann, du hast die Leute mit deiner Rede wirklich begeistert. Sie fühlen sich jetzt richtig aufgeputscht.«

»Toll!«

»Ich gehe davon aus, dass sie alle bereit sind, dir bis in den tiefsten Schlund der Hölle zu folgen«, sagte Nanny.

Jemand meldete sich.

»Kommen Sie auch mit, Frau Ogg?«

»Ich trotte hinterher«, antwortete Nanny.

»Aha. Na, wenn das so ist. Aber nur bis *vor* den Schlund der Hölle.«

»Unglaublich«, sagte Casanunter zu Nanny, während sich die Menge widerstrebend auf den Weg zur Waffenkammer machte.

»Man muss nur wissen, wie man mit den Menschen umzugehen hat.«

»Wenn ein Ogg vorangeht, folgen sie?«

»Nicht ganz«, antwortete Nanny. »Aber wenn sie wissen, was gut für sie ist, gehen sie voran, wenn ihnen ein Ogg folgt.«

Als Magrat unter den Bäumen hervortrat, breitete sich das Hochmoor vor ihr aus.

Ein Wolkenwirbel drehte sich über den Tänzern, beziehungsweise über der Stelle, wo die Tänzer gestanden hatten. Im flackernden Licht konnte sie den einen oder anderen Stein ausmachen, der umgerissen im Gras lag oder den Abhang hinuntergewälzt worden war.

Der Hügel selbst glühte. Mit der Landschaft stimmte etwas nicht. Sie krümmte sich, wo sie sich nicht hätte krümmen dürfen. Die Entfernungen waren falsch. Magrat musste an einen alten Holzschnitt denken, den sie mal als Lesezeichen in einem ihrer Bücher gefunden hatte. Er zeigte das Gesicht eines alten Weibes, aber wenn man ihn lange genug anstarrte, erkannte man auch den Kopf einer jungen Frau; die Nase wurde zum Hals, eine Augenbraue zur Halskette. Die Bilder wippten und kippten hin und her. Wie jeder andere Betrachter vor ihr hatte sich auch Magrat bei dem Versuch, beide Bilder gleichzeitig zu sehen, fast um den Verstand geschielt.

Mit der Landschaft verhielt es sich ganz ähnlich. Wo einerseits der grüne Hügel emporragte, erstreckte sich andererseits eine Schneewüste. Das Land der Elfen machte Lancre doch tatsächlich den Raum streitig.

Aber so leicht ließ Lancre sich nicht von dem Eindringling verdrängen. Es setzte sich zur Wehr.

Wo die beiden Landschaften aufeinandertrafen, stand ein Zeltkreis wie ein Brückenkopf an einem fremden Gestade. Die Zelte waren sehr farbenprächtig. Alles an den Elfen war schön – bis das Bild kippte und man es von der anderen Seite sah…

Irgendetwas tat sich dort. Pferde wurden zwischen die Zelte geführt, und mehrere Elfen saßen bereits im Sattel.

Es sah ganz danach aus, als wollten sie das Lager abbrechen.

In ihrem Zelt saß die Königin auf einem provisorischen Thron, einen Ellenbogen auf die Armlehne gestützt. Die hohle Hand hatte sie nachdenklich an den Mund gelegt.

Andere Elfen saßen im Halbkreis davor – auch wenn »lümmelten« der treffendere Ausdruck gewesen wäre. Elfen konnten es sich überall bequem machen, sogar auf einem Draht. Diese trugen vorwiegend Samt und Spitze, kaum Federn. Ob es sich deshalb etwa um elfischen Adel handelte, ließ sich nicht mit Sicherheit sagen. Elfen konnten anziehen, was sie wollten, sie sahen immer fantastisch aus.*

Sie alle hatten nur Augen für die Königin und spiegelten jede ihrer Launen wider. Lächelte sie, so lächelten sie ebenfalls. Gab sie etwas von sich, das sie für amüsant hielt, lachten sie.

Momentan galt die Aufmerksamkeit der Königin allein Oma Wetterwachs.

»Was geht hier vor, altes Weib?«, fragte sie.

»Ist nicht so einfach, was?«, sagte Oma. »Du hattest es dir wohl leichter vorgestellt, hm?«

»Sicher hast du einen Zauber bewirkt. Irgendetwas widersetzt sich uns.«

»Nein, mit Magie hat das nichts zu tun«, antwortete Oma.

---

* Bei den Mönchen aus Kuhl, deren kleines, exklusives Kloster in einem lässig-lockeren Tal der unteren Spitzhornberge liegt, muss ein Novize, bevor er als vollwertiges Mitglied in den Orden aufgenommen wird, eine Prüfung bestehen. Dazu wird er in einen Raum geführt, in dem die unterschiedlichsten Gewänder hängen. Dort muss er die folgende Frage beantworten: »Yo**, mein Sohn, welches dieser Kleidungsstücke ist das modischste von allen?« Und die korrekte Antwort lautet: »Na, die Klamotte, für die ich mich entscheide. Logo.«

** Modisch waren die Mönche von Kuhl immer auf dem neusten Stand. Sprachlich nicht unbedingt.

»Nicht das Geringste. Du bist bloß zu lange weg gewesen. Die Dinge ändern sich. Das Land gehört jetzt den Menschen.«

»Das kann nicht sein«, sagte die Königin. »Die Menschen wollen immer nur *nehmen*. Sie pflügen das Land mit Eisen. Sie verwüsten es.«

»Manche schon, da gebe ich dir Recht. Aber andere stecken mehr rein, als sie rausholen. Liebe zum Beispiel. Sie haben Mutterboden in ihren Knochen und sagen dem Land, was es ist. Dafür sind die Menschen da. Ohne sie wäre Lancre nur ein Stück Erde, auf dem grüne Dinger wachsen, die noch nicht einmal wüssten, dass sie Bäume sind. Hier oben gehören wir alle zusammen, Hoheit, wir und das Land. Es ist auch nicht mehr nur Land, es ist *ein* Land. Das ist wie bei einem zugerittenen und beschlagenen Pferd, wie bei einem abgerichteten Hund. Jedes Mal wenn die Menschen den Boden pflügen oder etwas anpflanzen, rücken sie es ein Stückchen weiter von dir weg«, sagte Oma. »Die Dinge ändern sich.«

Verenz saß neben der Königin. Seine Pupillen waren klein wie Stecknadelköpfe; er lächelte ohne Unterlass, ähnlich wie der Quästor.

»Ah. Aber wenn wir erst verheiratet sind«, sagte die Königin, »muss das Land mich akzeptieren. Entsprechend euren eigenen Regeln. Ich kenne mich aus. Um König zu sein, bedarf es mehr als einer Krone. Der König und das Land sind eins. Der König und die Königin sind eins. Und ich werde die Königin sein.«

Lächelnd sah sie Oma an. Die hatte auf jeder Seite einen Elfen stehen und mindestens einen hinter sich. Elfen neigen nicht zur Selbstbeobachtung. Oma wusste, wenn sie sich ohne Erlaubnis bewegte, war sie tot.

»Was *du* dann sein wirst, habe ich noch nicht entschieden«, sagte die Königin. Sie hob ihre extrem schlanke Hand und formte mit Daumen und Zeigefinger einen Ring, den sie sich vors Auge hielt.

»Da kommt jemand«, sagte sie. »Eine Person in einer Rüstung, die nicht passt, mit einem Schwert, das sie nicht benutzen, und einer Axt, die sie kaum hochhalten kann. Und warum kommt sie? Wegen der *Romantik*. Wie heißt sie?«

»Magrat Knoblauch«, antwortete Oma.

»Sie ist eine mächtige Zauberin, ja?«

»Sie kennt sich mit Kräutern aus.«

Die Königin lachte.

»Ich könnte sie von hier aus töten.«

»Ja«, sagte Oma, »aber das würde dir keinen Spaß machen, nicht wahr? Das Schlüsselwort lautet Erniedrigung.«

Die Königin nickte.

»Du hast fast eine elfische Art zu denken.«

»Ich denke, dass es bald Tag wird«, sagte Oma. »Ein schöner, sonniger Tag.«

»Nicht bald genug.« Die Königin stand auf. Sie warf einen kurzen Blick auf König Verenz und verwandelte sich. Ihr rotes Kleid wurde silberfarben. Im Licht der Fackeln glitzerte es wie Fischschuppen. Ihre Haare lösten sich, wurden weizenblond und frisierten sich um. Ein unmerkliches Kräuseln überlief ihre Züge, ehe sie fragte: »Na, was meinst du?«

Sie sah aus wie Magrat. Beziehungsweise so, wie Magrat gern ausgesehen hätte und wie Verenz sie vielleicht schon immer sah. Oma nickte. Als ebenbürtige Fachfrau auf dem Gebiet konnte sie perfekte Garstigkeit neidlos anerkennen.

»Und du willst ihr so gegenübertreten«, stellte sie fest.

»Gewiss. Früher oder später. Wenn es zu Ende ist. Du brauchst sie nicht zu bemitleiden. Sie wird lediglich sterben. Soll ich dir zeigen, was aus *dir* hätte werden können?«

»Nein.«

»Es wäre ein Leichtes für mich. Es gibt andere Zeiten als diese. Ich könnte dir *Großmutter* Wetterwachs zeigen.«

»Nein.«

»Es muss schrecklich für dich sein, keine Freunde zu haben. Dass niemand um dich trauern wird, wenn du tot bist. Dass du nie ein Herz berührt hast.«

»Ja.«

»Und sicher sinnst du darüber nach... an den langen Abenden, wenn dir in deinem kalten Zimmer nur das Ticken der Uhr Gesellschaft leistet. Wenn du die Schatulle öffnest und dir ansiehst...«

Als Oma versuchte, sich loszureißen, machte die Königin nur eine lässige Handbewegung.

»Tötet sie nicht«, sagte sie. »Lebendig bereitet sie uns viel mehr Vergnügen.«

Magrat rammte das Schwert in den Matsch und wog die Axt in der Hand.

Schwarz und schweigend umringte sie der Wald. Die Elfen mussten hier durchkommen. Hunderte von ihnen gegen eine einzige Magrat Knoblauch.

Sie wusste, dass es so etwas wie das Glück des tüchtigen Helden gab. Lieder und Balladen, Geschichten und Gedichte waren voll von tapferen Einzelkämpfern, die es ganz allein mit einer Übermacht aufgenommen – und gewonnen hatten.

Jetzt schwante ihr zum ersten Mal, dass diese Lieder und Balladen, Geschichten und Gedichte nur deshalb geschrieben worden waren, weil das, wovon sie handelten, erfunden war. Beziehungsweise gelogen.

Wenn sie es recht überlegte, konnte sie sich an kein einziges *historisch* verbürgtes Ereignis dieser Art erinnern.

Rechts von ihr im Wald spannte ein Elf seinen Bogen und zielte.

Hinter ihm knackte ein Zweig. Er drehte sich um.

Der Quästor strahlte.

»Pardauz, alte Hose, meine Birne ist matschig.«

Der Elf riss den Bogen herum.

Zwei Greiffüße baumelten aus dem Laub herunter, packten ihn bei den Schultern und rissen ihn mit einem Ruck in die Höhe. Als er mit dem Schädel von unten gegen einen Ast prallte, knackte es vernehmlich.

»Uuuk.«

»Weiter geht's!«

Auf der linken Seite des Pfads richtete ein anderer Elf seinen Pfeil auf Magrat. Und dann geriet seine ganze Welt ins Schwimmen …

So sieht es im Kopf eines Elfen aus:

Da hätten wir die üblichen fünf Sinne, die aber samt und sonders dem sechsten untergeordnet sind. Auf der Scheibenwelt gibt es kein offizielles Wort für ihn, weil seine Kraft so schwach ausgebildet ist, dass sie lediglich von aufmerksamen Schmieden erkannt wird, die sie »die Liebe zum Eisen« nennen. Steuermänner könnten sie ebenfalls bemerken, wenn sie sich nicht am stehenden Magnetfeld der Scheibe orientieren würden, das wesentlich verlässlicher ist. Aber Bienen spüren sie, weil Bienen alles spüren. Tauben finden mit ihrer Hilfe zurück in den Schlag. Und überall im Multiversum wird sie von den Elfen genutzt, denn sie verrät ihnen genau, wo sie sich gerade befinden.

Es muss schwer sein für die Menschen, auf ewig dazu verdammt zu sein, halbblind durch die unübersichtliche Geographie zu tappen. Menschen sind oft orientierungslos. Das ist eines ihrer typischen Wesensmerkmale. Es sagt viel über sie aus.

Elfen verlieren nie die Orientierung. Das ist eines ihrer typischen Wesensmerkmale. Es sagt viel über sie aus.

Elfen haben die absolute Peilung. Die Umrisse der Landschaft zeichnen sich für sie durch einen silbrigen Glanz ab. Genau wie Lebewesen, die den Glanz in geringerem Maße selbst erzeugen und so im Flux sichtbar werden. Die Kraft knistert in den Muskeln der Elfen, summt in ihrem Gehirn. Wer sich die Fertigkeit angeeignet hat, kann anhand kleinster Ausschläge im Flux sogar Gedanken lesen.

Für die Elfen ist die Welt etwas, dessen sie sich einfach bemächtigen können. Mit Ausnahme des Eisens, dieses schrecklichen Metalls, das die Kraft in sich aufsaugt und das Fluxuniversum deformiert wie ein Bleigewicht auf einem Gummilaken. Das die El-

fen blind und taub macht, das sie ortlos macht und einsamer, als es ein Mensch je sein kann…

Der Elf kippte vornüber.

Ponder Stibbons ließ sein Schwert sinken.

Kaum jemand hätte sich weiter etwas dabei gedacht. Nur Ponder, dessen trauriges Schicksal es war, in einer gleichgültigen Welt nach Mustern zu suchen.

»Aber ich hab ihn doch nicht mal richtig berührt«, sagte er zu sich.

»›Als ich sie küsste im lichten Hain, da sang die Nachtigall gar fein‹ – los, singt, ihr Memmen! Zwei, drei!«

Sie wussten nicht, wo sie waren. Sie wussten nicht, wo sie gewesen waren. Sie wussten nicht einmal genau, wer sie waren. Aber die Moriskentänzer von Lancre befanden sich mittlerweile in einer Verfassung, in der das Weitermachen einfacher war als das Aufhören. Der Gesang lockte die Elfen an, aber er faszinierte sie auch…

Tanzend und springend, hüpfend und singend schlugen sich die Männer zur Stadt durch. In den kleinen Dörfern, die sie unterwegs passierten, ließen die Elfen von den Opfern ab, die sie gerade quälten, um den Moriskentänzern im Schein der brennenden Häuser bei ihren Kapriolen zuzusehen.

»Und juchheirassa und… singt, Memmen… widewidewitt bum BUM!«

Auf BUM knallten sechs Stöcke aneinander.

»Wo sind wir, Jason?«

»Ich glaub, durchs Schlüpfrige Loch sind wir schon durch. Jetzt müssen wir nur noch einen Bogen schlagen, dann kommen wir zurück in die Stadt«, sagte Jason, während er an Bäcker vorbeihüpfte. »Spiel weiter, Fuhrmann!«

»Der Regen ist in die Tasten gelaufen, Jason!«

»Egal! Das merken die doch sowieso nicht! Und für Volksmusik reicht's immer!«

»Ich glaube, beim letzten Bum ist mein Stock kaputtgegangen, Jason!«

»Hauptsache, du kannst noch tanzen, Köhler! Was meint ihr, Jungs… sollen wir das Lied von den Lodenhosen üben, wo wir schon mal dabei sind? Schaden kann's nicht.«

»Da vorne sind Leute«, sagte Schneider im Vorbeihüpfen. »Mit Fackeln und so.«

»Menschen, zwei, drei, oder noch mehr Elfen?«

»Keine Ahnung!«

Jason drehte sich am Platz und tanzte wieder zurück.

»Bist du das, unser Jason?«

Jason lachte, als die vertraute Stimme zwischen den tropfenden Bäumen hervordrang. »Das ist unsere Mama! Mit unserem Jorick. Und… ganz vielen Leuten! Wir haben's geschafft, Jungs!«

»Jason«, sagte Fuhrmann.

»Ja?«

»Ich weiß nicht, ob ich wieder aufhören kann!«

Die Königin betrachtete sich in dem Spiegel, der an einer Zeltstange hing.

»Wozu?«, fragte Oma. »Was siehst du?«

»Was immer ich sehen will«, sagte die Königin. »Das weißt du doch. Und jetzt… reiten wir zum Schloss. Fesselt ihr die Hände. Aber lasst die Beine frei.«

Es regnete leicht, nur bei den Tänzern nicht. Da graupelte es. Magrat troff das Wasser aus den Haaren, ihre sonst so zotteligen Strähnen klebten ihr platt am Kopf.

Wo Sommer und Winter miteinander rangen, wallten Nebelschwaden unter den Bäumen hervor.

Magrat beobachtete, wie sich die Königin und ihr Hofstaat aufs Pferd schwangen. Verenz war auch dabei, steifgliedrig wie eine Marionette. Und Oma Wetterwachs, die an einem Seil hinter dem Ross der Königin herlaufen musste.

Hufe spritzten durch den Schlamm. Am Zaumzeug klingelten unzählige silberne Glöckchen.

An die Elfen im Schloss, an die Nacht mit ihren Schemen und Schatten erinnerte sie sich nur noch wie an einen strammen Knoten im Taschentuch, aber das Glöckchengebimmel kreischte ihr in den Ohren, als schabte ihr jemand mit einer Nagelfeile über die Zähne.

Wenige Schritte vor Magrat ließ die Königin ihren Tross halten.

»Ah, das tapfere Kind«, sagte sie. »Will ganz allein ihren Verlobten retten. Wie putzig. Tötet sie.«

Ein Elf trieb sein Pferd auf Magrat zu und hob sein Schwert. Magrat packte die Streitaxt fester.

Irgendwo hinter ihr surrte eine Sehne. Der Elf krümmte sich. Genau wie sein Hintermann. Der Bolzen flog weiter, bis über einen der umgestürzten Tänzer hinweg, wo er einen kleinen Bogen beschrieb.

Im nächsten Augenblick stürmte Jorick Oggs bunt zusammengewürfelte Kampftruppe unter den Bäumen hervor – mit Ausnahme von Ridcully, der hektisch damit beschäftigt war, seine Armbrust neu zu spannen.

Die Königin schien nicht überrascht.

»Mehr als hundert sind es nicht«, sagte sie. »Was meinst du, Esme Wetterwachs? Das letzte Aufgebot stellt sich tapfer der Entscheidungsschlacht? Hinreißend, wirklich. Ich liebe die Menschen. Sie denken wie Lieder.«

»Runter vom Pferd!«, rief Magrat.

Die Königin lächelte.

Jorick fühlte es. Ridcully fühlte es. Ponder fühlte es. Der Glamour brandete über sie hinweg.

Die Elfen fürchteten Eisen. Aber sie hatten es gar nicht nötig, ihm zu nahe zu kommen.

Man konnte nicht gegen Elfen kämpfen, weil man so viel weniger wert war als sie. Und es war auch *richtig*, dass man wertlos war. Sie waren doch so wunderschön. Im Gegensatz zu einem selbst. Im Vergleich zu ihnen war der Mensch – metaphorisch gesprochen – stets derjenige, der als Letzter in eine Mannschaft gewählt wurde, sogar noch nach dem dicken Kind mit der halbseitig dauerverstopften Triefnase. Er war derjenige, dem man die Regeln erst erklärte, wenn er längst verloren hatte. Und dem man die *neuen* Regeln dann auch nicht erklärte. Derjenige, der genau wusste, dass immer nur die anderen etwas Spannendes erlebten. All diese bitteren, verzehrenden Selbstzweifel bündelten sich jetzt. Man konnte nicht gegen Elfen kämpfen. Wer so wertlos war, so schwerfällig, so *menschlich*, konnte niemals gegen sie gewinnen; darauf war das Universum einfach nicht eingerichtet ...

Jäger können davon berichten, dass manchmal ein Tier aus dem Unterholz tritt, verharrt und auf den Speer regelrecht zu warten scheint ...

Magrat bekam die Axt halb hoch, dann fiel ihre Hand kraftlos herunter. Sie senkte den Blick. Die korrekte Haltung, die ein Mensch vor einem Elfen einzunehmen hat, ist die Demutshaltung. Wie hatte sie sich nur erdreisten können, ein so herrliches Geschöpf anzubrüllen?

Die Königin stieg ab und ging auf Magrat zu.

»Rühr sie nicht an!«, sagte Oma.

Die Königin nickte. »Du leistest noch immer Widerstand?«, sagte sie. »Wacker, aber zwecklos. Wir werden Lancre kampflos einnehmen. Du kannst uns nicht aufhalten. Sieh dir doch das tapfere kleine Heer an. Stehen da wie die Schafe. Die Menschen sind ja so *begeisterungsfähig*.«

Oma senkte den Blick.

»Solange ich lebe, wirst du hier bestimmt nicht herrschen«, sagte sie.

»Diesmal helfen dir keine Trickserien«, entgegnete die Königin. »Keine dumme Alte, die mit einer Tüte Bonbons winkt.«

»Das hast du also mitgekriegt, ja?«, sagte Oma. »Gytha wollte nur das Beste. Das verrückte Huhn. Darf ich mich hinsetzen?«

»Selbstverständlich«, antwortete die Königin. »Schließlich bist du jetzt eine alte Frau.«

Sie nickte den Elfen zu. Oma ließ sich, mit noch immer gefesselten Händen, dankbar auf einen Felsen sinken.

»Das ist das Besondere an der Hexerei«, sagte sie. »Sie hält einen zwar nicht jung, aber dafür länger alt. Wohingegen ihr natürlich gar nicht älter werdet«, fügte sie hinzu.

»Da hast du Recht.«

»Älter nicht, aber vielleicht *weniger*?«

Das Lächeln der Königin gefror – typisch für jemanden, der verunsichert ist und nicht so recht weiß, was er antworten soll.

»Du hast dich an einem Theaterstück vergriffen«, sagte Oma. »Weißt du überhaupt, was das bedeutet? Theaterstücke und Bücher … die muss man immer scharf im Auge behalten. Sonst gehen sie nach hinten los. Und genau dafür werde ich sorgen.« Sie nickte einem in schlecht gegerbte Häute gewandeten Elfen zu. »Das siehst du doch sicher auch so, Elf Erbsenblüte.«

Die Königin runzelte die Stirn.

»Aber so heißt er nicht«, sagte sie.

Oma Wetterwachs lächelte die Königin strahlend an.

»Abwarten«, antwortete sie. »Heutzutage gibt es wesentlich mehr Menschen als früher, und viele von ihnen wohnen in Städten. Sie wissen kaum noch etwas über Elfen. Und sie haben Eisen im Kopf. Deine Zeit ist vorbei.«

»Nein. Die Menschen werden uns immer brauchen«, sagte die Königin.

»Ach was. Manchmal wünschen sie euch herbei, aber das ist etwas anderes. Und was könntet ihr ihnen schon geben? Höchstens Gold, das über Nacht wegschmilzt.«

»Manche würden sagen, das reicht: Gold für eine Nacht.«

»Nein.«

»Besser als Eisen, du dummes altes Weib. Du dummes, alt gewordenes Kind, das nichts erreicht hat und aus dem nichts geworden ist.«

»Nein. Gold ist bloß glatt und glänzt. Hübsch anzusehen und vollkommen nutzlos«, sagte Oma, noch immer sehr ruhig und beherrscht. »Aber dies ist eine reale Welt, Hoheit. Das musste ich lernen. Eine echte Welt mit echten Menschen. Du hast kein Anrecht auf sie. Die Menschen haben mit dem Menschsein schon genug zu tun, da können sie gut auf euch Angeber verzichten, die ihr daherstolziert kommt mit eurem glänzenden Haar und den glänzenden Augen und dem glänzenden Gold, die ihr euch seitwärts durchs Leben schiebt, für immer jung und immer ein Lied auf den Lippen, aber nie irgendetwas dazulernend.«

»Früher hast du anders gedacht.«

»Das ist lange her. Ich mag wohl ein altes Weib sein, Teuerste, aber dumm bin ich noch lange nicht. Du bist keine Göttin. Ich hab nichts gegen Götter und Göttinnen – da, wo sie hingehören. Allerdings müssen es Götter sein, die wir uns selbst gemacht haben. Die können wir nämlich, wenn wir mit ihnen fertig sind, für Ersatzteile ausschlachten. Vielleicht brauchen die Menschen sogar tatsächlich irgendwelche Elfen im Märchenland, um die eisernen Zeiten besser zu überstehen. Aber *hier* werde ich sie nicht dulden. Ihr macht, dass wir uns wünschen, was wir nicht haben können. Was ihr uns gebt, ist nichts wert, was ihr uns nehmt, ist *alles*. Und uns bleiben nur ein kalter Hügel, die Leere und das Gelächter der Elfen.«

Sie holte tief Luft. »Also verzieht euch.«

»Dann sieh doch zu, wie du uns loswirst, *Alte*.«

»Mit *der* Antwort habe ich gerechnet.«

»Wir wollen nicht die ganze Welt. Dieses kleine Königreich genügt uns. Und wir werden es uns nehmen, ob es uns nun haben will oder nicht.«

»Nur über meine Leiche, Hoheit.«

»Wenn das die Bedingung ist.«

Die Königin holte im Geiste aus und schlug zu wie eine Katze.

Oma Wetterwachs zuckte zusammen und bog sich etwas nach hinten.

»Teuerste?«

»Ja?«, sagte die Königin.

»Es gibt keine Regeln, oder?«

»Regeln? Was sind Regeln?«, schnaubte die Königin.

»Dachte ich's mir doch«, sagte Oma. »Gytha Ogg?«

Nanny gelang es, den Kopf zu drehen.

»Ja, Esme?«

»Mein Kästchen. Das in der Kommode, ja? Du weißt, was zu tun ist.«

Oma Wetterwachs lächelte. Die Königin schwankte, als hätte sie einen Schlag ins Gesicht bekommen.

»Du hast ja tatsächlich etwas gelernt«, sagte sie.

»Und ob. Du weißt, dass ich deinen Kreis nie betreten habe. Ich konnte sehen, wohin er führt. Also musste ich lernen. Mein ganzes Leben lang. Auf die harte Tour. Und die ist wirklich ganz schön hart – wenn auch nicht so hart wie die weiche Tour. Ich habe gelernt. Von den Trollen und den Zwergen und von den Menschen. Sogar von Kieselsteinen.«

Die Königin senkte die Stimme.

»Ich lasse dich nicht töten«, flüsterte sie. »Das verspreche ich dir. Ich halte dich am Leben, bis du sabberst und brabbelst und dich selbst besudelst. Bis du von Haus zu Haus taperst und um Essensreste bettelst. Bis alle sagen: Da kommt die verrückte Alte.«

»Das sagen sie jetzt schon«, entgegnete Oma Wetterwachs. »Sie glauben nur, dass ich es nicht höre.«

Die Königin redete unbeeindruckt weiter: »Aber einen Teil von dir werde ich so erhalten, wie er ist. Damit du durch deine eigenen Augen blicken musst und siehst, was aus dir geworden ist.

Und niemand wird dir helfen«, fuhr sie fort. Sie hatte sich dicht vor Oma aufgebaut, die Augen schwarz vor Hass. »Keine milden Gaben für die verrückte Alte. Du wirst die Abfälle *sehen*, die du essen musst, um am Leben zu bleiben. Und wir werden die ganze Zeit bei dir sein, in deinem Kopf, damit du nie vergisst, wie weit du es hättest bringen, wie viel du hättest erreichen können. Tief in deinem Inneren wirst du es wissen, und in den dunklen Nächten wird dich nur noch ein Wunsch beseelen: der Wunsch nach dem Schweigen der Elfen.«

Darauf war die Königin nicht vorbereitet. Oma Wetterwachs riss die Hand hinter ihrem Rücken hervor und versetzte ihr einen Schlag ins Gesicht. Die Fesseln fielen in Fetzen zu Boden.

»*Damit* willst du mir drohen?«, sagte sie. »*Mir*? Die ich *alt* werde?«

Die Königin berührte das rote Mal, das sich auf ihrer Wange abzeichnete. Die Elfen spannten die Bögen und warteten auf einen Befehl.

»Geh wieder dahin, wo du hergekommen bist«, sagte Oma. »Du nennst dich Göttin? Du weißt nichts, Teuerste. Gar nichts. Was nicht stirbt, kann nicht leben. Was nicht lebt, kann sich nicht verändern. Was sich nicht verändert, kann nicht lernen. Das kleinste, sterbliche Geschöpf im Gras weiß mehr als du. Du hast Recht. Ich bin älter. Du lebst schon länger als ich, aber ich bin älter als du. Und besser. Und das, Hoheit, ist nicht schwer.«

Die Königin schlug wild um sich.

Ein mentaler Querschläger ließ Nanny Ogg in die Knie gehen. Oma Wetterwachs blinzelte.

»Der hat gesessen«, krächzte sie. »Aber ich stehe noch, und ich werde auch nicht niederknien. Und ich besitze noch Kräfte ...«

Ein Elf kippte um. Diesmal geriet die Königin ins Wanken.

»Ach, ich habe keine Zeit für solchen Unsinn«, sagte sie und schnippte mit den Fingern.

Nichts geschah. Die Königin drehte sich zu ihren Kriegern um.

»Sie können nicht schießen«, sagte Oma. »Und das würdest du doch auch gar nicht wollen, oder? So ein einfaches Ende?«

»Es kann nicht sein, dass du sie zurückhältst! Solche Kräfte besitzt du nicht!«

»Soll ich dir zeigen, welche Kräfte ich besitze, Hoheit? Hier, auf dem grünen Rasen von Lancre?«

Sie trat vor. Die Luft knisterte. Die Königin musste zurückweichen.

»In meinem eigenen Revier?«, sagte Oma.

Sie ohrfeigte die Königin ein zweites Mal, fast sanft.

»Nanu«, sagte Oma Wetterwachs. »Kannst du dich nicht wehren? Wo sind denn deine Kräfte abgeblieben, Hoheit? Sammle deine Kräfte!«

»Du dummes altes Weib!«

Jedes Lebewesen im Umkreis von einer Meile konnte es spüren. Kleine Tiere starben. Vögel fielen vom Himmel. Elfen wie auch Menschen sanken zu Boden und hielten sich den Kopf.

Und in Oma Wetterwachs' Garten flogen die Bienen aus.

Wie Dampf quollen sie aus den Stöcken. So überstürzt erhoben sie sich in die Lüfte, dass sie miteinander kollidierten. Das rasende Summen der Arbeiterinnen wurde vom sonoren Gebrumm der Drohnen überlagert.

Noch lauter jedoch schallte das Pikkolopfeifen der Königinnen.

Die Schwärme schraubten sich hoch, beschrieben noch einen Kreis über der Lichtung und sausten davon. Unterwegs schlossen sich ihnen weitere Schwärme an, aus Körben und hohlen Baumstämmen stiegen sie auf, bis der Himmel schwarz von Bienen war.

Nach einer Weile kam Ordnung in die große, dahinjagende Wolke. Die Drohnen flogen an den Flanken, donnernd wie Bomber. Die Arbeiterinnen bildeten einen aus Tausenden winzigen Leibern bestehenden Kegel, angeführt von hundert Königinnen an der Spitze.

Als der pfeilförmige Schwarm der Schwärme abgezogen war, wurde es still auf den Wiesen und Feldern.

Einsame Blumen schmachteten nach ihren Verehrern. Nektar verkam. Blüten mussten sich selbst bestäuben.

Die Bienen flogen zu den Tänzern.

Oma Wetterwachs fiel auf die Knie und hielt sich den Kopf.

»Nein …«

»O doch«, sagte die Königin.

Esme Wetterwachs hob die Hände, die Finger gekrümmt vor Anstrengung und Schmerzen.

Magrat stellte fest, dass sie die Augen bewegen konnte. Aber alles andere an ihr fühlte sich schwach und nutzlos an, trotz Kettenrüstung und Brustharnisch. Das war es dann also. Ihr war, als wehte ihr aus einer Entfernung von tausend Jahren das verächtliche Lachen der Königin Ynci entgegen. *Sie* hätte sich nicht geschlagen gegeben. Magrat dagegen gehörte zu der endlosen Reihe von Zimperliesen, die bloß in langen Kleidern herumsaßen und die Thronfolge sicherstellten …

Bienen ergossen sich aus dem Himmel, und Oma Wetterwachs wandte ihr das Gesicht zu.

Magrat hörte ihre Stimme ganz deutlich in ihrem Kopf.

»Willst du Königin werden?«

Und schon war sie frei.

Alle Müdigkeit fiel von ihr ab, als strömte die Kraft der Königin Ynci aus dem Helm direkt in sie hinein.

Es regnete noch mehr Bienen. Sie umhüllten die zusammengesunkene Althexe wie eine Decke.

Die Königin drehte sich um. Ihr Lächeln gefror, als Magrat die Schultern durchdrückte, auf sie zukam und, ohne viel nachzudenken, schwungvoll mit der Streitaxt nach ihr ausholte.

Die Königin war schneller. Sie packte Magrats Handgelenk.

»Ach ja?«, höhnte sie. »Tatsächlich? Meinst du?«

Sie verdrehte Magrat die Hand, und die Axt fiel zu Boden.

»Und so was wollte mal *Hexe* werden!?«

Die Bienen waren wie ein brauner Nebel, der die Elfen verschluckte – als Gegner zu klein, gegen Glamour immun und fest entschlossen zu töten.

Magrats Handknochen knirschten.

»Die alte Hexe ist erledigt«, sagte die Königin, während sie

Magrat nach unten drückte. »Ich will nicht behaupten, dass sie nicht gut war. Sie war bloß nicht gut *genug*. Und du kannst mir schon gar nicht das Wasser reichen.«

Langsam, aber unaufhaltsam ging Magrat immer tiefer in die Knie.

»Willst du es nicht vielleicht auch mal mit Magie probieren?«, fragte die Königin.

Magrat trat zu. Es knackte, als ihr Fuß die königliche Kniescheibe traf. Als die Elfenfrau rückwärtstaumelte, stürzte Magrat sich auf sie, umschlang ihre Taille und riss sie zu Boden.

Magrat staunte, wie leicht ihre Gegnerin war. Sie war ja selbst alles andere als ein Schwergewicht, aber die Königin schien überhaupt nichts zu wiegen.

»Na, so was«, sagte sie und stemmte sich hoch, bis ihr Gesicht auf einer Höhe mit dem der Königin war. »Du bist ja ein *Nichts*. Es passiert alles nur im Kopf, nicht wahr? Ohne den Glamour bist du …«

… ein fast dreieckiges Gesicht, ein winziger Mund, die Nase eigentlich gar nicht vorhanden, aber Augen, die größer waren als die eines Menschen und die Magrat in dieser Sekunde entsetzt anstarrten.

»Eisen«, flüsterte die Königin. Ihre Hände fassten Magrats Arme. Vollkommen kraftlos. Die Stärke eines Elfen lag darin, andere von ihrer Schwäche zu überzeugen.

Magrat spürte die verzweifelten Anstrengungen der Königin, in ihren Kopf einzudringen, aber es gelang ihr nicht. Der Helm …

… lag mehrere Schritte entfernt im Matsch.

Ihr blieb gerade noch Zeit, sich zu wünschen, davon lieber nichts bemerkt zu haben, als die Königin erneut zum Angriff überging. Wie eine Nova explodierte sie in Magrats plötzlicher Verunsicherung.

Sie war ein Nichts. Sie war unbedeutend. Sie war so wertlos und unwichtig, dass nicht einmal der Geringste unter den Unwürdigen sie mit Verachtung gestraft hätte. Weil sie es gewagt hatte, sich an der Königin zu vergreifen, verdiente sie nichts anderes, als ewige Höllenqualen zu erleiden. Sie hatte keine Kontrolle mehr über ihren Körper, aber sie verdiente auch keine. Sie verdiente nichts, überhaupt nichts.

Eisige Verachtung prasselte mit der verheerenden Wirkung eines Meteoritenhagels auf Magrat Knoblauch nieder.

Sie würde nie etwas taugen, nie schön sein, nie klug oder stark. Sie würde immer ein Nichts bleiben.

Selbstvertrauen? Vertrauen in was?

Das Einzige, was sie sah, waren die Augen der Königin. Ihr einziger Wunsch war, sich in ihnen zu verlieren.

Die Erosion der Magrat Knoblauch ging mit unverminderter Kraft weiter, legte Schicht um Schicht ihre Seele frei …

… bis auf den Kern.

Sie ballte die Faust und boxte der Elfe zwischen die Augen.

Eine Sekunde lang war die Königin von tödlicher Verwirrtheit ergriffen, dann schrie sie, und Magrats Faust fand erneut ins Ziel.

Es konnte nur eine geben, nur eine Königin im Stock! Ritsch! Ratsch! Mord und Totschlag!

Sie kippten zur Seite und wälzten sich im Schlamm. Magrat merkte nichts von dem Stich, den sie ins Bein bekam, hörte nichts von den Geräuschen um sie herum. Aber als sie in einer torfigen Pfütze auf die Streitaxt stieß, griff sie blitzschnell zu. Diesmal war die Elfe zu schwach, um sie zu packen. Magrat rappelte sich auf die Knie, hob die Axt und …

… die Stille gellte ihr in den Ohren.

Sie brandete über die Elfen der Königin und über Jorick Oggs provisorisches Heer, als der Glamour verblasste.

Vor dem untergehenden Mond zeichnete sich eine Silhouette ab.

In der frühmorgendlichen Brise lag ein strenger Geruch.

Nach Löwenkäfig und Laubmulch.

»*Er* ist wieder da«, sagte Nanny Ogg. Aus den Augenwinkeln

sah sie, wie Ridcully, von der Jagdlust gepackt, die Armbrust anlegte.

»Die Waffe runter«, befahl sie.

»Sehen Sie sich doch nur mal das Geweih an…«

»Runter damit.«

»Aber…«

»Der Bolzen würde sowieso durch ihn hindurchgehen. Sehen Sie? Den Baum hinter ihm? Er ist nicht wirklich hier. Er kann nicht durch das Portal. Aber er kann uns seine Gedanken schicken.«

»Ich kann ihn doch *riechen.*«

»Wenn er tatsächlich hier wäre, wären wir längst umgekippt.«

Die Menge der Elfen teilte sich, als der König hindurchschritt. Seine Hinterläufe waren nicht für das Gehen auf zwei Beinen gedacht; die Knie zeigten nach hinten, und die Hufe waren viel zu groß.

Ohne auf Elfen oder Menschen zu achten, schritt er auf die gefallene Königin zu. Magrat stand auf und wog unsicher die Axt in der Hand.

Die Königin schnellte in die Höhe und hob die Hände, die ersten Silben eines Fluchs auf den Lippen…

Der König streckte ihr die Hand hin.

Nur Magrat hörte seine Worte.

Irgendwas über ein schlimmes Treffen bei Mondenlicht, erzählte sie später.

Und sie erwachten.

Die Sonne stand schon ein gutes Stück über dem Rand. Die Menschen rappelten sich auf und starrten einander mit großen Augen an.

Kein Elf war zu sehen.

Nanny fand als Erste die Sprache wieder. Hexen haben in der Regel keine Probleme damit, sich auf das *Ist* zu konzentrieren, statt noch lange dem *Sollte* nachzuhängen.

Sie sah hinauf zum Hochmoor. »Als Erstes«, sagte sie, »stellen wir die Steine wieder auf.«

»Als Zweites«, korrigierte Magrat.

Die beiden blickten auf die reglos im Gras liegende Oma Wetterwachs hinunter, neben deren Kopf einige übrig gebliebene Bienen traurig ihre Kreise schwirrten.

Nanny Ogg zwinkerte Magrat zu.

»Alle Achtung, Kind. Hätte ich dir gar nicht zugetraut, so einen Angriff zu überleben. Sogar *ich* hätte mir fast in die Hose gemacht.«

»Reine Übungssache«, antwortete Magrat kryptisch.

Nanny Ogg zog die Augenbrauen hoch, verzichtete aber auf jeden Kommentar. Stattdessen stupste sie Oma mit der Stiefelspitze an.

»Aufwachen, Esme«, sagte sie. »Gut gemacht. Wir haben gewonnen.«

»Esme?«

Ridcully kniete sich steifgliedrig hin und fasste nach Omas Hand.

»Sicher ist sie mit ihren Kräften am Ende«, sagte Nanny. »Sie musste sich ja auch ganz schön ins Zeug legen, um Magrat zu befreien und so.«

Ridcully hob den Kopf.

»Sie ist tot«, sagte er.

Er schob die Arme unter Omas Körper und kam schwankend auf die Beine.

»Sie würde doch nicht einfach so sterben«, widersprach Nanny, aber sie klang, als bewegte sich ihr Mund selbsttätig, weil sich ihr Gehirn ausgeschaltet hatte.

»Sie hat keine Atmung und keinen Puls«, sagte der Zauberer.

»Wahrscheinlich ruht sie nur aus.«

»Ja.«

Hoch oben am blauen Himmel kreisten Bienen.

Ponder und der Bibliothekar halfen beim Wiederaufrichten der Steine, wobei sie den Quästor, der sich erneut in einem Starrezustand befand, hin und wieder als Hebel benutzten.

Es waren ungewöhnliche Steine, wie Ponder bemerkte. Sie waren sehr hart und sahen aus, als wären sie vor langer, langer Zeit geschmolzen und wieder ausgehärtet.

Als Jason Ogg zum Steinkreis kam, stand der Zauberer, tief in Gedanken versunken, neben einem der Tänzer, in der Hand einen Bindfaden, an dem ein Nagel hing – aber nicht etwa senkrecht nach unten, sondern fast rechtwinklig. Der Nagel zog und zog, als ob er den Stein unbedingt erreichen müsste. Der Faden surrte. Ponder starrte ihn wie hypnotisiert an.

Jason zögerte. Er kam nicht oft in Kontakt mit Zauberern und wusste nicht genau, wie man mit ihnen umging.

Ponder murmelte: »Wie anziehend. Aber warum?«

Jason schwieg lieber.

Ponder sinnierte weiter: »Vielleicht gibt es Eisen und ... Eisen, das Eisen liebt? Oder männliches und weibliches Eisen? Oder gewöhnliches und königliches Eisen? Vielleicht enthält manches Eisen noch etwas anderes? Vielleicht ergibt manches Eisen ein Gewicht in der Welt, während anderes Eisen über das Gummilaken rollt?«

Der Quästor und der Bibliothekar gesellten sich zu ihm und betrachteten ebenfalls den vibrierenden Nagel.

»Verdammt!«, sagte Ponder und ließ den Bindfaden los. Sofort heftete sich der Nagel mit einem *Pling* an den Stein.

Er wandte sich den anderen zu – mit dem gequälten Gesichtsausdruck eines Mannes, der mit Hilfe einer einzigen verbogenen Büroklammer den ganzen surrenden Mechanismus des Universums auseinandernehmen muss.

»Glückauf, Herr Sonnenschein!«, sagte der Quästor, fast fröhlich gestimmt durch die viele frische Luft und die fehlenden Rüffel.

»Steine! Wozu beschäftige ich mich mit Steinen? Als ob die

schon jemals eine Erklärung für irgendwas geliefert hätten«, sagte Ponder. »Wissen Sie, Quästor, manchmal habe ich das Gefühl, als läge da draußen ein großes Meer der Wahrheit, und ich wäre nur ein Junge, der am Strand sitzt und mit … Kieselsteinchen spielt.«

Er gab dem Tänzer einen Tritt.

»Aber eines Tages finden wir eine Möglichkeit, diesen Ozean zu befahren«, fuhr er fort und seufzte. »Kommen Sie. Wir sollten uns wohl langsam wieder zurück ins Schloss begeben.«

Der Bibliothekar blickte ihnen nach, als sie sich dem Zug abgekämpfter Gestalten anschlossen, die sich hinunter ins Tal schleppten.

Dann ließ er den Nagel noch ein paar Mal gegen den Stein schnellen.

»Uuuk.«

Er hob den Kopf und sah Jason Ogg an.

Zu des Schmieds grenzenlosem Erstaunen zwinkerte der Orang-Utan ihm zu.

Wer ganz genau auf die Kieselsteinchen achtet, kann hin und wieder auch etwas über das Meer erfahren.

Die Uhr tickte.

In dem morgendlich kühlen, dämmerigen Häuschen von Oma Wetterwachs nahm Nanny Ogg den Deckel der Schatulle ab.

Jeder in Lancre hatte schon von dem geheimnisvollen Kästchen gehört. Man raunte sich darüber die unterschiedlichsten Dinge zu: Es enthalte Zauberbücher, ein kleines Privatuniversum, Allheilmittel gegen sämtliche Krankheiten, Besitzurkunden für untergegangene Ländereien sowie mehrere Tonnen Gold, was für eine Schatulle, die nicht einmal zwei Handbreit maß, keine schlechte Leistung war. Abgesehen von dem Testament wusste auch Nanny Ogg nicht, was sich darin befand.

Sie war ein klein wenig enttäuscht, aber kein bisschen überrascht, als sie sah, dass das Kästchen nichts weiter enthielt als zwei große Umschläge, ein Bündel Briefe und allerlei Krimskrams.

Nanny nahm die Papiere heraus. Auf dem ersten Umschlag stand: An Gytha Ogg, SOFORTH lesen. Jetzt gleych!

Der zweite, etwas kleinere Umschlag trug die Aufschrift: Letzter Wille von Esme Wetterwachs, gestorben am Vorabend des Sonnwendfestes.

Das Bündel mit den Briefen war mit einem Bindfaden verschnürt. Sie mussten schon sehr alt sein. Als Magrat sie in die Hand nahm, rieselten gelbliche Papierflocken herab.

»Sind alle an Oma adressiert«, stellte sie fest.

»Das ist ja nun wirklich nichts Besonderes«, sagte Nanny. »Jeder kann Briefe kriegen.«

»Und dann die Sachen ganz unten in der Schatulle«, sagte Magrat. »Sehen aus wie Kieselsteine.«

Sie sah sich einen genauer an.

»In dem hier steckt so ein schneckenförmiges Fossil drin«, sagte sie. »Und der dort… könnte aus demselben roten Gestein sein wie die Tänzer. Da klebt eine Stopfnadel dran. Wie eigenartig.«

»Esme hat eben immer auf jedes noch so kleine Detail geachtet. Und versucht, den Dingen auf den Grund zu gehen.«

Die beiden Frauen schwiegen. Das Schweigen zog und dehnte sich, bis es die ganze Küche ausfüllte und vom sanften Ticken der Uhr in hauchfeine Scheibchen geschnitten wurde.

»Das hätte ich niemals für möglich gehalten«, sagte Magrat schließlich. »Dass wir mal hier sitzen und ihr Testament lesen. Ich dachte immer, sie würde ewig leben.«

»Kann man nichts machen«, sagte Nanny. »Tempus fuckit.«

»Nanny?«

»Ja, Kindchen?«

»Ich verstehe das nicht. Du warst doch ihre Freundin, aber es scheint dich ziemlich… kaltzulassen.«

»Immerhin musste ich schon ein paar Ehemänner und das eine

oder andere Kind begraben. Man gewöhnt sich dran. Und wenn Esme nicht an einem besseren Ort gelandet ist, hat sie bestimmt schon die Ärmel hochgekrempelt, um ihn besser zu machen.«

»Nanny?«

»Ja, Kindchen?«

»Wusstest du was von dem Brief?«

»Von welchem Brief?«

»Von dem an Verenz.«

»Nein, davon höre ich jetzt zum ersten Mal.«

»Er muss ihn schon Wochen vor unserer Rückkehr bekommen haben. Es sieht so aus, als hätte sie ihn schon abgeschickt, bevor wir in Ankh-Morpork Zwischenstation gemacht haben.«

Soweit Magrat es beurteilen konnte, war Nanny Ogg tatsächlich völlig ahnungslos.

»Ach, was soll's?«, sagte Magrat. »Ich meine *diesen* Brief.«

Sie fischte ihn aus dem Brustharnisch.

»Hier, lies selbst.«

Nanny Ogg las:

»Werther Herr, hiermith theyle ich Euch mit, dass Magrat ungefähr am Blindschweyndienstag nach Lancre heymkehren wirdt. Sie ist ein nasses Handttuch, aber sie wäscht sich und hat gute Zähne. Wenn Ihr sie heyraten wollet, fanget Ihr am besten gleych mit den Vorbereytungen an, weyl, wenn Ihr eynfach um ihre Handt anhalten thut und so weyter, wirdt sie Zicken machen, weyl es keynen gibt, der sich so guth darauf verstehet, sich selber das Leben schwer zu machen, wie Magrat. Sie weyß nicht, was sie will. Ihr seyd der König und könnet thun und lassen, was Ihr wollet. Ihr müsset sie vor vollendete Thatsachen stellen. PS. Wie mir zu Ohren gekommen ist, soll eyne Steuer für Hexen eyngeführet werden. Das hat schon seyth vielen Jahren keyn König von Lancre mehr probieret. Nehmet Euch an ihnen ein Beyspiel. Gehabet Euch wohl. Eyner, der es (NOCH) guth mit Euch meynet.«

Das Ticken der Uhr nähte die Decke des Schweigens zusammen.

Nanny Ogg drehte sich zu der Uhr um.

»Sie hat das alles arrangiert!«, sagte Magrat. »Du kennst doch Verenz. Und sie hat sich ja nun nicht gerade viel Mühe gegeben, sich zu verstellen. Und als ich dann wieder nach Hause kam, hatte er schon alles unter Dach und Fach …«

»Was hättest du gemacht, wenn nichts vorbereitet gewesen wäre?«, fragte Nanny.

Magrat machte ein verdutztes Gesicht.

»Nun, ich wäre … ich meine, ich hätte … wenn er …«

»Dann würdest du heute auch heiraten, ja?«, fragte Nanny. Sie hatte einen recht distanzierten Ton angeschlagen, als wäre sie mit den Gedanken ganz woanders.

»Also, das hängt davon ab, ob …«

»Du willst doch heiraten, oder nicht?«

»Äh, ja, natürlich, aber …«

»Dann ist es ja gut«, sagte Nanny, als hätte sie es – fand Magrat – mit einem Kleinkind zu tun.

»Ja, aber sie hat mich rumgeschubst und ist mir im Schloss über den Mund gefahren, und da bin ich so wütend geworden …«

»So wütend, dass du es mit der Königin aufgenommen hast. Du bist sogar handgreiflich geworden«, sagte Nanny. »Bravo. Das hätte die *alte* Magrat nie fertiggebracht, oder? Esme konnte schon immer mehr sehen als andere. Gehst du mal eben raus in den Garten und siehst nach, wie viel Brennholz noch da ist, bist du so gut?«

»Aber ich habe sie gehasst und gehasst, und jetzt ist sie tot!«

»Ja, Kind. Und jetzt lauf zum Brennholzstapel, ja?«

In letzter Sekunde verkniff Magrat sich die Antwort: »Zufälligerweise bin ich beinahe die Königin.« Sie ging brav nach draußen und warf einen Blick auf das Holz.

»Der Stapel ist ziemlich hoch«, berichtete sie, als sie wieder zurückkam. Sie putzte sich die Nase. »Sieht ganz so aus, als wäre er frisch aufgeschichtet.«

»Und sie hat gestern noch die Uhr aufgezogen«, sagte Nanny.

»Und die Teedose ist auch halbvoll, ich hab gerade einen Blick reingeworfen.«

»Und?«

»Esme war sich nicht sicher«, sagte Nanny. »Hm.«

Sie öffnete den an sie adressierten Umschlag. Er war größer und platter als der mit dem Testament, und er enthielt lediglich ein Stück Pappe.

Kaum hatte Nanny die Nachricht gelesen, ließ sie das Schild auf den Tisch fallen.

»Komm mit«, sagte sie. »Wir haben nicht viel Zeit!«

»Was ist los?«

»Und bring den Zuckertopf mit!«

Nanny riss die Tür auf und rannte zu ihrem Besen.

»Los, schnell!«

Magrat hob das Pappschild auf. Sie kannte die Schrift – genau wie die Nachricht. Sie hatte sie schon oft gelesen, wenn sie Oma Wetterwachs unerwartet einen Besuch abstattete.

Sie lautete: BIN NICH TODT.

»Halt! Wer da?«

»Wieso hast du Dienst, obwohl du den Arm in der Schlinge trägst, Jorick?«

»Pflicht ist Pflicht, Mama.«

»Dann lass uns mal schleunigst rein.«

»Seid ihr Freund oder Feind, Mama?«

»Jorick, ich habe hier die Beinahe-Königin Magrat bei mir, verstanden?«

»Ja, aber ich muss doch ...«

»Auf der Stelle!«

»Mensch, Mama!«

Magrat hatte Schwierigkeiten, mit Nanny Schritt zu halten, so eilig hastete die durch das Schloss.

»Der Zauberer hatte Recht. Sie war wirklich tot. Ich verstehe ja, dass du die Hoffnung nicht aufgeben willst, aber ich kann erkennen, wann jemand tot ist.«

»Nein, kannst du nicht. Weißt du nicht mehr? Wie du vor ein paar Jahren heulend zu mir gelaufen kamst? Dabei war Esme nur in irgendeinem Kaninchenkopf unterwegs. Danach hat sie sich dann das mit dem Warnschild ausgedacht.«

»Aber ...«

»Sie war sich nicht sicher, wie es ausgehen würde«, sagte Nanny. »Und das genügt mir.«

»Nanny ...«

»Man weiß erst Bescheid, wenn man nachgesehen hat«, fasste Nanny Ogg ihre ureigene Unschärferelation zusammen.

Sie kickte die Flügeltür zum Rittersaal auf.

»Was hat denn das zu bedeuten?«

Wie ein verlegener Schuljunge stand Ridcully von seinem Stuhl auf.

»Ich wollte sie nicht einfach so allein lassen ...«

»Du liebe Güte«, sagte Nanny und ließ den Blick über das feierliche Bild wandern, das sich ihr bot.

»Kerzen und Lilien. Die Blumen haben Sie wahrscheinlich höchstpersönlich aus dem Garten geklaut, stimmt's? Und dann haben Sie Esme auch noch hinter verschlossenen Türen aufgebahrt.«

»Nun ja ...«

»Und keiner hat daran gedacht, ein Fenster aufzumachen! Können Sie sie nicht hören?«

»Wen denn?«

Nanny blickte sich hastig um und griff nach einem silbernen Kerzenständer.

»Nein!«

Magrat riss ihn ihr aus der Hand.

»Zufälligerweise ...« Sie holte aus. »... gehört dieses Schloss ...« Sie zielte. »*... fast mir!*«

Der Kerzenständer stieg hoch, drehte sich ein paar Mal um die eigene Achse und schlug mitten in einem großen Buntglasfenster ein.

Sonnenstrahlen brachen herein und ergossen sich auf den Tisch, was im langsamen Magnetfeld der Scheibe deutlich zu erkennen war. Und an ihnen entlang schossen – wie Murmeln, die eine Rutsche hinuntersausen – die Bienen herab.

Der Schwarm ließ sich auf dem Kopf der Hexe nieder. Es sah aus, als trüge Oma Wetterwachs eine sehr gefährliche Perücke.

»Was haben Sie …«, begann Ridcully.

»Ich höre Esme jetzt schon wochenlang damit angeben«, sagte Nanny. »Mit Bienen hat das noch keiner geschafft. Ihr Verstand ist nämlich überall. Nicht nur in einer einzigen Biene. Sondern in dem ganzen Schwarm.«

»Was wollen Sie …«

Oma Wetterwachs' Finger zuckten.

Ihre Lider flatterten, sie machte die Augen auf.

Langsam setzte sie sich hin. Nachdem sie sich mit letzter Kraft auf Magrat und Nanny Ogg konzentriert hatte, sagte sie: »Ich will einen Strausss Blumen, einen Topf sssüßen Honig und jemanden, den ich ssstechen kann.«

»Ich hab den Zuckertopf mitgebracht, Esme«, sagte Nanny.

Oma beäugte ihn gierig. Dann sah sie den Bienen nach, die von ihrem Kopf abhoben wie Senkrechtstarter von einem torpedierten Flugzeugträger.

»Dann giesss ein bissschen Wassser drauf und kipp ihnen den Zzzucker auf den Tisch.«

Während Nanny Ogg davoneilte, blickte Oma sich triumphierend um.

»Ich hab'sss mit Bienen gemacht! *Keiner* kann'sss mit Bienen machen, aber ich hab'sss geschafft! Die Gedanken sssausssen und sssurren in alle Himmelsssrichtungen durcheinander! Wer'sss mit Bienen machen will, musss sssehr *gut* sssein!«

Nanny Ogg schüttete den improvisierten Sirup auf den Tisch. Der Schwarm stürzte sich darauf.

»Du lebst noch?«, brachte Ridcully hervor.

»Da sssieht man mal wieder, wozzzu ein Ssstudium gut issst«, sagte Oma und massierte sich die tauben Arme. »Kaum sssitzzzt man aufrecht da und redet fünf Minuten, erkennt ssso ein Ssstudierter schon, dasss man noch lebt.«

Nanny Ogg reichte ihr ein Glas Wasser. Es stand einen Sekundenbruchteil in der Luft, dann zerschellte es auf dem Fußboden, weil Oma versucht hatte, mit ihrem fünften Bein danach zu greifen.

»Verzzzeihung.«

»Ich wusste, dass du dir nicht sicher warst!«, sagte Nanny.

»Sssicher? Natürlich war ich mir sssicher! Ich hatte nicht den geringsssten Zzzweifel!«

Magrat fiel das Testament ein. »Nicht den geringsten?«

Oma Wetterwachs besaß immerhin so viel Anstand, ihr nicht in die Augen zu sehen. Sie rieb sich die Hände.

»Was ist denn so passiert, als ich weg war?«

»Also«, sagte Nanny. »Magrat hat es mit der Königin aufgenommen und...«

»Ach, das wusste ich schon vorher. Aber die Hochzeit, ist die inzwischen vorbei?«

»Die Hochzeit?« Die anderen wechselten erstaunte Blicke.

»Natürlich nicht!«, rief Magrat. »Bruder Perdore von den Neunten-Tags-Grüblern, der uns trauen wollte, wurde von einem Elfen k. o. geschlagen. Und die ganzen Gäste sind...«

»Keine faulen Ausreden«, sagte Oma. »Außerdem kann ein hochrangiger Zauberer so eine Trauung locker aus dem Ärmel schütteln. Habe ich nicht Recht?«

»Ich, ich, ich *glaube* schon«, antwortete Ridcully, der mit dem aktuellen Tagesgeschehen nicht mehr ganz mitkam.

»Na also. Letzten Endes ist ein Zauberer auch nichts anderes als ein Priester ohne Gott und feuchten Händedruck«, sagte Oma.

»Aber die meisten Gäste sind weggelaufen!«, wandte Magrat ein.

»Wir trommeln neue zusammen.«

»Frau Spirin kriegt das Hochzeitsmahl bestimmt nicht mehr rechtzeitig fertig!«

»Dann musst du ihr Beine machen.«

»Die Brautjungfern sind auch weg!«

»Wir springen in die Bresche.«

»Ich habe kein Kleid!«

»Und was hast du da an?«

Magrat sah an der verdreckten Kettenrüstung mit dem schlammigen Brustharnisch hinunter und an den feuchten weißen Seidenfetzen, die wie ein zerlumpter Waffenrock an ihr hingen.

»Schick genug«, sagte Oma. »Nanny macht dir die Haare.«

Unwillkürlich hob Magrat die Hand, nahm den Flügelhelm ab und befühlte ihren Kopf. Kleine Zweige und Heidekrautstängel bildeten zusammen mit ihren Haaren einen festen Filz, an dem sich jeder Kamm die Zähne ausgebissen hätte. Bei Magrat hielt schon eine normale Frisur im Höchstfall fünf Minuten. Aber was sie jetzt auf dem Kopf trug, war überhaupt keine Frisur mehr: Es war ein regelrechtes Vogelnest.

»Ich glaube, ich lass die Haare, wie sie sind«, sagte sie.

Oma nickte anerkennend. »So ist's richtig«, sagte sie. »Es kommt nicht darauf an, was man hat, sondern wie man es bekommen hat. Na, dann kann's also losgehen.«

Nanny beugte sich zu ihr und flüsterte ihr etwas ins Ohr.

»Was? Ach so, ja. Wo steckt denn der Bräutigam?«

»Der steht irgendwie ein bisschen neben sich«, sagte Magrat.

»Kein Wunder«, sagte Nanny. »Nach so einem Junggesellenabschied.«

Es waren dann doch noch einige Hürden zu nehmen:

»Wir brauchen einen Trauzeugen.«

»Uuk.«

»Aber nur, wenn Sie sich etwas anziehen.«

Frau Spirin verschränkte ihre stämmigen, geröteten Arme.

»Kommt nicht in Frage«, stellte sie fest.

»Ich hatte nur an einen Salat und eine leichte Quiche gedacht...«, sagte Magrat fast flehentlich.

Die Köchin reckte störrisch das stoppelige Kinn.

»Die Elfen haben mir die ganze Küche auf den Kopf gestellt«, sagte sie. »Bis ich hier wieder Ordnung geschafft habe, dauert es Tage. Außerdem weiß doch jedes Kind, dass rohes Gemüse ungesund ist, und irgendwelche ausländischen Pasteten mit Eiern drin kommen mir erst recht nicht ins Haus.«

Magrat sah Nanny Ogg beschwörend an. Oma Wetterwachs machte derweil einen Spaziergang im Garten, um sich ihre völlig untypische neue Angewohnheit, die Nase in Blumen zu stecken, wieder abzutrainieren.

»Das geht mich nichts an, Kind«, sagte Nanny. »Ist ja schließlich nicht meine Küche.«

»Richtig, es ist *meine*. Seit Jahren schon«, sagte Frau Spirin. »Hier bestimme ich, was Sache ist. Und ich habe nicht vor, mich in meiner eigenen Küche von einem halben Kind rumkommandieren zu lassen.«

Magrat ließ den Kopf hängen. Nanny tippte ihr auf die Schulter. »Bitte schön«, sagte sie und reichte ihr den Flügelhelm.

»Der König war immer sehr zufrieden mit...«, begann Frau Spirin.

Es machte klick. Plötzlich sah sie an einer Armbrust entlang und begegnete Magrats zu allem entschlossenen Blick.

»An die Töpfe!«, befahl die Königin von Lancre. »Oder muss ich Sie erst weichkochen?«

Verenz saß im Nachthemd da, den Kopf in die Hände gestützt. Er konnte sich kaum an die Ereignisse der letzten Nacht erinnern, wusste nur noch, dass ihm kalt gewesen war. Und niemand schien gewillt, ihn aufzuklären.

Mit einem leisen Knarren öffnete sich die Tür.

Er blickte hoch.

»Schön, dass Sie schon munter sind«, sagte Oma Wetterwachs. »Ich bin gekommen, um Ihnen beim Ankleiden zu helfen.«

»Im Abtritterker sieht es schlimm aus«, sagte Verenz. »Waren das die Elfen? Die ... die haben alles geplündert. Ich hab nichts mehr zum Anziehen.«

Oma ließ den Blick durch das Zimmer schweifen und ging zielstrebig zu einer niedrigen Truhe. Als sie den Deckel aufklappte, klingelten Glöckchen, und es leuchtete ihr gelb und rot entgegen.

»Dachte ich's mir doch, dass Sie die Sachen nicht weggeworfen haben«, sagte sie. »Zugenommen haben Sie auch nicht, sie müssten Ihnen also noch passen. Na, dann mal rein in Ihr Narrenkleid. Magrat freut sich bestimmt.«

»Kommt überhaupt nicht in Frage«, erwiderte Verenz. »Mein Entschluss steht fest. Ich bin jetzt König. Es wäre erniedrigend für Magrat, einen Narren zu heiraten. Und ich muss an meinen guten Ruf denken, das bin ich dem Königreich schuldig. Außerdem gibt es schließlich auch noch so etwas wie Stolz.«

Oma starrte ihn so lange an, bis er nervös auf seinem Stuhl herumrutschte.

»Doch, doch, so etwas gibt es«, sagte er.

Oma nickte und ging zur Tür.

»Wohin wollen Sie?«, fragte Verenz verunsichert.

»Nirgendwohin«, antwortete Oma. »Ich mache bloß die Tür zu.«

Und dann war da noch der Zwischenfall mit der Krone.

Eine hastig durchgeführte Suche in Verenz' Schlafgemach förderte *Das Hofprotokoll des Königreichs Lancre* zutage, in dem die Zeremonie genauestens beschrieben war. Die neue Königin wurde vom König gekrönt. Was für einen König, der das eine Ende seiner Königin vom anderen unterscheiden konnte, technisch keine besondere Schwierigkeit darstellte. Spätestens beim zweiten Versuch hatte noch der inzuchtgeschädigtste Monarch den Dreh raus.

Aber Ponder Stibbons konnte sich des Eindrucks nicht erwehren, dass das Ritual genau an dieser Stelle ein wenig ins Wackeln geriet.

Es kam ihm so vor, als ließe der König in dem Moment, da er seiner Braut die Krone aufs Haupt setzen wollte, den Blick durch den Saal schweifen bis zu einer hageren alten Hexe. Der Rest der Gesellschaft tat es ihm gleich. Inklusive der Braut.

Die alte Hexe nickte kaum merklich.

Magrat wurde gekrönt.

Juppheidifallera, usw.

Seite an Seite standen Braut und Bräutigam vor der langen Gratulantenschlange und nahmen – mit dem leicht benebelten Gesichtsausdruck, der in diesem Stadium des Geschehens völlig normal ist – die Glückwünsche der Gäste entgegen.

»Ihr werdet bestimmt sehr glücklich …«

»Danke.«

»Uuk!«

»Danke.«

»Nageln Sie es an die Theke, Lord Fergusson, und zur Hölle mit den Käsehändlern!«

»Danke.«

»Darf ich die Braut küssen?«

Die Frage schien aus dem Nichts zu kommen. Nach ein, zwei Sekunden ging Verenz ein Licht auf, und er senkte den Blick.

»Entschuldigen Sie«, sagte er. »Sie wären …?«

»Meine Karte«, sagte Casanunter.

Verenz las und lüpfte die Brauen.

»Aha«, sagte er. »Äh. Hm. So, so, so. Der zweitgrößte, ja?«

»So wahr ich hier stehe«, antwortete Casanunter.

Verenz blickte sich schuldbewusst um, dann bückte er sich, bis sein Mund auf Ohrhöhe des Zwergs war.

»Könnte ich gleich mal kurz unter vier Augen mit Ihnen reden?«

Die Moriskentänzer von Lancre trafen sich erst auf dem Empfang wieder. Es fiel ihnen schwer, miteinander zu reden. Nicht zuletzt deswegen, weil der eine oder andere plötzlich mitten im Gespräch eine Pirouette drehte oder abwesend zu einem Hüpfer ansetzte.

»Na schön«, sagte Jason. »Erinnert sich noch wer? An alles?«

»Ich weiß noch, wie es anfing«, sagte Schneider, der andere Weber. »Ganz genau sogar. Und an das Tanzen im Wald kann ich mich auch erinnern. Aber an das Lustspiel ...«

»Da haben Elfen mitgespielt«, sagte Köhler, der Köhler.

»Darum ist es ja dann auch in die Hose gegangen«, sagte Schuster, der Fuhrmann. »Und es wurde viel rumgeschrien.«

»Einer hatte ein Geweih«, sagte Fuhrmann. »Und einen großen, dicken ...«

»Es war ein bisschen wie ein Traum«, sagte Jason.

»He, guck mal, Fuhrmann. Da drüben«, sagte Weber und zwinkerte den anderen zu. »Da ist der Affe. Wolltest du ihn nicht was fragen?«

Fuhrmann blinzelte. »Au ja.«

»So eine günstige Gelegenheit kriegst du nie wieder«, sagte Weber mit der unbeschwerten Boshaftigkeit des Klugen gegenüber dem schlichter Gestrickten.

Der Bibliothekar plauderte mit Ponder und dem Quästor. Als ihn jemand von hinten knuffte, drehte er sich um.

»Dann warst du also schon mal in Schnitte, ja?«, fragte Fuhrmann auf seine fröhliche, offene Art.

Der Bibliothekar musterte ihn höflich, aber verständnislos.

»Uuuk?«

Fuhrmann machte ein verwirrtes Gesicht.

»Hast du da nicht deine Nuss versteckt?«

Der Bibliothekar musterte ihn noch ein wenig verständnisloser und schüttelte den Kopf.

»Uuuk.«

»Weber!«, rief Fuhrmann. »Der Affe sagt, er hat die Nuss nicht da versteckt, wo die Sonne nicht scheint! Hast du doch gesagt, oder?« Er wandte sich dem Bibliothekar zu. »Hast du doch nicht, oder? *Der* da hat das nämlich behauptet.« Er zeigte auf seinen Tanzkumpan und rief zu ihm hinüber: »Hat er nicht, Weber! Ich wusste ja gleich, dass du keine Ahnung hast. Wie blöd kann man denn sein? Es gibt keine Affen in Schnitte.«

Um sie herum verbreitete sich ein Meer der Stille.

Ponder Stibbons hielt den Atem an.

»Was für eine wunderschöne Feier«, sagte der Quästor zu einem Stuhl. »Ich wünschte, ich wäre hier.«

Der Bibliothekar nahm eine schwere Flasche vom Tisch. Er tippte Fuhrmann auf die Schulter. Dann schenkte er ihm ein großes Glas ein und tätschelte ihm den Kopf.

Ponder atmete wieder aus und machte da weiter, wo er stehen geblieben war. Er hatte ein Messer an eine Schnur gebunden und beobachtete düster, wie es sich immer und immer nur im Kreis drehte …

Als Weber an diesem Abend nach Hause ging, wurde er von einem geheimnisvollen Angreifer gepackt und in den Lancre-Fluss geworfen. Den Grund dafür hat kein Mensch je erfahren.

Man ärgere nie einen Zauberer zum Scherz, denn er könnte geladen – und ein Orang-Utan – sein.

»Jetzt setzt sie sich bestimmt bald aufs hohe Ross und macht sich wichtig«, sagte Oma Wetterwachs zu ihrer Freundin, während sie durch den lauen Sommerabend heimwärts schlenderten.

»Sie ist eine Königin. Viel wichtiger geht's nun mal nicht«, antwortete Nanny Ogg. »Fast so wichtig wie eine Hexe.«

»Ja … gut … bloß muss man sich deswegen noch lange nicht wer weiß wie aufspielen«, wandte Oma Wetterwachs ein. »Natürlich sind wir privilegiert, aber wir bleiben immer hübsch bescheiden und haben keine Allüren. Das kann mir keiner nachsagen, dass ich nicht mein Leben lang ein Ausbund an Bescheidenheit gewesen bin.«

»Das reinste Veilchen im Moose«, sagte Nanny Ogg. »Das erzähle ich auch immer jedem, der es wissen will. In Sachen Demut macht Esme Wetterwachs so leicht keiner was vor.«

»Ich mische mich nicht in anderer Leute Angelegenheiten und bin auch sonst die Zurückhaltung in Person …«

»So zurückhaltend, dass man dich die meiste Zeit glatt übersieht«, sagte Nanny Ogg.

»*Musst* du mich dauernd unterbrechen, Gytha?«

»Entschuldige.«

Eine Zeitlang gingen sie schweigend weiter. Es war ein warmer, trockener Abend. Die Vögel sangen in den Bäumen.

»Komischer Gedanke, was?«, sagte Nanny schließlich. »Dass unsere Magrat jetzt verheiratet ist und so.«

»Wie – und so?«

»Na, *verheiratet* eben«, antwortete Nanny. »Ich hab ihr ein paar Tipps gegeben. Dass man im Bett immer was anhaben sollte. Damit der Mann nicht so schnell das Interesse verliert.«

»Du hattest immer deinen Hut auf.«

»Stimmt.«

Nanny wedelte mit einem aufgespießten Würstchen. Sie deckte sich jedes Mal ordentlich mit Essen ein, wenn es etwas umsonst zu ergattern gab.

»War eine schöne Hochzeitsfeier, fandest du nicht auch? Magrat hat richtig gestrahlt.«

»Ich fand eher, sie hat fiebrig geglüht.«

»Eben.«

»Aber ich muss dir Recht geben«, sagte Oma Wetterwachs, die ein paar Schritte vor Nanny ging. »Das Bankett war hervorragend. So eine vegetarische Variante hatte ich noch nie probiert.«

»Als ich Herrn Ogg geheiratet habe, haben wir drei Dutzend Austern gegessen. Haben aber leider nicht alle gewirkt.«

»Und es war auch nett, dass sich jeder Gast ein Stück von der Hochzeitstorte mitnehmen durfte«, sagte Oma.

»Stimmt. Du kennst ja den alten Aberglauben: Wenn man sich davon ein paar Krümel unters Kopfkissen legt, träumt man von seinem zukünftigen Ehem...« Nanny Ogg biss sich auf die Zunge.

Sie war verlegen – was bei jemandem aus dem Clan der Oggs nur höchst selten vorkam.

»Schon gut«, sagte Oma. »Das macht mir nichts aus.«

»Tut mir leid, Esme.«

»Alles geschieht irgendwo. Das weiß ich. Das *weiß* ich. Alles geschieht irgendwo. Es läuft also alles auf dasselbe raus.«

»Das klingt mir aber sehr nach diesem Kontinuinuinuums-firlefanz, Esme.«

»Ich mag Kuchen«, sagte Esme. »Aber ... im Moment ... ich weiß auch nicht, warum, Gytha ... steht mir der Sinn mehr nach einem ... Bonbon.«

Das letzte Wort hing in der Abendluft wie das Echo eines Pistolenschusses.

Nanny blieb stehen und steckte automatisch die Hand in die Tasche, in der sie immer eine Tüte mit flusigen Bonbons griffbereit hielt. Sie starrte auf Esme Wetterwachs' Hinterkopf, auf den grauen Haarknoten, der unter der Krempe des spitzen Huts hervorlugte.

»Ein Bonbon?«, sagte sie.

»Wahrscheinlich ist es inzwischen eine neue Tüte«, sagte Oma, ohne sich umzudrehen.

»Esme ...«

»Hast du mir irgendwas zu beichten, Gytha? Über Bonbontüten?«

Oma Wetterwachs hatte sich noch immer nicht umgedreht.

Nanny senkte den Blick und starrte auf ihre Stiefel.

»Nein, Esme«, sagte sie kleinlaut.

»Ich wusste natürlich, dass du zum Langen Mann fliegen würdest. Wie bist du reingekommen?«

»Ich hab eines von den besonderen Hufeisen mitgenommen.«

Oma nickte. »Du hättest ihn nicht mit in die Sache reinziehen dürfen.«

»Ja, Esme.«

»Er ist genauso unberechenbar wie sie.«

»Ja, Esme.«

»Und jetzt probierst du es bei mir mit vorauseilender Fügsamkeit.«

»Ja, Esme.«

Sie gingen ein paar Schritte weiter.

»Was war das für ein Tanz, den dein Jason und seine Männer aufgeführt haben, als sie betrunken waren?«, fragte Oma.

»Das war der Lancre-Stock-und-Eimer-Tanz, Esme.«

»Und der ist nicht verboten?«

»Von Rechts wegen dürften sie ihn nur tanzen, wenn keine Frauen in der Nähe sind«, sagte Nanny. »Sonst zählt es wohl als sexuelle Belästigung. Obwohl ich ja finde, es ist eher eine sexuelle Belustigung.«

»Magrat schien mir sehr überrascht zu sein, als du auf dem Empfang das Gedicht vorgetragen hast.«

»Welches Gedicht?«

»Das, zu dem du die passenden Handbewegungen gemacht hast.«

»Ach, das.«

»Verenz hat auf seiner Serviette sogar mitgeschrieben.«

Wieder griff Nanny in die unendlichen Weiten ihrer Garderobe und zauberte daraus eine Flasche Sekt hervor, die darin eigentlich niemals hätte Platz finden dürfen.

»Magrat sah so glücklich aus«, sagte sie. »Wie sie dastand in ihrem zerfetzten Kleid und dem Kettenpanzer drunter. Weißt du übrigens, was sie mir erzählt hat?«

»Was denn?«

»Du kennst doch den alten Schinken in der Langen Galerie mit Königin Ynci drauf, oder? Die Frau im eisernen Mieder? Die mit den ganzen Stacheln und den scharfen Klingen an ihrem Streitwagen? Also, Magrat ist überzeugt, dass ihr der Geist von Ynci geholfen hat. Sie sagt, sie hat die Rüstung angezogen und sich plötzlich Sachen getraut, zu denen sie sonst nie den Mut gehabt hätte.«

»Ist ja ein Ding«, sagte Oma unverbindlich.

»Sachen gibt's, die gibt's gar nicht«, stimmte Nanny ihr zu.

Sie gingen schweigend weiter.

»Dann hast du ihr also nicht gesagt, dass Königin Ynci nie existiert hat?«

»Wozu?«

»Der alte König Lully hat sie komplett erfunden. Er wollte die Geschichte von Lancre mit ein bisschen Romantik aufmöbeln. Das war ein richtiger Tick von ihm. Er hat zu dem Gemälde sogar die passende Rüstung anfertigen lassen.«

»Ich weiß. Der Mann von meiner Uroma hat sie aus einer Zinkbadewanne und ein paar Töpfen zusammengebastelt.«

»Und das wolltest du ihr lieber nicht erzählen?«

»Nein.«

Oma nickte.

»Komische Sache«, sagte sie. »Magrat bleibt immer dieselbe, auch wenn sie eine ganz andere ist.«

Nanny Ogg zauberte irgendwo aus ihrer Schürze einen Holzlöffel hervor. Dann hob sie ihren Hut an und nahm vorsichtig eine Schüssel Wackelpudding mit Vanillesoße und Sahne herunter, die sie auf dem Kopf aus dem Schloss geschmuggelt hatte.*

»Ich verstehe wirklich nicht, warum du ständig Essen stibitzen musst«, sagte Oma. »Verenz würde dir eine ganze Badewanne davon schenken, du bräuchtest ihn bloß zu fragen. Er mag doch keine Vanillesoße.«

»So macht es mehr Spaß«, antwortete Nanny. »Und ich habe mir ein bisschen Spaß verdient.«

---

* Nanny Ogg war ebenfalls eine Aufschnapperin von unbedeutenden Kleinigkeiten.

Es raschelte im Gebüsch, und das Einhorn brach aus dem Unterholz.

Es war wahnsinnig. Es war zornig. Es war in einer Welt, in die es nicht gehörte. Und es war von wilder Raserei ergriffen.

Hundert Schritte vor den beiden Frauen blieb es auf dem Weg stehen, scharrte mit den Hufen und senkte das Horn zum Angriff.

»Huch«, sagte Nanny Ogg und ließ die Puddingschüssel fallen. »Komm, schnell. Auf den Baum hier. Worauf wartest du noch?«

Oma Wetterwachs schüttelte den Kopf.

»Nein. Diesmal laufe ich nicht davon. Selber konnte sie mich nicht erledigen, und jetzt probiert sie es mit einem Tier?«

»Sieh dir doch nur sein riesiges Horn an!«

»Es ist mir nicht entgangen«, sagte Oma ruhig.

Das Einhorn senkte den Kopf und ging zum Angriff über. Nanny Ogg rannte zum nächsten Baum mit niedrigen Ästen und schwang sich hinauf …

Oma Wetterwachs verschränkte die Arme.

»Komm her, Esme!«

»Nein. Ich war ein bisschen durcheinander, aber jetzt kann ich wieder klar denken. Vor manchen Dingen brauche ich nicht davonzulaufen.«

Das weiße Untier preschte auf dem von Bäumen gesäumten Weg direkt auf sie zu, tausend Pfund Muskelmasse hinter einem ellenlangen funkelnden Horn. Eine Wolke aus Dampf wirbelte hinter ihm her.

»Esme!«

Die Kreiszeit neigte sich dem Ende zu. Außerdem wusste Oma jetzt, warum sie das Gefühl gehabt hatte, den Verstand zu verlieren. Das half. Sie konnte die geisterhaften Stimmen der vielen anderen Esme Wetterwachse nicht mehr hören.

Vielleicht lebten einige von ihnen in einer Welt, wo die Elfen herrschten. Oder sie waren schon lange tot. Oder führten ein, wie sie glaubten, glückliches Leben. Oma Wetterwachs wünschte sich nur selten etwas, denn sie hielt das Wünschen für Gefühlsduselei, aber in diesem Augenblick empfand sie doch ein leises Bedauern darüber, dass sie die anderen niemals kennenlernen würde.

Vielleicht mussten einige von ihnen sterben, hier und jetzt, auf diesem Weg. Egal, wie man handelte, eine Million Kopien der eigenen Person handelten anders. Manche würden sterben. Oma spürte ihr sicheres Ende… die Tode der Esme Wetterwachs. Und sie konnte sie nicht retten, weil der Zufall nach anderen Regeln funktionierte.

Über eine Million Anhöhen lief das Mädchen, auf einer Million Brücken sagte die junge Frau nein, auf einer Million Wege stand die Alte…

Alle verschieden, alle eins.

Sie konnte nichts für die anderen tun, außer, sie selbst zu sein, hier und jetzt, mit aller Kraft.

Sie streckte die Hand aus.

Nur wenige Schritte von ihr entfernt prallte das Einhorn gegen eine unsichtbare Wand. Es strampelte verzweifelt mit den Beinen, sein Körper krümmte sich vor Schmerzen, und es rutschte auf dem Rücken liegend bis vor Omas Füße.

»Gytha«, sagte Oma, während das Untier versuchte, wieder hochzukommen. »Zieh deine Strümpfe aus. Knote sie zu einem Halfter zusammen und reich es mir ganz vorsichtig rüber.«

»Esme…«

»Ja?«

»Ich hab gar keine Strümpfe an, Esme.«

»Nicht mal die schönen rot-weißen, die ich dir zu Swinvater geschenkt habe? Die selbstgestrickten? Du weißt doch, wie sehr ich das Stricken hasse.«

»Na ja, es ist ein warmer Abend. Ich hab immer gern ein bisschen frische Luft… in den niederen Gefilden.«

»Die Fersen haben mich halb wahnsinnig gemacht.«

»Tut mir leid, Esme.«

»Dann kannst du wenigstens zu meinem Häuschen laufen und alles herbringen, was im unteren Fach der Küchenkommode liegt.«

»Ja, Esme.«

»Aber vorher gehst du noch zu eurem Jason und sagst ihm, er soll schon mal tüchtig die Esse anheizen.«

Nanny Ogg starrte das niedergestreckte Einhorn an. Es schien panische Angst vor Oma zu haben, war aber unfähig zu fliehen.

»Ach, Esme, du willst unseren Jason doch hoffentlich nicht bitten …«

»Bitten? Ich werde ihn um gar nichts bitten. Und dass du zu mir nach Hause laufen sollst, war *ebenfalls* keine Bitte.«

Oma Wetterwachs nahm den Hut ab und schleuderte ihn ins Gebüsch. Ohne das Tier aus den Augen zu lassen, fasste sie sich an ihren eisengrauen Knoten und zog ein paar entscheidende Nadeln heraus.

Der Haarzopf löste sich. Als sie ein paar Mal den Kopf schüttelte, wand er sich wie eine erwachende Schlange bis zu ihrer Taille hinunter.

Nanny war vor Faszination wie gelähmt, als ihre Freundin abermals die Hand hob und ein einzelnes Haar oberhalb der Wurzel abbrach.

Mit einer Reihe komplizierter Gesten knüpfte Oma Wetterwachs aus dem dünnen, fast unsichtbaren Etwas eine Schlinge, die sie dem Tier, ohne sich weiter um das wild nach ihr stoßende Horn zu kümmern, um den Hals legte. Sie zog.

Mit den unbeschlagenen Hufen große Schollen Erde aufwerfend kam das Einhorn wieder auf die Beine.

»Das hält doch im Leben nicht«, sagte Nanny, während sie wieder hinter einem Baum in Deckung ging.

»Ich könnte es an einem Spinnenfaden halten, Gytha Ogg. An einem *Spinnenfaden*. Und jetzt geh, du hast was zu erledigen.«

»Ja, Esme.«

Das Einhorn warf den Kopf zurück und schrie.

Als Oma das Untier nach Lancre hineinführte, wurde sie schon von der halben Stadt erwartet, denn: Was Nanny Ogg weiß, weiß jeder.

Die Hufe des Einhorns schlidderten über das Kopfsteinpflaster. An der unendlich dünnen Leine tänzelnd trat es nach den besonders Ahnungslosen, aber es gelang ihm nicht, sich loszureißen.

Jason Ogg, der noch immer seinen Sonntagsanzug trug, stand nervös vor dem offenen Tor der Schmiede. Über dem Kamin flirrte die überhitzte Luft.

»Schmied«, sagte Oma Wetterwachs. »Ich bringe dir Arbeit.«

»Äh«, machte Jason. »Das ist aber doch ein Einhorn.«

»Richtig.«

Das Einhorn schrie erneut, rollte die blutunterlaufenen Augen und starrte Jason irrsinnig an.

»Kein Mensch hat je ein Einhorn beschlagen«, wandte Jason ein.

»Na siehst du«, sagte Oma. »Das ist die Chance deines Lebens.«

Die Menge bildete einen Kreis um sie, eng genug, um auch ja nichts zu verpassen, weit genug, um den Hufen nicht zu nahe zu kommen.

Jason rieb sich mit dem Hammer das Kinn.

»Ich weiß nicht ...«

»Hör mir zu, Jason Ogg«, sagte Oma und zog das widerspenstige Einhorn an dem Haar zurück. »Du kannst alles beschlagen, was man dir bringt. Aber dafür musst du einen Preis bezahlen, nicht wahr?«

Panisch warf Jason seiner Mutter einen entsetzten Blick zu. Sie besaß immerhin genügend Anstand, ein verlegenes Gesicht zu machen.

»Sie hat es mir nicht verraten«, sagte Oma, die sich nicht umzudrehen brauchte, um Nannys Miene zu lesen.

Während sie sich zu Jason vorbeugte, konnte sie das sich aufbäumende Einhorn kaum noch halten. »Dass du durchweg alles beschlagen kannst, was man dir bringt, hat einen Preis: Du *musst* alles beschlagen, was man dir bringt. Um immer der Beste zu sein, *muss* man immer der Beste *sein*. Diesen Preis hast du zu zahlen, genau wie ich.«

Das Einhorn trat eine handtellergroße Delle in den Torpfosten.

»Aber Eisen…«, sagte Jason. »Und Nägel…«

»Ja?«

»Von Eisen stirbt es«, sagte Jason. »Wenn ich ihm Eisennägel in die Hufe schlage, töte ich es. Ich habe noch nie etwas getötet. Beim Beschlagen der Ameise habe ich die ganze Nacht gebraucht, aber sie hat davon nicht das Geringste gespürt. Ich werde kein Lebewesen quälen, das mir nichts Böses getan hat.«

»Hast du die Sachen aus meiner Kommode geholt, Gytha?«

»Ja, Esme.«

»Dann bring sie her. Und du, Jason, siehst zu, dass die Esse schön glüht.«

»Aber wenn ich ihm die Eisennägel in die Hufe schlage…«

»Wer hat denn hier was von Eisen gesagt?«

Dicht neben Jasons Kopf brach das Horn einen Stein aus der Wand. Der Schmied gab sich geschlagen.

»Dann müssen Sie aber mit reinkommen und es bändigen«, sagte er. »Einen Hengst wie den hier habe ich noch nie beschlagen, ohne dass er von zwei erwachsenen Männern und einem Stallburschen festgehalten wurde.«

»Das Einhorn wird sich alles gefallen lassen«, versprach Oma. »Es kann sich nicht gegen mich wehren.«

»Es hat den alten Willibald Krebs ermordet«, sagte Nanny. »Von mir aus kann unser Jason es gerne umbringen.«

»Schäm dich, Gytha«, sagte Oma. »Es ist ein Tier. Tiere können nicht morden. Das können nur wir. Darin unterscheiden wir uns von den Tieren. Gib mir den Sack.«

Nachdem sie das widerspenstige Tier in die Schmiede gezerrt hatte, warfen einige der Gaffer schnell die beiden Flügel des großen Tors zu. Keine Sekunde später trat ein Huf ein Loch ins Holz.

Mit übergeworfener Armbrust kam Ridcully angeschnauft.

»Das Einhorn soll wiederaufgetaucht sein!«

Die nächste Holzlatte splitterte.

»Ist es da drin?«

Nanny nickte.

»Esme hat es vom Wald bis hierher geschleift«, sagte sie.

»Aber das Biest ist ein Killer!«

Nanny rieb sich die Nase. »Ja, schon... aber Esme ist wie kaum eine andere dafür geeignet, so ein wildes Einhorn zu zähmen. Und mit Hexerei hat das nichts zu tun.«

»Was meinen Sie damit?«

»Ich dachte eigentlich, wie man ein Einhorn fängt, weiß jeder«, sagte Nanny verschmitzt. »Beziehungsweise, *wer* ein Einhorn fangen kann. Das sollte nämlich ein sanfter Wink mit dem Zaunpfahl sein. Esme war eben *schneller* als Sie. Sie konnte jeden Mann abhängen.«

Ridcully starrte sie mit offenem Mund an.

»*Ich* dagegen«, fuhr Nanny fort, »bin immer über die erste Baumwurzel gestolpert, die ich finden konnte. Egal, wie lange ich suchen musste.«

»Soll das heißen, nachdem ich Lancre verlassen hatte, hat sie nie mehr einen...«

»Nun werden Sie mir bloß nicht sentimental. In unserem Alter kräht doch sowieso kein Hahn mehr danach«, sagte Nanny. »Wenn Sie nicht plötzlich wiederaufgetaucht wären, hätte Esme im Leben nicht mehr daran gedacht. – Apropos auftauchen: Sie haben nicht zufälligerweise Casanunter irgendwo gesehen?«

»'allo, meine kleine Rosenknospe«, tönte eine fröhliche, hoffnungsvolle Stimme.

Nanny drehte sich nicht einmal um.

»Sie sind doch immer wieder für eine Überraschung gut«, sagte sie.

»Stets zu Diensten, Frau Ogg.«

In der Schmiede herrschte Stille. Dann hörte man das Klopf-klopf-klopf von Jasons Hammer.

»Was treiben die denn da drin?«, fragte Ridcully.

»Wer weiß? Aber wenigstens schlägt das Einhorn nicht mehr aus«, antwortete Nanny.

»Was war in dem Sack, Frau Ogg?«, wollte Casanunter wissen.

»Die Sachen, die ich für Esme aus ihrem Häuschen holen sollte. Ihr altes silbernes Teeservice. Familienerbstück. Ich habe es überhaupt erst zweimal gesehen – das zweite Mal gerade eben, als ich es in den Sack gesteckt habe. Das Milchkännchen sieht lustig aus, wie eine Kuh.«

Die Menschenmenge vor der Schmiede war inzwischen noch angewachsen; sie reichte bis über den ganzen Marktplatz.

Das Hämmern hörte auf. Jasons Stimme drang durch das Tor: »Wir kommen jetzt raus.«

»Sie kommen jetzt raus«, sagte Nanny.

»Was hat sie gesagt?«

»Sie kommen jetzt raus!«

Die Menge wich zurück. Das Tor schwang auf.

Oma Wetterwachs erschien mit dem Einhorn. Lammfromm ließ es sich führen. Die Muskeln unter seinem Fell bewegten sich wie Frösche in Öl. Und seine Hufe klapperten über das Kopfsteinpflaster. Ridcully entging nicht, wie sehr sie glänzten.

Sittsam schritt das Tier neben der Hexe her. In der Mitte des Platzes ließ sie es los und gab ihm einen leichten Klaps aufs Hinterteil.

Es wieherte leise, drehte sich um und galoppierte die Straße hinunter in Richtung Wald…

Während Oma Wetterwachs ihm noch nachblickte, tauchte Nanny Ogg hinter ihr auf.

»Silberne Hufeisen?«, murmelte sie. »Die werden bestimmt nicht lange halten.«

»Und silberne Nägel. Die halten lange genug«, sagte Oma,

ohne sich umzudrehen. »Und *sie* wird das Einhorn nie wieder zurückbekommen, auch wenn sie tausend Jahre nach ihm ruft.«

»Ein Einhorn zu beschlagen.« Nanny schüttelte den Kopf. »Auf so eine Idee kannst auch nur du kommen, Esme.«

»Solche Ideen hab ich doch schon mein Leben lang«, sagte Oma.

Das Einhorn, inzwischen nur noch ein weißes Pünktchen im Hochmoor, verschwand im Abenddunkel.

Nanny Ogg seufzte. Damit war der Bann gebrochen.

»Das war's dann also.«

»Ja.«

»Gehst du noch ins Schloss auf den Ball?«

»Gehst du?«

»Ach, ich weiß nicht. Herr Casanunter hat mich gebeten, ihm den Langen Mann zu zeigen. Ein bisschen ausführlicher diesmal. Liegt wahrscheinlich daran, dass er ein Zwerg ist. Die interessieren sich ja sehr für Erdarbeiten.«

»Davon kann ich nie genug kriegen«, bestätigte Casanunter.

Oma verdrehte die Augen. »Willst du nicht endlich mal erwachsen werden? Du bist kein junges Ding mehr.«

»Von *wollen* kann keine Rede sein. Und überhaupt: Man ist nur so alt, wie man sich bettet«, sagte Nanny. »Aber ich warte immer noch auf meine Antwort.«

Zu Nannys und Ridcullys – möglicherweise sogar zu ihrer eigenen – Überraschung hakte Oma Wetterwachs sich bei Ridcully unter.

»Herr Ridcully und ich machen einen kleinen Spaziergang zur Brücke.«

»Ach ja?«, sagte Ridcully.

»Oh, wie *schön*.«

»Gytha Ogg, wenn du nicht sofort aufhörst, mich so anzuglotzen, fängst du dir eine Ohrfeige ein.«

»Tut mir leid, Esme.«

»Gut.«

»Ihr wollt sicher ein bisschen über alte Zeiten reden«, sagte Nanny.

»Vielleicht über die alten Zeiten. Vielleicht auch über andere Zeiten.«

Das Einhorn hatte den Wald erreicht und galoppierte weiter.

Tief unten rauschten die Fluten des Lancre dahin. Niemand überquerte dasselbe Wasser zweimal, nicht einmal auf einer Brücke.

Ridcully warf einen Stein hinein. Es machte *plumps.*

»Es endet immer gut«, sagte Oma Wetterwachs. »Irgendwo. Dein junger Zauberer weiß das, er drückt sich nur komisch aus. Er könnte ein richtig kluger Kopf sein, wenn er nur mal die Augen aufmachen würde.«

»Er möchte eine Zeitlang in Lancre bleiben«, sagte Ridcully düster und warf noch einen Kiesel in die Tiefe. »Es scheint so, als hätten es ihm eure stehenden Steine angetan. Ich kann's ihm ja schlecht verbieten. Der König ist Feuer und Flamme. Er sagt, andere Könige haben Narren, warum sollte er es nicht mal mit einem Gelehrten versuchen? Vielleicht kommt ja mehr dabei raus.«

Oma lachte.

»Und Diamanda ist auch bald wieder auf dem Posten«, sagte sie.

»Was hat das denn damit zu tun?«

»Ach, nichts. Das ist ja gerade das Spannende an der Zukunft. Sie kann alles bringen. Und jedes.«

Esme bückte sich nach einem Steinchen. Es landete genau im selben Augenblick wie Ridcullys dritter Kiesel im Wasser: *plumpsplumps.*

»Glaubst du«, fragte Ridcully, »dass es… irgendwo… ein gutes Ende genommen hat?«

»Ja. Hier!«

Oma ließ sich vom Anblick seiner traurig hängenden Schultern erweichen.

»Aber dort auch«, fügte sie hinzu.

»Wie bitte?«

»Irgendwo haben Mustrum Ridcully und Esmeralda Wetterwachs geheiratet, und sie lebten ...«, Oma biss die Zähne zusammen, »... glücklich und zufrieden bis ans Ende ihrer Tage. Mehr oder weniger zumindest. So wie wir alle.«

»Woher weißt du das?«

»Ich habe Erinnerungsfetzen von ihr aufgeschnappt. Sie kam mir ganz vergnügt vor. Und das will was heißen, schließlich bin ich nicht gerade leicht zufriedenzustellen.«

»Das ist ja unglaublich! Wie schaffst du das?«

»Ich gebe einfach immer mein Bestes.«

»Hat sie gesagt, ob wir ...«

»Sie hat gar nichts gesagt! Sie weiß ja nicht mal, dass es uns gibt! Stell keine Fragen! Die Hauptsache ist doch, dass alles irgendwo geschieht. Findest du nicht?«

Ridcully rang sich ein Lächeln ab.

»Ist das der einzige Trost, den du mir geben kannst?«, fragte er.

»Einen besseren gibt es nicht. Nicht hier.«

Wo endet es?*

An einem Sommerabend. Pärchen gehen spazieren, und zwischen den Bäumen breitet sich wie violette Seide das Dämmerlicht aus. Das Fest ist längst vorbei. Aus dem Schloss dringen nur noch leises Gelächter und das Bimmeln kleiner silberner Glöckchen. Und draußen im Hochmoor ist nichts zu hören als das Schweigen der Elfen.

---

* Als Hwel, der Stückeschreiber, am nächsten Tag mit seiner Theatertruppe eintraf, erzählte man ihm die ganze Geschichte, und er schrieb alles nieder – allerdings unter Auslassung der Dinge, die sich schlecht auf einer Bühne umsetzen ließen, zu kostspielig waren, oder die ihm unglaubwürdig vorkamen. Das Ganze nannte er dann *Der Widerspenstigen Lähmung*, weil ihm bei einem Stück mit dem Titel *Ereignisse einer Mittsommernacht* das Publikum wohl nicht gerade die Bude eingerannt hätte.

Unsere Leseempfehlung

528 Seiten

Wie lautet der Spitzname von Tiffany Weh und wem hat sie ihn zu verdanken? Aus welchen Monaten setzt sich das Scheibenweltjahr zusammen und welches Jahrhundert schreiben wir dort eigentlich? Wie heißt die Hauptstadt von Bororgrawien und wie viele Meilen ist sie per Besenflug von Ankh-Morpork entfernt? Dies sind nur einige Fragen, die jeden Scheibenwelt-Reisenden umtreiben. „Die Scheibenwelt von A–Z", jetzt in aktualisierter und vollständig überarbeiteter Fassung, weiß auf alle eine Antwort – ein Hilfsmittel, das kein Anhänger der Scheibenwelt entbehren kann.